# Im Schatten des Vergessens

KJ Weiss

# Im Schatten des Vergessens

Bibliografische Information der Deutschen Nationalbibliothek:

Die Deutsche Nationalbibliothek verzeichnet diese Publikation in der Deutschen Nationalbibliografie; detaillierte bibliografische Daten sind im Internet über http://dnb.dnb.de abrufbar.

© 2016 KJ Weiss

Illustration: Ralf B. Franke ArtPhotograph unter Verwendung eines Fotos von Volodymyr Mylytchuk / 123rf.com

Herstellung und Verlag: BoD – Books on Demand, Norderstedt

ISBN: 978-3-7412-7345-2

# 1

**Heute**

Als es um halb zehn klingelte, dachte ich, der Klempner wäre etwas früher gekommen und öffnete, ohne nachzufragen, die Tür. Vor mir stand ein junger Mann, eindeutig nicht der Handwerker, der mir trotzdem irgendwie vage bekannt vorkam.

„Ja?" Fragend sah ich ihn an und trat instinktiv einen Schritt zurück, die Hand auf der Klinke.

„Frau Weißgerber?" Auf mein Nicken fuhr er fort: „Ich bin der Sohn von Ulrike. Sie schickt mich zu Ihnen. Sie meint, Sie würden mir helfen."

„Ich wüsste nicht, was ich machen könnte." Alles in mir war auf Abwehr eingestellt. Wie gelang es mir nur, ihn so schnell wie möglich wieder loszuwerden? Gleichzeitig stieg Wut in mir auf. Wieso wollte sie mich in diese Geschichte mit hineinziehen? Ich hatte ihr doch wohl klar und deutlich zu verstehen gegeben, dass ich an einer Freundschaft mit ihr nicht mehr interessiert war.

Der junge Mann vor mir nickte, er schien nichts anderes erwartet zu haben. „Dann entschuldigen Sie bitte die Störung." Schon hatte er sich abgewandt und trat aus dem Schutz des großen Vordachs hinaus in den Regen, dabei zog er automatisch den Kopf zwischen die Schultern. Als wenn diese Maßnahme gegen die herabströmenden Wasserfluten etwas hätte ausrichten können!

„Warten Sie!", rief ich hinter ihm her und bereute im selben Moment schon wieder meine Entscheidung. Aber er war bereits mit zwei langen Sätzen zurück und schüttelte sich das Wasser aus den Haaren. Ja, die Ähnlichkeit mit Ulrike war unübersehbar, er hatte dieselben lockigen schwarzen Haare und ihre braunen Augen, auch die leicht gebogene Hakennase war die ihre.

„Timo Brass." Sein Blick ruhte hoffnungsvoll auf mir. „Ich bin ihr Sohn aus erster Ehe."

„Kommen Sie erst einmal herein." Nein, ich konnte, ich wollte ihm nicht helfen, egal, was er vorbringen würde. Andererseits fühlte ich mich genötigt, ihn zumindest anzuhören. Er tat mir leid und weckte gleichzeitig meine Mutterinstinkte. Ich schätzte ihn auf gerade einmal Anfang zwanzig, er war viel zu jung, um sich mit dieser Art von Schmutz abzugeben.
„Ich habe nicht viel Zeit", erklärte ich, während ich ihn durch den langen Flur in die Küche führte. „Gleich kommen die Handwerker, nur deshalb bin ich überhaupt an diesem Morgen zu Hause geblieben."
„Ich werde mich kurzfassen."
Ich merkte, dass er bereits resigniert hatte. Schüchtern blieb er auf der Schwelle zur Küche stehen und sah sich staunend um. Ja, die Einrichtung konnte sich sehen lassen. Erst vor einem Jahr hatte ich diesen Raum komplett renoviert und mir endlich meinen Traum von der perfekten Kochinsel erfüllt, der mir schon immer vorschwebte. Ich backe und koche für mein Leben gern und, nachdem wir über die nötigen Geldmittel verfügten, war Ralf der erste, der mich ermunterte, mir diesen langgehegten Wunsch zu erfüllen. Das Ergebnis war wirklich beeindruckend: cremefarbene Einbauschränke, eine dazu passende helle Granitarbeitsplatte, in der Mitte die freistehende Insel mit der Kochmulde und dem großzügigen Arbeitsfeld, vor dem Fenster der Glastisch mit den bequemen Freischwingern - sowohl funktionell als auch gemütlich.
„Kommen Sie, nehmen Sie Platz." Ich winkte ihm einzutreten. „Möchten Sie einen Kaffee?"
Er folgte meiner Aufforderung, zog aber unbehaglich die Schultern hoch. Erst jetzt fiel mir auf, dass seine Lederjacke vor Nässe glänzte und auch seine Jeans dunkle Flecken aufwies. Augenblicklich gewann meine mütterliche Ader die Oberhand. „Ziehen Sie die nasse Jacke aus und setzen Sie sich", befahl ich in einem Ton, dem meine eigenen Kinder nicht zu widersprechen wagten. „Ich koche Ihnen einen Kaffee. Das heiße Getränk wird Ihnen guttun."

Er grinste und wirkte dadurch plötzlich wie ein kleiner Junge, während er sich gehorsam der Jacke entledigte, sie sorgfältig über einen der Stühle hängte und dann auf dem danebenstehenden Platz nahm.
„Das ist sehr nett von Ihnen."
„Nein, das ist das Mindeste, was ich tun kann", erklärte ich und meinte es auch so. „Wie lange sind Sie durch den Regen gelaufen?"
„Vom Bahnhof aus." Er zuckte mit den Schultern. „Das ist keine Stunde zu Fuß."
Aber bei diesem Wetter beileibe kein Vergnügen. Es regnete schon den ganzen Morgen ohne Unterlass, heftig prasselnde Tropfen, die die letzten verbliebenen Blätter von den Bäumen holten und die Straße in einen stetig rinnenden Fluss verwandelten. Und ich hätte ihn beinahe unverrichteter Dinge wieder weggeschickt!
„Also, dann erzählen Sie bitte!", forderte ich ihn auf und stellte gleichzeitig einen dampfenden Becher Kaffee vor ihn hin. Zucker und Milch hatte ich schon vorher herausgeholt.
Er legte seine Hände um den Becher und starrte in die schwarze Brühe, offensichtlich wusste er nicht, wie er beginnen sollte.
„Ihre Mutter ist vor einer Woche verhaftet worden", half ich ihm, einen Anfang zu finden. „Sie soll ihren derzeitigen Mann ermordet haben. Sie denken jedoch, sie ist unschuldig, Herr Brass."
Er nickte lebhaft. „Bitte tun Sie mir einen Gefallen und nennen Sie mich Timo. Ich bin erst sechsundzwanzig. Ich denke immer, mein Vater sei gemeint, wenn ich mit meinem Nachnamen angeredet werde. Und ja, Sie haben recht. Ich kann mir nicht vorstellen, dass meine Mutter zu so einer Tat fähig ist. Verstehen Sie mich bitte nicht falsch", kam er meiner Antwort zuvor. „Ich weiß, dass sie ihre Fehler hat, aber einen Mord würde sie nicht begehen – niemals - da bin ich mir sicher."
Dasselbe hatte ich gedacht, nachdem ich die ganze Geschichte in der Zeitung gelesen hatte. Ulrike, eine Mörderin? Nie und nimmer. Einen Diebstahl oder eine Erpressung, das hätte ich ihr ohne weiteres zugetraut, ein Mord jedoch lag jenseits meiner Vorstellungskraft. „Wie ist

sie unter Verdacht geraten?", fragte ich, obwohl ich die Antwort bereits aus einem der zahlreichen Zeitungsartikel, die ich alle gelesen hatte, kannte. Nur erschien es mir sinnvoller, ihn alles von Anfang an erzählen zu lassen.

„Mein Stiefvater wurde hinterrücks erschlagen, mit einer Bronzeskulptur, die normalerweise auf der Fensterbank stand", begann er zu berichten. „Auf dem Tisch befanden sich noch die Gläser von ihm und ihr, beziehungsweise seins war umgefallen und hatte seinen Inhalt über die Platte verteilt. Daher ging die Polizei davon aus, dass sie einen Streit gehabt hätten, in deren Verlauf sie nach der Skulptur griff. Es waren nur ihre Fingerabdrücke darauf festzustellen. Die Todeszeit liegt unmittelbar um den Punkt, da sie das Haus verließ. Ein Motiv hatte sie auch, zumindest sehen die Polizisten das so. Ihr Mann wollte sich von ihr scheiden lassen und sie wäre dabei ziemlich schlecht weggekommen."

So ungefähr war es in den Zeitungen ebenfalls geschildert worden, nur das mit dem Todeszeitpunkt war mir neu. „Hatte er die Scheidung schon eingereicht?"

„Nein, noch nicht einmal mit ihr darüber gesprochen." Timo setzte endlich die Tasse an den Mund und begann zu trinken. „Nur war meine Mutter wohl die einzige, die von seiner neuen Freundin nichts wusste", fuhr er dann fort. „Selbst in seiner Firma hatte sich das herumgesprochen. Die Geliebte behauptet, die Trennung von seiner Frau sei längst beschlossen gewesen. Er hätte bereits mehrere Gespräche mit seinem Anwalt geführt, der sich darum kümmern sollte, das Haus und den Betrieb zu verkaufen. In der darauffolgenden Woche wären die Anzeigen geschaltet worden. Deshalb vermutet sie, dass er sie an diesem besagten Tag endlich von alldem in Kenntnis gesetzt hätte." Er seufzte. „Die Polizei glaubt das ebenfalls."

„Was ist mit den Fingerabdrücken?", fragte ich, ohne auf diese Bemerkung einzugehen. Auch ich konnte mir nur schwer vorstellen, dass Ulrike von dem, was um sie herum vorging, nichts mitbekommen haben sollte. Dafür war sie nicht der Typ.

„Wahrscheinlich hat der Täter Handschuhe getragen." Timo sah mich geradezu trotzig an. „Natürlich waren jede Menge Abdrücke von meiner Mutter auf der Skulptur. Sie hat in den letzten Wochen den gesamten Haushalt gemacht, weil der Putzfrau gekündigt worden war und ihr Mann sich noch nicht um einen Ersatz bemüht hatte."
„Warum tat sie das nicht selbst?"
Er verzog das Gesicht. „Sein Haus, seine Firma, seine Angestellten, er …" Die Haustürklingel unterbrach ihn.
Ich sprang auf. „Wir reden gleich weiter, bleiben Sie sitzen."
Herrn Brecht, den Klempner, kannte ich gut genug, um ihn allein arbeiten zu lassen. Nachdem ich ihn in den Keller zu dem verstopften Rohr geführt hatte, eilte ich zurück in die Küche. Timo saß genauso am Tisch, wie ich ihn verlassen hatte, und starrte in seine leere Tasse.
„Noch eine?"
Er schreckte hoch. „Nein, danke."
Ich setzte mich ihm wieder gegenüber. „Ich verstehe nicht ganz, was Sie, beziehungsweise Ihre Mutter von mir wollen", brachte ich meine Skepsis auf den Punkt. „Ich kenne weder Ihren Stiefvater noch habe ich eine Idee, wie man ihr aus dieser vertrackten Situation heraushelfen könnte. Ein Anwalt und vielleicht ein Detektiv würden bestimmt eher eine gute Möglichkeit darstellen."
„Sie dachte, Ihr Mann könnte vielleicht …" Er sprach nicht weiter, sondern sah mich nur um Verständnis heischend an.
„Der ist Anwalt für Steuerrecht." Ich schüttelte energisch den Kopf. Das fehlte noch, dass ich Ralf in diese Geschichte mit hineinzog. „Sie benötigen einen Anwalt für Strafrecht. Das sind zwei total verschiedene Ansätze."
„Ich weiß, doch wir bringen das Geld dafür nicht auf." Er blickte starr auf die Tasse vor sich. „Deshalb hoffte meine Mutter, Sie würden …" Er schüttelte den Kopf. „Ich habe mir gleich gedacht, dass mein Besuch nichts bringt." Er machte Anstalten aufzustehen.

„Moment", ich legte meine Hand auf seinen Arm. „Dass mein Mann das Mandat nicht übernimmt, heißt nicht, dass ich Ihnen nicht helfen will. Lassen Sie uns gemeinsam überlegen, was wir tun können."

# 2

**Heute**
„Ich konnte ihn nicht einfach gehen lassen", erklärte ich Ralf beim Mittagessen. Durch das lange Gespräch mit Timo hatte ich es nicht mehr geschafft, noch in die Kanzlei zu gehen und meinen Mann deshalb angerufen und gebeten, nach Hause zu kommen und uns etwas zu Essen mitzubringen. Jetzt saßen wir in der Küche und ließen uns die Pizza von unserem Stammitaliener schmecken. „Weißt du, ich sah unseren eigenen Sohn vor mir und dachte, was, wenn er sich in so einer Situation befinden würde? Wäre er, wäre ich nicht auch froh, wenn sich jemand seiner annähme?"
„Ich verstehe trotzdem nicht, wie du ihm helfen könntest", sagte Ralf mittlerweile zum zweiten Mal.
„Das weiß ich auch noch nicht", gestand ich kleinlaut. „Er tat mir nur so leid. Er hat niemanden, an den er sich sonst wenden könnte."
„Was ist mit seinem eigenen Vater?"
„Der ist vor einem Jahr bei einem Arbeitsunfall gestorben. Er war Maurer, das Gerüst ist eingestürzt, er ist aus einer Höhe von dreißig Metern herabgefallen."
„Und die Eltern seiner Mutter? Leben die noch?"
„Selbst wenn, die sind keine Option. Ulrike stammt aus nicht gerade guten Verhältnissen. Ich kann ihm nicht einmal verübeln, dass er sich nicht an seine Tanten und Onkel gewandt hat. Die sind sicherlich alle polizeibekannt." Ich schob ihm das Viertel meiner Pizza, das ich nicht mehr geschafft hatte, zu. „Möchtest du?"
Er lachte. „Klar, aber ich verzichte lieber. Du weißt, was der Arzt gesagt hat."
Mehr Bewegung, weniger gutes Essen. Übergewicht wäre für ihn eine noch größere Belastung als für jeden anderen, hatte er gemahnt. Deshalb versuchte mein Mann, sich zurückzunehmen. Die Jahre der völligen Unbeweglichkeit waren ihm im Gedächtnis geblieben.

„Timo ist ein armer Student, der von Bafög lebt", nahm ich den Faden wieder auf. „Er hat sich in einem billigen Hostel am Bahnhof eingemietet. Außer seiner Mutter kennt er niemanden in der Stadt. Trotzdem hat er sich in den Kopf gesetzt, ihr zu helfen. Er kann sich einfach nicht vorstellen, dass sie diesen Mord begangen hat."
„Ich verstehe immer noch nicht, was du dabei tun sollst." Mein Mann machte es mir wirklich nicht einfach.
„Ulrike hofft wohl, dass ich, da ich hier vor Ort wohne, ihrem Sohn helfen kann, relevante Informationen einzuholen, die sie entlasten könnten."
„Du bist doch kein Detektiv." Erneut schüttelte Ralf missbilligend den Kopf.
„Ihr jetziger Mann scheint ein wahres Arschloch gewesen zu sein. Er muss massig Feinde gehabt haben", versuchte ich zu erklären. „Jemand von denen könnte der Mörder sein."
„Und wie wollt ihr den finden?"
„Keine Ahnung, noch nicht. Jedenfalls habe ich Timo versprochen, mich umzuhören. Wir kennen zum Beispiel die Kempers, ich werde Silke anrufen und mit ihr sprechen. Ihr Mann und dieser Helmut Bergmann waren angeblich gute Freunde. Sie müsste wissen, an wen ich mich noch wenden kann."
„Gabi, lass dich da nicht mit hineinziehen. Das gibt nur böses Blut."
„Ich habe es ihm versprochen." Wie sollte ich ihm mein Vorgehen bloß begreiflich machen? Immerhin war ich ja selbst über mich entsetzt gewesen, dass ich dieses Angebot gemacht hatte. Es war in meinen Augen nur dazu gekommen, weil Timo mir leidtat und ja, irgendwie imponierte mir sein Verhalten auch. Ohne zu zögern hatte dieser sich aufgemacht, seiner Mutter zu helfen, ausgerüstet mit nichts als dem bisschen Geld, das er gespart hatte, und seinem festen Willen, ihre Unschuld zu beweisen.
„Ich weiß, dass sie ihre Fehler hat und in erster Linie an sich dachte, aber ihre Kinder waren ihr immer wichtig", hatte er gesagt, seine

braunen Augen geradezu flehend auf mich gerichtet. „Ich kann sie nicht im Stich lassen."

„Timo wird sich um den Pflichtverteidiger kümmern und Ulrike besuchen, um weitere Informationen von ihr zu bekommen", sagte ich jetzt. „Ich führe nur einige Telefonate für ihn. Alles Weitere übernimmt er selbst."

„Wir werden sehen." Ralf blieb skeptisch.

„Ich arbeite weiterhin vormittags in der Kanzlei mit", versprach ich. „Die Nachforschungen lege ich auf den Nachmittag."

Sein Stichwort, er sah auf die Uhr. „Ich muss los, ich habe gleich einen Termin."

Ich machte mich daran, das Essen für meine Kinder vorzubereiten. Dass ich Timo ebenfalls dazu eingeladen hatte, verschwieg ich lieber. Karina kam um halb vier, Yannick eine halbe Stunde später. Kaum waren die beiden in der Küche, klingelte es und Timo stand vor mir. „Komm rein!", forderte ich ihn auf. „Das Essen steht bereits auf dem Tisch."

Ich machte die drei miteinander bekannt und verzog mich dann ins Wohnzimmer, um in Ruhe zu telefonieren. Jugendliche untereinander kommen am besten klar, wenn kein Erwachsener in der Nähe ist, ich war mir sicher, dass sie einen gemeinsamen Konsens finden würden.

Silke Kemper war zu Hause und mehr als bereit, mit mir über diesen Todesfall zu sprechen. Natürlich fiel ich nicht mit der Tür ins Haus, sondern nahm die baldige Party bei den Roths als Einstiegsthema. Die Überleitung zu dem Mord klappte danach automatisch. Sie war geradezu erpicht darauf, ihr Wissen weiterzugeben.

„Ich fand diese Ulrike immer schon suspekt", berichtete sie aufgeregt. „Sie war so gewöhnlich und eher bauernschlau als intelligent. Aber dass sie so weit gehen würde? Nein, das hätte ich nicht gedacht."

„Ich habe gehört, Helmut wollte sich von ihr trennen", warf ich ein.

„Das wusste der gesamte Freundeskreis." Sie lachte geziert. „Nur Ulrike angeblich nicht. Dabei hätte sie es sehen müssen. Ich meine,

Melanie war auf allen Partys ebenfalls zu Gast und die beiden haben fast aneinandergeklebt. Und ihr ist es als einzige nicht aufgefallen?" Nun war ihr Lachen direkt abfällig. „Naja, wenn man ständig mit anderen Männern flirtet, kann es natürlich passieren, dass man das Offensichtliche übersieht. Geschieht ihr mehr als recht. Immerhin hat sie ihn damals Monika ausgespannt."
Ich wusste, dass ihr eigener Mann Abenteuern nicht abgeneigt war. Sprach aus ihren Worten nicht eher der Neid auf die andere, die nach meiner Erfahrung stets Mittelpunkt der Feier war und von fast jedem Mann hofiert wurde? Ulrike hatte schon früher diese Anziehungskraft auf das andere Geschlecht ausgeübt. Sie war nie besonders hübsch gewesen, außergewöhnlich schon mit ihrem zigeunerhaften Aussehen und ihrer eher lauten Art, nur waren ihre Züge eine Spur zu hager, ihre Nase einen Tick zu lang und ihre Gestalt etwas zu mager, um als echte Schönheit zu gelten. Diese Defizite hatte sie durch ihr sprühendes Temperament und diese spürbare sexuelle Anziehungskraft wettgemacht. Immer war sie auf Partys regelrecht umlagert gewesen.
„Monika hatte selbst einen Freund", erinnerte ich sie.
„Der war längst passé, als Helmut wegen Ulrike die Scheidung wollte."
Was nichts an der Tatsache änderte, dass sie ihn ebenfalls betrogen hatte. „Dieses Mal war auch ein Kind involviert", sagte ich, statt auf diesem Punkt herumzureiten.
„Den hätte Helmut nie hergegeben", erwiderte Silke wie aus der Pistole geschossen. „Das war schon alles abgeklärt."
Hm, freiwillig hätte sich Ulrike nie von ihrem Kind getrennt, damit gab es ein Motiv für sie. Helmut hatte Macht, Ansehen und Beziehungen, sie wäre in dieser Situation ziemlich hilflos gewesen.
„Er hatte die Trennung bereits im Geiste vollzogen", erzählte Silke mit leisem Triumph in der Stimme weiter. „Er und Melanie wollten rüber nach Amerika. Der Betrieb und das Haus sollten verkauft werden, die passende Schule drüben für den Jungen war bereits ausgesucht."

„Was ist mit seinem Vater?", fiel es mir ein. Timo hatte mir morgens erzählt, dass dieser der einzige aus der neuen Familie war, zu dem er weiterhin Kontakt gehabt hatte und der, an den er sich normalerweise um Hilfe gewandt hätte. Aber der lag mit einem Herzinfarkt im Krankenhaus und kämpfte um sein Leben. „Er hatte zwei, drei Wochen vorher schon einen Herzanfall, dann ging es ihm besser, man sprach sogar schon von Entlassung", hatte er berichtet. „Aber am Tag des Mordes hatte er einen erneuten, dieses Mal sehr viel schwereren. Er weiß noch gar nicht, was mit seinem Sohn passiert ist. Im Moment liegt er im Koma, die Ärzte vermuten, dass er daraus nicht mehr erwachen wird."

„Der alte Bergmann hatte sich fast ganz aus dem Betrieb zurückgezogen", erwiderte Silke jetzt. „Dem wäre sowieso nichts anderes als ein Verkauf übrig geblieben, wenn Helmut die Firma verlassen hätte. Ich denke, dem war es lieber, dass sein Sohn sich im Vorfeld darum kümmerte."

„Hatte er nicht einen Bruder, der mit ihm gemeinsam die Firma leitete?"

„Ach, der Rainer ist kein Kaufmann." Wieder dieser abfällige Unterton. „Allein hätte der den Betrieb nicht weiterführen können. Sicher, Helmut hätte ihn auszahlen müssen, aber es wäre für beide genug da gewesen, bis an ihr Lebensende davon zu zehren."

Also blieb zunächst nur Ulrike, die ein eindeutiges Motiv hatte. Hm, wie konnte ich herausbekommen, ob es weitere Personen gab, die Helmut Bergmann Übles wollten?

Zu meiner Schande muss ich gestehen, dass mir keine vernünftige Überleitung einfiel. Silke nutzte die Pause, um noch einige weitere Spitzen gegen Ulrike anzubringen. Ich schob schließlich einen eingehenden Anruf auf der anderen Leitung vor. Ich hielt es keine Minute länger aus, ihren abfälligen Bemerkungen zuzuhören.

Statt zurück in die Küche zu gehen, blieb ich jedoch auf der Couch sitzen. In was hatte ich mich da nur reingeritten? Statt endlich die

Gespenster aus der Vergangenheit hinter mir zu lassen, hatte ich sie selbst wieder hereingebeten.

# 3

**Früher**
Eigentlich kannte ich dich von klein auf. Wir wohnten in derselben Straße, ich am einen Ende, du am anderen. Deine Mutter kaufte regelmäßig in unserem Lebensmittelgeschäft ein und ich kann mich erinnern, dass du sie oft begleitet hast, du und deine Geschwister, und ihr mit großen Augen vor den Süßigkeiten standet, die sich in dem Regal direkt vor der Kasse befanden.
Mein Vater behandelte deine Mutter immer sehr freundlich und zuvorkommend, ich weiß noch, dass sie geradezu aufstrahlte, wenn sie ihn entdeckte. Auch zu euch war er viel netter, als die Geschäftsinhaber sich in der damaligen Zeit Kindern gegenüber verhielten. Er schäkerte mit euch und schenkte euch sogar manchmal etwas angeschlagenes Obst, das er nicht mehr hätte verkaufen können, und ab und zu sogar einen der Lutscher, die normalerweise für die Kleinen besonderer Kunden vorbehalten waren.
Meine Mutter dagegen verhielt sich eher abweisend. Sie bediente euch meist mit mürrischem Gesicht und fand kein freundliches Wort, obwohl sie die geschwätzigere von beiden war. Euch Kinder beobachtete sie mit Argusaugen, dass ihr ja nicht irgendeine der Waren anfasstet. Ich hatte oft das Gefühl, dass sie aufatmete, wenn ihr den Laden wieder verlassen hattet.
Gesprochen wurde darüber nie, aber ich ahnte trotzdem, dass ihr keine gern gesehenen Kunden in unserem kleinen Geschäft wart. Denn obwohl mein Vater so nett tat, wusste ich instinktiv, dass er mit meiner Mutter einer Meinung war. Er konnte seine Aversion bloß besser verbergen.
Richtig wahrgenommen habe ich dich erst, als wir mit sechs Jahren gemeinsam eingeschult wurden und in dieselbe Klasse kamen. Doch auch da hatten wir kaum Berührungspunkte. Du bliebst die Außenseiterin, die sich mit zwei anderen Gleichartigen zusammentat, ich hatte meine Freundinnen aus dem Kindergarten und bald jede Menge wei-

tere Bekanntschaften, war Klassensprecherin und der Liebling der Lehrerin.

Und obwohl sich mein Aktionsradius seit dieser Zeit deutlich erweiterte, spielten wir auch in unserer Freizeit nie zusammen.

Mein Vater und meine Mutter waren angesehene Kaufleute, die viel Wert auf das gute Benehmen ihrer Kinder, meiner drei Jahre älteren Schwester und mir, legten. Dazu hatten wir früh gelernt, dass man uns in der näheren Umgebung kannte und jede unserer Bewegungen genau beobachtet wurde. Die Kunden, die anderen Geschäftsinhaber in der Nähe, die Nachbarn in unserm Haus und den danebenstehenden Mietskasernen kannten uns alle und zögerten nicht, schlechtes Benehmen von unserer Seite sofort an die Eltern weiterzugeben.

Damals war dieses Verhalten völlig normal, jeder kannte jeden und selbst völlig Fremde blieben auf der Straße stehen, um ungebührliches Verhalten von Kindern zu maßregeln. Die Prügelstrafe in der Schule war zwar abgeschafft worden, doch reichte es völlig aus, den Übeltäter vor allen Klassenkameraden für kurze Zeit in die Ecke zu stellen, um ihn zu disziplinieren. Die schlimmste Strafe, die es gab, war, wenn man für den Rest der Unterrichtsstunde vor die Tür verbannt wurde und jeder Vorbeikommende sehen konnte, dass man sehr ungehorsam gewesen sein musste. Tadel wurden für schwere Raufereien auf dem Schulhof verteilt, doch meist kam es gar nicht dazu, ein scharfer Zuruf des aufsichtführenden Lehrers und die Streithähne trennten sich, wenn auch murrend.

Ich kannte bei Schuleintritt fast alle Kinder aus meiner Klasse. Mit der Tochter vom Bäcker und dem Sohn des Metzgers, deren Geschäfte direkt neben unserem lagen, hatte ich, seitdem ich laufen konnte, in den jeweiligen Hinterzimmern gespielt, drei Kinder wohnten wie wir in der Broderiusstraße, die meisten anderen hatte ich bereits in dem evangelischen Matthäuskindergarten kennengelernt. Unsere Klassenlehrerin war jung und bei uns allen sehr beliebt – eine bessere Grundschulzeit hätte man sich nicht denken können.

Mittlerweile waren wir ja auch in die neue Wohnung umgezogen, die neben zwei Kinderzimmern für mich und meine Schwester - oh Wunder der Technik! – ein eigenes Badezimmer und Heizkörper für jeden einzelnen Raum enthielt, ein wahnsinniger Fortschritt und der wahre Luxus für uns.

Vorher hatten wir in den Zimmern hinter dem Laden gehaust: Eine riesige Wohnküche, in der sich zusätzlich noch etliche, bis an die Decke reichende Regale befanden, die vollgestopft waren mit haltbaren Lebensmitteln. Ein kleines Wohnzimmer mit ausziehbarer Schlafcouch für meine Eltern und ein noch kleinerer Raum für meine Schwester und mich, in den gerade soeben die beiden Betten, ein Kleiderschrank und ein Regal, das unsere Spielsachen enthielt, hineinpassten.

Dieses Zimmer hatte allerdings den Nachteil, dass es über keinen eigenen Ofen verfügte, weshalb die Tür zum Wohnzimmer immer offenbleiben musste, damit wir von der dortigen Wärme profitieren konnten.

Morgens allerdings war es überall gleichmäßig kalt, daher bestand die erste Aufgabe meiner Mutter darin, die Öfen mit der Kohle, die mein Vater am Abend vorher bereits aus dem Keller geholt hatte, aufzuheizen. Der war zu diesem Zeitpunkt nämlich bereits auf dem Markt, um frisches Obst und Gemüse zu kaufen, dafür legte er sich in der Mittagszeit, wenn das Geschäft geschlossen war, noch einmal zum Schlafen hin und wir mussten uns mucksmäuschenstill verhalten, damit wir ihn nicht aufweckten.

Die neue Wohnung war daher für uns wie ein Schlaraffenland. Morgens, wenn meine Mutter uns weckte, war es bereits gemütlich warm, man konnte sich im Badezimmer mit warmem Wasser, das direkt aus dem Kran kam, waschen und die Zähne putzen - vorher hatte es erst auf dem Herd erhitzt werden müssen – es gab eine echte Badewanne und keinen Zuber mehr, der jeden Samstagabend aufgestellt wurde, und die Toilette befand sich ebenfalls in diesem Raum und nicht wie vorher eine halbe Treppe tiefer vom Treppenhaus abgehend, mit einem kleinen Kippfenster, das fast ständig geöffnet war und durch das man die Füße der vorbeilaufenden Passanten sehen konnte. Ich hatte ständig Angst, wenn ich hier saß, Angst, dass sich wie bei meiner Mutter geschehen eine Maus oder gar eine Ratte durch den Fensterspalt quetschen würde und auf mich herabfiele, Angst, dass in dem großen, die gesamte, gegenüberliegende Wand einnehmenden Vorratsschrank ein Einbrecher lauerte, Angst vor den lauten Schritten der Hausbewohner auf den Holztreppen, die zur Haustür hinausgingen oder die direkt daneben liegende Kellertreppe hinabstiegen.

Ja, für mich war unser Umzug der Beginn eines neuen Lebens.

# 4

**Heute**
Ein leises Klopfen riss mich aus meinen Gedanken. Auf meine Aufforderung steckte Timo den Kopf durch den Türspalt. „Soll ich lieber morgen wiederkommen?"
„Nein, kommen Sie rein. Wir haben Einiges zu besprechen."
Hinter ihm tauchte Yannick auf. „Dann wird aus unserer Computersession wohl nichts", meinte er bedauernd.
Gut, die Kinder hatten anscheinend schnell Kontakt gefunden. „Timo ist in nächster Zeit häufiger unser Gast", versprach ich. „Ihr werdet noch genug Möglichkeiten haben, euch auszutauschen."
Mein Sohn zog sich mit einem Achselzucken zurück und ich forderte Timo auf, Platz zu nehmen. „Es sieht nicht gut für Ihre Mutter aus", begann ich und erzählte ihm von meinem Gespräch mit Silke. „Die Polizei vermutet bestimmt, dass diese Trennungsabsicht mit all ihren Folgen ein ausreichendes Motiv sein könnte."
„Sie bleibt in Untersuchungshaft", nickte er. „Ich habe mit den zuständigen Beamten gesprochen, die übrigens sehr nett und entgegenkommend waren. Sie haben mir sogar geholfen, einen Pflichtverteidiger zu engagieren und mir eine Besuchserlaubnis für morgen Nachmittag organisiert."
„Ermittelt die Polizei noch in weitere Richtungen?"
Er lachte. „Soweit haben die sich nicht in die Karten gucken lassen. Es wurde mir nur mitgeteilt, dass sich die Verdachtsmomente gegen meine Mutter immer mehr verhärten und sie deshalb nicht entlassen werden kann."
„Wie haben Sie eigentlich erfahren, dass man sie verhaftet hat?"
„Sie rief mich an, auf dem Handy. Sie war voller Panik und flehte mich an, ihr zu helfen. Außer mir wüsste sie niemanden, an den sie sich wenden könnte." Er sah mich an. „Sie war mir immer eine gute Mutter."

„Wie lange haben Sie mit ihr zusammengelebt?" Ich musste mehr Einzelheiten erfahren, wenn ich ihre Beziehung richtig einschätzen wollte.
Er zog eine Grimasse. „Bis sie mit dem Verstorbenen zusammenkam. Es war beiderseitige Abneigung auf den ersten Blick. Dominik sah es genauso. Er ging freiwillig zu seinem Vater, nachdem ich zu meinem gezogen war." Er bemerkte meinen fragenden Blick. „Dom ist mein Halbbruder, er wird nächsten Monat sechzehn."
„Und Helmuts Sohn?"
„Maximilian? Der ist neuneinhalb. Aber den kenne ich kaum. Dom und ich sind schon kurz nach seiner Geburt ausgezogen. Ich glaube, Helmut war mehr als froh, dass er uns loswurde."
„Hatte er was gegen euch?"
„Keine Ahnung, ich denke, es war nichts Persönliches. Er ist arrogant, despotisch und rechthaberisch – äh war, meine ich natürlich." Er fuhr sich mit einer Hand durch seine Locken. „Man soll ja nichts Schlechtes über Tote sagen, aber der war in meinen Augen ein Mistkerl erster Güte. Deshalb habe ich Himmel und Hölle in Bewegung gesetzt, um von ihm wegzukommen. Nach meinem Auszug wollte Dom ebenfalls nicht mehr dortbleiben. Anfangs hat sich die Oma um ihn gekümmert, die des Vaters", setzte er erklärend hinzu. „Kurz darauf fand dieser eine neue Frau und er ist zu den beiden gezogen."
„Was war mit eurer Mutter?" Das wäre für mich eine untragbare Situation gewesen. Ich hatte meine Kinder immer über alles andere gesetzt, mich von ihnen freiwillig zu trennen, wäre nie infrage gekommen.
„Wir haben viel telefoniert und sie hat uns ungefähr zwei-, dreimal im Jahr besucht. Wir sind zur Taufe da gewesen, zweimal zu Geburtstagen von Max und ab und zu an Weihnachten. Das war's an Kontakten zu der neuen Familie."
„Ich kann mir nicht vorstellen …", ich verstummte. Wie sollte ich ihm begreiflich machen, dass ich das Verhalten seiner Mutter nicht guthieß, ohne sie in seinen Augen herabzusetzen?

„Sie wusste, dass wir gut versorgt waren. Ich war ja auch schon fast erwachsen." Er schien zu ahnen, was in mir vorging. „Sie können sie nicht mit anderen Müttern gleichsetzen. Ihre Liebe bestand in erster Linie darin, uns in gesicherten Verhältnissen aufwachsen zu lassen. Ihre größte Sorge war, arm zu sein, sich nur das Nötigste leisten zu können, nicht zu wissen, wie sie mit dem bisschen Geld, das sie vom Amt erhielt, bis zum Ende des Monats auskommen sollte. Ein einziges Mal waren wir in dieser Situation und sie hat am meisten von uns gelitten." Er brach ab und sah mich um Verständnis heischend an. „Das war wohl ein Andenken aus ihrer eigenen Kindheit."
Komisch, mir war Ulrike nie derart unglücklich vorgekommen. Sicher, bei ihr Zuhause war das Geld stets knapp gewesen, das hatte die gesamte Familie jedoch nie daran gehindert, ein relativ gutes, fröhliches Leben zu führen, sehr unkonventionell, aber selbstbestimmend. Irgendwer hatte es immer irgendwie geschafft, für alles Nötige und mehr zu sorgen. Es waren nie Reichtümer angehäuft worden, andererseits hatte es an nichts gemangelt. Mir persönlich war die ungezwungene Atmosphäre in dieser Familie immer lieber gewesen als die unterkühlte Förmlichkeit in meiner eigenen.
„Kannst du mir einen genauen Ablauf ihrer einzelnen Stationen geben?" Ich war fast automatisch ins Du gefallen. Vom Aussehen her hätte Timo gut und gerne noch als Teenager durchgehen können, seine etwas linkische Art, als ich nun begonnen hatte, Näheres zu erfragen, ließ meinen Beschützerinstinkt, der normalerweise meinen eigenen Kindern vorbehalten war, aufflammen. Ich wollte ihn nicht verletzen, musste allerdings mehr über Ulrike wissen. Wie sehr war sie in all den Jahren von Männern abhängig gewesen? Wie stark hatte sie sich darauf verlassen, von diesen unterhalten zu werden?
Er zog die Stirn kraus. „Meinen Vater hat sie mit achtundzwanzig kennengelernt, ein Jahr später wurde ich geboren. Gab es damals noch Kontakt zwischen Ihnen beiden?"
„Nein, ich habe sie, nachdem sie aus unserer Wohngemeinschaft auszog, aus den Augen verloren." Diese Antwort war sicherlich bes-

ser als die Wahrheit, besonders, da er nichts von den Umständen zu wissen schien, die uns zusammengebracht hatten.

„Ich muss ungefähr fünf gewesen sein, als sie ihn verließ. Ja, ich ging noch in den Kindergarten", fuhr er fort. „Wir sind zu ihrem neuen Freund, einem Optiker gezogen. Diese Beziehung hielt drei Jahre. Anschließend wohnten wir kurzzeitig bei dessen Bruder. Das heißt", verbesserte er sich, „es war eigentlich nur für den Übergang gedacht. Doch die beiden verliebten sich ineinander und wir blieben. Dann lernte sie den Vater von Dom kennen. Sie hatte schon einen ganz dicken Bauch, als wir alle gemeinsam ein Reihenhaus bezogen, daran kann ich mich gut erinnern. Der ließ sie jedoch zwei Jahre später sitzen, das war die Zeit, in der sie auf Sozialhilfe angewiesen war", fügte er hinzu.

„Was ist mit ihrer Familie?", fragte ich dazwischen. „Hat sie keine Hilfe bei ihr gesucht?"

„Mit denen war sie zerstritten. Da muss ich noch sehr klein gewesen sein. Ich kann mich zumindest nicht bewusst an die Oma oder meine Tanten und Onkel erinnern. Ich kenne sie nur von Fotos."

War Ulrikes Vater zu diesem Zeitpunkt mal wieder im Gefängnis gewesen oder hatte er es endlich geschafft, sich ganz von ihnen zu trennen? Jahrelang war er immer wieder verschwunden, seine Frau wusste angeblich nicht, wo er sich aufhielt. Großartig gestört hatte sie seine Abwesenheit nie, sie nahm sie genauso gelassen hin wie seine kurzzeitigen Besuche.

„Ungefähr ein Jahr später zogen wir bei Hermann ein", berichtete Timo weiter. „Der hatte das Problem, dass er wahnsinnig eifersüchtig war. Ohne ihn durfte sie bald gar nicht mehr vor die Tür gehen. Deshalb machten wir uns davon, als er morgens in seinem Unterricht war. Wir sind dann bei Jonas gelandet, das war der vor Helmut."

„Was war er von Beruf?"

„Anwalt."

Zum Glück schien Timo nicht zu merken, worauf ich aus war.
„Hermann war Lehrer, wenn ich das richtig verstanden habe. Und der Vater von Dominik?"
„Der hatte ein Lebensmittelgeschäft. Und Hermann war nicht Lehrer sondern Rektor", berichtigte er mich.
Zumindest hatte sich Ulrike langsam hochgedient. Offensichtlich war sie ihrem Motto von damals treu geblieben: Wozu sich krumm legen, wenn es genug Kandidaten gibt, die dies für mich erledigen. Auch ihr zweiter Wunsch war in Erfüllung gegangen. Irgendwann werde ich reich sein, hatte sie gesagt. So reich, dass ich mir jeden Wunsch mit einem einzigen Fingerschnippen erfüllen kann. Sie war geradezu ins Schwärmen gekommen, als sie diesen Punkt aufbrachte und hatte mir alles aufgezählt, was sie dann zu machen gedachte, Reisen in ferne Länder, eine Unmenge an echtem Schmuck kaufen, endlich ihr Traumauto fahren – aber vor allen Dingen nie wieder kochen und putzen.
Wie es aussah, hatte sie sich diesen Traum erfüllt. Ob sie wirklich glücklich geworden war, stand auf einem anderen Blatt.

# 5

**Früher**
Die Grundschulzeit verging und ich hatte dich immer noch nicht näher kennengelernt, du standst meistens mit deinen beiden Freundinnen in irgendeiner Ecke des Schulhofes und sahst den anderen Kindern beim Spielen zu, ich dagegen war ständig eingebunden beim Gummitwist, Fangen oder Verstecken spielen.
Auch draußen vor dem Haus, wo ich fast jeden Tag außer sonntags mit den Kindern aus der Nachbarschaft zusammentraf, sah ich dich höchstens einmal aus der Ferne. Du machtest nie Anstalten, dich uns zu nähern und auch wir kamen nie auf die Idee, dich zu unseren Spielen einzuladen. Die unsichtbare Schranke, ‚mit denen spielt man nicht', hielt uns fern.
Mittlerweile waren meine Eltern zu einigem Wohlstand gekommen, das Geschäft unter Einbeziehung der vormaligen Wohnräume vergrößert worden und mein Vater hatte eine Verkäuferin eingestellt, sodass meine Mutter nur noch zu den üblichen Stoßzeiten und vor den Feiertagen im Geschäft mithelfen musste.
Für mich hatte das den Vorteil, dass ich mich nicht mehr jeden Tag nach der Schule im Hinterzimmer selbst oder mit meiner Schwester beschäftigen musste, von den gelegentlichen Einladungen bei anderen Kindern einmal abgesehen. Denn der Laden lag an einer Hauptverkehrsstraße, durch die zusätzlich noch die Straßenbahn fuhr. Deshalb durfte ich nie auf dem Bürgersteig vor dem Haus spielen, genauso wie alle anderen Kinder, die hier in der Nähe wohnten.
Freunde durfte ich nur selten einladen und wenn, dann waren diese Einladungen auf die Tochter des Bäckers oder den Sohn des Fleischers beschränkt, die ich ebenfalls allein in ihren jeweiligen Hinterzimmern besuchen konnte und die wie ich kaum die Möglichkeit hatten, sich mit anderen zu treffen.
Daher war es für mich ein Schritt in die Freiheit, als ich endlich die Möglichkeit bekam, die Nachmittage draußen zu verbringen. Irgend-

wer war immer da, mit dem man spielen konnte, egal ob jünger oder älter, das nahmen wir damals nicht so genau. Außerdem hatte ich ja meine Rollschuhe, meinen Roller und mein Tennisspiel mit dem Gummiball am Band, damit konnte ich mich auch gut selbst beschäftigen.

Überhaupt traf man sich als Kind mit den anderen hauptsächlich draußen, im Sommer oft stundenlang auf der Straße vor dem Haus oder hinten im Hof, im Winter meist nur zum Rodeln und Gleitschuhe Fahren bei den kleinen Rodelbergen an der Schule und am Sportplatz. Nur ganz besonders gute Freundinnen kamen nachmittags zum Spielen mit in die Wohnung und das auch nur unter der Woche. Der Samstag und der Sonntag blieben der Familie vorbehalten, das hieß für mich und meine Schwester, dass wir samstags bis mittags mit in den Laden und uns anschließend nach dem gemeinsamen Essen ruhig verhalten mussten, da meine Eltern ihr Mittagsschläfchen hielten. Waren wir artig gewesen, das heißt nicht zu laut, durften wir noch für zwei Stunden draußen spielen. Anschließend wurde gebadet, danach hörten wir noch eine Märchenschallplatte oder spielten gemeinsam ein Spiel.

Die Sonntage habe ich als den ödesten und langweiligsten Tag der Woche in Erinnerung. Mein Vater und wir Kinder gingen in die Kirche, meine Mutter blieb zu Hause, um das Mittagessen vorzubereiten. Meistens war sie noch nicht fertig, wenn wir zurückkamen und jeder beschäftigte sich selbst, bis sie uns rief. Nachmittags fuhren wir zu unseren Großeltern, grässlich langweilige Aufenthalte, bei denen man artig auf seinem zugewiesenen Platz sitzen musste und zuhörte, wie die Großen sich über Themen unterhielten, die einen überhaupt nicht interessierten. Wobei wir sowieso nicht mitzureden hatten, gut erzogene Kinder sah, aber hörte man nicht.

Waren ausnahmsweise einmal keine Verwandtenbesuche geplant, fuhren meine Eltern mit uns in die Innenstadt zu einem Schaufensterbummel, da sonntags die Geschäfte geschlossen hatten und sie deshalb in aller Ruhe die ausgelegten Waren betrachten konnten. Das einzige Highlight für meine Schwester und mich war das große Spielzeuggeschäft, das sich ungefähr auf der Hälfte der üblichen Runde befand. Leider durften wir dort immer nur kurz verweilen, meine Mutter drängte zum Weitergehen.

Kurz gesagt, für mich war das Erreichen der weiterführenden Schule ein besonderes Ereignis. Von diesem Tage an, so hatten meine Eltern beschlossen, war ich alt genug für einen eigenen Haustürschlüssel. Damit entfiel für mich das lästige Ausharren im Laden, wenn meine Mutter arbeiten musste, meine Schwester und ich durften endlich ganz allein in der Wohnung bleiben. Sie war natürlich nicht mit zehn Jahren in den Genuss eines eigenen Schlüssels gekommen, sondern musste wie ich brav im Hinterzimmer warten, bis wir alle zusammen nach Hause gingen.

Jetzt, da wir beide im vernünftigen Alter waren, konnten meine Eltern es jedoch wagen, uns allein zu lassen. Außerdem würden die anderen Hausbewohner schon ein Auge, beziehungsweise eher ein Ohr auf uns haben, ob wir uns auch anständig verhielten. Sonst, wurde uns angedroht, konnte diese bevorzugte Behandlung auch schnell wieder rückgängig gemacht werden.

Wir waren so froh über unsere neu gewonnene Freiheit, dass wir uns hüteten, diese zu gefährden. Auch wenn wir uns normalerweise häufig stritten, befanden wir uns allein in der Wohnung, herrschte Waffenstillstand.

Du bekamst nur eine Empfehlung für die Hauptschule, ich dagegen sollte eigentlich wie meine zwei besten Freundinnen auf das Gymnasium wechseln. Aber meine Eltern meldeten mich auf der Realschule an, um mich nicht meiner Schwester gegenüber zu bevorteilen. Ihre Lehrerin hatte bei ihr damals ebenfalls zum Gymnasium geraten, doch waren derartige Schulen zu dieser Zeit nicht in unserer Nähe angesiedelt und meine Mutter scheute für sie den langen Weg dorthin. Drei Jahre später sah es zwar ganz anders aus, trotzdem wäre es in ihren Augen ein Unding gewesen, mich nun dorthin zu schicken.

Ich fand schnell eine neue beste Freundin, das Lernen fiel mir leicht – ich kam also bestens zurecht. Mein Aktionsradius vergrößerte sich nun noch mehr, was ich auch regelmäßig ausnutzte. So sah ich dich kaum und wenn, gingen wir aneinander vorbei wie zwei Fremde. Meistens hattest du ein oder zwei deiner kleineren Geschwister bei dir oder warst in Begleitung deiner ältesten Schwester, deren geschwollener Bauch einen weiteren Zuwachs eurer Großfamilie ankündigte.

Die Zeit verging. Mit dreizehn bekam ich bereits regelmäßig meine Periode und meine Mutter kaufte mir meinen ersten BH. Gefühlsmäßig blieb ich jedoch ein Kind, Jungen waren weiterhin nur Spielgefährten, das alberne Gekicher und seltsame Getue meiner Freundinnen, wenn diese sich in unserer Nähe aufhielten, konnte ich nicht verstehen.

So war ich bald die einzige, die nach wie vor draußen wilde Spiele spielte, die kein Interesse an Schminke und Mode hatte, die nicht mit in die Tanzstunde ging.

Aber auch die Jungen begannen irgendwann damit, sich für das andere Geschlecht zu interessieren, blieben für sich und ließen mich nicht mehr in ihren Kreis. Wollte ich nicht allein dastehen, was ich definitiv nicht anstrebte, musste ich mich wohl oder übel meinen Freundinnen anpassen.

Diese nahmen mich großzügig wieder in ihrem Kreis auf, trafen sich nachmittags mit mir, um mir Schmink- und Modetipps zu geben, begleiteten mich in die Stadt, um die gerade so sehr in Mode gekommenen Schlaghosen zu kaufen, verabredeten sich am Wochenende in ihren bevorzugten Discos mit mir.

Ich passte mich so gut es eben ging an, noch immer hatte ich weder großes Interesse an der neuesten Mode noch am Tanzen zu dem lauten hämmernden Beat der angesagten Bands. Ich kam mir irgendwie blöd vor, mich im Takt der Musik mit diesen Verrenkungen, die sie tanzen nannten, zu bewegen. Genauso blöd fand ich, dass wir uns wegen der Lautstärke kaum miteinander verständigen konnten und –

dass sich fast alle Gespräche nur um Jungen drehten: welcher von ihnen besonders süß aussah, welcher bestimmt schon mehrmals in unsere Richtung geblickt hatte, welcher vielleicht endlich eine von uns auffordern würde.

Damals war es tatsächlich so, dass die Mädchen brav warteten, bis sie von einem der Jungen aufgefordert wurden, Ausnahmen davon gab es kaum und wenn, dann handelte es sich um eine dieser besonders forschen Typen, zu denen meine Freundinnen und ich nun wahrhaftig nicht gehörten.

Auf Druck meiner Eltern nahm ich nun ebenfalls Tanzstunden. Zu meinem Erstaunen gefiel mir diese Art der Bewegung ausnehmend gut. Ich glaube, ich hätte noch viele weitere Kurse besucht, wenn ich einen geeigneten Tanzpartner gefunden hätte. Doch leider waren Jungen rar. Es gab fast doppelt so viele Mädchen, die abklatschen durften, damit alle zum Zuge kamen.

Zu meinem Glück hatte ich gleich beim ersten Mal Peter kennengelernt, der mich zu allen weiteren Tänzen aufforderte. Er wurde mein erster richtiger Freund – soweit man bei unbeholfenen Küssen und Umarmungen, zu mehr kam es nie, von richtig überhaupt sprechen konnte. Nach dem Abschlussball machte ich mit ihm Schluss, ich hatte schon die letzten Wochen nur noch mit Mühe durchgehalten, einzig die Gewissheit, sonst ohne Tanzpartner dazustehen, hatte mich dazu getrieben, etwas länger an ihm festzuhalten. Nun einen neuen zu finden, der mit mir weitere Tanzkurse besuchte, war nahezu unmöglich, also versuchte ich es erst gar nicht.

Die meisten meiner Freundinnen hatten zu dieser Zeit einen festen Freund, unsere nachmittäglichen Treffen gehörten somit der Vergangenheit an. Meine Schwester war kaum noch zu Hause anzutreffen, ich musste mit mir allein zurechtkommen, was ich als ziemlich öde empfand.

Kurz darauf, ich war knapp siebzehn, lernte ich Klaus kennen. Sein Vater hatte die Bude bei uns um die Ecke übernommen und er half ihm in den Semesterferien aus. Klaus war schon dreiundzwanzig und im Besitz eines alten, klapprigen Käfers, der uns am Wochenende überall dorthin brachte, wo ich noch nie gewesen war. Und davon gab es eine ganze Menge: Ich war vorher noch nie in einem Freizeitpark, hatte keine anderen Städte kennengelernt, keine Museen besucht. Das holten wir nun ausführlich nach. Über Tierparks bis zu historischen Stätten klapperten wir alle Sehenswürdigkeiten ab.

Klaus nahm meine mangelnde Bildung leicht erstaunt zur Kenntnis, das einzige, wo er herzhaft lachen musste, war, als er mich zum ersten Mal in die Stadtbibliothek mitnahm. Er konnte gar nicht verstehen, dass ich mir noch nie ein Buch ausgeliehen hatte. Für ihn war das völlig normal.

Dass man in unserer Familie keine gebrauchten Bücher las, entlockte ihm ein Kopfschütteln, dass meine Eltern nie mit mir zum Schlittschuhlaufen, ins Kino oder ins Freibad gegangen waren, fand er merkwürdig. Ich dagegen nicht, bei den Kindern in meiner Nachbarschaft und in meinem Freundeskreis war es ähnlich gewesen.

Klaus jedenfalls unternahm nun all diese Dinge mit mir. Nicht nur ich hatte daran einen Riesenspaß. Es war wirklich eine schöne Zeit.

Das einzige, was mir Unbehagen machte, war das, was zu einer echten Liebesbeziehung dazugehörte, der Sex. Es kostete mich jedes Mal richtiggehend Überwindung, mit ihm zärtlich zu sein, selbst zu einem einfachen Kuss musste ich mich zwingen, ich empfand all diese intimen Berührungen als eklig.

Dabei war mir Klaus nicht gleichgültig, ich liebte ihn schon, aber eher auf eine Art, wie man seinen Lieblingsbruder oder seine beste Freundin liebt.

Warum das so war, wusste ich nicht, wollte ich auch nicht wissen. Zumindest bis ich dich wieder traf.

# 6

**Heute**
Es war Ralf, der mir den nächsten Kontakt besorgte. Am Abend, er war reichlich spät erschienen und dadurch nicht mehr mit Timo zusammengetroffen, hatte er mir erzählt, dass Hermann Schreiber um einen möglichst baldigen Termin gebeten und er ihm mir zuliebe den einzigen freien in unserer morgigen Mittagspause gegeben hatte. „Ich esse schnell etwas vom Bistro und du kannst dich in dieser Zeit mit ihm unterhalten."
Hermann Schreiber war genau wie Wolfgang Kemper schon Klient von Ralfs Vater gewesen und ebenso wie dieser nach dem Rückzug von Weißgerber senior aus der Kanzlei zu meinem Mann gewechselt. Sie gehörten eher zur sogenannten Mittelschicht, mit Betrieben in der Größenordnung von zwanzig Mitarbeitern, wie die meisten unserer Mandanten, waren allerdings als Zulieferer geschäftlich mit Helmut Bergmann verbandelt, wodurch sich auch private Kontakte ergeben hatten, das heißt, man traf sich auf größeren Partys, die Frauen waren im selben Tennisclub, die Männer spielten zusammen Golf. Ralf und ich wurden zwar auch zu den größeren Feiern von Schreibers und Kempers eingeladen, kannten allerdings die anderen aus dem inneren Kreis nur flüchtig, meist war es so, dass jede Gruppe für sich blieb. Trotzdem, eigentlich hätte ich bei der einen oder anderen Veranstaltung dadurch gezwungenermaßen auf Ulrike treffen müssen. War sie mir nie aufgefallen oder etwa bewusst aus dem Weg gegangen? Ich jedenfalls hätte sie garantiert wiedererkannt, wenn wir uns nahe gekommen wären.
Hermann Schreiber traf zusammen mit dem Boten ein, der das Essen für Ralf brachte. Das war eine hervorragende Gelegenheit, ihn ganz offiziell zu bitten, ein paar Minuten zu warten, bis mein Mann sich gestärkt hatte. Ich führte ihn in Ralfs Büro, da dieser sich bereits in unseren Aufenthaltsraum zurückgezogen hatte.

„Ich bin Ihrem Mann wirklich dankbar, dass er mich dazwischengeschoben hat", begann Herr Schreiber, während er vor dem Schreibtisch Patz nahm. „Selbstverständlich kann ich ein paar Minuten warten. Er soll sich bloß nicht hetzen."
Oh, was waren das denn für Töne? Ihn musste ein arges Problem drücken, wenn er sich derart sanft gab. Normalerweise war er eher der unangenehme Typ, herrisch zu allen Untergebenen, die unserer Kanzlei eingeschlossen, neutral zu mir und jovial zu Ralf. Richtig aus sich heraus kam er nur bei Gleichrangigen.
Gut für mich, vielleicht würde er mir dadurch offen meine Fragen beantworten. „Ich leiste Ihnen Gesellschaft, bis mein Mann zurück ist", erklärte ich und zog mir den bequemen Drehsessel heran, der neben dem Regal in der Ecke stand. Ich bugsierte ihn hinter den Schreibtisch, sodass ich Hermann Schreiber direkt gegenüber saß.
„Haben Sie schon gehört, dass Ulrike Bergmann in Haft bleibt?", kam ich gleich zum Thema. „Die Verdachtsmomente gegen sie haben sich erhärtet."
„Nein, anscheinend sind Ihre Quellen besser als meine", musste er zugeben. „Ehrlich gesagt hätte ich ihr diese Tat nie zugetraut. Sie ist doch das typische Weibchen, oh, entschuldigen Sie bitte meine Ausdrucksweise. Ich wollte damit sagen, dass ich mir zwar vorstellen kann, dass sie ihm die Augen auskratzt, wenn sie von seiner Trennungsabsicht erfährt und um jeden Cent kämpfen würde, den er ihr zu zahlen hat, aber gleich ein Mord? Nein, dafür ist sie nicht der Typ."
War er etwa auch ihrer Anziehungskraft erlegen? Gut für mich, das würde unser Gespräch vereinfachen. „Ich glaube es ebenso wenig", gab ich daher zurück. „Ich kenne Ulrike von früher, wir haben sogar in derselben Wohngemeinschaft gehaust. Selbst dass sie diese Tat im Affekt begangen hat, ist für mich unvorstellbar."
„Vor allem, da es genug andere gibt, die viel mehr Gründe hatten, ihn umzubringen", stimmte er mir zu, um dann gleich zu fragen: „Sie

haben tatsächlich mit ihr zusammengelebt? Wann war das denn? Sie ist doch bestimmt ein richtiger Feger gewesen, ja?"
„Ich sah sie kaum", schwindelte ich. „Wie Sie sich schon dachten, sie war ständig unterwegs, hatte viele Verabredungen und viele Freunde und Bekannte." Ich hoffte nur, dass er nun nicht auf die Idee kam, meine vorherige Aussage zu hinterfragen, wieso ich trotzdem eine so gute Meinung von ihr hatte. Außerdem wollte ich mich zu diesem Thema nicht weiter äußern. Das Hier und Jetzt war wichtiger. „Wer hatte denn einen so gewaltigen Hass auf ihren Mann? Mir würde niemand einfallen, dem ich diese Tat zutrauen könnte. Nun haben Sie wohl die besseren Quellen."
Sichtlich geschmeichelt zuckte er mit den Schultern. „Ach, das ist doch offensichtlich. Sein Bruder ist der, der am meisten unter ihm gelitten hat. Helmut war der Chef, er bestimmte, wo es langging. Und jetzt, da er den Betrieb verkaufen wollte, entzog er ihm auch noch seine Existenzgrundlage. Der Rainer ist ein Arbeitstier, der wäre ohne diese Aufgabe eingegangen. Und sein Junge hat ebenfalls dort gearbeitet", fügte er nach einer kurzen Pause hinzu. „Der ist gerade erst mit seinem Studium fertig geworden."
Damit hatte ich schon zwei mögliche Kandidaten gefunden. Sollte ich versuchen, Einzelheiten aus ihm herauszubekommen oder fragte ich besser nach weiteren infrage kommenden? Ich entschied mich für letzteres.
„Seine Ex-Frau, zum Beispiel", war die prompte Antwort. „Die hat ihren Hass auf ihn nie überwunden. Sie musste sich bei der Scheidung mit Kleinigkeiten begnügen, obwohl sie vorher viel Geld ins Haus und in die Firma gesteckt hat. Sein Anwalt war halt cleverer als ihrer."
„Das ist fast neun Jahre her." Nein, diese war für mich keine Option. Wer wartete schon eine so lange Zeitspanne ab, bevor er zuschlug?
„Melanie ist ihre Cousine", trumpfte er auf. „Sie ist bestimmt vor Wut außer sich. Vor allem, dass er für sie alles aufgeben und mit ihr nach Amerika gehen wollte, muss ihr ein Dorn im Auge sein. Sie hat

sich damals richtig mit reingehängt und mitgeholfen, den Betrieb zu dem zu machen, was er heute darstellt. Sie war die treibende Kraft, die besten Ideen stammen von ihr." Er grinste. „Deshalb habe ich sie sofort eingestellt, als er sie rauswarf."
Noch ein Punkt, an dem wir ansetzen konnten. Doch etwas anderes war mir wichtiger. Mir lief die Zeit davon, lange konnte es nicht mehr dauern, bis Ralf hereinkam. „Sein Vater, war er mit den Plänen seines Sohnes einverstanden?"
„Der wurde gar nicht gefragt", Hermann Schreiber lachte auf. „Karl hatte sich völlig aus dem Geschäft zurückgezogen. Das Herz spielte nicht mehr mit, wissen Sie. Er wollte die letzten Jahre seines Lebens genießen, frei von allen Verpflichtungen. Er spielte ein-, zweimal in der Woche Golf und ging regelmäßig zu seinen Stammtischen, zudem hatte er das Gärtnern für sich entdeckt. Der hat den Gärtner entlassen und alles selbst gemacht. War sein neues Hobby."
„Hatte Helmut denn die alleinige Mehrheit?", stellte ich mich unwissend. „Konnte er denn einfach so verkaufen?"
„Jetzt, wo Sie es sagen", er kniff nachdenklich die Augen zusammen. „Meiner Erinnerung nach behielt Karl einen kleinen Anteil an der Firma, als Zünglein an der Waage, wie er mir augenzwinkernd erzählte. Damit die Jungen sich nicht die Köpfe einschlugen. Sie müssen wissen", er beugte sich vertraulich vor. Im selben Moment hörte ich das Surren des Rollstuhls näherkommen.
„Ja?", drängte ich, weil Hermann Schreiber innehielt.
Doch leider hatte er das Geräusch auch vernommen und wandte sich bereits zur Tür. „Ralf, ein Glück, dass du mich dazwischenschieben konntest. Ich glaube, ich habe ein Riesenproblem."
Mir blieb nichts anders übrig, als mit einem höflichen Lächeln zu verschwinden, natürlich erst, nachdem ich meinen Stuhl zurückgestellt hatte, sodass mein Mann seinen Platz hinter dem Schreibtisch einnehmen konnte.
Zuhause kochte ich für die Kinder nur ein einfaches Nudelgericht und begab mich anschließend sofort an den Computer, um zu re-

cherchieren. Hermann Schreiber hatte als Elektriker angefangen und sich zum Besitzer eines Elektronikfachhandels hochgearbeitet, naja, er hatte reich geheiratet und einen Teil des Vermögens seiner Frau in den Aufbau des Betriebs gesteckt, wie mein Mann mir erst kürzlich erzählt hatte. Helmut Bergmann dagegen war in das Unternehmen seines Vaters eingestiegen und hatte dieses nach und nach erweitert, sodass die ehemalige kleine Werkshalle bald nicht mehr ausreiche und durch einen riesigen Neubau ersetzt wurde – was dank Helmuts guten Beziehungen die zuständigen staatlichen Stellen anstandslos genehmigten. Immerhin war er einer der größten Arbeitgeber in der Stadt. Wie viele Angestellte er genau hatte, ging leider nicht aus den Artikeln, die ich im Internet fand, hervor. Aber zumindest erfuhr ich, dass in diesem Betrieb zweischichtig gearbeitet wurde und die Brüder es geschafft hatten, in ihrem Geschäftszweig, es handelte sich um eine Lampenfabrik, wie ich mit Erstaunen las, eine Spitzenstellung einzunehmen.

Gut, es ging hierbei um Objekte für die oberen Zehntausend. Selbst ich, die dank Ralf nicht gerade zu den Armen gehörte, musste schlucken, als ich die entsprechenden Preise entdeckte. Aber dass man damit richtig reich werden konnte, hatte ich eigentlich nicht gedacht.

Helmut war der leitende Geschäftsführer für den Betrieb, sein Bruder hatte die Entwicklungsabteilung unter sich, das hieß wohl, der eine konnte verkaufen, der andere neue Schmuckstücke entwerfen, denn es handelte sich fast ausschließlich um Unikate, wie ich auf ihrer Internetseite lesen konnte. Vater Karl hatte sich erst vor drei Jahren aus der Geschäftsleitung zurückgezogen, blieb aber weiterhin Gesellschafter, zumindest fand ich nirgendwo etwas Gegenteiliges.

Wie hatte Helmut ohne Einwilligung seines Bruders und Vaters die Firma verkaufen können? Das war für mich die alles entscheidende Frage. Wusste der Alte von dieser Entscheidung und hatte er sie mitgetragen? Die Antwort darauf würde ich wahrscheinlich so schnell nicht bekommen.

# 7

**Früher**
„Wir müssen heute Abend zu der Fete von Olaf, geht leider nicht anders." Klaus zog mich fester in seine Arme. „Dabei wüsste ich einiges, was ich lieber machen würde."
Mein Kopf war an seine Brust gedrückt, deshalb erlaubte ich mir ein kleines, erleichtertes Lächeln. Hurra, keine Zeit mehr für Sex! Laut sagte ich allerdings: „Ist das wirklich unumgänglich?"
„Ja, er hat mir den Käfer über den TÜV gebracht, da kann ich ihn jetzt nicht hängen lassen."
„Mist!" Ganz gelogen war dieser Ausruf nicht. Der ehemalige Nachbarsjunge von Klaus war nicht gerade das, was man als netten Kerl bezeichnete. Ich fand ihn ziemlich schräg – und naja, nicht gerade asozial, aber nahe dran.
„Komm, so schlimm ist er auch wieder nicht." Klaus lachte und schob mich von seinem Schoß. „Und auf jeden Fall hat er interessante Bekannte."
So konnte man es auch nennen. „Wenn mir dort zu viele Besoffene sind, gehe ich ganz schnell wieder", warnte ich ihn. Bisher war ich zwar noch nie auf einer von Olafs Feten gewesen, die zwei, drei Mal, die Klaus davon erzählt hatte, waren mir aber noch gut im Gedächtnis geblieben. Sie glichen eher Saufgelagen als Feiern und wurden meist von der Polizei wegen Ruhestörung beendet. So etwas musste ich nun wirklich nicht unbedingt selbst erleben.
„Hauptsache, wir haben uns blicken lassen", beruhigte Klaus mich. „Ich geh lieber dann mit dir, als dass ich da allein abhänge, versprochen."
Ich wäre beinahe schon an der Tür wieder umgekehrt. Die Musik dröhnte uns bereits auf dem Weg zum Haus in den Ohren und die drei Typen, die vor uns die Stufen zum Kellerabgang nahmen, sahen wenig vertrauenserweckend aus. Leider drehte sich ausgerechnet in diesem Moment, als ich Klaus bitten wollte, mich doch lieber erst

nach Hause zu bringen, einer von ihnen um und johlte: „Der Klausi! Ist nicht wahr! Und mit 'ner Perle! Junge, wir haben uns ja ewig nicht mehr gesehen."

Bevor dieser antworten konnte, hatte sich schon die Begleitung des jungen Mannes umgedreht und ich erkannte in ihr Ulrike. Sie hatte sich kaum verändert, die wilden schwarzen Zigeunerlocken umtanzten ihr Gesicht wie früher und sie trug einen bunten, weit schwingenden Rock mit einem tief ausgeschnittenen T-Shirt, das mehr als den Brustansatz enthüllte. Sie starrte mich ebenso ungläubig an, wie ich sie.

Ich war so perplex, dass ich die um mich wieder einsetzende Unterhaltung erst wieder registrierte, als alle auflachten. Klaus drückte mich fester an sich und schob mich auf die anderen zu. „Das ist Gabi", stellte er mich vor. „Und das sind Heiko und Jochen und äh …"
„Ulrike", ergänzte ich leise. „Wir kennen uns – aus der Schule."

Einen Moment standen wir ziemlich verlegen voreinander, dann packte Ulrike die Hand ihres Begleiters. „Los, komm! Lass uns feiern gehen."

Klaus hielt mich etwas zurück, während wir den anderen folgten. „Die war mit dir in einer Klasse?"

Ich meinte, einen geringschätzigen Unterton in seiner Stimme wahrzunehmen. „Nur in der Grundschule, aber sie wohnt bei uns in der Gegend. Wieso, kennst du sie?"

„Kennen wäre zu viel gesagt, ich habe nur von ihr gehört."

Bevor ich nach Einzelheiten fragen konnte, stand der Gastgeber vor uns und brüllte begeistert Klaus' Namen. „Ey, dass ihr gekommen seid! Geil, ey."

Der Abend verlief genauso, wie ich es mir vorgestellt hatte. Die Musik dröhnte, dass man sein eigenes Wort nicht verstehen konnte, der kleine Kellerraum war mit den fast zwanzig Personen hoffnungslos überfüllt, die Luft war so rauchgeschwängert, dass ich kaum atmen konnte. Innerhalb kürzester Zeit war die Hälfte der Gäste sinnlos betrunken.

Ich hielt mich die ganze Zeit über dicht bei Klaus, der von einem zum anderen ging und in Jugenderinnerungen schwelgte. Oh Gott, hoffentlich hatte er bald ein Einsehen und beendete unseren Besuch hier.

Da ich nichts anderes zu tun hatte – von dem, was gesprochen wurde, bekam ich sowieso nichts mit - beobachtete ich Ulrike. Sie schien sich köstlich zu amüsieren, tanzte mit jedem, der sie aufforderte – und das geschah ziemlich oft – trank das Bier aus der Flasche, als wäre es Wasser und knutschte hemmungslos mit diesem Heiko. Als die beiden sich in eine Ecke zurückzogen und ich sah, dass er nach ihren Brüsten griff, wandte ich meinen Blick ab.

Doch sie waren nicht die einzigen, wie ich feststellen musste. Drei weitere Pärchen hatten ebenfalls alle Hemmungen verloren und fummelten aneinander herum, eines sogar mitten auf der kleinen Tanzfläche. Den anderen Gästen schien dieses Verhalten egal zu sein, sie beachteten diese überhaupt nicht, lehnten rauchend und trinkend an der Wand und redeten miteinander, beziehungsweise brüllten sich an, denn eine normale Unterhaltung war bei dieser Lautstärke unmöglich.

Um halb elf erschienen zwei Polizeibeamte in der Kellertür, die aufgrund der schlechten Luft im Raum schon geraume Zeit offen stand. Ich konnte sehen, dass Olaf wohl doch noch nicht so betrunken war, wie ich gedacht hatte, denn er drehte, ohne mit ihnen zu diskutieren, die Musik leiser und schloss nach ihrem Weggang sofort die Tür.

„Leute, wer rauchen will, geht ab sofort nach draußen!", brüllte er in die Runde. „Und benehmt euch, ich kann keinen weiteren Ärger mit den Nachbarn gebrauchen."

Unwilliges Murren war die Antwort, aber bis auf zwei, die aufstanden, nach draußen torkelten und verschwanden, hielt sich jeder an die Vorgaben. Dadurch entstand zwar ein hektisches Kommen und Gehen, der Vorteil war jedoch, dass ich endlich an Klaus' Unterhaltungen teilnehmen konnte. Dachte ich zumindest anfangs, bis sich herausstellte, dass es dabei durchweg um Personen oder Ereignisse ging, die ich nicht kannte. So stand ich weiter neben ihm und langweilte mich.

Es ging auf Mitternacht zu und ich machte gerade einen erneuten Vorstoß, Klaus dazu zu bewegen, die Feier zu verlassen, als Olaf rief: „Leute, Flaschendrehen!"

Der Kreis der Gäste war mittlerweile auf acht Unentwegte geschrumpft, Klaus und mich eingeschlossen. Ich sah nun einen guten Grund, zu gehen, aber Klaus, der dem Alkohol im Verlaufe des Abends ziemlich zugesprochen hatte, lachte und zog mich mit in den Kreis, der sich auf dem Boden niedergelassen hatte. Na, der würde nachher von mir einiges zu hören bekommen!

Wenn ich nicht meinen Wohnungsschlüssel bei ihm gelassen hätte, wäre ich wahrscheinlich längst gegangen. Doch so musste ich gute Miene zum bösen Spiel machen, wollte ich ihn nicht vor all diesen seltsamen Typen brüskieren. Je höher sein Pegel gestiegen war, desto hartnäckiger hatte er sich geweigert, nach Hause zu gehen Es würde zu einem heftigen Streit zwischen uns kommen, versuchte ich, mich durchzusetzen.

Anfangs wurden einfach nur alberne Dinge verlangt: ein Glas Bier auf ex austrinken, auf einem Bein um uns herumhoppeln und ähnliches. Ich hatte das Glück, nur einmal an der Reihe zu sein und die mir gestellte Aufgabe dank meiner Nüchternheit bravourös zu meistern, während die anderen zunehmend jämmerliche Darbietungen zeigten und von den anderen ausgelacht wurden. Klaus holte sich eine große Beule, als er versuchen musste, eine Minute auf einem Bein zu stehen und sich dabei die Haare zu kämmen. Schon nach zehn Sekunden kippte er um und knallte mit dem Kopf gegen die Wand. Doch auch dieses Missgeschick hinderte ihn nicht daran, weiterspielen zu wollen. Dann verlangte Heiko, der an der Reihe war, die Flasche zu drehen: „Der, auf den sie zeigt, muss uns seinen nackten Po zeigen."

Das war für mich das Aufbruchsignal. Ich versuchte Klaus hochzuziehen, aber er weigerte sich lautstark. Missmutig ließ ich von ihm ab und setzte mich demonstrativ abseits der anderen an die Wand.

„Hier!" Ulrike hielt mir ein Glas vor die Lippen. „Bleib locker. Ist alles halb so wild."
Ich rümpfte die Nase, als mir der scharfe Geruch des Hochprozentigen in die Nase stieg. Bisher hatte ich mich den ganzen Abend an Cola festgehalten und gedachte auch nicht, diesen Umstand zu ändern.
„Trink!" Sie ließ nicht locker. „Das hilft, die Wartezeit zu überbrücken. Dein Klausi macht eh nicht mehr lange, der ist so was von breit." Sie grinste und ich konnte nicht umhin, ihre perfekten Zahnreihen zu bewundern, kleine perlweiße Zähne, volle runde Lippen, eine schmale Zunge … Verwirrt griff ich nach dem Glas und nahm einen großen Schluck.
Beinahe hätte ich das Zeug wieder ausgespuckt. Es brannte schon in der Mundhöhle wie Feuer und ich musste mich geradezu zwingen, es hinunterzuschlucken. Aber wie hätte ich mich weigern können, da Ulrike mich gerade mit einem bewundernden Blick maß?
Der Hustenreiz danach war leider nicht zu unterdrücken, ich half mir über die Verlegenheit, indem ich einen weiteren großen Schluck nahm.
Nach den nächsten drei Spielrunden hatte ich das Glas geleert und mir kam das Ganze nicht mehr so schlimm vor. Wer war ich denn, dass ich Klaus davon abhalten wollte, sich zu amüsieren? Schließlich war es das erste Mal, dass er seinen Kopf durchsetzte. Bisher hatte er stets Rücksicht auf mich und meine Meinung genommen, Entscheidungen, was und wie wir etwas tun wollten, wurden stets gemeinsam getroffen.
Andererseits war er auch nie sauer gewesen, wenn ich am Anfang unserer Beziehung immer sehr früh zu Hause sein musste und meine Eltern von mir verlangten, bei seinen Besuchen in unserer Wohnung stets die Zimmertür aufzulassen. Und dass mein Vater sehr lange gebraucht hatte, ihn als meinen Freund zu akzeptieren, hatte er mir auch nie vorgeworfen.
Also würde ich doch wohl diesen einen Abend aushalten.

Ulrike brachte mir ein zweites Glas, dieses Mal etwas Süßeres, Wohlschmeckendes. Es dauerte nicht lange und ich hatte den Inhalt geleert. Mit dem dritten lockte sie mich zurück in den Kreis.
Obwohl sich in meinem Kopf alles zu drehen begann, hatte ich plötzlich nichts mehr dagegen, noch zu bleiben, im Gegenteil, ich lachte mit den anderen über die unbeholfenen Versuche der Opfer, ihre Aufgaben zu erfüllen, stellte mich den meinen, ohne zu protestieren und dachte mir ebenfalls ziemlich gemeine Dinge aus, wobei ich allerdings immer noch die Harmloseste blieb.
„Letzter Dreh", verkündete Olaf schließlich.
Wir waren alle ziemlich betrunken und kaum noch in der Lage, dem Spiel zu folgen, zwei aus der Runde hatten sich schon zum Schlafen auf die Matratze unter dem Kellerfenster gelegt. Ihr lautes Schnarchen übertönte fast die leise Hintergrundmusik.
„Okay." Ulrike, die an der Reihe war, die Flasche zu drehen, überlegte. „Nun gut, mein Abschiedsgeschenk an euch." Sie machte eine bedeutungsvolle Pause und sah von einem zum anderen. „Der, auf den die Flasche zeigt, darf mich richtig küssen, also Zungenkuss."
Die Jungen, sie und ich waren die einzigen Mädchen, lachten – auch Klaus und Heiko, wie ich feststellen konnte. Na, begeistert war ich über dieses ‚Geschenk' nicht, was, wenn es meinen Freund traf?
Doch es kam noch schlimmer, die Flaschenöffnung zeigte ausgerechnet auf mich. „Nein!", protestierte ich sofort. „Das mache ich nicht."
Die Jungen dagegen kugelten sich vor Lachen auf dem Boden. Auch Ulrike grinste mich auffordernd an, ihre Augen funkelten. „Kneifen ist feige."
„Genau", fiel Heiko ein. „Los, stell dich nicht so an!"
Vielleicht war es der Alkohol, vielleicht aber auch der Trotz auf Klaus' Reaktion, der mich nun wie die anderen lautstark aufforderte, meine Aufgabe zu erfüllen, jedenfalls erhob ich mich leicht schwankend und trat auf Ulrike zu. Direkt vor ihr blieb ich stehen, Unsicherheit erfasste mich, am liebsten hätte ich einen Rückzieher gemacht. Doch da hatte Ulrike schon meinen Kopf zu sich herangezo-

gen und ihre Lippen auf die meinen gepresst. Ich kniff meine Lider zusammen, bloß nicht noch sehen müssen, was ich hier tat!
Mit sanftem Druck zwang sie meine Lippen auseinander, ihre Zunge zwängte sich in meinen Mund und – beinahe hätte ich aufgestöhnt vor Wonne. Augenblicklich überfiel mich ein wohliges Prickeln, das wie Fieberschauer durch meinen gesamten Körper jagte, mein Herz klopfte wie rasend, meine Kehle zog sich zusammen, dass ich kaum Luft bekam, mir wurde schwindelig.
Ulrike beendet den Kuss abrupt und sah mich fragend an. Ich wich ihrem Blick aus und wischte hart über meine immer noch prickelnden Lippen. Dann drehte ich mich um und ging unter dem Grölen und Klatschen der anderen zu Klaus.
„Los, wir gehen", bestimmte ich und griff nach seinem Arm. Widerspruchslos ließ er sich mitziehen.

# 8

**Heute**
Timo und Ralf trafen fast gleichzeitig ein. Mein Mann war gerade aus der Garage ins Wohnzimmer gerollt, als es an der Tür klingelte.
„Ich gehe schon." Bevor er seinen Rollstuhl gedreht hatte, war ich bereits unterwegs in die Diele. „Komm rein, leg ab und folge mir", begrüßte ich Timo, der mich etwas verlegen anlächelte. Natürlich war Ralf mir doch hinterher gefahren und wartete schweigend im Durchgang zum Wohnzimmer. Deshalb erledigte ich die übliche Vorstellungszeremonie gleich an Ort und Stelle. Timo hielt sich tapfer. Obwohl er anscheinend bisher keinen Schimmer von Ralfs Handicap gehabt hatte, ging er mit einer Selbstverständlichkeit darüber hinweg, die ihn meinem Mann sofort sympathisch machte. Dieser hasste nichts mehr als das Aufflackern von Mitleid oder Entsetzen in den Augen seines Gegenübers, wenn jemand ihn zum ersten Mal im Rollstuhl erblickte.
Wie selbstverständlich marschierte er an Ralf vorbei ins Wohnzimmer, als dieser ihm mit einer Handbewegung zu verstehen gab, sich dorthin zu begeben, und setzte sich auf die Couch, während ich den Sessel wählte und mein Mann sich neben mich schob.
„Wollen Sie zuerst erzählen oder soll ich?", fragte Timo.
„Du", antwortete ich, ohne zu überlegen.
Netterweise erklärte dieser an Ralf gewandt: „Die Polizei hatte einen Besuchstermin bei meiner Mutter für mich organisiert. Ich durfte heute Nachmittag persönlich mit ihr sprechen. Sie kann sich leider niemanden vorstellen, der diese Tat begangen hat", begann er seinen Bericht. „Es gibt zwar viele, die ihn nicht mochten, aber darunter ist niemand, dem sie einen Mord zutraut. Außerdem wüsste sie keinen einzigen, der ihn dermaßen gehasst hätte."
„Was ist mit der bevorstehenden Trennung?", fragte ich. „Hatte er mit ihr darüber gesprochen."

„Nein, allerdings ahnte sie, dass er eine neue Beziehung eingegangen war. Seine ständige Abwesenheit, sein Desinteresse an ihr, seine Ausreden, wenn es wieder einmal sehr spät geworden war, es gab genügend Anhaltspunkte, die darauf hindeuteten. Sie sagte, sie erwartete eigentlich jeden Tag, dass er sich ihr mitteilte."
„Wusste sie, wer die Neue war?"
„Nein, bisher war ihr niemand besonders aufgefallen. Sie selbst hat das Thema nicht angeschnitten. Sie meinte, sie würde es noch früh genug erfahren."
„Gab es früher schon Anzeichen dafür, dass er sie betrog?", hakte mein Mann nach.
„Zumindest nicht so, dass sie es bemerkt hätte." Timo schüttelte bekräftigend den Kopf. „Bis vor ein paar Monaten sei die Beziehung völlig in Ordnung gewesen. Naja, soweit man das überhaupt so nennen kann", fügte er hinzu. „Ich verstehe nicht, dass sie es überhaupt so lange mit ihm ausgehalten hat. Er war ein Despot, ein richtiger Haustyrann. Sie hatte zu tun, was er sagte, sonst rastete er aus. Auf seine Anweisung hin musste sie halbtags mit in den Betrieb, morgens, damit sie sich nachmittags um Maximilian kümmern konnte. Für den Haushalt musste sie ein Abrechnungsbuch führen, das er regelmäßig am Ende des Monats kontrollierte. Die Putzfrau, die gleichzeitig das Mittagessen für sie, meinen Bruder und manchmal auch für ihn kochte, hatte er eingestellt, meine Mutter war jedoch für deren Arbeit verantwortlich. Deshalb bekam sie es zu spüren, wenn er mit dem Essen oder der Sauberkeit unzufrieden war. Auch die Erziehung seines Sohnes oblag ihr. Ich glaube, Max mied seinen Vater, er hatte Angst vor ihm."
„Sagt sie das?" Ich dachte, er hätte kaum Kontakt zu seinem Halbbruder gehabt.
„Sie und auch Tante Angela, seine Schwägerin. Ich bin heute Morgen bei ihr vorbeigefahren, um nach dem Kleinen zu sehen, den meine Tante und mein Onkel vorübergehend bei sich aufgenommen haben.

Sie hat mich für Samstag zum Mittagessen eingeladen, dann kann ich mit Onkel Rainer sprechen."

„Ich dachte, du hättest hier keinerlei Kontakte?", wiederholte ich meinen Gedanken laut. Warum hatte er sich dann nicht gleich an diese gewandt?

„Weder meine Mutter noch ich sind jemals richtig warm mit denen geworden", gestand er errötend. „Die würden freiwillig keinen Finger für uns rühren."

„Das mit Ihrem Vater hört sich nicht an, als hätte Ihre Mutter in einer glücklichen Beziehung gelebt", kam Ralf wieder zum Kernthema zurück.

„Es war für mich unverständlich, dass sie ihn nicht längst verlassen hatte", nickte Timo. „Ach, sagen Sie bitte ruhig auch Du zu mir. Ich fühle mich damit irgendwie besser."

„Gab es eigentlich einen Ehevertrag?"

„Ja, darauf hatte der Vater von Helmut bestanden. Bei dessen erster Scheidung war es zu einigen unschönen Szenen gekommen, weil die damalige Frau einen Teil der Firma für sich beanspruchte. Aber meine Mutter wurde dadurch geschützt, dass sie pro vollendetem Ehejahr …" Timo hielt kurz inne, „… eine bestimmte Summe zugesprochen bekam, sollte es zur Scheidung kommen."

Genau aus dem Grund hatte ich danach gefragt. Ulrike war noch nie jemand gewesen, der sich freiwillig gängeln ließ. Es musste einen guten Grund dafür geben, dass sie es mit diesem Mann derart lange ausgehalten hatte.

„Und dann gab es ja auch noch Max", sagte Timo schnell, dem der gleiche Gedanke gekommen zu sein schien wie mir. „Sie hätte wahrscheinlich um ihn kämpfen müssen, freiwillig hätte sie ihn nie zurückgelassen."

Ob sein anderer Stiefbruder das wohl genauso sah?

„Was geschah am Mordtag, hast du sie dazu befragt?", übernahm mein Mann wieder das Gespräch.

Gespannt auf Timos Antwort beugte ich mich vor.

„Die beiden sind gemeinsam mittags nach Hause gefahren, weil Helmut noch einen wichtigen Termin hatte und sich darauf vorbereiten wollte. Nach dem Mittagessen hat er sich eine Stunde hingelegt und meine Mutter und Max sind gemeinsam die Hausaufgaben durchgegangen. Anschließend fuhr sie ihn zu einem Freund, bei dem er übernachten sollte. Danach hat sie einen kurzen Stadtbummel unternommen, gegen vier war sie wieder zu Hause. Da saß Helmut im Arbeitszimmer und telefonierte. Seine Stimme klang ziemlich ärgerlich, deshalb meldete sie sich nicht bei ihm zurück, sondern machte sich für ihre Verabredung fertig und ging, ohne noch einmal nach ihm zu sehen. Als sie zurückkehrte, fand sie ihn leblos im Wohnzimmer sitzend vor und rief sofort die Polizei und einen Krankenwagen."

„Moment." Ralf war jetzt ganz der Anwalt. „Mit wem hatte sie sich verabredet, wo traf sie diese Person und wann war sie wieder zurück?"

„Das wollte sie mir nicht sagen." Timo blickte unglücklich auf sein Gegenüber. „Sie sagt, das wäre irrelevant, weil derjenige nicht kam. Sie hatten sich in einem Hotel in der Innenstadt verabredet, sie wartete ungefähr zwei Stunden und beschloss dann, nach Hause zu fahren. Die Rezeptionistin bestätigt ihre Angaben, was aber im Endeffekt uninteressant ist, weil Helmut, kurz nachdem sie ihn verlassen hat, ermordet wurde."

„Könnte dieses Telefongespräch, das sie gehört hat, eventuell auch ein Streitgespräch zwischen ihrem Mann und einem Besucher gewesen sein?", mischte ich mich ein.

„Keine Ahnung." Timo sah mich erstaunt an. „Auf diese Idee sind wir beide nicht gekommen."

„Die Gläser im Wohnzimmer", übernahm Ralf. „So, wie ich meine Frau verstanden habe, war das eine das von Helmut und das andere eindeutig das deiner Mutter. Wann haben die beiden diese benutzt."

„Gar nicht." Timo blickte von meinem Man zu mir. „Sie haben beim Mittagessen etwas getrunken und meine Mutter stellte die Gläser auf die Spüle in der Küche. Als sie das erste Mal zurückkam, goss sie sich

Wasser ein und stellte gleichzeitig das von Max in die Spülmaschine. Die anderen beiden ließ sie, wo sie waren", fügte er erklärend hinzu. „Sie würden ja wahrscheinlich noch benutzt."

„Das heißt, als deine Mutter das Haus verließ, standen beide Gläser in der Küche", stellte Ralf fest.

„Ja, die Getränke befinden sich dort, deshalb ist es bequemer so. Außerdem bevorzugte Helmut zum Abend hin Bier oder Wein. Es kam nur selten vor, dass er zwischendurch noch einmal ein Wasser trank."

„Also hat irgendjemand, wahrscheinlich der Mörder, das Ganze gestellt", folgerte ich. „Um den Verdacht auf deine Mutter zu lenken."

„Gab es irgendwelche Einbruchsspuren?", erkundigte sich mein Mann.

„Nein, wer immer es gewesen ist, Helmut muss denjenigen selbst hineingelassen haben."

Eine Weile saßen wir uns stumm gegenüber, jeder überlegte, wie man diese Geschichte am besten angehen könnte.

„Immerhin habe ich auch einiges herausgefunden", sagte ich schließlich und berichtete von meinem Gespräch mit Hermann Schreiber. „Leider sind wir zum springenden Punkt nicht mehr gekommen", schloss ich. „Ich wüsste nur zu gerne, wie Helmut es geschafft hat, die erforderliche Mehrheit zu diesem Verkauf zu bekommen. War es sein Vater oder sein Bruder, der mit ihm kooperierte?"

„Sein Vater." Ralf zuckte mit den Schultern, als ich ihn vorwurfsvoll ansah. „Ich habe es selbst erst eben von Hermann erfahren. Bevor er in die Klinik gekommen ist, hat sich Helmut seine Anteile überschreiben lassen. Es war ein schwerer Herzinfarkt, keiner rechnete damit, dass er sich noch einmal davon erholen würde. Alle gingen davon aus, dass er, selbst wenn er es schaffen sollte, mindestens für mehrere Monate ausfiele. Nur deswegen ließ sich der Alte auf diesen Deal ein. Dass sein Sohn vorhatte, den Betrieb zu verkaufen, wusste er allerdings nicht."

„Bist du dir da sicher?" Das schuf weitere Möglichkeiten.

„Zumindest sagt Hermann, dass vorher nie die Rede davon war. Erst ungefähr eine Woche später ist durchgesickert, dass Helmut einen Käufer sucht. Und dass sein Bruder Rainer ihm eine Riesenszene im Büro gemacht hat. Da habt ihr euren nächsten Ansatzpunkt."

## 9

**Früher**
Mittags um eins weckte uns der Duft von gebratenem Fleisch, der durch das leicht geöffnete Dachfenster drang. Klaus hob stöhnend den Kopf und schnupperte, mir dagegen zog sich der Magen zusammen und ich hätte mich wahrscheinlich übergeben, wenn sich dort drinnen noch etwas befunden hätte.
„Sollen wir runtergehen?" Ohne meine Antwort abzuwarten, quälte er sich unter lautem Geächze aus dem Bett. „Papa hat bestimmt genug Fleisch für alle aufgelegt."
„Geh du ruhig." Mir war so schwindelig, dass ich die Augen, die ich gerade erst einen spaltbreit geöffnet hatte, wieder schloss. „Ich habe keinen Hunger."
„Du hast doch auf dem Nachhauseweg alles ausgekotzt." Er schüttelte verständnislos den Kopf. „Da kann doch gar kein Restalkohol mehr in dir sein."
„Stell mir bitte eine Scheibe trockenes Brot und ein Glas Cola ans Bett", bat ich.
„Soll ich nicht lieber hierbleiben?" Er klang richtig besorgt.
„Nein, geh du ruhig. Ich schlafe noch ein bisschen." Ja, geh endlich, dachte ich. Dann habe ich wenigstens meine Ruhe.
Zum Glück ließ er sich nicht lange bitten, zog sich an und verschwand. Kaum waren seine Schritte auf der Treppe verschwunden, döste ich wieder ein.
Aber die durch das Fenster eindringenden Grillschwaden ließen mich nicht zur Ruhe kommen, mir wurde immer schlechter. Also wälzte ich mich ebenfalls aus dem Bett und tappte auf bloßen Füßen ins Badezimmer, um einen Schluck Wasser zu trinken. Die Cola und den Toast hatte Klaus natürlich vergessen.
Mir wurde so schwindelig, dass ich mich auf den Toilettendeckel setzen musste. Kalter Schweiß brach mir aus, ich würgte und würgte, brachte allerdings nichts mehr aus mir heraus.

Als ich mich endlich wieder dazu fähig fühlte, aufzustehen, schlich ich langsam in die kleine Küche, nahm mir eine Scheibe trockenes Brot aus dem Kühlschrank und füllte ein Glas halb mit Cola, aus der ich die Kohlensäure herausrührte. Ich zwang mich Schlückchen für Schlückchen zu trinken und nahm zwischendurch immer wieder einen kleinen Bissen von dem Brot.

Es war Hochsommer und Klaus' kleines Appartement im Haus seiner Eltern hatte sich bei den herrschenden Temperaturen bereits mächtig aufgeheizt, trotzdem dauerte es lange, bis das innerliche Frieren, das mich gepackt hatte, nachließ. Ich hörte die fröhlichen Stimmen seiner Eltern und Geschwister im Garten, dennoch war ich nicht in der Lage, mich aufzuraffen und ihm nach unten zu folgen.

Ja, und dann fiel mir siedend heiß mein gestriges Erlebnis ein. Augenblicklich wurde mir wieder schlecht. Wie hatte ich das nur tun können!

Ich saß noch am Küchentisch, als Klaus zurückkam. „Gabi, du bist ja total grau im Gesicht. Geht es dir so schlecht?" Besorgt kniete er sich vor mich hin.

Bloß nicht mit ihm reden müssen! „Ich glaube, ich lege mich wieder hin", brachte ich mit bebenden Lippen hervor. „Mir fehlt nur etwas Schlaf."

„Ja, tu das." Er zog mich hoch und bugsierte mich ins Bett. Sogar das Fenster schloss er und ließ das Rollo daran ganz hinunter.

Ich zog mir die Decke über den Kopf und drehte mich zur Wand. Die Bilder von dem, was ich getan hatte, ließen mich nicht los. Wie war ich nur dazu gekommen, mich von Ulrike küssen zu lassen? Und viel schlimmer, wieso hatte es mir auch noch derart gefallen?

Seit zweieinhalb Jahren war ich nun mit Klaus zusammen, so wie mit Ulrike war es bei ihm kein einziges Mal gewesen. Dieses Prickeln, der jagende Puls, das war keine Verlegenheit gewesen, sondern – reinste Glückseligkeit.

Mir wurde schon wieder schlecht, kreisende Ringe erschienen vor meinen geschlossenen Augen, die Kehle zog sich mir zusammen. Hieß das etwa, dass ich …, dass ich … lesbisch war?
Nein, das konnte einfach nicht sein! Ich doch nicht!
Eingekuschelt in meine warme Höhle versuchte ich, Bilanz zu ziehen: Gut, ich war nie eines dieser albern kichernden Mädchen gewesen, die zu hohlköpfigen Puppen mutierten, wenn sich auch nur ein einziger Junge in Sicht- oder Hörweite befand. Ich hatte mich nie über die Maßen für irgendwelche Boygroups begeistert, hatte nie die angesagten Schauspieler angehimmelt. Aber die weiblichen Gegenstücke waren mir ebenso gleichgültig gewesen!
Oder etwa nicht? Gut, wenn ich ehrlich war, musste ich schon zugeben, dass ich die eine oder andere Sängerin bewundert hatte. Bewundert! Nicht angeschmachtet! Ich fand toll, dass sie ein ansprechendes Gesicht hatte, ausdrucksvolle Augen oder tolle Haare, und dass sie figurenmäßig dem Ideal entsprach, dass ich an mir gern gesehen hätte. Aber sonst? Meine Freundinnen in der Schule, alle anderen Mädchen, die ich kennengelernt hatte, nie war ich auf den Gedanken gekommen, etwas anderes in ihnen zu sehen als eben Geschlechtsgenossinnen, mit denen ich mich mal gut, mal weniger gut verstand.
Und dann ausgerechnet Ulrike! Die war nun wirklich nicht mein Typ, mit ihren wilden Zigeunerlocken und ihrer eher hageren Figur. Dazu die Adlernase, die ihrem schmalen Gesicht etwas Raubvolgelartiges gab. Nein, gutaussehend war sie nicht gerade.
Und doch hatte sie etwas an sich, dass wohl vornehmlich das andere Geschlecht anzog, wie ich gestern nicht hatte umhin können festzustellen. Ihre lockere Art, ihre Fähigkeit, auf andere zuzugehen und jedem das Gefühl zu geben, für sie wichtig zu sein, daran musste es gelegen haben, dass sie so gut ankam. Zumindest bei denen, die auf der Party waren. Vorher hatte ich ja nie groß auf sie geachtet.
Ach, wahrscheinlich machte ich mir viel zu viele Gedanken um diesen einen Kuss. Immerhin war Ulrike definitiv nicht lesbisch, ich hatte sie schon oft in Begleitung diverser Freunde gesehen. Seitdem

sie dreizehn war, ging sie mit Jungs, an Nachschub hatte es ihr nie gemangelt. Die hatte den gestrigen Vorfall bestimmt schon wieder vergessen.

Ob sie wohl gemerkt hatte, was in mir vorgegangen war? Hatte sie mich nicht irgendwie merkwürdig angeschaut? Oh Gott, wie musste ich in ihren Augen nun wohl dastehen?

Der Alkohol, ja, es musste alles, einfach alles am Alkohol gelegen haben. Immerhin war es das erste Mal in meinem Leben, dass ich so viel getrunken hatte. Bestimmt hatte der Alkohol meine Sinne verwirrt! Nein, ich war nicht lesbisch, genauso wenig wie Ulrike!

In den nächsten Tagen war ich sehr unsicher und noch gehemmter als schon von Natur aus. Nach jedem Gespräch, jeder Begegnung hielt ich Rückschau und beleuchtete kritisch meine Bemerkungen und Gesten. Ich war kaum noch fähig, die erforderliche Zusammenarbeit mit meinen Kolleginnen zu leisten. Nur die mittlerweile erlernte Routine half mir über den Tag.

Trotzdem blieb mein Gemütszustand niemandem verborgen. „Was ist nur mit dir los?", fragte gleich am Dienstag nach dem Wochenende meine Kollegin Corinna, die sich mit mir ein Büro teilte.

„Ärger mit dem Freund", murmelte ich, während ich weiter auf die Schreibmaschine einhämmerte.

„Was Ernstes?"

„Hm", brummte ich unbestimmt, setzte aber dann nach einer Pause doch hinzu: „Ehrlich gesagt weiß er nichts davon. Es liegt an mir, ich bin mir nicht mehr sicher, ob ich wirklich mit ihm zusammenziehen will."

Corinna war die einzige hier im Betrieb, mit der ich näheren Kontakt hatte, das heißt, wir verbrachten die Mittagspausen zusammen und waren auch schon mehrmals zusammen in der Stadt bummeln gewesen. Und da sie mir regelmäßig ihren Beziehungsstress anvertraute, durfte ich nicht zu verschlossen sein, sonst hätte im Endeffekt auch unsere Arbeitsbeziehung gelitten.

„Was? So plötzlich?" Sie sah mich neugierig an, bereit, jetzt sofort alles zu erfahren.

„Später, in der Mittagspause", wich ich aus. „Ich muss gleich zum Kistring."

Das war noch nicht einmal gelogen, der Abteilungsleiter hatte mich gleich heute Morgen gebeten, auf einen Sprung bei ihm vorbeizuschauen, er hätte etwas mit mir zu besprechen. Dass er gesagt hatte, es wäre nicht so wichtig, ich solle mich sehen lassen, wenn ich Zeit hätte, musste ich ihr ja nicht auf die Nase binden. Ich würde halt sehen, dass ich mir bis zur Pause eine vernünftige Erklärung einfallen ließ, am besten eine, die ich auch meinen Eltern geben konnte, denen ebenfalls eine Veränderung in meinem Verhalten aufgefallen war.

Ja, und was ich mit Klaus machen sollte, wusste ich nicht. Es war wirklich so, dass mir erst an diesem Sonntagnachmittag bewusst geworden war, wie unglücklich ich mich eigentlich in dieser Beziehung fühlte. Gut, unglücklich war vielleicht übertrieben. Immerhin hatte ich schon irgendwie Gefühle für ihn, war gern mit ihm zusammen, unsere gemeinsamen Unternehmungen machten mir Spaß – nur lieben, so wie eine Frau einen Mann liebt, das tat ich nicht. Also auch, wenn ich nicht lesbisch war, was ich immer noch weit von mir wies, stimmte unsere Beziehung nicht und würde nie auf Dauer halten können, so viel war mir mittlerweile klar geworden.

Ohne zu sehr in Einzelheiten zu gehen, waren es genau diese Argumente, die ich Corinna und später auch meiner Mutter vortrug. Beide reagierten genau gegensätzlich. „Dann trenne dich von ihm", kam es spontan von meiner Arbeitskollegin. „Lieber ein schneller Schnitt, als dass du dich und ihn monatelang leiden lässt."

„Kind, überlege dir diese Entscheidung gut", gab meine Mutter zu bedenken. „Er liebt dich und würde alles für dich tun. So etwas wirft man nicht aus einer Laune heraus weg."

Was sie eigentlich hatte sagen wollen war: Dieser Mann kommt aus einem guten Elternhaus und wird einmal genug Geld verdienen, um

dich und eure Kinder versorgen zu können. Wer bist du, dass du eine solche Partie ausschlägst?
Vielleicht befürchtete sie auch, dass ich ihre und meines Vaters Pläne durch diesen Entschluss über den Haufen warf. Sie wollten nämlich nach meinem Auszug, den Klaus und ich tatsächlich bereits geplant hatten, in eine kleinere Wohnung wechseln, beziehungsweise sich eine Eigentumswohnung zulegen, deren Kauf wohl kurz bevor stand – über ihre finanziellen Angelegenheiten sprachen meine Eltern nicht mit mir.
Meine Schwester, die ihren Studienplatz wohlweislich in einige Entfernung gelegt hatte und die ich am nächsten Tag anrief, war direkter: „Wenn du ihn von Anfang an nicht geliebt hast, wird die Liebe sich auch nicht nach mehr als zwei Jahren einstellen. Willst du mit so jemandem wirklich auf Dauer eine Beziehung eingehen, Kinder in die Welt setzen und mit ihm alt werden?"
„Wenn ich nicht mittlerweile wüsste, dass da was fehlt, ja. Nur weiß ich nicht, ob ich das jetzt noch kann", gestand ich ehrlich.
„Und wie und wann ist dir klar geworden, dass etwas fehlt?"
Nein, so gut standen wir nun doch nicht miteinander, dass ich darüber sprechen wollte. „Wahrscheinlich, weil wir über das Zusammenwohnen geredet haben", schwindelte ich. „Meine Abschlussprüfung war vor zwei Monaten. Klaus meint, es wäre an der Zeit, dass wir endlich zusammenziehen."
Als ich ihn kennenlernte, war ich in der Ausbildung zur Bürokauffrau, er mitten in seinem Studium. Seine Eltern hatten ihm das Dachgeschoss zu einem kleinen Appartement mit einem Wohn-, Schlafraum, einer winzigen Küche und einem Minibad ausgebaut, ich wohnte noch zu Hause. Natürlich hatten wir damals davon geträumt, nach dem Abschluss unserer Ausbildung zusammen in eine gemeinsame Wohnung zu ziehen. Dieser Traum war nun in greifbare Nähe gerückt. Ich war von meiner Firma übernommen worden, Klaus schrieb an seiner Diplomarbeit und hatte sich bereits bei mehreren potentiellen Arbeitgebern beworben. Für ihn war klar, dass wir, so-

bald er einen Vertrag unterschrieben hatte, in die gemeinsame Zukunft starten würden.

Und nun stand ich da mit meinen Zweifeln und Ängsten und wusste, dass es allein an mir lag, ob und wie es mit uns weitergehen würde. Egal, was alle anderen mir rieten, diese Entscheidung musste ich ganz allein treffen.

# 10

**Heute**

Da Timo erst für den übernächsten Tag sein Gespräch mit Rainer hatte, waren wir übereingekommen, dass er versuchen sollte, diese Melanie zu treffen, während ich eine Verabredung mit Monika arrangierte. Meine Freundin Claudia war eine ihrer Squash-Partnerinnen, sie vermittelte mir ein Gespräch für den frühen Abend.

„Sie ist eine liebe, nette Frau", hatte meine Freundin versucht zu erklären. „Nur über diese Geschichte mit Helmut ist sie nie hinweggekommen. Und seit sie weiß, dass er vorhatte, mit ihrer Cousine nach Amerika zu verschwinden, ist ihr Hass auf ihn noch gewachsen. Wundere dich daher nicht, wenn sie ausfallend wird. Das ist und bleibt ein Reizthema für sie."

Ich hatte Monika von den wenigen Partys bei Claudia und Meike, einer weiteren gemeinsamen Freundin von uns, als ruhige und aufgeschlossene Gesprächspartnerin in Erinnerung, mit der man interessante Diskussionen führen konnte. Genauso wie ich war sie eher darauf aus, eine nette Unterhaltung zu genießen, als sich an dem üblichen lauen Partygeschwätz zu beteiligen. Das Thema Helmut war allerdings zwischen uns nie angesprochen worden.

Claudia und sie hatten sich erst nach der Scheidung kennengelernt, ihr neuer Partner war ein Freund von deren jetzigem Lebensgefährten. Durch ihn kam Monika in diese Runde und wurde bald ein gern gesehener Gast.

Ralf und ich waren keine großen Partygänger, wir liebten beide eher das anregende Gespräch in kleinen Gruppen. Ich hatte meine beiden Freundinnen Claudia und Meike, mit deren Männern er sich ebenfalls gut verstand, er traf sich alle zwei Wochen mit seinen Skatbrüdern, mit denen wir so manchen Grillabend auf unserer Terrasse verbrachten. Die meisten Feiern, zu denen wir eingeladen wurden, waren in erster Linie Ralfs Beruf geschuldet. Wir gingen eher gezwungenermaßen dorthin und blieben meist nur kurz. Das musste auch der Grund sein, warum ich nie auf Ulrike aufmerksam geworden war, anders konnte ich es mir nicht erklären. Mir war bisher wirklich nicht bewusst gewesen, dass wir uns fast in denselben Kreisen bewegt hatten. Irgendwie war es sowieso seltsam, dass wir uns in all den Jahren nicht begegnet waren. Durch Timo hatte ich erfahren, dass sie schon mit einem ihrer damaligen Freunde hierher nach München gezogen war, also noch bevor sie Helmut kennengelernt hatte. Trotzdem waren wir nie aufeinandergetroffen, ein seltsamer aber glücklicher Zufall für mich.

Monika und ich hatten uns in der Innenstadt in einem kleinen, abseits gelegenen Café verabredet. Als ich pünktlich um halb sechs erschien, saß sie schon an einem kleinen Tisch ganz hinten in der Ecke und winkte mir zu. Kaum hatte ich mich gesetzt, kam die Bedienung und nahm unsere Bestellung auf. Monika lehnte sich zurück und betrachtete mich amüsiert, ärgerlich oder gar zornig wirkte sie auf mich nicht. „Sie betätigen sich also jetzt als Privatdetektivin?"

„Ich kenne Ulrike von früher und helfe ihrem Sohn, ein paar Hintergrundinformationen zu sammeln", versuchte ich, meine Beweggründe zu erklären. „Er ist erst sechsundzwanzig, stammt nicht von hier und ist mit der Gesamtsituation völlig überfordert." Etwas abrupt verstummte ich. Ich musste mich schließlich nicht vor ihr rechtfertigen.

„Ich glaube auch nicht, dass sie es war", erwiderte sie zu meinem Erstaunen. „Ich habe Ulrike zwar kaum gekannt, doch das, was ich über sie erfuhr, lässt mich arg an ihr als Täterin zweifeln."

Durch ihre Heirat mit Helmut Bergmann hatte Monika lange genug in seinen Kreisen verkehrt, um eigene Kontakte aufzubauen, auf die sie auch nach der Scheidung zurückgreifen konnte. Silke Kemper und sie zum Beispiel waren früher sehr gut befreundet gewesen, ihr Mann und Helmut unglücklicherweise genauso. Da diese zudem noch geschäftlich verbunden waren, einigte man sich nach der Trennung darauf, dass sich die beiden Frauen weiterhin privat trafen, Monika allerdings zu Partys, zu denen grundsätzlich die engeren Geschäftsfreunde eingeladen wurden, nicht mehr kam.

„Ja, Silke und ich sehen uns weiterhin regelmäßig", sagte sie, als hätte sie meine Gedanken erraten. „Sie hat mich natürlich in Bezug auf Ulrike auf dem Laufenden gehalten." Sie verstummte, weil die Bedienung unseren Kaffee und Kuchen brachte.

„Wieso glauben Sie, dass sie unschuldig ist?", fragte ich, kaum dass die Frau uns den Rücken zudrehte.

„Es ist nur ein Gefühl." Monika zuckte die Schultern und befüllte ihre Tasse mit Milch und Zucker. „Es passt nicht zu dem, wie sie mir beschrieben wurde." Nachdenklich nahm sie einen Schluck Kaffee. „Wild und ausgelassen, das sind die beiden Adjektive, die mir zu ihr einfallen würden. Ach ja", sie zog eine Grimasse. „Auf ihren eigenen Vorteil bedacht sicherlich auch. Sie wusste, wie sehr sich Helmut einen Erben wünschte, ihre Schwangerschaft war der Grund, warum er sich von mir getrennt hat."

Bevor ich dieses Thema vertiefte, nahm ich einen Bissen von meiner Schwarzwälder Kirschtorte. „Wussten Sie vorher von der Beziehung?"

Sie lachte, ein zynisches Lachen, das immer noch nicht frei von Bitterkeit war. „Es hat mich zu dem Zeitpunkt bereits nicht mehr interessiert. Sie war nicht seine erste Geliebte und wäre vermutlich auch nicht seine letzte gewesen, wenn sie nicht diesen Trick mit der Schwangerschaft angewandt hätte. Die Liebe zwischen uns war längst gestorben, uns hielt nur das gemeinsame Interesse an der Firma zusammen." Sie verstummte und begann mit wütenden Bissen zu essen. Ich schwieg, bis ich merkte, dass sie sich wieder beruhigt hatte. „Wissen Sie, wie die Beziehung zwischen den beiden lief?"

Sie ließ sich Zeit mit der Antwort, aß das letzte Stückchen ihrer Nusstorte, trank ihre Tasse leer und lehnte sich mit einem müden Seufzer zurück. „Sie war ihm nicht gewachsen. Helmut und mich schweißte der Betrieb zusammen. Ich habe von Anfang an mitgearbeitet und mich eingebracht, mir lag die Firma genauso am Herzen wie ihm.

Ulrike dagegen hatte von nichts Ahnung, ich glaube, sie musste im Versand mithelfen, mehr traute er ihr nicht zu."
Wieder etwas, das ich nicht gewusst hatte.
„Sie müssen wissen, dass mein Mann anfangs noch nicht dermaßen reich war", fuhr sie fort. „Wohlhabend schon, der richtige Reichtum kam jedoch erst später, nachdem die Kreationen seines Bruders bekannt geworden waren und Anklang gefunden hatten. Als wir beide, er und ich anfingen, handelte es sich um eine ganz normale kleine Lampenfabrik, die uns allen ein gutes Auskommen brachte, sodass wir sorgenfrei leben konnten. Erst nach meiner Ehe mit ihm steigerte sich der Erlös dermaßen und damit auch seine Ansprüche und seine Launen. Er hat damals finanziell einiges riskiert, um die neuen Produkte bekannt zu machen. Nun, der Erfolg kam und mit ihm die unangenehmen Veränderungen an meinem Exmann."
„Ich habe gehört, er sei ziemlich arrogant und rechthaberisch gewesen", warf ich vorsichtig ein. Endlich kam genau das, was ich hören wollte.
„Das ist noch harmlos ausgedrückt", entgegnete Monika, winkte der Bedienung, dass sie zahlen wollte und stand bereits auf. „Kommen Sie, ich brauche meine nächste Dosis Nikotin. Wir können draußen weiterreden."
Trotz meines Protestes bezahlte sie die gemeinsame Rechnung und zog mich hinter sich her nach draußen. „Sie haben mir mit diesem Treffen einen Gefallen getan.", sagte sie, während sie sich bereits ihre Zigarette anzündete und einen tiefen Zug nahm. „Ich hatte tatsächlich überlegt, ob ich nicht bei der Polizei vorbeigehe und erzähle, wie Helmut wirklich war. Alle anderen stellen ihn als den Supertypen dar, heben seine Stärken hervor, ohne gleichzeitig auch seine Schwächen aufzuzeigen. Ich habe es schon immer gehasst, dass man den Toten nichts Schlechtes nachsagen darf in unserer Gesellschaft. Und Helmut war ein echtes Arschloch, beziehungsweise hat sich, je mehr Macht er bekam, zu einem entwickelt, sowohl zu Hause als auch in der Firma. Schon ein paar Jahre nach unserer Hochzeit begann er,

mich bevormunden zu wollen. Ich ließ mir diese Behandlung nicht gefallen und ging meine eigenen Wege, uns verband nur noch der Betrieb. Sein Bruder hielt sich weitestgehend zurück, ihm war nur wichtig, dass er seine Modelle entwerfen konnte. Rainer ist ein Künstler und dazu etwas weltfremd", fügte sie erklärend hinzu. „Solange er das machen konnte, was er wollte und mit allem anderen nicht behelligt wurde, überließ er Helmut gern die Führung. Der Vater der beiden war wesentlich strikter. Die beiden lieferten sich erbitterte Kämpfe, weil sein Sohn ziemliche Risiken einging, um sein Ziel zu erreichen. Er …"

„Was für Risiken?", unterbrach ich sie.

„Er nahm hohe Kredite auf, damit er seine Visionen verwirklichen konnte. Karl passte das nicht, er war wesentlich vorsichtiger, ja, vernünftiger, würde ich sagen. Helmut preschte ohne Rücksicht nach vorn, alles oder nichts war seine Devise."

„Aber es hat funktioniert?", fragte ich, obwohl ich die Antwort eigentlich schon kannte.

„Ja, allerdings war das der Grund, warum sein Vater sich nie ganz aus dem Betrieb zurückzog. Er hat seinen Gesellschafteranteil bis zuletzt behalten. Mich würde schon interessieren, wie Helmut ihn dazu gebracht hat, einem Verkauf zuzustimmen."

„Vielleicht aufgrund seines Herzinfarktes", spekulierte ich. „Wann wurde denn bekannt, dass Ihr Exmann die Firma verkaufen wollte?"

„Na klar, Sie haben recht." Monika schnippte ihre Zigarette in den Rinnstein und zündete sich sofort die nächste an. „Ich weiß ja selbst nicht mehr als gerüchteweise davon. Trotzdem wette ich, dass Sie richtig liegen. Mein Chef, Hermann Schreiber, hat vor ungefähr zweieinhalb Wochen von dieser Verkaufsabsicht erfahren, Karls erster Herzinfarkt war vor ungefähr vier Wochen. Da muss ein Zusammenhang bestehen."

# 11

**Früher**
Die nächsten Tage verstrichen quälend langsam. Ich war immer noch zu keinem Ergebnis gekommen, wie ich mich verhalten sollte. Aber die Zusammentreffen mit Klaus wurden zunehmend schwieriger. Ich musste mich geradezu zwingen, seine Zärtlichkeiten zu ertragen und griff in meiner Not zu den üblichen Ausreden einer Frau: Kopfschmerzen, Arbeitsüberlastung, einsetzende Periode.
Ich schämte mich furchtbar bei diesen Ausflüchten, was nicht gerade dazu angetan war, sie glaubwürdiger zu machen.
So war ich nicht sehr erstaunt, als er ungefähr zwei Wochen danach die Initiative ergriff und mich direkt auf meinen Gemütszustand ansprach. Blöderweise dachte er jedoch, ich hätte wieder einmal, so wie häufig, Streit mit meinen Eltern und wolle ihn nur schonen und aus diesen Streitigkeiten heraushalten. Er wollte mir auch dann noch nicht glauben, als ich diese seine Annahme mehrfach verneinte. Er wisse, dass etwas Schlimmes passiert sein müsse, wiederholte er ein ums andere Mal, aber wir beide würden gemeinsam schon damit klarkommen.
Da wusste ich, dass ich ihm die Wahrheit sagen musste. Also teilte ich ihm mit, dass ich mir nicht sicher sei, ob ich ihn noch liebte.
„Was?" Er war völlig fassungslos. „Aber wie kommst du auf einmal auf diese Idee?"
„Ich weiß es nicht", gab ich unter Tränen zurück. Ihn derart mitgenommen zu sehen, ließ mich nicht kalt.
„Komm, du meinst es bestimmt nicht so." Er versuchte, mich in den Arm zu nehmen.
„Nein!" Ich rückte schnell von ihm ab. „Ich meine es so, wie ich es gesagt habe. Meine Liebe zu dir ist irgendwie nicht mehr da. Ich denke seit mehreren Tagen darüber nach und verstehe selbst nicht, wieso es dazu gekommen ist. Trotzdem, ich bin mir sicher, ich liebe dich nicht mehr und denke, wir sollten unsere Beziehung beenden."

Meine Worte hatten ihn sichtlich getroffen. Seine sonst rosige Gesichtsfarbe hatte zu einem blässlichen Grau gewechselt, es gelang ihm nur mühsam, die Tränen zurückzuhalten. Er presste die Lippen zusammen und stand auf. „Ja, wenn das so ist, dann gehe ich besser." Ohne sich noch einmal umzudrehen verließ er den Raum, sein steifer Rücken zeigte mir jedoch, wie gekränkt er war.

Ich fühlte mich ebenfalls schlecht, kaum war er verschwunden, brach ich in Tränen aus und weinte den ganzen Abend. Meine Mutter, die irgendwann ins Zimmer kam, um nach mir zu sehen, drehte um, nachdem sie den Grund für meine Trauer erfahren hatte, und verließ mich wortlos. Für sie war ich selbst schuld an meinem Elend, schließlich war ich es gewesen, die diese perfekte Beziehung hatte scheitern lassen.

Auch in den nächsten Tagen ließ sie mich durch ihr Verhalten wissen, wie sehr sie meine Entscheidung verstimmt hatte. Wenn sie denn mit mir sprach, bekam ich nur eisige Spitzen zu hören, ich sei egoistisch, undankbar und viel zu verwöhnt. Und dass ich mir ja nicht einbilden solle, sie, die Eltern, würden nun auf mich Rücksicht nehmen. Schlimm genug, wie sie nun in der Nachbarschaft und bei ihren Kunden dastanden, hatten sie doch überall von ihrem zukünftigen Schwiegersohn geschwärmt. Und dann erst die Beziehung zu seinen Eltern! Gerade erst sei man sich etwas nähergekommen, habe sich das Du angeboten und einen gemeinsamen Ausflug geplant. Der Kauf der Eigentumswohnung sei bereits vorangetrieben, sobald sie sämtliche Papiere zusammen hätten, würden sie umziehen. Für mich sei dort kein Platz, ich solle mir also bitte schnell eine eigene Bleibe suchen.

Das hatte ich sowieso vorgehabt. Am liebsten wäre ich nicht einen Tag länger geblieben. Bei mir hatte sich nach der ersten Trauer relativ schnell ein Gefühl der Befreiung eingestellt, ich war eigentlich nur noch erleichtert, es endlich hinter mich gebracht zu haben. Natürlich fehlten mir ab und zu die Gespräche mit Klaus, besonders, da meine Eltern mich wie eine unerwünschte Person behandelten und mich mit anhaltendem Schweigen straften. Aber Corinna, die sich vor Kurzem ebenfalls von ihrem Freund getrennt hatte, sprang mir bei, ging nach Feierabend mit mir Bummeln oder nahm mich mit in ihre Wohnung, wo ich bis zur Schlafenszeit blieb.

Sie war es auch, die am Wochenende gemeinsam mit mir zu den Besichtigungen der kleinen Appartements fuhr, die ich in die engere Wahl gezogen hatte. Und sie stand mir zur Seite, als ich mich noch einmal mit Klaus traf, um die vielen persönlichen Dinge auszutauschen, die sich in der Zeit bei dem anderen angesammelt hatten.

Mit ihr zusammen bewältigte ich den Umzug, der schon vier Wochen nach dem Beziehungsaus stattfand. Außer meiner Kleidung nahm ich nur den kleinen Schreibtisch, den ich mir von meinem ersten Lehrlingsgehalt selbst gekauft, und das Geschirr und die Bettwäsche, die ich zu diversen Geburtstagen geschenkt bekommen hatte, mit. Corinna schaffte es, all diese Dinge in ihr Auto zu quetschen, sodass wir nur zwei Mal fahren mussten.

Am Wochenende davor hatte sie mir geholfen, die Wände in einem hellen Gelb zu streichen und mir gezeigt, wie man Teppichfliesen verlegt, womit ich dann den ganzen Montag und Dienstag beschäftig gewesen war. Am Freitag war sie mit mir nach der Arbeit zu einem kleinen Möbelhaus gefahren, das Gebrauchtmöbel anbot, und ich hatte dort die Einrichtungsgegenstände erstanden, die am dringendsten erforderlich waren. Eine kleine Küchenzeile mit sämtlichen Geräten gehörte glücklicherweise zur Wohnung, sodass ich nur einen kleinen Teil meiner Ersparnisse ausgeben musste.

Der Abschied von meinen Eltern gestaltete sich relativ kühl. Meine Mutter hatte mir die Trennung von Klaus immer noch nicht verziehen, mein Vater, der sehr konservativ war, sah mich sowieso als Gefallene an. Ihm war es ja schon ausgesprochen unangenehm gewesen, dass wir zusammenziehen wollten, ohne vorher zu heiraten. Die einzige, die mir von ganzem Herzen Glück bei diesem Neuanfang wünschte, war meine Schwester. Sie hatte schon direkt nach dem Abitur mit neunzehn das Gefängnis, wie sie es nannte, verlassen,

lebte zurzeit in ihrer dritten festen Beziehung und hatte, zumindest ihren Worten nach, dieses Mal endlich den Richtigen gefunden.
Nach diesem Telefongespräch fasste ich neuen Mut. Vielleicht war es ja wirklich einfach so, dass ich die wahre Liebe noch vor mir hatte.
Der Umzug hatte zwei gute Seiten. Erst einmal begegnete ich dadurch nicht täglich dem vorwurfsvollen Blick von Klaus' Vater, an dessen Kiosk ich vorher jeden Tag auf meinem Weg von der Straßenbahnhaltestelle nach Hause vorbeigehen musste, zum anderen war auch Ulrike so aus meinem direkten Blickfeld verschwunden. Ich hatte mich des Öfteren dabei ertappt, dass ich gezielt die Straße nach ihr absuchte und extra langsamer wurde, wenn ich mich in der Nähe ihres Hauses befand. Dabei war ich mir gar nicht sicher, ob ich überhaupt mit ihr geredet und nicht stattdessen schleunigst das Weite gesucht hätte.
Nach alldem, was in letzter Zeit auf mich eingeströmt war, stellte sich mein neues Leben bald als relativ eintönig heraus. Die langen, einsamen Abende zogen sich endlos hin, ich hatte auf einmal viel zu viel freie Zeit, die ich mit Grübeln verbrachte. War mein Entschluss, mich von Klaus zu trennen, wirklich richtig gewesen? Er fehlte mir schon irgendwie, ich vermisste seine Anteilnahme an mir und meinem Leben genauso wie die gemeinsamen Unternehmungen, die nie hatten Langeweile aufkommen lassen. Das einzige, was ich nicht eine Sekunde lang entbehrte, war der Sex mit ihm. Es war für mich geradezu eine Erleichterung, auf diese Art von Körperkontakt verzichten zu können.
Deshalb hatte ich es auch nicht eilig, eine neue Beziehung einzugehen. Zwar zog ich mit Corinna an den Wochenenden durch die Kneipenszene, aber das geschah eher aus dem Grund, nicht ganz allein in meiner Wohnung zu hocken. Meine Arbeitskollegin dagegen war auf der Suche, wie sie es nannte. „Ich bin nicht der Typ, der gern allein ist", hatte sie mir erklärt. „Ich fühle mich nur vollständig mit einem Kerl an meiner Seite."

Es dauerte nicht lange und sie hatte einen neuen Partner gefunden. Die gemeinsam verbrachten Freitag- und Samstagabende hörten auf und ich saß nun auch am Wochenende allein zu Hause. Sicher, sie lud mich oft genug ein, sie bei einem ihrer Kneipenbummel zu begleiten, doch hätte ich mich dabei wie das sprichwörtlich dritte Rad am Wagen gefühlt. Neben zwei frisch Verliebten zu sitzen und ihrem zärtlichen Geplauder zuzuhören, war definitiv unangenehmer, als die Freizeit allein vor dem Fernseher zu verbringen.

Noch schlimmer wurde es, nachdem sich Corinna in den Kopf gesetzt hatte, dass ich nun ebenfalls reif für eine neue Beziehung wäre und begann, ungebundene Freunde ihres Ulrichs gleichzeitig mit mir einzuladen, um mich mit einem von ihnen zu verkuppeln. Mir blieb schließlich nichts anderes übrig, als ihr eine neue Beziehung vorzugaukeln. Dafür verpflichtete ich meinen Cousin Jan und versprach ihm für insgesamt drei Treffen, bei denen er den Verliebten spielen musste, einen Satz neuer Reifen. Ein ganz schön teures Unterfangen, das war mir bewusst, aber wie hätte ich Corinna sonst davon überzeugen sollen, dass ich glücklich und zufrieden war?

Um zu verhindern, dass meine Kollegin ihn allzu sympathisch fand und deshalb häufigere Unternehmungen mit uns plante, hieß ich Jan, sich den anderen gegenüber wie ein Ekel zu benehmen. Glücklicherweise ließ er sich auf meine Vorgaben ein – der Reiz des Geldes hatte bei meinem Cousin eindeutig die Oberhand gewonnen – und er spielte seine Rolle so gut, dass mir Corinna nach dem dritten gemeinsam verbrachten Abend bedauernd erklärte, ihr Freund und sie würden mit Jan nichts mehr zu tun haben wollen. Ich könnte mich ihnen weiterhin anschließen, jederzeit, ihm hingegen brächten sie keinerlei Wohlwollen mehr entgegen.

Ich tat traurig und, da hoffnungslos verliebt, traf ich natürlich meine Entscheidung für Jan und gegen sie, was uns nicht daran hinderte, weiterhin ein gutes kollegiales Arbeitsverhältnis zu behalten.

Ich hatte mein Ziel erreicht, trotzdem war ich nicht glücklich. Mir wurde immer bewusster, dass etwas Wichtiges in meinem Leben fehlte: die Liebe. Um meine Einsamkeit zu überwinden, begann ich, mich für Abendkurse einzuschreiben, alles, was mir Spaß machte: ein weiterführender Englischkurs, ein Anfängermalkurs und ein Kurs, in dem Entspannungstechniken gelehrt wurden. Der letztere war auch dringend erforderlich, ich bestand fast nur noch aus verkrampften Muskeln. Außerdem konnte ich auf diese Weise bestimmt neue interessante Menschen kennenlernen, mein Bekanntenkreis beschränkte sich damals auf Corinna, meinen Cousin Jan und meine Nachbarin Frau Schröder, eine liebe alte Dame, die mich als Enkelersatz angenommen hatte.

Seltsamerweise lernte ich die nettesten Typen in diesem Entspannungskurs kennen, bald wurde es zu einer Regelmäßigkeit, dass wir vier uns nach dem Ende der Veranstaltung noch auf ein Glas Wein zusammensetzten. Kurz darauf verabredeten wir uns zu einem Kinobesuch, danach zu einem gemeinsamen Essen, es dauerte nicht lange, bis wir anfingen, unsere Freizeit zusammen zu verplanen. Der Vorteil war, dass wir uns alle vier ausnehmend gut verstanden. Wir, das heißt, Winfried, der einzige Mann in unserer Gruppe und genauso alt wie ich, Brigitte, schon Anfang dreißig, Angelika, Mitte zwanzig und ich hatten dieselben Interessen, Vorlieben und Abneigungen. War einer von uns verhindert, unternahmen die anderen drei allein etwas, selbst zu zweit war das Wochenende angenehmer als allein, zu viert waren wir eine eingeschworene Gemeinschaft.

Winfried war schwul, daraus machte er von Anfang an kein Geheimnis. Seine letzte Beziehung zu einem wesentlich älteren Mann war an dessen grundloser Eifersucht zerbrochen, nun versuchte er erst einmal, sein Leben allein zu gestalten. „Ich habe für ihn alles aufgegeben, mich ihm zuliebe geoutet, fast alle meine Freunde haben mich damals fallenlassen, auch für meine Familie bin ich so gut wie gestorben", hatte er uns ganz offen bei unserem ersten Treffen erzählt. „Also wenn ihr was gegen Schwule habt, sagt es direkt heraus, ich bin das gewohnt."

Brigitte und Angelika schüttelten synchron den Kopf und versicherten ihm, diese Tatsache würde sie überhaupt nicht stören. Sie nahmen sein Eingeständnis völlig wertfrei, es schien ihnen wirklich nichts auszumachen. Ich dagegen war von seiner Offenheit beeindruckt. Damals konnte man nicht erwarten, auf Verständnis zu stoßen, es hatte etwas Verruchtes an sich, zu diesem Personenkreis zu gehören. Die meisten meiner ehemaligen Bekannten hätten daran Anstoß genommen und sich zurückgezogen. Das sagte ich Winfried auch.
Er lachte: „Ich bin längst über diese Phase der Selbstverleugnung hinweg. Wie soll sich jemals etwas ändern, wenn ich meine Neigung verstecke und nur im Geheimen auslebe? Nein, ich stehe dazu, auch wenn es mir im Moment mehr Unannehmlichkeiten als Vorteile bringt."
Ich musste mir insgeheim eingestehen, dass ich wahrscheinlich nicht so mutig gewesen wäre. Doch dieser Aspekt berührte mich eher am Rande. Viel wichtiger war für mich, dass ich bei ihm nicht befürchten musste, dass unsere beginnende Freundschaft durch eine Liebelei, sei es mit Angelika, Brigitte oder gar mir gefährdet wurde. Bei diesen dreien konnte ich mich geben, wie ich war, ohne Angst haben zu müssen, auf Unverständnis zu stoßen.

# 12

**Heute**
Die Kinder hatten schon morgens das Haus verlassen, Yannick wollte bei einem Freund übernachten und würde erst am Sonntagabend zurück sein, Karina war mit dem Kirchenchor unterwegs zu einem Auftritt, der sicherlich bis zum späten Nachmittag dauerte, Ralf und ich hatten den Tag für uns.
Das Wetter war heute ausnahmsweise freundlich, sogar die Sonne schien, wodurch sich die Luft auf fast fünfzehn Grad aufgewärmt hatte, kein Vergleich zu gestern und den letzten Tagen, an denen sich die Temperatur im einstelligen Bereich gehalten und es darüber hinaus fast ununterbrochen geregnet hatte.
„Ich dachte, ich bringe die Gartenmöbel ins Häuschen und gehe ein letztes Mal in diesem Jahr über den Rasen", erklärte ich Ralf beim Frühstück. „Ab morgen soll es bereits wieder nasskalt werden, der Sommer ist definitiv vorbei."
„Dann kümmere ich mich um Karinas Computer", war die Antwort. „Oder liegt sonst etwas Wichtiges an?"
„Nein, heute Nachmittag kommt irgendwann Timo vorbei", erinnerte ich ihn. „Ich habe ihm gesagt, er solle direkt von seinen Verwandten zu uns durchfahren."
Ralf, der gerade die Zeitung aufschlagen wollte, zögerte. „Sag mal", begann er, hielt dann aber inne, als er sah, dass ich bereits auf dem Sprung war. „Ach, war nicht so wichtig. Wir reden beim Mittagessen darüber."
Ich wusste, was er mit mir besprechen wollte, das Thema Ulrike ließ sich nicht länger umgehen. Immerhin hatte er sich bis jetzt gut gehalten und mich unternehmen lassen, was ich für nötig hielt. Auch Timo gegenüber war er höflich und zuvorkommend gewesen, nicht einmal hatte er durchblicken lassen, dass dieser in seinen Augen unerwünscht war. Nun aber würde ich mich seinen Fragen und Ansichten stellen müssen.

Die Sonne hielt sich den ganzen Vormittag, sodass ich nicht nur den Rasen mähte, sondern auch noch sämtliche Büsche beschnitt. Ich war gerade dabei, die letzte Schubkarre voller Ästchen zu laden, als eine Stimme hinter mir sagte: „Lassen Sie mich das doch machen."
Timo war unbemerkt von mir in den Garten gekommen und trat nun über die Terrasse auf mich zu. „Lieber nicht", ich musterte seine Stoffhose und den dazu passenden Blazer. „Das ist die letzte Fuhre. Du würdest nur unnötig schmutzig." Erst dann fiel mir ein, auf die Uhr zu blicken. Halb eins. „Wieso bist du hier? Solltest du nicht mittags deinen Onkel treffen?"
„Der hat unser Gespräch auf zehn Uhr vorverlegt, weil er anschließend einen wichtigen Termin wegen der Firma hatte", erklärte Timo. „Er nahm mich noch ein Stück auf dem Weg mit und ich dachte mir, ich schaue gleich bei Ihnen vorbei. Ich habe nämlich wichtige Neuigkeiten."
„Moment!" Ich nahm die Griffe der Schubkarre und balancierte sie über den schmalen Weg, der in die hinterste Ecke zu unserem Komposthaufen führte. „Warte, ich bin sofort zurück."
Ich verstaute die Arbeitsgeräte im Schuppen und wandte mich ihm wieder zu. Im selben Augenblick kam mein Mann auf die Terrasse gefahren. „Na, endlich fertig?"
„Mit der kompletten Arbeit für dieses Jahr", gab ich zurück. „Ich musste einfach das gute Wetter nutzen." Natürlich hatte ich ebenso die längst fällige Aussprache im Hinterkopf gehabt, vor der mir ehrlich gesagt ziemlich graute. Sollte ich ihm die ganze Wahrheit erzählen oder lieber bei dem bleiben, was ich mir schon vor Tagen zurechtgelegt hatte? Ich wollte ihn nicht verletzen, nicht im Nachhinein brüskieren, dafür hing ich viel zu sehr an ihm. Aber hatte er nicht gerade deswegen ein Recht darauf, alles zu erfahren? Immer noch war ich mir nicht sicher, wie ich vorgehen sollte, deshalb freute ich mich aufrichtig, dass Timo genau zu diesem Zeitpunkt aufgetaucht war. Die drohende Unterhaltung würde sich dadurch vielleicht sogar auf den nächsten Tag verschieben lassen.

„Soll ich uns eben schnell etwas kochen?", fragte ich, während wir gemeinsam ins Wohnzimmer gingen. „Ich sterbe vor Hunger."
„Ich habe dir die Speisekarte vom Griechen bereits hingelegt." Ralf grinste. „Timo wurde von mir gezwungen, sich ein Gericht auszusuchen, die einzige, die sich noch entscheiden muss, bist du."
Das war im Nu erledigt, ich nahm das gleiche wie immer, einen Gyrosteller ohne Pommes aber mit großem Salat. „Als Dessert haben wir das Himbeersoufflee von gestern", fiel es mir ein. „Das sind garantiert noch drei Portionen."
„Die Firma ist pleite", platzte Timo heraus, kaum dass mein Mann das Telefon beiseitegelegt hatte.
„Was?" Mein Mann und ich waren beide gleich verblüfft.
„Onkel Rainer hat es mir unter dem Siegel der Verschwiegenheit erzählt." Timo hob bittend die Hände. „Ich darf eigentlich gar nicht darüber reden."
„Wir werden es für uns behalten." Da Ralf mit seiner Aussage schneller gewesen war, nickte ich bloß zustimmend.
„Es ist ja auch wichtig für unsere Ermittlungen." Timos Augen glänzten triumphierend. „Der Betrieb ist dermaßen verschuldet, dass sie jeden Tag damit rechnen müssen, unter Zwangsvollstreckung gestellt zu werden. Keine einzige Rechnung kann mehr bezahlt werden, trotzdem hat Helmut bis zu seinem Tod die Belegschaft Überstunden schieben lassen, obwohl er wusste, dass er diese nie würde bezahlen können. Er hatte den Wahn, mit einem guten Verkauf alles wettmachen zu können – als wenn das so schnell über die Bühne gegangen wäre. Sein Vater ist während seiner Beichte mit einem Herzinfarkt zusammengebrochen, aber er muss ihn danach noch irgendwie überredet haben, dem Deal zuzustimmen, allerdings wusste Onkel Rainer nichts davon und …"
„Langsam, langsam", unterbrach mein Mann seinen Redefluss. „Jetzt mal der Reihe nach. Soweit ich weiß, gab es drei Gesellschafter, den Vater und seine beiden Söhne. Wie schaffte es Helmut, sie über die finanzielle Lage im Unklaren zu lassen?"

„Indem er sie wissentlich belogen hat, das meint zumindest Onkel Rainer. Er vermutet sogar, dass sein Bruder mehrfach die Unterschrift seines Vaters fälschte, um an weitere Kredite zu kommen. Denn der hat noch im Krankenhaus sein Testament geändert und seinen älteren Sohn enterbt. Das Ganze ist derart verklausuliert, dass nicht genau daraus hervorgeht, warum er sich zu diesem Schritt durchgerungen hat, zumindest nicht in der Version, die mein Onkel hören durfte, aber er sagt, das wäre der einzige Grund, den er sich vorstellen könne."

„Das heißt, auf dieser gemeinsamen Konferenz ist der Verkauf nicht besprochen worden?", vergewisserte sich Ralf.

„Nein, dazu kam es nicht mehr. Helmut hat sie zuerst über die düstere Lage der Firma in Kenntnis gesetzt und darüber hat sich sein Vater derart aufgeregt, dass er einen Herzinfarkt bekam. Bis der Notarzt eintraf, blieb Helmut an seiner Seite und redete auf ihn ein, ihm eine Vollmacht zu unterschreiben, damit er handlungsfähig bliebe. Onkel Rainer meint, es wäre entsetzlich gewesen. Die Sanitäter hätten ihn regelrecht von dem Kranken wegziehen müssen."

„Und danach? Haben die beiden Brüder nicht weiter darüber gesprochen?"

„Doch, Helmut wollte Onkel Rainer überreden, einem Verkauf zuzustimmen, der weigerte sich jedoch, etwas zu unternehmen, ohne mit seinem Vater Rücksprache zu halten. Seinen Vorschlag, einen externen Buchprüfer einzuschalten, lehnte Helmut kategorisch ab. Nichts sollte nach außen dringen, bis er seinen Deal unter Dach und Fach hatte. Angeblich gab es nämlich bereits einen solventen Käufer, wen, wollte er allerdings nicht sagen."

„Wenn ich Monika richtig verstanden habe, hielten die beiden Brüder jeweils vierzig Prozent der Anteile und der Vater zwanzig", mischte ich mich in das Gespräch. „Also konnte eigentlich keiner etwas entscheiden, ohne zumindest einen weiteren Gesellschafter auf seiner Seite zu haben?"

„Ja, nur hatte Onkel Rainer vom finanziellen Aspekt keinen Schimmer, dafür waren bisher die anderen beiden verantwortlich gewesen, dachte er wenigstens. Dass sie bis über beide Ohren in Schulden steckten, wusste er nicht. Nach dem Tod seines Bruders hat er sofort eine Buchprüfung veranlasst, dabei ist herausgekommen, dass sie schon länger Verluste einfuhren. Die Umstellung auf hochwertige Einzelstücke hatte sich damals als überraschend gewinnträchtig erwiesen, nur die Größenordnung, in der Helmut das Ganze dann später aufzuziehen versuchte, war viel zu übertrieben. Statt mit dem zufrieden zu sein, was er erreicht hatte, wollte er immer weiter expandieren."
„Und niemand war Manns genug, ihn zu stoppen?"
„Haben Sie ihn gekannt?", fragte Timo zurück. „Dann müssten Sie doch wissen, dass er viel zu selbstherrlich war, als dass er auf irgendjemanden gehört hätte", fuhr er auf das Nicken meines Mannes fort. „Außerdem kümmerte sich sein Vater in den letzten Jahren kaum noch um das Geschäft, es war ausgemacht, dass er bei existenziellen Fragen dazu gezogen wurde, alles andere sollte Helmut allein entscheiden. Dass dieser völlig dem Größenwahn verfiel, damit hatte er nicht gerechnet."
„Seine Exfrau war der Meinung, um das zu erreichen, was er wollte, ginge Helmut jedes Risiko ein. Sie war damals bei dieser ersten Umstellung der Firma ja noch mit ihm verheiratet, daher weiß sie, wie stark er sich dafür verschuldet hat. Der ist bis an die Grenze dessen gegangen, was eben noch möglich war. Der Erfolg schien im recht zu geben, er wurde durch diesen Einsatz zum Millionär", berichtete ich.
„Bruder und Vater ebenso", nickte Timo. „Das heißt, selbst wenn sie die Firma verlieren, stehen sie nicht ohne Vermögen da. Aber Onkel Rainer liebt seine Arbeit, deshalb setzt er nun alles daran, zu retten, was zu retten ist." Er schüttelte betrübt den Kopf. „Leider wird es wohl trotzdem auf einen Verkauf hinauslaufen. Helmut hatte tatsächlich einen solventen Interessenten gefunden, mit dem trifft sich mein Onkel heute."

Die Türklingel unterbrach unser Gespräch, ich erhob mich, um unser Essen in Empfang zu nehmen.

# 13

**Früher**
Mein Leben verlief nun in angenehmeren Bahnen. Auf der Arbeit kam ich weiterhin gut zurecht, ja, mein direkter Vorgesetzter hatte sogar mehrfach Andeutungen fallen lassen, dass ich bald auf einen verantwortungsvolleren Posten versetzt werden solle. Deshalb lehnte ich auch das Angebot meines Vaters ab, als seine Angestellte und spätere Teilhaberin in sein Geschäft zu wechseln. Wir hatten uns mittlerweile wieder angenähert, ich telefonierte regelmäßig mit meiner Mutter und besuchte sie ein- bis zweimal im Monat. Eine Zusammenarbeit mit den beiden schloss ich jedoch nach wie vor aus. Echte Mitbestimmung hätte es Zeit ihres Lebens nicht gegeben, ich wäre ein reiner Befehlsempfänger gewesen, keine meiner Verbesserungsvorschläge oder Anregungen wäre angenommen worden. Nein, besser, wir ließen alles, wie es war.
Natürlich kam es darüber zum Streit, meine Mutter konnte nicht verstehen, dass ich ihr großzügiges Angebot ausschlug. Ich rettete mich, indem ich errötend erklärte, sowieso nicht ewig mitarbeiten zu wollen. Hätte ich erst den Mann meiner Träume gefunden, würde ich mich liebend gern, zumindest solange die Kinder klein wären, nur um den Haushalt und deren Erziehung kümmern.
Dass ich mich nach diesem Traummann bisher nicht einmal auf die Suche gemacht hatte, brauchte ich ihnen ja nicht auf die Nase zu binden. Wenn ich sie besuchte, erzählte ich von den Unternehmungen mit meinen Freunden und tat dabei so, als ob ich einen Partner dabei gehabt hätte. Meist stellte sich nach relativ kurzer Zeit heraus, dass es wieder nicht der Richtige gewesen war, was mir in ihren Augen, besonders denen meines Vaters natürlich, den Anschein eines Männer mordenden Vamps gab. Aber ich ertrug lieber ihre ständigen Vorwürfe und Ermahnungen, als zuzugeben, dass ich mich in meinem Leben, so wie es war, momentan sehr wohlfühlte, ich vermisste keinen Mann an meiner Seite, ich war eher froh, es selbst bestimmen

zu können. Und ich war gerade erst zweiundzwanzig geworden, ich hatte noch genug Zeit, den Richtigen zu finden.

Zu diesem Zeitpunkt lebte ich seit gut zwei Jahren in meiner eigenen kleinen Wohnung. Meine engsten Freunde waren weiterhin Angelika, Brigitte und Winfried, ab und zu gesellten sich Corinna und ihr Freund dazu, ganz selten traf ich auch noch meine ehemals beste Freundin aus der Schule, zu der der Kontakt schon während meiner Freundschaft mit Klaus fast eingeschlafen war. Wie gesagt, damals hatte ich an meinem Leben eigentlich nichts auszusetzen.

Ich werde nie vergessen, wie Ulrike wieder in mein Leben trat. Ich war entgegen meiner Gewohnheit freitags nach der Arbeit in den Supermarkt gegangen, um ein paar Teile für das Wochenende einzukaufen. Normalerweise vermied ich den Trubel, der dort zu dieser Zeit herrschte, nur hatte ich an den Tagen zuvor länger gearbeitet, ein unaufschiebbares Projekt, zu dem ich mich freiwillig gemeldet hatte und bei dem ich sehr viel Verantwortung trug. Ich wusste, dass dieser Einsatz wahrscheinlich ausreiche, mir den begehrten und vakanten Posten der Sekretärin des Abteilungsleiters einzubringen. Deshalb war ich bemüht gewesen, mein Bestes zu geben. Nachdem wir es an diesem Abend tatsächlich geschafft hatten, die Arbeit zur Zufriedenheit des Chefs abzuschließen, hatte dieser mich gleich zu einem Gespräch am Montag in sein Büro bestellt. Wie es aussah, war ich auf dem besten Weg, mich nachhaltig zu verbessern.

Beschwingt war ich durch die Gänge des Supermarktes gelaufen und auch die lange Schlange an der Kasse hatte es nicht geschafft, meine gute Laune zu trüben. Jetzt war ich gerade dabei, meine Einkäufe auf das Band zu legen. Ich drehte mich zu meinem fast leeren Wagen und griff nach den letzten zwei Teilen, als plötzlich der hinter mir stehende Kunde seinen mit Wucht vorschob, sodass er laut klirrend in meinen pralle und mich dabei ebenfalls streifte. Die Weinflasche glitt mir aus der Hand und zerschellte am Boden. Im selben Moment ertönte lautes Kichern hinter mir.

Erbost drehte ich mich um, eine Entschuldigung wäre bedeutend angebrachter gewesen als dieser Heiterkeitsausbruch. Die Worte blieben mir im Hals stecken, es war Ulrike mit deutlich sichtbarem Babybauch und einem etwa vierjährigen Jungen neben sich, der das Gestänge des Einkaufswagens umklammerte und offensichtlich für den Zusammenstoß verantwortlich war.

„Gabi!" Sie hatte mich ebenfalls sofort erkannt. „Tut mir echt leid. Der Kleine ist ein bisschen wild, ich habe nicht richtig aufgepasst." Wieder musste sie kichern. „Das sah zu gut aus, wie der Wein durch die Gegend gespritzt ist."

„Na, die Scherben direkt im Kassenbereich sind nicht gerade angenehm." Kaum hatte ich die Worte ausgesprochen, hätte ich mir am liebsten auf die Zunge gebissen. Ich klang wie meine Mutter.

Ein Mitarbeiter des Ladens versuchte, sich an uns vorbeizuzwängen. „Lassen Sie mal, ich mache das weg. Gehen Sie bitte durch, damit die Kassiererin ihre Ware abhalten kann."

Vorsichtig trat ich über die Lache und die weit verstreuten Splitter hinweg und schob meinen Einkaufswagen nach vorn. Die Frau an der Kasse hatte bereits damit begonnen, die Preise einzutippen, ich beeilte mich, die entsprechenden Artikel vom Band zu nehmen. Nach dem Bezahlen ging ich zwei, drei Schritte zum Ausgang und blieb dann unschlüssig stehen. Das unvorhergesehene Aufeinandertreffen hatte mich mehr aufgeregt, als ich gedacht hätte, mein Herz pochte und meine Wangen waren hochrot angelaufen. Ich schwankte zwischen Freude und dem Drang wegzulaufen, nicht bereit, mich ihr zu stellen.

„Gabi, warte!" Während ich noch zögerte, hatte sie ihre Einkäufe schon vom Band genommen und winkte mir jetzt mit dem Portemonnaie in der Hand zu.

Ich zwang mich zu einem Nicken und wich bis an die Wand zurück, damit ich der an mir vorbeidrängenden Menschenmenge nicht im Weg stand.

„Noch mal hi", mit einem breiten Lächeln kam sie auf mich zu, der Junge hüpfte neben ihr her. „Na, das ist ja eine Überraschung, hab dich ja unheimlich lange nicht mehr gesehen."
„Deiner?", fragte ich und nickte in Richtung des Kindes, das begonnen hatte, an dem Einkaufswagen hochzuklettern.
„Dieser Satansbraten?" Mit einem raschen Griff hatte sie sich den Kleinen geschnappt und hielt ihn fest. „Nein, das ist das zweite von meiner Schwester. Wir waren zusammen im Kino und ich dachte, dann können wir gleich hier einkaufen."
Ich konnte nicht anders, ich ließ meinen Blick über ihren Bauch gleiten. „Und, wann ist es bei dir soweit?"
Sie zog eine Grimasse. „Noch fast zwei Monate, ich wünschte, es käme gleich morgen."
Bevor mir eine Antwort einfiel, erhielt ich einen leichten Schubs. „Darf ich bitte auch mal?" Eine dicke Frau drängte sich neben mich und begann, ihre Einkäufe einzupacken.
„Lass uns von hier verschwinden!" Ulrike stopfte das Brot, die Milch und die Äpfel in ihren kleinen Rucksack und sah mich auffordern an. „Wir müssen unbedingt noch weiterquatschen, ich fand es echt schade, dass ich dich aus den Augen verloren habe."
Hastig verstaute ich meine eigenen fünf Teilchen und schob den Wagen zurück an seinen Platz, Ulrike direkt neben mir. „Gegenüber ist eine Pommes-Bude, ich hatte Julian eh versprochen, ihm eine Portion zu kaufen. Komm doch mit."
Zögernd nickte ich, immer noch hin und her gerissen, ob ich bereit und willens war, diesen Kontakt wieder aufleben zu lassen. Endlich hatte ich mein Leben zu meiner Zufriedenheit im Griff, ich wusste instinktiv, dass durch dieses eine Treffen meine mühsam aufgebaute innerliche Ruhe in größter Gefahr war.
Ulrike bestellte mit großer Geste für jeden von uns einmal Pommes frites und für den Kleinen ein Glas Limonade dazu. „Wenn du auch was trinken willst, musst du es dir selbst kaufen. Mein Geld reicht nicht mehr dafür."

Natürlich fühlte ich mich durch diese Aussage gezwungen, ihr ebenfalls ein Glas Cola zu kaufen.
„Danke", sie prostete mir zu. „Auf uns. – Was machst du, wie geht es dir, mit wem bist du zusammen?" Die Fragen prasselten wie ein Gewehrfeuer auf mich ein.
„Ich arbeite bei derselben Firma, die mich ausgebildet hat, habe eine kleine Wohnung in der Nähe und bin zurzeit solo", gab ich zurück. „Mehr gibt es von mir nicht zu erzählen. Wer ist denn dein Glücklicher?" Ich deutete mit einer Kopfbewegung auf ihren Babybauch. „Etwa Heiko?"
„Diese Flasche?", sie lachte geringschätzig. „Von dem habe ich mich schon kurz nach dieser Party getrennt. Aber der Vater des Kleinen – das wird garantiert ein Junge, ich spüre das – hat Fracksausen gekriegt, der wollte, dass ich abtreibe." Sie schnaubte. „Nee, mit mir nicht. Dann ziehe ich mein Kind lieber allein groß." Sie sah mich herausfordernd an.
Wahrscheinlich konnte man mir mein Entsetzen vom Gesicht ablesen, ja, ich war entsetzt. Die Erinnerung an die geringschätzige Aussage meiner Mutter war sofort wieder präsent. „Die taugen alle nichts. Guck dir die Mutter an mit ihren sechs Kindern. Die sind noch nicht einmal alle vom selben Mann. Die Schwester hat bereits das erste uneheliche an ihrem Rockzipfel hängen, die nächste läuft ständig mit einem anderen Jungen herum, die wird genauso enden. Und die Kleinen haben dadurch die entsprechenden Vorbilder. Nein, die ganze Familie ist eindeutig kein Umgang für uns. Ich kann wirklich nicht verstehen, dass dein Vater zu denen immer so ausnehmend freundlich ist. Halt dich bitte von ihnen fern!"
Ulrike zog spöttisch die Augenbraue hoch. „Nicht ganz dein Ding, nicht wahr?" Sie zuckte lässig mit den Schultern, doch diese Lässigkeit war nur gespielt, wie ich ganz genau spürte.
Statt zu antworten, sah ich auf Julian, der sich die Kartoffelstäbchen hungrig mit den Händen in den Mund stopfte. Sein Mund war der-

maßen mit Ketchup verschmiert, dass er mich an eine riesige klaffende Wunde erinnerte.
„Er isst wie ein kleines Schweinchen", bestätigte Ulrike, die meinem Blick gefolgt war. „Ach, was soll's. Hauptsache, es schmeckt ihm."
„Wo wohnst du eigentlich?" Eine bessere Frage fiel mir leider nicht ein.
Sie seufzte laut. „Bei meiner Mutter. Ich muss mir dringend was Eigenes suchen. Meine Schwester ist mit ihren drei Kindern kurz nach mir auch wieder eingezogen. Meine zwei Brüder und meine kleine Schwester leben ja auch noch dort. Es ist eindeutig viel zu voll."
Endlich ein Thema, über das wir uns unterhalten konnten. „Hast du schon eine Wohnung in Aussicht?"
„Nee, ich krieg ja bloß Stütze." Sie sah meinen verständnislosen Blick. „Sozialhilfe, meine ich. Sobald das Kind da ist, muss der Vater uns Unterhalt zahlen, bis dahin bekomme ich kaum genug zum Leben."
„Was arbeitest du denn?" Ich konnte ihr immer noch nicht folgen.
„Ich hab immer nur Aushilfsjobs gemacht", sagte sie ohne eine Spur von Unbehagen. „Die Lehre, die ich nach der Schule angefangen hatte, das war nichts für mich. Die hab ich nach einem halben Jahr geschmissen. Danach bin ich in die Fabrik gegangen, in der meine Mutter gearbeitet hat. Aber das war so öde, immer dieselben Handgriffe und das den ganzen Tag lang. Außerdem haben die sich echt angestellt, wenn du mal fünf Minuten später kamst. Als der Rudi mich gefragt hat, ob ich nicht für ihn Schmuck verkaufen will, habe ich sofort zugegriffen. Das war viel besser."
„Und warum machst du das nicht mehr?" Ich ahnte die Antwort bereits. Sie hatte an einem dieser Schmuckstände gestanden, die in der Fußgängerzone wie Pilze aus dem Boden schossen.
„Weil die von der Stadt sich mit diesen Lizenzen angestellt haben", war denn auch ihre Antwort. „Und auf einmal total scharf kontrolliert

wurde. Kaum hatte ich aufgebaut, war schon einer da, der meine Genehmigung sehen wollte."
Die sie garantiert nicht gehabt hatte, das brauchte sie gar nicht zu erwähnen. „Und danach?", fragte ich weiter.
„Ach, so dies und das." Mit einer vagen Handbewegung beendete sie das Thema. „Ist ja auch egal. Jetzt jedenfalls brauch ich mir nicht mehr den Kopf darüber zu zerbrechen. Der Axel muss voll zahlen, bis das Kleine zwölf ist. Ich hab genug Zeit zu überlegen, was ich später mal machen will."
Nein, diese Einstellung würde ich nie verstehen. Meine Mutter hatte recht gehabt, Ulrike und mich trennten Welten.
„Wir müssen uns unbedingt wiedersehen", unterbrach sie meine Gedanken. „Lass uns mal abends zusammen durch die Kneipen ziehen." Sie warf Julian, der mittlerweile aufgegessen hatte und nun mit den Fingern den übriggebliebenen Ketchup-Fleck auf dem Teller verschmierte, einen kurzen Seitenblick zu. „Ohne dieses Minimonster." Sie nahm ihre Serviette, spuckte darauf und begann, den Jungen zu säubern, was nicht ohne Gezeter auf beiden Seiten vonstattenging. Der Kleine wand sich wie ein Wurm, Ulrike schimpfte. Schließlich gelang es ihm, sich aus ihren Armen zu winden und er rollte sich brüllend auf dem Boden zusammen.
„Wir gehen." Ulrike stand auf, packte seine Hand und zog den Widerstrebenden, ohne weiter auf ihn zu achten, hinter sich her. „Wollen wir noch zusammen woanders hin?"
„Nein, ich bin verabredet", schwindelte ich. Das hier war schon mehr, als ich verkraften konnte, ich hasste es, Aufsehen zu erregen.
„Und ist es für Julian nicht langsam Zeit, ins Bett zu gehen?"
„Nee, ist ja Wochenende, da sehen wir das nicht so eng." Ulrike lachte. „Trotzdem, ich kann verstehen, dass du von ihm die Nase voll hast. Deshalb lass uns das nächste Mal alleine treffen, ja?"
Gerade noch hatte ich vorgehabt, sie nie wieder zu sehen, jetzt begann mein Herz schon wieder wie rasend zu schlagen. „Morgen treffe

ich mich mit meinen Freunden", brachte ich mühsam heraus, schon halb und halb bereit, sie doch zu sehen.

„Gut, Sonntag passt mir auch besser." Sie packte Julians Hand fester, der ansetzte, sich wieder auf den Boden zu werfen. „Um vier vor dieser Pommes-Bude hier, okay?"

Ich nickte nur, mein Hals hatte sich vor Aufregung fest zusammengezogen. Langsam machte ich mich auf den Heimweg. Seltsam, trotz dieses nicht gerade gelungenen Abends freute ich mich wahnsinnig auf ein Wiedersehen mit ihr.

## 14

**Heute**
Beim Essen vermieden wir das Thema, unser Gespräch drehte sich um private Dinge. Ralf fragte interessiert nach Timos Werdegang und dieser berichtete offen aus seinem Leben. Nach der Schule hatte er eine Ausbildung zum Erzieher absolviert und anschließend ein Pädagogikstudium begonnen. „Ich schreibe gerade an meiner Bachelorarbeit", erklärte er stolz. „Eine Stelle habe ich bereits in Aussicht." Seine Wangen verfärbten sich. „Die Mutter meines besten Kumpels ist bei der AWO, ich konnte in den Semesterferien in verschiedenen Kindertagesstätten aushelfen. Sie wollen mich einstellen, sobald ich abgeschlossen habe."
Ich war beeindruckt. Seine Kindheit war mit Sicherheit nicht einfach gewesen, mit wechselnden Wohnorten und diversen männlichen Vorbildern, als einzige Konstante die Mutter, die in erster Linie an sich selbst dachte. Über diese Zeit ließ er sich in seinen Erzählungen nur sehr vage aus, trotzdem blieb kein Zweifel, er liebte sie und würde alles tun, um ihr zu helfen.
„Was haben Sie herausgebracht?", fragte er denn auch, kaum dass wir den letzten Teller in die Spülmaschine gestellt hatten – er war mir wie selbstverständlich beim Abräumen zur Hand gegangen und hatte anschließend noch in der Küche mitgeholfen.
„Monika hat schon lange mit ihm abgeschlossen. Ich bin der Meinung, dass sie durchaus in der Lage ist, objektiv zu berichten", begann ich an Ralf gewandt. Dieser hatte mich vor dem Gespräch gewarnt, ihr nicht alles zu glauben, was sie sagte. Ihm sei zu Ohren gekommen, sie wäre immer noch hochgradig sauer auf ihren Ex und würde alles tun, um ihm zu schaden. „Sie hat im Grunde nur bestätigt, was ich von dir bereits wusste", fuhr ich in Richtung Timo fort. „Er war ein Despot seiner Familie gegenüber und geschäftlich gesehen ein Hasardeur, der alles auf eine Karte setzte. Beim ersten Mal ist es gutgegangen, beim zweiten Mal nicht."

„Ist die drohende Insolvenz mittlerweile allen bekannt?" Timo klang richtiggehend erschrocken.

„Nein", konnte ich ihn beruhigen. „Dass er verkaufen wollte, scheint kein Geheimnis mehr gewesen zu sein. Allerdings denken seine Freunde und Geschäftspartner, die neue Freundin sei der Auslöser dafür. Er hat überall herumposaunt, er wolle jetzt anfangen, richtig zu leben, Arbeit sei nicht alles."

„Ausgerechnet er, der sich über die Firma identifiziert hat", brummte Timo. „Der war in erster Linie Geschäftsmann, so, wie ich ihn kennengelernt habe, ein eiskalter dazu. Zahlen und Fakten, das war für ihn das Wichtigste, die Familie kam unter ferner liefen."

„Angeblich steckt diese Melanie dahinter", erklärte ich. „Schade, dass sie nicht zu einem Treffen mit dir bereit war." Timo hatte mich bereits im Vorfeld telefonisch davon unterrichtet.

„Sie ist die Tochter vom alten Seiffendorn", verkündete Ralf, als müsse jeder sofort wissen, um wen es sich dabei handelte.

„Er ist der reichste Mann hier in der Gegend", erklärte ich Timo. „Seine Familie war schon ziemlich vermögend, dazu hat er reich geheiratet und das Geld klug investiert. Ich glaube, er besitzt mittlerweile drei Fabriken, die allesamt hervorragend laufen. Melanie ist ein Nachkömmling. Die beiden Söhne waren sechzehn und siebzehn, als sie zur Welt kam. Sie müsste jetzt Mitte dreißig sein. Ihr Vater war ihr von Anfang an ergeben, das hat sich noch gesteigert, nachdem die Mutter gestorben ist. Sie kann alles von ihm verlangen, sagt man."

Ich hielt inne.

„Ja", nickte mein Mann, der wieder einmal meinen Gedankengang hatte erraten können. „Wahrscheinlich ist er der ominöse Käufer. Wer sonst würde sich auf diesen Deal einlassen?"

„Papa richtet alles für sein Töchterlein", bestätigte ich. „Warum nicht auch in diesem Fall?"

„Moment." Timo sah von mir zu Ralf. „Die ist erst Mitte dreißig? Helmut ist achtundfünfzig. Was will sie mit einem so alten Knacker?"

„Vielleicht ein Vaterkomplex", ich zuckte mit den Schultern. „Außerdem hat er sich für sein Alter ausgesprochen gut gehalten. Und die neue Liebe wird ihm zusätzlich Schwung gegeben haben."
„Wie stellte sich Monika zu dieser neuen Liebe?", fragte Ralf.
„Es berührte sie kaum. Ich verstehe nicht, dass alle denken, sie brächte Helmut gegenüber noch Gefühle auf. Ich jedenfalls habe davon nichts gesehen. Klar, sie nimmt kein Blatt vor den Mund, wenn sie über ihn spricht. Das ist doch wohl ihr gutes Recht, oder?"
Beide Männer nickten stumm und sahen mich erwartungsvoll an, als erwarteten sie weitere Kommentare von mir.
„Wahrscheinlich hat sie seine Freunde verprellt, indem sie sich über die Art und Weise ausgelassen hat, wie er mit ihr umging", vermutete ich. „Er war ein Ehebrecher und ein Despot, diese Tatsachen sprechen nicht gerade für ihn. In Geschäftskreisen zählt nur, was jemand beruflich darstellt, alles andere bleibt unerwähnt. Die meisten Beziehungen, die Helmut hatte, waren sowohl beruflich als auch privat miteinander verflochten. Eine nörgelnde Exfrau passte nicht in diese Zusammenkünfte." Na gut, selbst meine Freundin Claudia hatte den Verdacht geäußert, Monika sei immer noch voller Hass. Ich selbst hatte davon nichts gespürt, eher war mir nach unserem Gespräch der Gedanke gekommen, sie sei die einzige, die ihn richtig darstellte. Alle anderen hatten ihn voller Bewunderung als den großen Zampano hofiert, dem es gelungen war, sein Vermögen zu vervielfachen, sodass er nun neben dem alten Seiffendorn und dessen Söhnen, die allerdings sehr zurückgezogen lebten, der reichste Mann in der Umgebung war.
„Hat sie irgendetwas über ihre Cousine erzählt?", fragte Ralf.
Ich kramte in meinem Gedächtnis. Das Treffen mit Monika hatte sich lange hingezogen, wir waren nach unserem Spaziergang noch in eine Gaststätte eingekehrt und hatten uns bei einem heißen Tee aufgewärmt. Dabei waren wir von Thema zu Thema gesprungen, hatten all ihre früheren Bekannten durchgehechelt, was Monika auf sehr amüsante Weise gelang, und waren schließlich ganz von dem eigentli-

chen Sachverhalt abgekommen, weil wir die verschiedensten Gemeinsamkeiten entdeckten und uns immer tiefer in Einzelheiten verstrickten. „Melanie ist einfach nur Papas Tochter. Sie hat nach der Schule, einer Privatschule natürlich, mehrere Studiengänge belegt, diese jedoch alle abgebrochen. Offiziell arbeitet sie als die Sekretärin ihres Vaters, aber Monika sagt, der habe noch zwei weitere, sodass seine Tochter kommen und gehen kann, wie sie will. Dieser Spleen, nach Amerika zu fliegen und dort ein neues Leben anzufangen, stammt wohl ursprünglich von ihr, sagt zumindest Monika. Ihre Cousine spricht schon seit Jahren davon, eine eigene Farm besitzen zu wollen."

„Und mein Stiefvater wollte ihr diesen Traum erfüllen?" Timo lachte ungläubig. „Der hat es überhaupt nicht mit Viehzeug!"

„Vielleicht war das die Bedingung, auf die er sich einlassen musste, damit der alte Seiffendorn die Firma kauft", sinnierte Ralf. „Wusste Monika, wie lange die Beziehung zwischen den beiden schon lief?"

Ich ahnte, worauf er hinaus wollte. „Seit zwei, drei Monaten wurde er mehrfach mit ihr gesehen. Sie selbst gefragt hat sie nicht, die beiden treffen kaum aufeinander."

„Diese finanzielle Misere, in die er sich gebracht hatte, kam nicht von heute auf morgen", dachte Ralf laut nach. „Also war Helmut seit Längerem bekannt, dass er sich auf die Insolvenz zubewegte. Selbst wenn sie ihm kaum geschadet hätte, bei seinen Freunden und Bekannten hätte er mit Sicherheit an Ansehen verloren."

„Wieso nicht geschadet?", fragte ich nach. „Wäre er denn nicht komplett pleite gewesen?"

„Die Firma ist als Gesellschaft mit beschränkter Haftung eingetragen", belehrte er mich. „Die Haftung ist auf das Gesellschaftsvermögen begrenzt. Das Privatvermögen bleibt unangetastet."

„Aber sieht es nicht so aus, als hätte er betrogen?", wandte Timo ein.

„Wenn das stimmt, wäre das natürlich ein Punkt, anders vorzugehen. Bei Insolvenzverschleppung oder Steuerbetrug versteht der Staat keinen Spaß", nickte Ralf. „Ich denke, das ist ein guter Grund gewesen, reinen Tisch zu machen und durch einen Verkauf diese Straftaten zu verschleiern. Die Übernahme durch seinen künftigen Schwiegervater muss ihm wie ein Geschenk des Himmels vorgekommen sein. Natürlich wissen wir nicht, wie dieser Deal genau ablaufen sollte, ich bin mir jedoch sicher, dass beide dabei gewonnen hätten. Die Frage ist nur: Wie hat er seinen Bruder und Vater überzeugt, dabei mitzuspielen?"

„Und warum wurde der Deal derart geheimnisvoll gehandhabt?", warf ich ein. „Wieso hat Ulrike nichts davon mitbekommen?"

„Weil er noch die Scheidung einreichen musste und sie dann gleich vor vollendete Tatsachen stellen wollte?" Timo schien selbst nicht ganz von dem, was er sagte, überzeugt zu sein.

„Nein, sie hätte meiner Meinung nach zumindest ansatzweise von den anstehenden Veränderungen Kenntnis haben müssen." Mein Mann schüttelte sehr bestimmt den Kopf. „Gut nachgedacht, Gabi. Da ergeben sich für uns bereits eine Menge Fragen, die wir abklären sollten. Erstens, ist der alte Seiffendorn tatsächlich derjenige, mit dem Rainer verhandelt? Darum kümmere ich mich, ich werde meine Kontakte nutzen. Zweitens, wann wollten Helmut und Melanie tatsächlich abreisen? Das ist eine Sache, die du übernehmen müsstest, Timo. Euer Anwalt soll bei der Polizei nachfragen, ob es dazu Erkenntnisse gibt. Des Weiteren steht ein erneuter Besuch bei deiner Mutter an. Wir müssen wissen, wann sie von der Geliebten ihres Mannes erfahren hat, was sie darüber wusste und ob sie irgendetwas von den Geschehnissen in der Firma mitbekommen hat. Und alles, was sie über die Beziehungen der einzelnen Familienmitglieder zueinander sagen kann, ist wichtig."

„Außerdem soll sie noch einmal darüber nachdenken, wer ihr schaden will", fügte ich hinzu. „Der Mord mag vielleicht eine Affekthandlung gewesen sein – obwohl ich mir das eigentlich nicht vorstellen kann, da der Täter ja Handschuhe getragen haben muss. Die Platzierung der Gläser auf dem Tisch spricht allerdings eindeutig dafür, dass sie als Mörderin vorgeschoben wurde. Es muss jemanden geben, der sie hasst."

„Du Gabi, versuchst bitte, Kontakt mit Melanie aufzunehmen. Ein Gespräch mit ihr dürfte uns weiterhelfen", fuhr Ralf fort. „Außerdem sollten wir überlegen, ob wir nicht einen Aufruf in der Zeitung starten. Es kann sein, dass es in der Nachbarschaft jemanden gibt, der etwas gesehen hat, dem jedoch keine Bedeutung beimisst. Die Polizei war ja relativ schnell auf Ulrike als Täterin fixiert."

Tja, unser Brainstorming hatte uns jede Menge neue Arbeit beschert. Immerhin besser, als überhaupt keine Anhaltspunkte zu haben.

# 15

**Früher**
Mit Herzklopfen machte ich mich auf den Weg zu meiner Verabredung. Heute Morgen war ich schon im Morgengrauen aufgewacht und hatte nicht mehr einschlafen können. Immer wieder ging ich im Kopf alle nur möglichen Themen durch, über die ich mit Ulrike reden konnte. Beim letzten Gespräch musste es ihr so vorgekommen sein, als wolle ich sie verhören, so genau hatte ich nach ihren Lebensverhältnissen und Umständen gefragt. Und mein heimliches Entsetzen über das, was aus ihr geworden war und wie sie dachte und handelte, war ihr bestimmt auch nicht verborgen geblieben.
Doch ich hätte diese ganzen Überlegungen gar nicht anstellen müssen. Zuerst einmal ließ sie mich fast eine halbe Stunde warten und dann, als sie endlich erschien, ich hatte gerade aufgeben und gehen wollen, konnte ich schon an ihrem Gesicht erkennen, dass irgendetwas passiert sein musste.
„Meine Mutter hat gestern die Kündigung gekriegt." Sie packte mich gleich am Ärmel und zog mich hinter sich her in den Imbiss. „Ich muss erst mal was essen, ich hab einen Riesenhunger."
„Auf der Arbeit?", fragte ich nach, kaum dass wir uns gesetzt hatten, sie mit einer doppelten Pommes und zwei Bratwürsten, ich nur mit einer Cola versehen.
„Ach, da geht die doch schon ganz lange nicht mehr hin. Nee, die Wohnung ist uns gekündigt worden. Die anderen Mieter haben sich beschwert, dass meine Mutter meine Schwester und mich wieder aufgenommen hat. Die sagen, seitdem wäre es bei uns unzumutbar laut geworden und außerdem sei die Wohnung viel zu klein für uns alle."
Ich zählte nach, es handelte sich um mindestens drei Erwachsene, wenn der Vater nicht auch zurzeit anwesend war, und sechs Kinder, beziehungsweise Jugendliche, die sich in drei Räumen zusammendrängten, denn es gab nur ein Kinderzimmer. Kein Wunder, dass sich

die anderen Bewohner des Hauses diese Zustände auf Dauer nicht gefallen ließen.
„Dabei waren wir, als wir klein waren, auch nicht weniger." Ulrike schüttelte in völligem Unverständnis den Kopf. „Und bevor meine Schwester wieder eingezogen ist, war sie auch ständig tagsüber da. Wie kann man nur so spießig sein?"
„Was habt ihr jetzt vor?"
„Andrea zieht zurück zu ihrem Mann, hat sie gesagt. Das Ganze sollte eh nur ein Schuss vor den Bug sein, weil er dauernd mit seinen Kumpels in der Kneipe sitzt. Ich will zusehen, dass ich auch so schnell wie möglich eine eigene Wohnung finde, dann wird sich der Hauseigentümer wohl hoffentlich beruhigen." Ulrike seufzte und sah mich treuherzig an. „Du kennst nicht zufällig jemanden, der eine freie Wohnung hat?"
Glücklicherweise gab es wirklich niemanden, sonst hätte ich lügen müssen. Denn ich traute ihr damals tatsächlich nicht zu, einen eigenen Haushalt und dazu noch mit Kind führen zu können. Außerdem stand zu befürchten, dass jeden Tag mindestens ein Familienmitglied bei ihr auftauchen würde, wer wollte das auf Dauer schon ertragen?
Kaum hatte ich diesen Gedanken zu Ende gebracht, kam ich mir ausgesprochen biestig vor. Immer hatte ich mir geschworen, nicht so voreingenommen wie meine Mutter zu sein und jetzt dachte ich genau dasselbe, was sie in diesem Moment gedacht hätte. Wie unfair und kleinkariert!
Das war vermutlich der Grund, warum ich, als Ulrike mich darauf ansprach, einwilligte, ihr meine Wohnung zu zeigen. Begeistert wanderte sie durch die kleinen Zimmer. „Du bist echt ordentlich." Sie wandte sich mir zu, ihr Gesicht glühte vor Vergnügen. „Ich meine, du wusstest doch gar nicht, dass du mich mit hierher bringen würdest. Oder? Und trotzdem ist alles aufgeräumt."
„Ich lebe nicht gern im Chaos und ich finde es einfacher, das, was ich suche, sofort zu finden." Ihre Worte waren nett gemeint gewesen, sie hatte garantiert nicht vor, mich zu kritisieren, aber ich fühlte mich

angegriffen. Ich konnte direkt sehen, wie sich das Wort Spießer hinter ihrer Stirn abzeichnete.

„Ehrlich, ich wollte, ich hätte nur halb so viel Ordnungssinn", seufzte Ulrike. Ein letzter Rundumblick und sie trabte zurück ins Wohnzimmer, wo sie sich umständlich in dem einzigen bequemen Sessel niederließ. „Der ist toll. Hast du den neu gekauft?"

„Der stammt von der Oma meiner Kollegin. Die ist vor Kurzem gestorben und ich durfte mir von ihren Sachen das aussuchen, was mir gefiel. Der Schrank und das ..."

Sie hörte mir schon gar nicht mehr zu. „Aber doch wohl hoffentlich nicht in diesem Sessel?" Sie machte bereits Anstalten, sich daraus hochzuwuchten.

„Nein, im Krankenhaus." War sie etwa abergläubisch?

Aufseufzend ließ sie sich zurücksinken. „Dann ist ja gut. Wieso hast du das alles abstauben dürfen?"

„Weil ihre Verwandten diesen alten Kram, wie sie es nannten, nicht wollten."

„Verstehe ich nicht." Ungläubig schüttelte sie den Kopf. „Der Sessel ist so gut wie neu und der Schrank, ist er das? Der ist auch noch gut in Schuss", fuhr sie auf mein Nicken fort. „Hätten die das alles weggeschmissen?"

„Sie sind komplett eingerichtet und hatten keine Verwendung für die Möbel", versuchte ich zu erklären. „Niemand von ihnen ..."

„Haben die noch mehr?", unterbrach sie mich. „Ich könnte bestimmt einiges gebrauchen, jetzt, wo ich mir eine eigene Wohnung zulegen will."

„Das war schon vor vier Monaten."

„Schade. Naja", sie machte eine wegwerfende Handbewegung. „Ich sollte mich sowieso erst einmal darum kümmern, was Eigenes für mich und das Baby zu finden."

„Freust du dich auf das Kind?"

Sie zuckte mit den Schultern. „Ist ja eh nicht mehr zu ändern. Hätte ich halt besser aufpassen müssen."

Ich verstand sie immer weniger. „Das heißt, die Schwangerschaft war nicht geplant?"
„Nee, ganz sicher nicht." Sie lachte. „Andererseits brauche ich dadurch nicht mehr arbeiten zu gehen. Hat eben alles seine Vor- und Nachteile."
Nach dieser Aussage wollte ich ehrlich gesagt nichts mehr aus ihrem persönlichen Leben wissen und wir unterhielten uns nur noch über unverfängliche Themen, die gemeinsame Kindheit und Jugend, die früheren Bekannten und was aus ihnen geworden war, und sie gab ein paar lustige Details aus ihren vergangenen Beziehungen zum Besten. Als sie gegen zehn Uhr ging, hatte ich nicht vor, diesem Treffen ein weiteres folgen zu lassen. Wir waren einfach zu verschieden - in allem.
Trotzdem schlich sich ihr Bild ständig in meine Gedanken ein. Es verging kein Tag, an dem ich nicht an sie dachte. Ständig malte ich mir aus, wie ich ihr von diesem oder jenem, was ich erlebte, erzählen würde, hörte ihr unbändiges Lachen und fühlte die flüchtige Berührung ihrer Hand, die mir selbst in der Erinnerung einen wohligen Schauer versetzte. In jeder freien Minute analysierte ich unsere Gespräche, die deutlich die breite Lücke, die zwischen unseren Lebensstilen und Meinungen klaffte, aufzeigte. Gegen die Sehnsucht, sie wiederzusehen, kam ich jedoch nicht an.
Es vergingen fast vier Wochen, bis ich diesem Gefühl nachgab. Ich hatte mir in der Zwischenzeit die Telefonnummer ihrer Mutter besorgt, das war der einfachste Punkt gewesen, sie standen noch unter der altbekannten Adresse im Telefonbuch. Viel schwerer tat ich mich damit, diese zu wählen.
Eine mir unbekannte Männerstimme meldete sich und teilte mir barsch mit, dass Ulrike nicht mehr dort wohne. Völlig entgeistert legte ich ohne weiter nachzufragen auf. Wie sollte ich jetzt wieder mit ihr in Verbindung kommen?
Ruf noch einmal an, lass dich mit ihrer Mutter verbinden, drängte mich mein Innerstes. Doch ich traute mich nicht. Was sollte ich ihr

erzählen, wie meine Frage nach Ulrike erklären? Ich wusste schließlich selbst nicht, wieso ich diesen Kontakt wollte.

Zwei Tage später saß Ulrike auf der Treppe zu meiner Wohnung, als ich von der Arbeit nach Hause kam. „Hi." Sie strahlte mich an und wuchtete sich langsam hoch. „Kommst du immer so spät? Gott sei Dank hatte deine Nachbarin Mitleid mit mir und ließ mich ins Haus. Ich warte bestimmt schon eine Stunde hier."

Mein Herzschlag, der sich bei ihrem Anblick mindestens verdoppelt hatte, beruhigte sich langsam und ich war in der Lage, relativ gelassen zu antworten. „Ich freue mich über deinen spontanen Besuch. Doch vielleicht wäre es sinnvoller gewesen, vorher anzurufen. Ich verabrede mich oft direkt nach der Arbeit. Es hätte noch Stunden dauern können, bis ich zurück wäre."

„Hab ich halt Glück gehabt." Sie folgte mir in meine Wohnung und ließ sich wie beim letzten Mal in den bequemen Sessel sinken. „Ah, tut das gut." Sie kicherte. „Raus schaffe ich es aus dem Ding nicht mehr allein. Du musst mir nachher helfen."

„Willst du was trinken?" Nun, da ich sie vor mir sah, stritten wieder zwei Geister in meiner Brust. Zum einen war ich hochgradig aufgeregt und hätte am liebsten laut gejubelt, auf der anderen Seite wartete ich nur darauf, dass die Riesenkluft zwischen uns noch deutlicher wurde.

„Ja, ein Wasser, bitte." Sie warf aufseufzend die lange Haarmähne zurück, die sich in wilden Locken um ihr Gesicht wand. Dabei kam ich nicht umhin festzustellen, dass die Schwangerschaft ihr ausnehmend gut stand. Ihre Züge waren weicher und voller geworden und ihre Wangen rosiger, sie hatte sich zu einer echten Schönheit gemausert. Ihre Augen blickten allerdings noch genauso verschmitzt wie früher und funkelten geradezu vergnügt, als sie frage: „Na, fertig mit der Musterung?"

Ich errötete prompt, wandte mich ohne Antwort ab und flüchtete in die Küche, um das gewünschte Getränk zu holen. Vor der Spüle blieb ich einen Moment stehen und atmete tief durch. Reiß dich zusammen, Gabi, befahl ich mir. Es ist nur ein unverbindlicher Besuch, mehr nicht.

Nachdem ich mit den beiden Gläsern, ein Wasser für sie, einen Weißwein für mich zurückgekehrt war, setzte ich mich ihr gegenüber auf die Couch. Ich hatte mich so weit wieder beruhigt, dass ich fragen konnte: „Was verschafft mir das Vergnügen, dich zu sehen?"

Sie kicherte und hielt dabei die Hand vor den Mund, eine Geste, die ich unheimlich rührend fand, gab sie ihr doch etwas Kleinmädchenhaftes, das so gar nicht zu ihrem sonstigen forschen Auftritt passte. „Du hast mich angerufen, wenn ich mich nicht irre."

„Woher weißt du, dass ich … ich meine, ich dachte, du wohnst nicht mehr zu Hause", stotterte ich.

Sie verzog das Gesicht. „Ich bin vorläufig bei meiner Schwester untergekommen. Damit der Hauswirt sich erst einmal beruhigt", setzte sie erklärend hinzu. „Und meine Mutter kommt jetzt uns besuchen. Sie will nicht, dass weiterhin jeden Tag Trubel bei ihr herrscht. Aber es ist die Hölle. Andrea und ihr Mann streiten ständig und er hat total was dagegen, dass ich bei ihnen bin. Dabei schlafe ich bei den Kindern und kümmere mich fast ganz allein um sie." Sie schnaubte. „Der sollte froh sein, dass er seine Frau endlich mal für sich hat."

„Woher wusste denn deine Mutter, dass ich es war, die angerufen hatte?"

Sie verdrehte die Augen. „Wusste sie natürlich nicht. Aber wer sollte es sonst gewesen sein? Ich habe im Moment keine andere Freundin außer dir."

„Nein?" Ich hatte immer gedacht, Ulrike könne auf eine Vielzahl von Bekannten zurückgreifen. Dass sie im Prinzip einsamer war als ich, auf diese Idee wäre ich nie gekommen.

„Die anderen kommen mit meiner Situation nicht klar", sie zuckte betont lässig die Schultern, um nicht zu zeigen, wie sehr sie diese Haltung in Wahrheit verletzte. „Ich bin ständig müde, kann nicht mehr lange stehen, muss andauernd auf die Toilette", sie lachte. „Ich bin zu einer Spaßbremse geworden." Unversehens wurde sie ernst. „Du, ich wollte dich fragen, ob es möglich wäre, dass ich für eine kurze Zeit bei dir wohnen könnte. Nicht für lange", fügte sie rasch hinzu. „Nur bis zur Geburt oder so. Danach habe ich bessere Möglichkeiten, eine eigene Wohnung zu bekommen. Ist das Baby erst da, habe ich beim Sozialamt oberste Priorität."

Ihre dunklen, fast schwarzen Augen sahen mich flehend an, ich konnte mich diesem Blick nicht entziehen, das bisschen Widerstand, das sich gerade hatte aufbauen wollen, schmolz im Nu dahin. „Natürlich, das ist überhaupt kein Problem", hörte ich mich wie aus weiter Ferne sagen. „Wann willst du einziehen?"

# 16

**Heute**
Ich hatte mich ganz umsonst gesorgt. Nachdem Timo am späten Nachmittag aufgebrochen war, setzte sich Ralf an seinen Flügel und begann zu spielen. Ich wusste, dass er damit die nächste Stunde beschäftigt sein würde. Das war seine Art, sich zu entspannen.
Ich griff nach einem Buch und lehnte mich erleichtert zurück, während die klangvollen Töne bereits den Raum füllten. Unser Gespräch hatte mich ebenfalls angestrengt, ich war froh, einem weiteren entgangen zu sein. Irgendwann würde ich mit meinem Mann über alles reden müssen, irgendwann …
Ich erwachte durch die fröhlichen Rufe meiner Tochter, die noch in Jacke und Schuhen in das Wohnzimmer gestürmt kam. „Oh, hast du geschlafen?"
„Wie spät ist es?"
„Gleich halb acht. Du, das war richtig toll heute!", rief sie über die Schulter zurück, während sie sich wieder in die Diele begab. „Ich komme gleich und erzähle dir alles."
Erst jetzt entdeckte ich Ralf, der mit seinem Tablet-PC auf dem Schoß still neben mir gesessen hatte. „Warum hast du mich nicht geweckt?"
„Du sahst so erschöpft aus", erwiderte er lächelnd.
Bevor ich antworten konnte, war Karina zurück und ließ sich in den Sessel fallen. Ihre begeisterte Schilderung über das Konzert half mir, richtig wach zu werden. „Und ihr? Was habt ihr heute gemacht?", fragte sie am Ende ihres Berichts.
„Mama hat bis mittags im Garten gearbeitet und anschließend hatten wir Besuch von ihrem neuen Freund." Ralf hob bedeutungsvoll die Augenbrauen. „Danach war sie so erschöpft, dass sie eingeschlafen ist."
„Haha." Ich wusste, dass er mich nur necken wollte, deshalb verzichtete ich auf einen Kommentar meinerseits.

„Und, gibt es Neuigkeiten?"

Ich hatte den Kindern gleich bei Timos erstem Besuch erzählt, dass er mich um Hilfe gebeten hatte, weil ich eine sehr gute, ehemalige Freundin seiner Mutter sei und er sonst niemanden kannte, an den er sich wenden konnte. Nach ihrem gemeinsamen Mittagessen waren die beiden so von ihm begeistert, dass sie mich ermunterten, ihm zur Seite zu stehen. Seitdem wollten sie über alles unterrichtet werden, was mit dem Fall zu tun hatte. „Wir arbeiten noch daran", wich ich aus.

Ralf dagegen schien zu spüren, dass ihr Interesse echt war und wiederholte unser Gespräch in allen Einzelheiten.

„Es muss jemand sein, den das Opfer gut kannte." Nachdenklich drehte Karina eine ihrer Haarsträhnen über den Zeigefinger. Diese Angewohnheit von ihr brachte mich immer wieder zum Lächeln. Früher hatten sich dabei richtige Knoten gebildet, die sehr mühsam ausgekämmt werden mussten, doch selbst dieser Umstand hatte sie nicht davon abgehalten. Jedes Mal, wenn sie ins Grübeln kam, griff sie automatisch in ihr Haar.

„Wie kommst du darauf?", fragte Ralf nach.

„Naja, er saß doch im Sessel, als er erschlagen wurde, oder nicht?"

„Das heißt, derjenige konnte sich völlig frei im Raum bewegen, ohne dass er misstrauisch wurde." Ich begriff, worauf sie hinaus wollte. „Karina, du bist genial. Das schränkt den Personenkreis, um den es geht, gewaltig ein."

„Ich weiß nicht." Ralf schüttelte den Kopf. „Angenommen der Täter hat eine plausible Ausrede. Dass er zur Toilette geht, zum Beispiel. Wäre Helmut dann nicht einfach sitzen geblieben?"

„Du Miesmacher!" Unsere Tochter zog einen Flunsch.

„Ich werde deinen Einwand trotzdem morgen überprüfen", gab ich ihr recht. „Timo möchte ein paar Dinge für seine Mutter holen und hat mir angeboten mitzukommen. Dann ergibt sich bestimmt die Möglichkeit, mir den Tatort anzusehen."

„Außerdem würde ich an eurer Stelle diese Anwohnerbefragung selbst übernehmen." Karina blinzelte mir zu. „Ob sich die Zeitung darauf einlässt, einen Aufruf zu starten, ist eher unwahrscheinlich. Die Mörderin ist doch bereits gefasst. Und zweitens denke ich, dass, wenn ihr direkt vor den Einzelnen steht, die eher bereit sind, ihre Beobachtungen preiszugeben, als wenn sie extra bei der Zeitung anrufen müssten."

„Ich gebe mich geschlagen." In gespielter Verzweiflung hob Ralf die Hände. „Ihr seid eindeutig die besseren Detektive."

Die Idee meiner Tochter war gar nicht so abwegig. Ich zumindest hätte genauso reagiert, wie sie es beschrieben hatte. Deshalb berichtete ich Timo gleich bei unserem Treffen von ihrer Anregung. Wir waren beide etwas zu früh erschienen und warteten nun auf seine Tante, die uns einlassen wollte.

„Du solltest gleich anschließend mit deiner Befragung beginnen", ermunterte ich ihn. „Heute, am Sonntag und bei dem Wetter, sind bestimmt die meisten Bewohner der umliegenden Häuser daheim. Da hast du die größten Chancen."

Begeistert war er von dieser Anregung nicht, das konnte ich ihm ansehen. „Würden Sie mir helfen?", fragte er prompt. „Zu zweit geht es sicherlich schneller."

„Nein, tut mir leid." Tat es mir ehrlich gesagt nicht. Ich hatte mich meiner Meinung nach schon viel zu tief in diese Ermittlung involvieren lassen. „Das ist deine Aufgabe. Die Leute werden Mitleid mit dir haben und versuchen, dir zu helfen. Als ihr Sohn bist du authentischer."

Er drückte sich enger unter die tiefhängende Weide, unter der wir gegen den scharfen Wind, der heute blies, kümmerlichen Schutz gefunden hatten.

„Ich kann das …"

Das direkt neben uns stoppende Auto ließ ihn innehalten. „Das ist Tante Angela."

Die Frau, die umständlich aus dem Wagen kletterte, hätte ich niemals für die Gattin eines Millionärs gehalten. Etwas größer als ich, dabei aber ausnehmend hager, mit tief eingegrabenen Falten um die Mundwinkel, schätzte ich sie auf Anfang sechzig. Ihre Kleidung wirkte wie zufällig zusammengewürfelt, die Haare waren von einem undefinierbaren graubraun und standen wirr in alle Richtungen, Make-up trug sie keines.
Sie musterte mich misstrauisch, begrüßte mich aber mit Handschlag.
„Sie helfen also Timo?"
Ihr Tonfall sagte mir zweifelsfrei, dass sie unser Unterfangen für sinnlos hielt. Trotzdem schenkte ich ihr ein, wie ich hoffte, aufrichtig wirkendes Lächeln. „Vielen Dank, dass Sie uns die Möglichkeit geben, einen Blick auf den Tatort zu werfen."
Sie runzelte die Stirn und machte eine abwehrende Bewegung.
„Frau Weißgerber möchte sich kurz umsehen, während ich Mamas Sachen zusammensuche", warf Timo hastig ein. Sein Gesicht war tomatenrot angelaufen. Hatte er seine Tante gar nicht auf unser Vorhaben angesprochen?
„Ich habe nicht viel Zeit." Mit einem Achselzucken erklärte sie das Thema für erledigt und schloss das Tor auf, das zum Anwesen der Bergmanns führte. Anwesen war wirklich das treffende Wort. Eine langgeschwungene Auffahrt führte im Bogen um eine Rasenfläche, auf der als einziger Schmuck ein futuristisch anmutendes Wasserspiel stand, bis direkt vor die zweistöckige Villa. Wir erklommen die drei Marmorstufen zu der kupferfarbenen, massiv wirkenden Haustür, in deren Mitte tatsächlich ein Klopfer in Form eines Pfeiles hing. Hier wurde Reichtum gelebt.
Nachdem Timos Tante die Alarmanlage ausgeschaltet hatte, durften wir eintreten. Neugierig blickte ich mich um. Wir standen in einem großen, halbrunden Raum, der sich über beide Etagen hinzog. Fast in der Mitte befand sich die Wendeltreppe nach oben, sehr edel und wie der Fußboden, auf dem ich stand, aus hellem Marmor gefertigt. An den Wänden zwischen den Türen hingen abstrakte Gemälde, die, wie

ich erkennen konnte, abends mithilfe der kleinen darüber befestigten Lämpchen dezent beleuchtet wurden. Auf mich wirkte dieses Szenario irgendwie befremdlich. Ich hatte nicht das Gefühl, in einem privaten Haus zu sein, eher schien es sich um das Entree einer Galerie zu handeln.

Im Gegensatz zu mir ließ Timo kein Erstaunen erkennen. Er steuerte bereits die Treppe nach oben an. „Ich weiß, wo ich ihre Sachen finde. Mama hat mir alles genau erklärt", sagte er zu seiner Tante gewandt. „Zeigst du Frau Weißgerber bitte in der Zwischenzeit das Wohnzimmer?"

Sie verzog kurz das Gesicht, setzte sich dann aber wortlos in Richtung auf die mittlere Tür in Bewegung. Ich beeilte mich, ihr zu folgen.

„Es gibt nichts mehr zu sehen." Sie war mitten im Raum stehengeblieben und musterte mich feindselig. „Ich verstehe wirklich nicht, dass Sie Timo bei dieser sinnlosen Schnüffelei unterstützen. Er sollte sich lieber damit abfinden, was seine Mutter getan hat, und sich um einen guten Anwalt kümmern."

„Glauben Sie denn, dass Ulrike tatsächlich eines Mordes fähig ist?", fragte ich zurück, während ich mich gleichzeitig unauffällig umsah.

Sie zuckte die Schultern, ein abfälliger Zug hatte sich um ihre Mundwinkel gebildet. „Unter gewissen Umständen kann jeder zum Mörder werden. Vor allem, wenn man wie meine Schwägerin bei einer Scheidung buchstäblich vor dem Nichts stehen würde."

Ah, das klang nicht gerade freundlich. „Hatten die beiden Gütertrennung vereinbart?", stellte ich mich unwissend.

„Helmut war schließlich kein Idiot."

„Sie hätte nicht einmal eine Abfindung bekommen?" Natürlich kannte ich die Antwort schon von Timo, ich wollte nur hören, wie sie reagierte.

„Pro Ehejahr hätte sie wohl Anspruch auf eine gewisse Summe gehabt, die jedoch zu dem, was sie gewohnt war, in keinem Verhältnis stand."

„Wie hoch war denn dieser Betrag?" Das hätte mich nun wirklich interessiert. Timo schien keine Einzelheiten zu wissen.
„Minimal, wie ich meinen Schwager kenne." Sie merkte wohl selbst, dass ihre Argumentation immer unplausibler wurde. „Der Junge", versuchte sie es auf einem anderen Weg. „Helmut wollte ihn ihr wegnehmen. Das hätte sie nie geduldet."
„Die Firma", holte ich zum Gegenschlag aus. „Wusste Ihr Mann, dass sie verkauft werden sollte?"
„Das hatte sich ja längst …" Sie verstummte abrupt. „Die Polizei ist sich sicher, in ihr die Täterin gefasst zu haben. Je eher Sie und auch er", sie machte eine Kopfbewegung zur Decke, „sich damit abfinden, umso besser." Betont auffällig sah sie auf ihre Armbanduhr. „Ich muss los. Die Führung ist beendet. Kommen Sie!"

# 17

**Früher**
Schon am nächsten Tag zog Ulrike bei mir ein. Viel war es nicht, was sie mitbrachte, einen Koffer voller Kleidung und eine Tasche mit persönlichen Gegenständen, die ich mühelos in meinen Schränken verstauen konnte.
Sie wolle auf der Couch schlafen, hatte sie anfangs erklärt, doch am Abend winkte ich ab. Mit seinen losen Sitzkissen war das Sofa garantiert nicht der ideale Platz für eine Schwangere. In meinem Doppelbett dagegen würden wir uns nicht mal in die Quere kommen.
In der ersten Nacht schlief ich kaum, die ungewohnten Atemgeräusche hielten mich wach. Ja, und dann diese Anspannung, sie neben mir zu wissen, eine Mischung aus Freude und gleichzeitigem Unbehagen. Es fühlte sich irgendwie richtig und ebenso falsch an. Doch zum ersten Mal in meinem Leben erging ich mich nicht in langen Grübeleien, sondern nahm diese Situation, wie sie war. Ich hatte zugesagt, sie bei mir wohnen zu lassen, daran würde ich festhalten.
Direkt nach der Arbeit ging ich nach Hause, wo mich ein verführerischer Duft empfing. Ulrike stand in der Küche und rührte in einem Topf. „Wir können gleich essen", sie strahlte mich an. „Es gibt nichts Besonderes, aber ich dachte mir, du freust dich über eine warme Mahlzeit."
Die bekam ich bereits mittags in der Kantine, was ich ihr wohlweislich verschwieg. Stattdessen bedankte ich mich und setzte mich an den Tisch. Sie hatte Spaghetti gekocht, mit einer Knoblauch-Tomatensoße, die wirklich gelungen war. „Lecker", ich sah bedauernd auf den noch wohlgefüllten Topf. „Leider bin ich mehr als satt."
„Gibt es eben morgen die Reste von heute." Sie sammelte die Teller und das Besteck ein und stellte es in die Spüle. „Den Abwasch erledige ich später. Ich bin völlig geschafft."
„Nein, ich mach das schon." Ich sah auf den bespritzten Herd und die Ablage daneben, die voller benutzter Gerätschaften stand. Meine

Güte, sie hatte fast alle meine Küchenutensilien verwendet. Das bedeutete ungefähr eine Stunde Spülen!
Genau das war der Grund, warum ich lieber auf der Arbeit aß. Meine Mutter hatte mich gelehrt, alles sofort aufzuräumen, es war mir in Fleisch und Blut übergegangen und teilweise ja auch nicht schlecht. So musste ich mich zumindest nicht am nächsten Tag aufraffen, die dann fest angetrockneten Spuren an Möbeln und Geschirr zu entfernen.
Trotzdem war ich nicht gerade erfreut über diese Arbeit und sowohl gefrustet als auch erschöpft, als ich endlich fertig war und ins Wohnzimmer hinüberging, wo Ulrike langausgestreckt auf der Couch lag und eine Musiksendung guckte. „Soll ich rutschen?"
„Nein, ich nehme den Sessel." Ich machte mir nichts aus dieser Art von Unterhaltung und griff zu meinem Buch.
„Willst du lieber was anderes sehen?"
Nein, ich möchte nur meine Ruhe haben, hätte ich am liebsten gesagt. Dieser neue Job, den ich tatsächlich bekommen hatte, war für mich noch ziemlich anstrengend. Es gab viel Neues zu lernen und vor allen Dingen zu behalten, schließlich wollte ich von Anfang an einen guten Eindruck machen. Und mein neuer Chef schien zu erwarten, dass ich alles gleich beim ersten Mal begriff und auch umsetzen konnte. „Ich habe ein spannendes Buch angefangen und freue mich schon darauf, es weiterzulesen", erwiderte ich stattdessen. Irgendwie war es ja auch schön, nicht allein hier sitzen zu müssen und die musikalische Untermalung aus dem Fernseher störte mich nicht, ich konnte sie gut ignorieren.
Um zehn Uhr war ich todmüde. Gähnend erhob ich mich. „Ich gehe ins Bett."
„Was jetzt schon?" Ulrike wandte ihren Blick von dem Krimi, der gerade lief, ab und sah mich erstaunt an. „So früh?"
„Ich muss morgen um sechs aufstehen", gab ich etwas steif zurück. Heute war sie liegen geblieben, als der Wecker klingelte, und ich hatte sie bis zu meinem Weggehen nicht zu Gesicht bekommen.

„Ach ja, heute ist erst Donnerstag." Sie schien meine Verstimmung nicht zu bemerken. „Stört es dich, wenn ich weitergucke? Ich kann zurzeit schlecht schlafen, das Baby ist so unruhig."
„Nein, ich schließe beide Türen, dann habe ich genug Ruhe." Kaum hatte ich den Weg ins Bad eingeschlagen, fiel es mir siedend heiß ein.
„Ich treffe mich am Abend mit Freunden, ich komme also nur kurz nach Hause", informierte ich sie.
Ein Schatten fiel über ihr Gesicht. „Schade, ich dachte, wir könnten zusammen was unternehmen."
„Wenn du Lust hast, komm mit." Begeistert war ich von meinem Vorschlag selbst nicht. Was sollte Ulrike bei diesem Treffen? Außerdem brach ich damit unsere stillschweigende Übereinkunft, nie jemand anderen ohne vorherige Absprache zu diesen Abenden mitzubringen. Selbst Angelika, die zwischenzeitlich einen Freund gefunden hatte, erschien bis auf die eine Ausnahme, damit wir ihn kennenlernten, weiterhin allein.
„Gerne, ich freue mich darauf." Sie strahlte mich an und alle meine Zweifel waren wie weggespült.
Falls Angelika, Brigitte und Winfried Ulrikes Anwesenheit als störend empfanden, ließen sie es uns zumindest nicht spüren. Es wurde ein anregender harmonischer Abend, an dem sich alles hauptsächlich um das Baby und die baldige Geburt drehte. Meine Freunde schienen aufrichtig interessiert und Ulrike war erst recht in ihrem Element.
„Die sind toll", sagte sie auf dem Heimweg. „Ich hatte ehrlich Schiss davor, sie kennenzulernen, aber die sind echt nett – und gar nicht überheblich", setzte sie nach einem kurzen Seitenblick auf mich hinzu.
„Warum sollten sie?" War mit der letzten Anspielung etwa ich gemeint?
„Na, weil die sind eher deine Kragenweite", versuchte sie zu erklären. „Die sind viel gebildeter als ich und haben viel mehr Ahnung von allem, was um uns rum passiert. Normalerweise passe ich da nicht rein."

Spontan hakte ich mich bei ihr unter. Dass sie derart dünnhäutig war, hatte ich nicht erwartet. Vielmehr hatte ich bisher geglaubt, sie merke den Unterschied zwischen sich und den anderen ‚Normaleren" gar nicht. Ihre forsche Art hatte sie diese Unsicherheit gut überspielen lassen. „Die sind nicht besser und nicht schlechter als du", sagte ich. „Jeder von ihnen hat Probleme, auch wenn die nicht unbedingt mit einer ungeplanten Schwangerschaft zusammenhängen."
„Trotzdem." Ulrike war stehengeblieben und sah mich ernst an. „Ich weiß es echt zu schätzen, dass du mich aufgenommen hast. Und wenn du mich mal nicht dabei haben willst, brauchst du es nur zu sagen. Ich bin dann nicht sauer oder so."
Gerührt drückte ich ihren Arm. „Versprochen."
Es war spät geworden und wir gingen zusammen schlafen. Die zwei Gläser Wein, die ich getrunken hatte, ließen mich sofort einnicken. Mitten in der Nacht wurde ich durch meine sich unruhig hin und her wälzende Bettnachbarin geweckt. „Kannst du nicht schlafen?"
„Es zieht so komisch in meinem Bauch", kam die gepresste Antwort.
„Meinst du, das sind schon Wehen?"
Ich fuhr hoch und knipste die Nachttischlampe an. Aus großen Augen starrte sie mich ängstlich an, eine Hand auf ihren Bauch gepresst. „Hier, fühl mal. Das wird richtig hart."
Vorsichtig legte ich meine Finger auf ihre warme Haut. „Ich merke nichts."
„Du musst fester drücken!" Sie nahm meine Hand und presste sie gegen sich.
„Ja, du hast recht." Ich spürte, wie sich ihr Bauch verhärtete. „Sollen wir ins Krankenhaus fahren?"
Sie entspannte sich wieder. „Nee, lass uns abwarten, so schlimm ist es ja noch nicht. Rutsch mal!" Sie kam ganz dicht zu mir herüber. „Ich bin echt froh, dass du da bist. Dann habe ich nicht solche Angst."
Was, die mutige Ulrike? Die, die jedem Paroli bot, die sich zu behaupten wusste, schreckte vor diesem Abenteuer zurück? Während ich meinen Arm um sie legte und sie noch näher an mich zog, hätte

ich beinahe ungläubig den Kopf geschüttelt. Ich war mit Sicherheit in vielen Dingen weit gehemmter und ängstlicher als sie, aber eine Geburt stellte für mich eher ein freudiges Ereignis dar, etwas, bei dem sich die kribbelige Erwartung von Tag zu Tag steigerte. Ich wäre nie auf die Idee gekommen, dass dieser Akt sie dermaßen erschrecken konnte.

Nach einer Weile schliefen wir aneinander gekuschelt ein und erwachten am nächsten Morgen reichlich spät, beziehungsweise sie schlug erst die Augen auf, als ich begann, mich zu regen. „Und? Wie geht es dir?", fragte ich.

Sie horchte in sich hinein. „Ist wieder weg."

„Also Fehlalarm." Ich machte Anstalten, mich aufzusetzen.

Sie hielt mich zurück. „Lass uns noch ein bisschen liegen bleiben. Es ist so bequem und muckelig warm." Sie lehnte ihren Kopf gegen meinen. „Ich hab echt Horror vor der Geburt. Ich kann mir nicht vorstellen, wie ich das schaffen soll."

Die Nähe zu ihr, ihre Körperwärme und ihr Duft hatten mich so weit abgelenkt, dass ich kaum hörte, was sie sagte. In meinen Ohren summte es und mein Herz begann zu rasen, am liebsten hätte ich sie noch enger an mich gepresst, sodass unsere Körper miteinander verschmolzen.

„Gabi?" Sie rückte ein Stückchen von mir ab und sah mir in die Augen. Dann huschte ein verstehendes Lächeln über ihr Gesicht. „He." Sie lehnte ihre Stirn an meine. „Ich war mir die ganze Zeit über nicht sicher. Wir haben Jahre verschwendet." Sie kicherte leise. „Naja, besser spät als nie." Und dann nahm sie mich in die Arme und küsste mich.

Die Gefühle, die auf mich einströmten, waren mir völlig unbekannt. Noch nie hatte ich etwas Derartiges empfunden, endlich konnte ich das spüren, was in Büchern so häufig beschrieben wurde und von mir bisher als unverständlich und nicht nachvollziehbar abgetan worden war. Ich schmolz dahin und blieb danach völlig erschöpft liegen, zu erschöpft, um an die Gewissensbisse und Vorwürfe, die sich schon bald einstellen würden, zu denken.

Ulrike neben mir rollte sich auf den Rücken. „Du kannst von Glück sagen, dass ich nicht mehr darf und nach dieser Geschichte von gestern Nacht viel zu viel Schiss habe, es auszuprobieren." Sie räkelte sich wohlig. „Denn eigentlich wärest du jetzt dran."

Sofort hatte ich ein schlechtes Gewissen.

„Nein, so wie es war, war es gut." Sie kicherte wieder. „Zumindest für dein erstes Mal. Das war es doch, oder?"

Ich nickte, zu beschämt, um zu sprechen.

„He, es ist nichts geschehen, weswegen du dir Vorwürfe machen müsstest." Ulrike drehte sich zu mir und sah mich an. „Du stehst eben nicht auf Männer, sondern auf Frauen. Na und?"

„Aber du … du hattest Freunde … du bekommst ein Baby … du bist …" Ich wusste nicht mehr weiter. Sie blieb ganz still neben mir liegen und sah mich ohne sichtbare Regung weiter an. „Warum hast du das getan?", fragte ich schließlich.

„Weil es mir Spaß macht", erwiderte sie. Ich konnte an ihrem Gesichtsausdruck erkennen, dass sie es ehrlich meinte. „Ich mag Männer durchaus, aber ich empfinde das gleiche für eine Frau, die mich anmacht. Dich fand ich schon damals auf der Party scharf und unser Kuss … naja, ich dachte, das hätte am Alkohol gelegen. Immerhin gab es Klaus."

Ich schlug die Augen nieder, um sie bei den nächsten Worten nicht ansehen zu müssen. „Ich glaube, ich mag keine Männer, zumindest nicht auf diese Weise", sagte ich leise.

„Ja und?" Sie schnaubte. „Das ist doch kein Drama. Du bist eben lesbisch und ich bisexuell. Du musst es ja nicht jedem auf die Nase binden."

Nein, ich konnte mir nur zu gut vorstellen, wie meine Eltern reagieren würden, wenn ich ihnen diese Tatsache mitteilte. Außerdem, dass ich mit Klaus keinen Spaß gehabt hatte, dafür mit Ulrike umso mehr, hieß nicht zwingend, dass ich lesbisch war. Bisher war mir noch niemand wie sie untergekommen, nicht ein einziges Mal hatte ich dieses Gefühl zuvor empfunden. Vielleicht lag es an ihrer Person und nicht am Geschlecht.

Ich schüttelte den Kopf, damit diese Gedanken nicht anfingen, überhand zu nehmen. „Jetzt mache ich uns ein Frühstück", erklärte ich so munter, wie es nur ging. „Bleib liegen, ich bringe es dir heute ausnahmsweise ans Bett."

Sie wälzte sich auf den Rücken und grinste spöttisch. „In Watte brauchst du mich nun nicht zu packen, ich bin dieselbe wie vorher."

# 18

**Heute**
„Jetzt weiß ich, wie die von Reichs wohnen", teilte ich meiner Familie beim Mittagessen mit. „Und mal ganz ehrlich? Das brauche ich wirklich nicht."
„Erzähl!" Meine Tochter beugte sich interessiert vor.
„Viel Raum natürlich und alles vom Feinsten." Ich überlegte, wie ich ihr mein Gefühl am besten erklären sollte. „Es wirkt irgendwie steril, als sei das Ganze nicht zum Wohnen gedacht. Ich jedenfalls würde mich dort nicht wohlfühlen."
„Mama." Karina sah mich tadelnd an. „Wie sah es aus?"
„Von außen wie im Film", grinste ich. „Marmor, Schmiedekunst, strahlend weißer Putz. Auch innen viel Marmor, eine futuristische Wendeltreppe, sechs große abstrakte Gemälde allein in der Diele. Das Wohnzimmer, in das unseres glatt zweimal reinpassen würde, ist minimalistisch eingerichtet, auf der einen Seite eine Ledercouch, aber irgendwas Teures, echtes Büffelleder würde ich schätzen, der Tisch dazu ist garantiert Handarbeit, sehr modern, sehr stylish. An der Wand hängt ein überdimensionaler Flachbildfernseher, darunter befindet sich das übliche weitere Equipment. Natürlich gibt es eine exzellente Musikanlage", fuhr ich mit einem Seitenblick auf Ralf fort.
„So ungemütlich klingt das doch gar nicht." Karina war sichtlich enttäuscht von meiner Schilderung und widmete sich wieder ihrem Essen.
„Ich kann es nicht besser ausdrücken", verteidigte ich mich. „Ihr müsst euch vorstellen, dass fast dreiviertel des Raumes leer sind. Auf der anderen Seite liegt ein riesengroßer Teppich, Perser, vermute ich mal. An den Wänden stehen weitere kleine Möbel, die alle ziemlich futuristisch aussehen. Darüber hängen Bilder, sehr abstrakt, aber trotzdem passend. Unsereins fühlt sich geradezu genötigt, mit weitoffenem Mund zu gaffen. Ich hatte das Gefühl, ich sei in einer besonderen Ausführung von „Schöner Wohnen" gelandet. Alles passt zu-

einander und vermittelt Eleganz – und eben Reichtum, allerdings keine Gemütlichkeit."

„Du bist zu verwöhnt." Mit einem bedauernden Blick auf seinen leeren Teller lehnte Ralf sich zurück. „Dein Mann muss nicht repräsentieren, du durftest dich bei deiner Wahl der Einrichtung austoben."

Karina, der die Ironie in seiner Stimme entgangen war, schnaubte. „Mama hat es fabelhaft hinbekommen. Ich liebe unser Wohnzimmer."

„Papa ärgert mich nur", beruhigte ich sie. „Er weiß schließlich ganz genau, was er an mir hat. Und ich an ihm." Ich zwinkerte ihm zu. „Gut, dass wir nicht zu den oberen Zehntausend gehören." Gemeinsam mit meiner Tochter machte ich mich daran, den Tisch abzuräumen.

„Jetzt erzähl mal das Wichtigste", verlangte Ralf, der mir in die Küche gefolgt war. „Habt ihr irgendetwas herausgefunden?"

„Deine Tochter liegt richtig", flüsterte ich, da diese noch in Hörweite war. „Helmut saß im Sessel seitlich zur Tür. Das heißt, wer immer ihn umgebracht hat, musste in einem großen Bogen um ihn herumgehen, die Skulptur von der Fensterbank nehmen und zuschlagen. Und all das, ohne dass er etwas davon mitbekam?"

„Oder derjenige wanderte im Wohnzimmer hin und her, ohne dass er diesem Jemand große Beachtung schenkte", warf Ralf ein.

„Gut, könnte genauso passen." Ich wischte seinen Einwand mit einer Handbewegung zur Seite. „Das Resultat bleibt das gleiche. Es muss sich bei seinem Mörder um eine ihm gut bekannte Person handeln."

„Na, das engt den Personenkreis nicht gerade ein. Und Ulrike wird dadurch auch nicht entlastet."

„Wer gehört denn deiner Meinung nach alles dazu?", fragte ich und räumte die Teller in die Spülmaschine. Der Espressoautomat zischte ein letztes Mal, ich nahm die Tassen und gesellte mich zu meinem Mann an den Tisch.

„Sein Bruder, dessen Frau, deren Kinder, eventuell noch diverse Freunde, bei denen er sich Geld geliehen hatte", begann er aufzuzählen. „Nicht zu vergessen der Buchhalter, der ihm geholfen haben muss, seine Geldschwierigkeiten zu verschleiern. Vielleicht sogar ein leitender Angestellter, der es ihm nicht verzeihen konnte, derart hintergangen worden zu sein."

„Hm." Ich war enttäuscht. Ich hatte gedacht, den Kreis viel weiter eingegrenzt zu haben. Deshalb diskutierte ich fast eine Stunde mit Ralf über seine Ansicht. Danach gab ich mich geschlagen, an Motiven mangelte es bei all denen, die er angeführt hatte, wirklich nicht.

„Wie bist du eigentlich mit Angela zurechtgekommen?", wechselte er schließlich das Thema.

Ich sah ihn stirnrunzelnd an.

„Angela Bergmann, der Frau von Rainer."

„Ach, du bist mit ihr per Du?" Ich konnte nicht anders, ich schüttelte missbilligend den Kopf.

„Sie ist eine Klassenkameradin von mir gewesen." Er grinste mich spitzbübisch an. „Du bist doch nicht etwa eifersüchtig?"

„Auf die?" Ich schnaubte verächtlich. „Ganz bestimmt nicht."

„Warte, bis du Rainer kennenlernst. Die beiden passen hervorragend zueinander." Sein Grinsen wurde breiter. „Er und sein Bruder haben nicht das Geringste gemeinsam."

„Ich dachte zuerst, sie wäre die Putzfrau", prustete ich heraus. „Sie ist das genaue Gegenteil von dem, was ich erwartet hatte."

„Geld allein macht noch keinen guten Geschmack", bestätigte Ralf. „Andererseits ist den beiden ihr Reichtum nicht zu Kopfe gestiegen. Und sie haben ein harmonisches Familienleben, inklusive zweier wohlgeratener Kinder."

„Also mir gegenüber war deine Angela ausgesprochen biestig", wandte ich ein. „Sie hat mich wie einen Störenfried behandelt."

„Das entspricht ihrem Naturell überhaupt nicht. Sie ist ein ausgesprochener Familienmensch, glücklich damit, ihre Kinder aufzuziehen und ihr Nest auszubauen. Sie war gern gesehene Organisatorin in deren diversen Schulen und unterhält gute nachbarschaftliche Beziehungen. Jetzt, da die beiden groß sind, hilft sie bei irgendeiner Wohltätigkeitsorganisation mit. Auch zu Ulrike hatte sie ein gutes Verhältnis. Ich verstehe ihr Verhalten nicht, ich hätte eher erwartet, dass sie euch drängt, sie mitmachen zu lassen."

„Timo sieht es ähnlich wie du." Zumindest war er reichlich enttäuscht gewesen, dass seine Tante uns so schnell aus dem Haus drängte und sich zu keinen weiteren Auskünften hatte hinreißen lassen.

„Kommt er heute noch vorbei?"

„Ja, er holt später die Tüte mit den Sachen für seine Mutter ab. Ich habe sie in die Diele gestellt."

Stattdessen rief dieser um sieben Uhr an und fragte nach, ob er morgen früh kurz vorbeikommen könne. „Ich bin da auf einige verheißungsvolle Aussagen gestoßen", gab er sich geheimnisvoll, „und will meine Befragung deshalb weiter ausdehnen."

Ich lud ihn zum Frühstück ein, dabei konnte er uns seine Neuigkeiten mitteilen.

„Sie müssen Tante Angie ihr Verhalten nachsehen", verkündete Timo gleich, nachdem er Platz genommen hatte. „Eigentlich ist sie eine Seele von Mensch. Sie hat sich von den diversen Schocks anscheinend bisher nicht erholt. Erst ihr Schwiegervater, dem sie sehr zugetan ist, dann die drohende Insolvenz und der geplante Verkauf und schließlich der Mord an ihrem Schwager. Das alles war offensichtlich zu viel für sie."

„Hast du viel Kontakt zu denen?", fragte Karina neugierig, die entgegen ihrer sonstigen Gewohnheiten früh aufgestanden war, obwohl sie erst um zehn zur Uni musste. Ich hatte den Eindruck, dass der liebe Timo der Grund für ihre außerplanmäßige Teilnahme an unserem Frühstück war.

„Zu Tante und Onkel genauso wenig wie zu meinem Stiefbruder und Stiefvater. Mit Opa Karl habe ich oft gesprochen. Mein Handy ist ein

Geschenk von ihm. Der hat extra einen Vertrag für mich auf seinen Namen gemacht, damit wir ausgiebig quatschen können."
„Aber von den Schwierigkeiten in der Firma wusstest du nichts", stellte Ralf klar.
„Nein, allerdings hat er nie viel von sich erzählt. Er wollte an meinem Leben teilnehmen, ihn interessierte, was ich so trieb, wir diskutierten über Gott und die Welt, Familiäres blieb normalerweise außen vor."
„Was hast du denn nun herausgefunden?" Langsam musste er zum Punkt kommen, in zehn Minuten würden wir losfahren.
Er holte tief Luft und ein triumphierendes Lächeln breitete sich auf seinen Zügen aus. „Also zuerst bin ich zu der alten Dame von gegenüber gegangen, die kenne ich noch aus meiner kurzen Zeit als Hausgast. Die erzählte mir, dass die Polizei sehr wohl die Nachbarn befragt hat und sie ihnen am umfassendsten Auskunft geben konnte. Sie saß nämlich mit ihrem Besuch in der Küche, von da aus hat man einen guten Blick auf unser Haus. Sie sah Mama wegfahren und wiederkommen und schließlich wieder wegfahren. Ihre Freundin ging um sieben, danach ist sie in ihr Wohnzimmer gegangen, das leider zum Garten hin liegt. Ein Fremder oder irgendjemand anderes ist in diesen Stunden nicht gekommen, da ist sie sich hundertprozentig sicher."
„Mist", murmelte Karina.
„Nein, das war für mich der Grund, mir die nächste Nachbarschaft zu schenken. Dafür habe ich die Anwohner um den Hinterausgang befragt. Der Garten ist sehr weitläufig und grenzt an eine Nebenstraße. Durch das Tor sind wir als Kinder oft ein- und ausgegangen."
„Das wird die Polizei ebenfalls überprüft haben." Ralf blickte auf die Uhr und trank seinen letzten Schluck Kaffee.
„Ja, doch die sind anscheinend nicht auf die Hundebesitzer gestoßen, die regelmäßig ihre Lieblinge auf den sich anschließenden Feldern ausführen." Timo holte noch einmal tief Luft, bevor er die Bombe platzen ließ. „Um drei Uhr an besagtem Tag sind mehrere Personen über diese Felder zu besagtem Hintereingang gewandert. Bei einem

von ihnen handelte es sich definitiv um Onkel Rainer, er ist in der Gegend gut bekannt. Die Beschreibung eines weiteren Mannes lässt für mich ebenfalls keinen Zweifel zu, es war Herr Seiffendorn, der Vater von Melanie."

# 19

**Früher**
„Dieses Mal ist es kein falscher Alarm." Ulrikes Worte rissen mich aus dem Tiefschlaf. „Die Wehen kommen regelmäßig alle zwanzig Minuten."
Mit einem Satz war ich aus dem Bett, knipste die Nachttischlampe an und schlüpfte in meine Kleidung. Das Baby war seit vier Tagen überfällig und wir hatten schon zweimal gedacht, die Geburt würde beginnen, deshalb stand ihre Tasche gepackt neben ihrem Bett und ich achtete darauf, abends alles sorgfältig bereitzulegen, damit wir sofort losfahren konnten.
„Hier." Ich reichte ihr ein Sweatshirt und ihre ausgebeulte Jogginghose. „Zieh das über, ich hole deine Schuhe und deinen Mantel."
„Gabi?" Ihre klägliche Stimme hielt mich davon ab, das Zimmer zu verlassen. „Du bleibst die ganze Zeit dabei, ja?"
„Versprochen." Ich eilte an ihr Bett und drückte ihre Hand. „Aber bitte mach dich fertig. Ich habe keine Lust, dass das Kleine gleich im Auto zur Welt kommt."
Sie kicherte. „Alte Schwarzmalerin."
Ich wandte mich erst ab, als sie begann, sich anzuziehen. Mittlerweile hatte auch mich die Aufregung gepackt. Endlich, endlich war es so weit, schon bald würde ich unser Baby auf den Arm nehmen können. Die Fahrt zum Krankenhaus, obwohl sie nur eine Viertelstunde dauerte, kam mir endlos vor, besonders da die Wehen mittlerweile in einem Abstand von zehn Minuten kamen und Ulrike kaum imstande schien, sie auszuhalten. Immer wieder hörte ich ihr verhaltenes Stöhnen und sah aus den Augenwinkeln, wie sie sich zusammenkrümmte. Auf der Treppe zum Krankenhaus platzte die Fruchtblase, ich geriet in Panik, ließ sie stehen und rannte um Hilfe rufend los. Die Pförtnerin hörte mein aufgeregtes Gestammel und informierte sofort eine Krankenschwester, die gemeinsam mit mir Ulrike in einen Rollstuhl

verfrachtete und anschließend mit den Worten „Sie kümmern sich bitte um die Anmeldung", mit ihr verschwand.

Das einzige, was mir von diesem Gespräch in Erinnerung geblieben ist, war mein Gefühl der Dringlichkeit. Ich wollte unbedingt in Ulrikes Nähe sein, ihr beistehen, den Moment miterleben, wenn das Baby seinen ersten Schrei tat, und die aufnehmende Schwester verlangte akribisch sämtliche Angaben zu Ulrikes bisherigen Krankheiten und ihren Daten. Mir kam es jedenfalls schier endlos vor, bis sie schließlich aufstand und mir winkte, ihr zu folgen.

Wir betraten ein Vierbettzimmer, drei Augenpaare musterten mich neugierig. Klar, es war inzwischen fast sechs, zwei der Mütter stillten ihre Neugeborenen, das letzte lag noch schlafend in einem kleinen Bettchen, das am Fußende befestigt war und über zwei Glasscheiben verfügte, durch die man es sehen konnte.

„Ihre Freundin wird jeden Moment zurück sein." Mit diesen Worten ließ mich die Krankenschwester im Zimmer stehen.

„Erstgebärende?", fragte mich die junge Frau, die direkt am Fenster lag und neben der sich das einzige leere Bett befand.

„Ja, aber die Wehen kommen alle zehn Minuten."

„Das hat nichts zu sagen", klärte mich eine der Stillenden auf. „Beim ersten Kind dauert es meist ziemlich lange."

„Ja, ich habe selbst beim zweiten noch fast einen ganzen Tag gebraucht", die dritte seufzte und betrachtete dann lächelnd das Bündel in ihren Armen. „Als es losging, habe ich mich regelrecht verflucht, dass ich mich noch einmal auf diese Tortur eingelassen hatte. Aber das Ergebnis ist all die Mühen wert."

„Das hoffe ich." Unbemerkt von mir war Ulrike eingetreten. Ächzend ließ sie sich auf das leere Bett fallen. „Der Muttermund ist erst vier Zentimeter auf, ich habe noch jede Menge Zeit." Sie krümmte sich unter der nächsten Wehe.

„Tief durchatmen!", befahl die Frau neben ihr. „Haben Sie denn keinen Geburtsvorbereitungs-Kurs mitgemacht?"

„Nein." Ulrike entspannte sich wieder. „Meine Mutter meinte, den hätte sie nicht gebraucht und ich würde genauso gut ohne klarkommen."

„Sie müssen sich während der Wehen auf Ihre Atmung konzentrieren", klärte die Frau sie auf. „So tief wie möglich einatmen und dann langsam wieder ausatmen, das hilft ein bisschen."

Ulrike nickte. Ich trat zu ihr und sie griff sofort nach meiner Hand. „Ich halte das nicht mehr lange aus", flüsterte sie. „Die wollen mir kein Schmerzmittel geben, das würde ich erst später kriegen. Dabei fühle ich mich jetzt schon am Ende meiner Kraft."

„Ist Ihr Mann nicht mitgekommen?", fragte eine der Frauen neugierig.

Weil Ulrike sich bereits in der nächsten Wehe krümmte, übernahm ich die Antwort. „Der hat sich vor Kurzem von ihr getrennt. Deshalb hat sie mich gebeten, sie zu begleiten. Ganz allein wollte sie die Geburt nicht durchstehen."

„Ach, Sie Arme!" Alle drei seufzten vernehmlich.

„Im Moment würde es mir schon reichen, wenn ich es hinter mir hätte", keuchte Ulrike.

„Lassen Sie sich von Ihrer Freundin helfen." Ihre Bettnachbarin schlug die Decke zurück und stand auf. „Sie können ihr den Rücken massieren und ihr vorgeben, wie sie atmen soll", erklärte sie mir und zeigte mir die erforderlichen Griffe.

Ulrike entspannte sich etwas. „Das macht es erträglicher." Sie rang sich ein leises Kichern ab. „Komm bloß nicht auf dumme Gedanken dabei, sonst habe ich hier in den nächsten Tagen die Hölle auf Erden", flüsterte sie so leise, dass nur ich sie hören konnte.

Als wenn ich daran zurzeit irgendein Interesse gehabt hätte! Sie derart leiden zu sehen, war schon schlimm genug, zu wissen, dass es noch viel heftiger werden würde, kaum auszuhalten. Ich hätte alles gegeben, ihr diese Schmerzen ersparen zu können.

Die letzten drei Wochen waren für mich die schönsten gewesen, die ich je erlebt hatte. Ulrike war so offen mit der Situation umgegangen und hatte sich jedes Mal, wenn die Gewissensbisse mich quälten, so rührend um mich gekümmert, dass die Liebe zu ihr mit jedem Tag tiefer und inniger wurde. Ja, ich hatte mittlerweile alle Bedenken über Bord geworfen, ich wollte diese Beziehung ausleben, wollte mit ihr gemeinsam das Kind großziehen, würde mit ihr eine Familie bilden und mit ihr zusammen alt werden.

Der einzige Wermutstropfen war ihre Einstellung, offen mit unserem Verhältnis umzugehen. „Warum sollen wir uns verstecken?", hatte sie wiederholt gefragt. „Wir lieben uns, das ist doch kein Verbrechen."

Ich dagegen wusste sehr wohl, dass die Welt für diese Art von Partnerschaft noch nicht bereit war, zumindest in unserem Land. Allein wenn ich daran dachte, dass meine Arbeitskollegen von unserer Liebe erfuhren, brach mir der kalte Schweiß aus. Mein Chef, der mich immer weniger wie eine Sekretärin, sondern eher wie seine rechte Hand behandelte, war Anfang sechzig und definitiv ein strikter Gegner aller sexueller Abarten, wie er es nennen würde. Erführe er von Ulrike und mir, hätte ich einen sehr schweren Stand. Er würde auf jeden kleinsten Fehler von mir lauern, um mir zu kündigen.

Auch an meine Eltern brauchte ich in dieser Richtung nicht einen Gedanken zu verschwenden. Mein Vater würde mich enterben, meine Mutter verkünden, dass sie keine jüngere Tochter mehr habe. Diese Schande, die ich mit meinem Anderssein über sie brachte, war für sie mit einem Verbrechen gleichzusetzen.

„Auf die kannst du verzichten", hatte Ulrike achselzuckend gemeint. „Das ist keine wahre Liebe, wenn man jemanden nicht so akzeptieren kann, wie er wirklich ist. Ich will mich nicht verstecken müssen."

Sie hätte ihre Eltern einfach vor vollendete Tatsachen gestellt, entweder die akzeptierten diese Entwicklung oder nicht. Das wäre ihr egal.

Ich jedoch konnte nicht über meinen Schatten springen. Mir lag sehr wohl etwas an dem, was mein Umfeld von mir hielt und über mich dachte und ich wusste ganz genau, dass die meisten mit dieser Art von Beziehung nicht umgehen konnten. Die Zeit war einfach noch nicht reif für Außenseiter.

Zum Glück hatte sich die Frage bisher auf unsere rein rhetorischen Überlegungen beschränkt. Die Frauenärztin, zu der Ulrike gleich am Montag nach unserem Erlebnis gegangen war, hatte gemeint, sie solle sich den Rest der Schwangerschaft schonen, viel liegen und nicht mehr ausgehen. Deshalb war unser Leben in den letzten drei Wochen auf meine Wohnung beschränkt geblieben. Meine Freunde hatten Ulrike ja bereits kennengelernt und verstanden, dass ich mich nun zuerst um sie kümmern musste, ich hatte durchblicken lassen, dass es außer mir niemanden gäbe und ich sozusagen ihre Zuflucht sei.

Das gleiche erzählte ich auf der Arbeit und bat meinen Chef sogar, mir, falls das Baby sich unter der Woche in der Arbeitszeit ankündigen würde, dafür ein paar Stunden freizugeben, damit ich meiner armen Freundin beistehen konnte. Ich erreichte damit nicht nur eine wohlwollende Zusage, sondern merkte, dass ich durch dieses Vorgehen sogar noch mehr in seiner Achtung stieg. Einem sozial eingestellten Menschen, der sich für andere einsetzte, wurde Sympathie entgegengebracht, tat ich dasselbe aus Liebe, erntete ich Ablehnung.

Mit meinen Eltern gestaltete sich das Ganze schwieriger. Meine Mutter wollte natürlich genau wissen, um wen es sich bei dieser Freundin handelte und warum ich mich dazu genötigt fühlte – das waren genau ihre Worte –, dieser zu helfen. Als sie hörte, dass es sich dabei um Ulrike handelte, reagierte sie äußerst abweisend. „Gabi, wie kannst du nur! Daraus wird niemals etwas Gutes entstehen. Sieh zu, dass du sie schnell wieder los wirst, sonst bleibt sie wie eine Klette an dir hängen!"

Mein Vater reagierte gelassener. „Tu das, was du für richtig empfindest", brummte er in den Hörer, nachdem meine Mutter in ihrer Verzweiflung darauf bestanden hatte, dass er mit mir sprach. „Nur überlege dir die Konsequenzen deines Handelns genau. Bist du dann immer noch der Meinung, es sei richtig, mache es. Es ist dein Leben."

Das waren nun nicht die Worte, die meine Mutter hatte hören wollen. Aber durch seinen gelassenen Umgang mit diesem ‚Problem' gelang es uns, das Thema ohne große Streitigkeiten zu beenden. Ich würde mich weiter in regelmäßigen Abständen melden und in unregelmäßigen vorbeikommen und wir würden über all das sprechen, wozu meine Mutter bereit war, das hieß, wir betrieben weiterhin oberflächlichen Smalltalk und klammerten Ulrike vorerst aus unseren Gesprächen aus.

Damit konnte ich gut leben. Das Vorgefallene bestärkte mich allerdings noch mehr in meiner Ansicht, unsere Beziehung geheim zu halten. Warum sich freiwillig Ärger einhandeln, wenn es auch anders ging?

Die Wehen zogen sich vier Stunden lang in gleichbleibender Heftigkeit hin. Ulrike war mittlerweile nass geschwitzt und am Ende ihrer Kraft. Dazu kam plötzlich ein starker Harndrang, der sie fast alle zehn Minuten auf die Toilette trieb. „Es kommen immer nur ein paar Tropfen", erklärte sie uns allen, nachdem sie sich nach dem letzten Gang, die Toilette war drei Türen weiter, erneut über das Bett geworfen hatte, die einzige Lage, wie sie die starken Schmerzen aushalten könne, wie sie sagte. „Aber der Druck ist dermaßen stark, ich muss einfach gehen."

„Lassen Sie die Hebamme nachschauen." Alle Frauen nickten synchron zu den Worten der zweifachen Mutter. „Vielleicht sind das schon Presswehen."

Obwohl wir eher skeptisch empfangen wurden und auf dem Flur warten mussten, bis endlich ein Untersuchungsraum frei war, bestätigte sich die Ahnung der Mitpatientin. Man trieb Ulrike geradezu in den Kreißsaal, in dem der herbeigerufene Arzt schon wartete. Kaum hatte sie die Beine in die eigens dafür angebrachten Schienen gelegt und er flüchtig den Zustand ihrer Gebärmutter kontrolliert, gab er schon das Kommando ‚Pressen'. Ich stand hinter ihr und kam mir vollkommen überflüssig vor. Die Hebamme war damit beschäftigt, Ulrike einen Gurt für die Herztöne und die Wehentätigkeit anzulegen, meine Freundin stemmte sich hoch und drückte mit hochrotem Kopf, und ich konnte nur ihre Schulter streicheln und zusehen, wie sie sich quälte.

Mit einem zischenden Laut ließ sie sich zurücksinken, der Schweiß rann ihr über die Stirn. „So wird das nichts", tadelte der Arzt sie. „Sie müssen gezielter pressen und nicht so schnell nachlassen." Er winkte mir, mich neben sie zu stellen. „Sie halten bei der nächsten Wehe ihre Hand und feuern sie an, sie muss länger durchhalten."
Ich sah seine besorgte Miene und den Blick, den er mit der Schwester wechselte und mir wurde angst und bange. Dass bloß dem Baby nichts passierte!
Ulrike stöhnte und ich wandte mich ihr zu. „Los, du schaffst es. Pressen! Weiter, weiter, weiter." Ich drückte ihre Hand, die sie mit eisenhartem Klammergriff umschloss, und flehte und drohte, bis sie sich vollständig verausgabt hatte. Zwei Wehen später erschien ein schwarz behaartes Köpfchen zwischen ihren Beinen, noch einmal pressen und das Baby flutschte geradezu aus ihr heraus.
„Ein Junge." Der Arzt hob ihn etwas hoch, damit Ulrike ihn sehen konnte. „Herzlichen Glückwunsch. Wie soll er denn heißen?"
„David", flüsterte sie, helle Tränen der Freude liefen über ihr Gesicht. Sie ließ meine Hände los, zog meinen Kopf zu sich herunter und drückte mir einen Kuss direkt auf die Lippen. „Ich hab's geschafft! Ich hab's wirklich geschafft!"

## 20

**Heute**
Wir nahmen Timo mit in die Stadt und setzten ihn in der Nähe seines Anwalts ab, damit er sich gleich um einen Gesprächstermin bemühen konnte. Unser Parkplatz lag nicht weit davon entfernt, deshalb vertagten wir alle weiteren Gespräche zu diesem Thema auf später. Ralf hatte wie immer einen vollen Terminplan, er zumindest würde sich für die nächsten Stunden auf seine Arbeit konzentrieren müssen.
Meine Tätigkeit als seine Sekretärin war längst nicht so anspruchsvoll, hielt mich aber ebenfalls auf Trab, wollte ich mittags pünktlich Feierabend machen. Normalerweise war es mir relativ egal, wenn ich Überstunden leisten musste. Dann bestellten mein Mann und ich mittags einen Snack und ließen ihn ins Büro liefern und die Kinder bekamen eine SMS, dass sie ausnahmsweise in der Mensa essen sollten. Im Moment jedoch wollte ich mein Bestes geben, um Timo zu unterstützen. Deshalb würde ich mich ranhalten müssen.
Ich saß noch an meinem Schreibtisch, als Ralf seinen letzten Mandanten für diesen Morgen verabschiedete. „Na?", fragte er mich. „Noch nicht unterwegs in Sachen Timo?"
„Ich habe mir den Kopf zermartert, wie ich an Melanie herankommen soll, aber mir ist nichts eingefallen", bekannte ich. „Hast du Lust auf ein gemeinsames Mittagessen, ich brauche deinen Einfallsreichtum."
„Zum Italiener?", grinste er. „Oder sollen wir uns was bringen lassen?"
Oh, ich liebte seine Verlässlichkeit! „Wir bestellen und essen hier. Dann haben wir mehr Ruhe."
„Die Perspektive hat sich total verschoben", meinte Ralf, während wir auf unser Essen warteten. Wir hatten uns in sein Büro zurückgezogen, weil im Mitarbeiterraum heute meine zwei Kolleginnen saßen und sich ihre mitgebrachten Brote schmecken ließen. Die Kanzlei war nicht groß und bestand aus zwei Anwälten. Mein Mann hatte sich

auf Steuerrecht und alles, was damit zusammenhing, spezialisiert, sein Bruder war Notar und Experte rund ums Erbrecht. Der Kontakt zu ihm beschränkte sich hauptsächlich auf das Geschäftliche. Er war lieb und nett, aber ein ewiger Junggeselle mit ständig wechselnden Freundinnen. Seine Freizeit verbrachte er abwechselnd auf Partys und in den angesagten Restaurants und Bars, jeder Kurzurlaub wurde zu einem Städtetrip genutzt, längere Ferien beinhalteten einen Surfaufenthalt in der Karibik, im Winter fuhr man zum Skilaufen nach Italien, da blieb nicht viel Zeit für Familienzusammenkünfte. Für unser aktuelles Problem hätte er nur ein müdes Lächeln gehabt und etwas von dem ewigen Samariter gemurmelt, als den er seinen Bruder sowieso schon sah, nur weil der gelegentlich auch einfachen Handwerkern zu Sonderkonditionen bei ihren Problemen half. Meine beiden Kolleginnen wären natürlich begeistert gewesen, von unseren Ermittlungen zu hören, und sicherlich gern bereit, uns mit Rat und Tat zur Seite zu stehen. Das wiederum behagte uns jedoch ebenfalls nicht. Es musste nicht unbedingt überall bekannt werden, dass wir eigene Ermittlungen aufgenommen hatten.

„Wenn es sich bei diesen Männern tatsächlich um diejenigen handelt, die er nach der Beschreibung zu erkennen glaubt, hat Timo recht, das wirft ein ganz neues Licht auf die Sache", wiederholte Ralf.

„Glaubst du, dass es sich bei den beiden Unbekannten wirklich um Anwälte handelte, die den Deal perfekt machen sollten?", fragte ich. Timo hatte von zwei weiteren Männern berichtet, die seine Zeugen gesehen haben wollten, die in einem großen Mercedes vorgefahren und von Rainer in Empfang genommen worden waren.

„Wenn es um den Verkauf gegangen ist, könnte das schon hinkommen", nickte er. „Das ist auch der einzige Grund, den ich mir vorstellen könnte, warum der alte Karl Bergmann ohne Bescheid zu sagen, das Krankenhaus verlassen hat. Laut diesen Hundebesitzern ist er mit einem Taxi gekommen und wahrscheinlich auch auf diesem Wege wieder zurückgelangt. Die Polizei wird die Fahrer bestimmt ausfindig machen, dann wissen wir mehr."

„Und die Anstrengung war zu viel für ihn", nickte ich. „Deshalb hat er den nächsten Infarkt bekommen."
„Damit wäre der Verkauf schon abgeschlossen gewesen, als Timo sich mit seinem Onkel traf." Ralf hob bedeutungsvoll eine Augenbraue.
„Dann hat er ihn angelogen, als er sagte, er träfe sich mit einem Interessenten", ging mir ein Licht auf. Im selben Moment fielen mir die Worte der Tante ein, denen ich bis dahin keinen Sinn beigemessen hatte. „Angela Bergmann setzte zu einer ähnlichen Bemerkung an, stoppte jedoch mitten im Satz. Sie sagte", ich kramte in meinem Gedächtnis, „ das hatte sich ja längst, dann brach sie ab. Aber es könnte passen. Sie meinte wahrscheinlich längst erledigt, das heißt, sie weiß Bescheid. Ob sie deshalb so biestig war?" Ich wurde richtig aufgeregt. Hatten wir die alles entscheidende Spur gefunden?
„Im Prinzip hat deine Freundin weiterhin das größte Motiv", machte Ralf meine Freude zunichte. „Wenn wir davon ausgehen, dass sie bis zu diesem Zeitpunkt nichts von dem Verkauf wusste, von der Freundin hingegen schon, brauchte sie nur eins und eins zusammenzuzählen, wie es mit ihr und ihrem Mann weitergehen würde."
„Selbst dann wäre Ulrike nicht zu einem Mord fähig gewesen", verteidigte ich sie, konnte aber nicht verhindern, dass sich auch bei mir leise Zweifel bildeten. Ich hatte sie jahrelang nicht gesehen. Menschen veränderten sich, zum Guten und zum Schlechten. Warum nur war ich so überzeugt von ihrer Unschuld? Vielleicht war ja dieser geheim gehaltene Verkauf der letzte Tropfen, der das Fass zum Überlaufen gebracht hatte. Launisch und schnell beleidigt, dabei ziemlich schnell ausfällig werdend, das waren die Adjektive, die mir als Beschreibung ihres Charakters spontan einfielen. Konnte ich mir wirklich sicher sein, dass sie vor lauter Frust nicht doch zugeschlagen hatte?
„Wir sollten abwarten, was die Polizei herausfindet", unterbrach Ralf meine Gedanken.

Im selben Moment klingelte es an der Tür, unser Essen war eingetroffen. Mir war der Appetit jedoch vergangen.
Wir hatten verabredet, dass Timo mit seinem Anwalt an der Seite zur Polizei gehen und ihnen von dem Ergebnis seiner Ermittlungen berichten sollte. Am Abend vermeldete er telefonisch erste Ergebnisse. „Die wollen alle Beteiligten befragen. Herr Kühlkes wird sich auf dem Laufenden halten und mir Bescheid geben, wenn er Neues erfährt." Timo senkte seine Stimme zu einem beschwörenden Flüstern. „Eben hat Onkel Rainer angerufen und mir angeboten, dass er die Kosten für einen vernünftigen Strafverteidiger, wie er sagte, übernimmt. Das habe ich abgelehnt. Ich denke, mit dem, den wir haben, können wir sehr zufrieden sein. Der hat Biss, der klemmt sich richtig dahinter."
Ulrike hatte mangels eigenem Vermögen einen Pflichtverteidiger zur Seite gestellt bekommen. Dieser hatte sich in der Zwischenzeit als sehr rührig und sehr bemüht erwiesen. Deshalb konnte ich Timos Handeln verstehen. Außerdem fand ich es seltsam, dass sein Onkel Rainer ausgerechnet zu diesem Zeitpunkt sein Angebot machte.
„Vielleicht zwickt ihn sein Gewissen, wegen all der Lügen, die er mir erzählt hat", erwiderte Timo auf eine diesbezügliche Bemerkung von mir. „Oder er hofft, dass ich auf den Neuen vertraue und meine Ermittlungen einstelle. Wer weiß, was ich sonst noch alles ausgrabe."
„Ist immer noch kein Testament aufgetaucht?" Wider Erwarten hatte sich bisher keins gefunden, der Firmenanwalt, der die Familie auch privat vertrat, war ratlos. Helmut hatte kurz vor seinem Tod das alte, vor Jahren aufgesetzte, für ungültig erklärt und um dessen Vernichtung gebeten. Er würde sich selbst um eine Neufassung kümmern. Diese war jedoch nicht auffindbar. Für Ulrike wäre dieser Fakt durchaus von Vorteil, sie würde die Hälfte seines Vermögens erben, die andere ging an ihren Sohn. Noch war allerdings nichts entschieden und so lange galt sie eben als mittellos, besonders da sie als Helmuts Mörderin sowieso von der Erbfolge ausgeschlossen worden wäre. Laut Ehevertrag, der sich jedoch nur auf eine Scheidung bezog,

gehörte alles ihm, ihr eigenes Bankkonto wies nur eine kleinere Summe auf, viel zu wenig, als dass sie sich davon eine angemessene Verteidigung hätte leisten können.

„Nein, obwohl mein Onkel und meine Tante schon alles abgesucht haben." Timo lachte auf. „Sonst hätten die mich gar nicht in das Haus gelassen, um die Sachen zu holen."

„Wieso, ich dachte, die sind so nett zu dir?", hakte ich nach. Irgendwie passten seine anfängliche Behauptung, er hätte kaum Kontakt zu ihnen und die Art, wie sie miteinander umgingen, nicht zusammen. Er war eindeutig mehr in diese seltsame Familie integriert, als er zugab.

„Sind sie auch, aber nicht, wenn es um das Erbe geht. Sie denken wohl, ich würde meiner Mutter zuliebe alles machen, also auch ein Testament vernichten, das nicht in ihrem Sinne gehalten ist."

Naja, da gab es noch einige weitere Ungereimtheiten. Warum zum Beispiel hatte Tante Angela ihm nicht angeboten, bei ihnen zu wohnen? Und warum unterstützte sie ihn nicht bei seinen Ermittlungen? Sie stand ihm näher als ich. „Warum hast du eigentlich nicht deine Tante gefragt, ob sie dir hilft?", platzte ich heraus, reichlich streitlustig, wie ich zugeben musste. Seine Ausrede, er kenne niemanden in dieser Stadt, war eindeutig ad absurdum geführt.

Es blieb so lange still in der Leitung, dass ich nachfragte: „Bist du noch dran?"

„Jaa", kam es gedehnt zurück. Dann räusperte er sich. „Ich bin tatsächlich erst zu ihr gegangen. Aber sie war … ich weiß gar nicht, wie ich das erklären soll, äußerst schroff und abweisend, meinte, ich sei ein Phantast, ich solle mich lieber der Wirklichkeit stellen, anstatt ziellos im Dreck der anderen zu wühlen. Sie war richtig aufgebracht, ganz anders als sonst. Deshalb habe ich auch ihr Angebot, bei ihnen zu wohnen, ausgeschlagen. Ich fühlte mich ehrlich gesagt von ihr verraten."

„Und dann hat deine Mutter dir von mir erzählt und du hast dir gedacht, versuche ich es halt mal bei ihr", folgerte ich.

„Ja", gab er zu. „So war es."

# 21

**Früher**
Die schwierigste und gleichzeitig auch schönste Zeit hatte begonnen. David war ein ruhiges zufriedenes Baby, das wenig schrie und die meiste Zeit zufrieden in seiner Wippe lag und mit großen Augen um sich schaute. Natürlich war es anstrengend, ihn alle drei bis vier Stunden zu stillen, aber ich hatte Ulrike geraten, sich anfangs voll und ganz auf unser Kind zu konzentrieren, alles andere war nebensächlich. Also war ich diejenige, die weiterhin den Haushalt führte, die einkaufen ging, die für uns kochte und die, wenn sie dazwischen noch Zeit fand, mit David spazieren ging, damit Ulrike ungestört schlafen oder etwas für sich selbst tun konnte.
Doch schon bald wurde ihr dieses Leben langweilig. Vor allem der Kontakt zu ihrer Familie fehlte ihr. Ihre Mutter und Schwestern waren zweimal im Krankenhaus gewesen und anschließend ein weiteres Mal bei uns zu Hause, wo sie sich offensichtlich nicht wohl gefühlt hatten, sie telefonierten jeden Tag miteinander, vorbei kamen sie nicht mehr.
„Mama ist am liebsten zu Hause", versuchte Ulrike mir zu erklären. „Sie hat gern Besucher um sich. Dass sie dann eine Zeit lang oft zu Andrea gegangen ist, war nur wegen dem Hausbesitzer. Jetzt, da der sich beruhigt hat, geht sie kaum noch raus. Sie meint sowieso, ich könne zu ihr kommen, während du arbeitest."
In den letzten Wochen war unsere Telefonrechnung ins Unermessliche gestiegen – und Ulrikes Unzufriedenheit trotzdem gewachsen. „Du musst wirklich nicht den ganzen Tag in der Wohnung sitzen. Wenn du es dir zutraust, fahr sie ab und zu besuchen."
Das Problem war, dass Ulrike hätte mit der Straßenbahn fahren müssen, was ihr überhaupt nicht behagte. „Ich brauche immer jemanden, der mir mit dem Kinderwagen hilft." Sie verzog das Gesicht. „Außerdem ist es für David viel zu kalt draußen."

Der Winter hatte mit aller Macht zugeschlagen. Der in den letzten Nächten gefallene Schnee war durch die frostigen Temperaturen zu einer festen Decke auf Straßen und Bürgersteigen geworden, viele Menschen hatten das Schneeräumen mittlerweile eingestellt, daher war es für sie mit dem Kinderwagen wirklich schwer, sich ihren Weg zu bahnen.

„Ich könnte dich ab und zu morgens vor der Arbeit bringen und abends wieder abholen", schlug ich vor.

„Das würdest du tun?" Sie strahlte und gab mir einen Kuss.

Ja, unsere Beziehung lief ausnehmend gut. Auch mir fiel es immer schwerer, vor anderen den Anschein einer normalen Freundschaft aufrecht zu erhalten. Bislang waren wir noch nicht groß auf die Probe gestellt worden, außer Ulrikes Familie hatten uns nur Angelika, Brigitte und Winfried besucht, um das Baby in Augenschein zu nehmen. Dabei hatte uns Brigitte gleichzeitig mitgeteilt, dass sie es wagen und zu ihrem neuen Freund, der fast vierhundert Kilometer weit entfernt wohnte, ziehen würde. Damit war schon klar, dass unsere regelmäßigen Treffen ein Ende fanden. Sie war die treibende Kraft gewesen, ohne sie würden wir uns nur noch sporadisch sehen.

Außerdem hatte ich das Gefühl, dass Winfried ahnte, was mit Ulrike und mir los war. Mehrmals hatte ich ihn dabei ertappt, wie er uns musterte, wenn wir uns mit dem Kleinen beschäftigten. Und, vielleicht hatte ich es mir auch bloß eingebildet, war dieses Zwinkern zum Abschied nicht seine Art mir zu zeigen, dass er Bescheid wusste? Natürlich war es albern, dass nicht einmal meine besten Freunde erfahren durften, wie es um uns stand. Immerhin hatten wir uns des Öfteren gegenseitig unser Leid geklagt, wie schwer es doch war, den idealen Partner zu finden. Gleich beim zweiten seiner Besuche bei ihr hatten wir Brigittes neuen Freund kennengelernt und auf Herz und Nieren geprüft. Selbst Winfried hatte schon mehrmals seine neueste Eroberung mitgebracht, die jedoch nie vor unseren Augen bestehen konnte. Schon kurze Zeit später musste er selbst einsehen, dass er wieder einmal keinen Volltreffer gelandet hatte. Er schien immer den falschen Typ anzuziehen.

Was also war mit mir los? Hatte ich Angst, dass Ulrike von meinen Freunden nicht akzeptiert würde? Nein, daran lag es nicht. Ich wäre im Moment taub gewesen für alles, was sie gegen sie vorbrachten. Noch nie hatte ich mich dermaßen glücklich gefühlt, ich schwebte geradezu durch mein Leben, nichts und niemand konnte mich verärgern, nicht einmal mein knurriger Chef, der immer biestiger und unberechenbarer wurde und schon zwei langjährige Mitarbeiter vergrault hatte.

Wenn ich ganz ehrlich mit mir war, wusste ich schon, woran meine Geheimnistuerei lag. Ich hatte riesige Angst davor zuzugeben, dass ich eine Lesbe war. Ulrike gegenüber gab es diese Hemmung nicht. Mittlerweile übernahm ich genauso oft die Initiative wie sie, wir hingen wie die Kletten aneinander, wenn wir allein waren, jeden Abend schlief sie in meinen Armen ein. Und David war für mich wie ein eigenes Kind, ich brachte ihm die gleiche abgöttische Liebe entgegen wie meiner Freundin.

Man darf nicht vergessen, wir schrieben das Jahr 1982, ein meilenweiter Unterschied zu heute. Nicht viele ‚Andersartige' outeten sich freiwillig, die meisten hatten wie ich zu viel Angst davor, ausgeschlossen oder gar geächtet zu werden, wenn ihre Neigung bekannt wurde. Natürlich gab man sich insgesamt lockerer als zwanzig, dreißig Jahre zuvor, trotzdem hatte ich bei den meisten meiner Kontakte eine spürbare Zurückhaltung feststellen können, wenn es um dieses Thema ging. ‚Lesbe' wurde neben ‚Schlampe' in gewissen Kreisen das meistverwendete Schimpfwort. Wobei ich das Gefühl hatte, dass Männer mehr Probleme mit ihrem männlichen Gegenpart hatten und Frauen mit ihrem weiblichen, zumindest wenn man auf die Sprüche hörte, die ich ab und zu aufschnappte. Das geschah nicht sehr oft, aber jede hämische oder hässliche Bemerkung traf mich wie eine Pfeilspitze. Diese Behandlung, diese Hetzerei hinter meinem Rücken wollte ich vermeiden.

Im Gegensatz zu der Haltung der Generationen meiner Eltern und Großeltern Schwulen und Lesben gegenüber, waren die Jüngeren durchaus human zu nennen. Obwohl Ulrike behauptete, ihre Mama und ihr Papa würden sich an unserer Beziehung nicht stören, hatte ich so meine Zweifel. Und meine eigenen Eltern? Die hätten sofort mit mir gebrochen, wenn sie von der Schande wüssten, die ich über sie gebracht hatte. „Was sollen denn die Leute von uns denken?", war einer der Lieblingssprüche meiner Mutter, wenn es um Benehmen und Höflichkeit in der Erziehung ging. Nach außen hin musste immer alles perfekt erscheinen, nichts Unangenehmes oder gar Hässliches durfte nach draußen dringen. Sie würde nie wieder mit mir sprechen und mein Name in unserer Familie zum Tabu erklärt.

Menschen wie meine Eltern waren damals in der Überzahl, ich wollte mir, aber auch Ulrike und genauso David diesen Spießrutenlauf ersparen, der bei einem offenen Umgang mit unserer Beziehung sicherlich auf uns zugekommen wäre. Nein, mir erschien es sinnvoller, Stillschweigen darüber zu bewahren.

Nach vielen Diskussionen gab Ulrike schließlich nach. Wir würden unser Geheimnis für uns behalten, auch ihren Eltern gegenüber. Das hieße natürlich, dass wir uns jedes Mal, wenn wir uns außerhalb unserer vier Wände aufhielten oder selbst Besuch bekamen, zusammenreißen mussten, damit wir uns nicht doch verrieten, was besonders ihr schwer fallen würde, war sie doch ein sehr impulsiver Mensch. Was werden sollte, wenn David erst so alt war, dass er verstand, was uns verband, klammerten wir vorerst aus. Darum würden wir uns später kümmern.

Das Wichtigste für uns war zurzeit die Suche nach einer größeren Wohnung. Der Kleine sollte sobald wie möglich ein eigenes Kinderzimmer bekommen, außerdem war diese Hauptstraße kurz vor der City, in der wir wohnten, nicht der ideale Ort, ein Kind aufzuziehen. Wir bevorzugten einen ruhigen Vorort mit einer vernünftigen Verkehrsanbindung und zu Fuß erreichbaren Einkaufsmöglichkeiten, dazu sollte die Wohnung nicht zu teuer sein, nicht gerade einfache Vorgaben.

Umso erfreuter gebärdete sich Ulrike, als sie erfuhr, dass in dem Haus, in dem ihre Mutter wohnte, demnächst ein Mieter auszog. „Noch besser können wir es nicht haben." Ihre Augen funkelten vor Begeisterung. „Ich könnte jederzeit auf einen Sprung zu ihr."

Das war nun nicht gerade das, was ich wollte. Nicht nur, dass die ganze Familie keinen guten Einfluss auf Ulrike hatte, ich befürchtete zusätzlich, dass sie dann fast permanent bei ihrer Mutter herumsitzen würde, was ich aus zweierlei Dingen nicht akzeptabel fand. Erstens hoffte ich, dass sie nach und nach die Hausarbeit übernahm und nicht mehr alles an mir hängenblieb, und zum zweiten war dieser Ort kein angemessener Aufenthaltsort für David. Ulrikes Mutter rauchte wie ein Schlot und lüftete kaum, weshalb man in der Wohnung immer das Gefühl hatte, in dichtem Nebel zu stehen. Außerdem liefen Kinder in der Familie Albrecht nur am Rande mit, das hieß, man beachtete sie kaum, sie mussten sich die ganze Zeit selbst beschäftigen, Sauberkeit und Hygiene schienen Fremdwörter zu sein. Einmal am Tag, meist direkt am Morgen, kochte die Mutter einen großen Topf Essen und jeder bediente sich dann, wenn er Hunger hatte. Geregelte gemeinsame Mahlzeiten gab es nicht. Das einzige, was ständig frisch auf den Tisch kam, war Kaffee, und niemand in der Familie hatte etwas dagegen, dass sich schon die Kleinsten an diesem Gebräu bedienten. Ich konnte diese Zustände für mich selbst ignorieren, aber nicht für unseren Kleinen.

Statt mich mit Ulrike auseinanderzusetzen, intensivierte ich meine eigene Suche, indem ich bei uns in der Firma einen Aushang an der Pinnwand befestigte, auf dem ich meine Wünsche darlegte. Schon zwei Tage später rief mich ein Kollege auf der Hausleitung an. „Wir suchen einen Nachmieter für unsere drei-Zimmer-Wohnung. Hätten Sie Lust, sie sich einmal anzusehen?"

Ich fuhr noch am selben Abend zu der Besichtigung, Ulrike hatte ich erzählt, ich müsse Überstunden machen. Aber da sie sich wie üblich bei ihrer Mutter aufhielt, störte sie eine spätere Abholung nicht. David war erst vier Monate alt, wurde weiterhin nur gestillt und schlief in seinem Kinderwagen genauso gern wie in seinem Bettchen.

Eigentlich handelte es sich um eine Wohnsiedlung, die einen ganzen Häuserblock einnahm. Diese bestand jeweils aus sechs Wohnungen, links gab es kleinere für ein bis zwei Personen, rechts waren die größeren für drei bis fünf Personen. Die mittleren Häuser hatten jeweils zwei große Kinderzimmer, die am Rand nur eins, erklärte mir mein Kollege. Dafür waren an den äußeren die Balkons besser voneinander abgetrennt, sodass man mehr Privatsphäre hatte, und es herrschte mehr Ruhe.

Zusammen betraten wir die Parterrewohnung. Seine Frau empfing uns gleich an der Tür und übernahm das Kommando. „Kommen Sie, ich zeige Ihnen alles."

Die Wohnung war wie für uns gemacht, ein großes Wohnzimmer, eine kleine Küche, ein Duschbad mit zusätzlicher Wanne und zwei weitere Räume mit ausreichend Quadratmetern, dass sowohl David als auch wir zufrieden sein konnten. Der Clou war jedoch: mein Kollege war selbst erst vor eineinhalb Jahren eingezogen und hatte damals alles frisch renoviert. Bis auf ein wenig Farbe im Kinderzimmer konnten wir alles lassen, wie es war. Die Böden hatte er überall mit Teppichboden ausgestattet, Küche und Bad waren gefliest, die Einbauküche und die dazu passende Sitzgruppe ein Traum.

„Wir wollten eigentlich auf längere Sicht hier wohnen bleiben", erklärte mir mein Kollege. „Auch für zwei Kinder ist das Zimmer groß genug. Jetzt bekommen wir allerdings Zwillinge, unser Großer soll daher einen Raum für sich haben." Er hob die Schultern und ließ sie in einer Geste der Resignation wieder fallen. „Man kann es sich halt nicht aussuchen."

„Für die Kücheneinrichtung und die Auslegeware müssten wir allerdings eine Abstandssumme erheben", übernahm seine Frau. „Wären Sie mit zweitausend Mark einverstanden?"

Das war fast geschenkt. Ich sagte sofort zu.

„Wenn wir einen Nachmieter stellen, können wir zum dreißigsten Januar ausziehen." Ihre Augen glänzten. „Ich möchte die Arbeit hinter mich gebracht haben, bis die Schwangerschaft mich behindert."
„Ich nehme sie auf jeden Fall", bestätigte ich. Wir schieden in bestem Einvernehmen.

Entgegen meiner Annahme war Ulrike tiefbeglückt über diese Entwicklung. Sie hatte nämlich heute erfahren, dass der Vermieter ihrer Mutter nicht bereit war, ein weiteres Familienmitglied der Albrechts in seine Hausgemeinschaft aufzunehmen. Sie begann gleich am nächsten Tag damit, Pläne zu schmieden, wie sie die neue Wohnung einrichten würde.

Ein weiterer Pluspunkt war, dass unser neues Domizil fußläufig circa eine halbe Stunde von ihrer Mutter entfernt lag, weit weg genug für mich, dass ich nicht damit rechnen musste, sie zu oft zu sehen, nah genug für Ulrike, um sie regelmäßig besuchen zu können. Damit waren alle zufriedengestellt.

## 22

**Heute**
Zwei Tage lang hörte ich nichts von Timo. Gut, wir hatten verabredet, dass er sich nur melden solle, wenn es Neuigkeiten gäbe. Andererseits war mir schon klar, dass er sich nach unserem letzten Gespräch nicht traute, ohne Grund anzurufen. Ich hatte sein Geständnis nicht gerade freundlich aufgenommen.
„Was hast du denn erwartet?" Mein Mann urteilte wie immer wesentlich objektiver. „Ich finde es normal, dass man zuerst bei seinen nächsten Angehörigen um Hilfe fragt. Sich an völlig Fremde zu wenden, ist ihm bestimmt nicht leichtgefallen, genauso wenig wie zuzugeben, dass er auf seine Verwandten nicht zählen konnte."
Wäre es mir auch nicht, musste ich gestehen und war endlich in der Lage, meine Verstimmung abzuwerfen. Wieder einmal wurde mir bewusst, wie wichtig es für mich war, Ralf an meiner Seite zu haben. Wir hatten uns in all den Jahren wirklich zu einem idealen Paar entwickelt. Und das hatte ich so mir nichts dir nichts wegwerfen wollen? Meine Schuldgefühle ihm gegenüber bewirkten, dass ich noch weniger Lust hatte, mich auf weitere Ermittlungen einzulassen. Deshalb schob ich meinen Versuch, Kontakt mit Melanie aufzunehmen, energisch zur Seite und konzentrierte mich auf Arbeit, Haus und die Familie. Alles Weitere würde sich ergeben, wenn wir wussten, was die Polizei herausgefunden hatte.
Ralf war ebenfalls aus der Pflicht. Schon am nächsten Tag hatte ein großer Artikel in der Tageszeitung von der Übernahme der Lampenfabrik durch die Seiffendorns berichtet. Die zuvor drohende Insolvenz kam dabei nicht zur Sprache, im Gegenteil, der Verkauf wurde als genialer Schachzug hingestellt, durch die der neue Chef Teile seiner anderen Betriebe gewinnbringend mit seiner Neuerwerbung verbinden konnte, was sowohl für ihn als auch für die Belegschaft nur Vorteile brachte. Statt Kündigungen versprach er bessere Arbeitsbedingungen und baldige weitere Einstellungen.

„Der wird die Firma umstrukturieren", mutmaßte mein Mann. „Rainer Bergmann kann weiterhin seine extravaganten Stücke entwerfen, aber der gewichtigere Teil entfällt demnächst wieder auf die Massenproduktion von Billigware."

„Und warum hat Helmut das nicht gemacht?", fragte ich nach.

„Weil er sich zu lange auf die Produktion von teuren Einzelstücken versteift und in diesen Bereich zu viel Geld gesteckt hat. Für eine erneute Umstrukturierung fehlten ihm die nötigen Mittel."

Ich musste wohl weiterhin verständnislos gewirkt haben, denn er lachte und versuchte zu erklären: „Helmut war ein Hasardeur und überzeugt, in die richtige Richtung zu gehen. Er setzte alles auf eine Karte – leider die falsche. Der Betrieb ist eigentlich gesund. Unter der richtigen Führung wird er schnell wieder schwarze Zahlen schreiben."

„Aber warum haben ihm sein Vater und sein Bruder nicht die benötigten Gelder zur Verfügung gestellt." Ich verstand immer noch nicht. „Sie sind doch reich, oder nicht? Hätten sie die Firma nicht selbst retten können?"

„Tja." Ralf sah mich anerkennend an. „Das ist das große Rätsel. Entweder waren die Verbindlichkeiten höher, als selbst ich denke, oder die beiden hatten das Vertrauen in ihn verloren und wollten sich auf keine weiteren Experimente einlassen."

„Und wie passt diese Geschichte von seiner dramatischen Beichte da rein?", fragte ich weiter nach.

„Wissen wir denn überhaupt, ob sie stimmt?" Ralf schüttelte den Kopf. „Timo meint, dass es so gewesen sein muss, dass Helmut bei dieser ominösen Zusammenkunft seine Verwandten vor vollendete Tatsachen stellte. Ist das aber wirklich so abgelaufen? Der einzige, der Klarheit in diese Angelegenheit bringen könnte, wäre Onkel Rainer – und der mauert, beziehungsweise erzählt seinem Neffen nur Lügen. Sonst ist keiner mehr übrig, der dir sagen kann, was wirklich vorgefallen ist."

„Vielleicht ging es bei diesem Meeting darum, dass die beiden Helmut ihre Unterstützung verweigerten", überlegte ich laut. „Sie stritten und Karl regte sich dermaßen auf, dass er einen Herzinfarkt bekam."
„Oder es war ein ganz normales Gespräch und es ist einfach so dazu gekommen. Er war alt, hatte bereits einen Infarkt hinter sich. Es können alle möglichen Ursachen dahinter stecken."
Ralf hatte recht. Diese Mutmaßungen brachten uns nicht weiter. Und waren für Helmuts Tod wahrscheinlich nicht relevant. Es sei denn …
„Sein Bruder und sein Vater müssen stinkend sauer auf ihn gewesen sein", platzte ich heraus. „So oder so, er hat sie belogen und betrogen und sie mehr oder weniger zu diesem Schritt gezwungen. Ich bin echt gespannt, was die Polizei herausfindet."
„Wir werden es wohl bald erfahren." Ralf hatte offensichtlich keine Lust, weiter herum zu spekulieren. Damit war das Thema erst einmal vom Tisch.
Die einzige, die richtig traurig wirkte, dass Timo sich nicht blicken ließ, war meine Tochter Karina. Mehrmals versuchte sie, mich unauffällig auszuhorchen, wann ein weiteres Treffen geplant sei. Ich atmete insgeheim auf. Damit war mir zumindest eine andere Sorge genommen. Karina war definitiv nicht lesbisch.
Wie ich damals hatte sie ziemlich lange einen festen Freund gehabt und wie ich die Beziehung aus nicht nachvollziehbaren Gründen beendet. Seit ungefähr einem Jahr war sie solo, ein Zustand, der ihr ausnehmend gut passe, wie sie oft genug betonte. Das Studium habe oberste Priorität, alles andere müsse dahinter zurückstecken.
Ich hatte Angst gehabt, dass sich in ihr meine Lebensgeschichte wiederholte. Gut, heute war es kein Problem mehr, sich zu outen und seiner Neigung entsprechend zu leben. Dessen ungeachtet gab es noch genug Unbelehrbare, die sie ihr Anderssein deutlich spüren lassen würden. Davor hätte ich sie gern bewahrt.
Ralf, mit dem ich ein einziges Mal über meine Befürchtung gesprochen hatte, war anderer Meinung. „Bei dir war nicht nur die Zeit eine andere, deine Eltern haben dir auch ihre extrem engstirnige Ansicht

vorgelebt. Unsere Erziehung hat sie stark genug gemacht, ihren Weg zu gehen, egal, wie der aussehen wird."
Wahrscheinlich hatte er recht, trotzdem war ich insgeheim erleichtert, dass meine Tochter wohl doch das männliche Geschlecht bevorzugte. Nur dass es sich bei ihrem Angebeteten ausgerechnet um den Sohn meiner ehemaligen Freundin handelte, passte mir weniger. Vor meinem geistigen Auge sah ich uns schon regelmäßig bei den diversen Familienfesten aufeinandertreffen.
Jedenfalls strahlte Karina, als Timo endlich am Donnerstagabend zu einer weiteren Berichterstattung erschien. Wie selbstverständlich setzte sie sich zu uns, um zuzuhören.
„Die Polizei kümmert sich um die Geschichte. Der zuständige Beamte hat versprochen, sich bei meinem Anwalt zu melden, wenn es Neuigkeiten gibt."
„Wie, haben die etwa noch nichts unternommen?", wunderte sich Karina.
„Nach der ersten Überprüfung ihrer Alibis sieht es so aus, als wäre das Treffen bereits beendet gewesen, bevor meine Mutter aufgebrochen ist." Timo seufzte schwer. „Damit bleibt alles beim Alten. Sie ist die Letzte, die ihn lebend gesehen hat."
„Es könnte doch sein, dass einer von ihnen noch einmal zurückgekommen ist." Ich blickte in die Runde. „Einer, der eine Mordswut auf Helmut gehabt hat, zum Beispiel."
„Nein, der Taxifahrer, der Opa Karl zurück ins Krankenhaus brachte, ist bereits ermittelt. Er hat ihn um halb fünf einsteigen lassen. Onkel Rainer ist noch vor Herrn Seiffendorn losgefahren, der wiederum vor den beiden Anwälten." Wieder seufzte er. „Es sieht so aus, als wären wir in einer Sackgasse gelandet."
„Hast du schon mit deiner Mutter gesprochen?", wechselte Ralf das Thema.
„Ja, das war aber, bevor ich von den Ergebnissen der Ermittlungen wusste."
„Hast du ihr die Fragen gestellt, die wir verabredet hatten?"

„Ja." Ich konnte Timo sein Unbehagen ansehen. „Sie behauptet, sie wüsste nichts von dem, was in der Firma passiert ist. Helmut hätte nie über geschäftliche Dinge mit ihr gesprochen. Und die letzten Wochen sei sie nicht mehr mit in den Betrieb gefahren, weil er ja der Putzfrau gekündigt hatte und sie deren Arbeit übernehmen musste."

„Du glaubst ihr nicht", brachte ich es auf den Punkt.

„Es ist schwer vorstellbar, dass alles hinter ihrem Rücken geschehen ist", nickte er mit unglücklicher Miene. „Angeblich hat sie selbst von dem Treffen nichts gewusst und mitbekommen. Sie hörte zwar Stimmen, dachte jedoch, Helmut hätte ein geschäftliches Telefongespräch, bei dem er sich echauffierte."

„Was war denn seine Erklärung, warum er mittags mit nach Hause kam?", fragte Ralf nach. „Hatte er ihr nicht etwas von einem Meeting erzählt?"

„Das schon, aber er war nicht näher darauf eingegangen. Sie hatte vermutet, er träfe sich am Abend mit einigen Geschäftspartnern außerhalb. Ich glaube, die beiden haben sich kaum noch umeinander gekümmert", bekannte Timo. „Jeder führte sein eigenes Leben."

„Hat Ulrike einen Verdacht geäußert, wer ihr dieses Verbrechen in die Schuhe schieben will?" Er tat mir leid. Es war uns allen klar, dass seine Mutter die Unwahrheit sagte. Ich würde ihn mir später noch einmal allein vornehmen und ihm klarmachen, dass er ihr gegenüber hart bleiben musste. Wenn sie nicht mit der Wahrheit herausrückte, konnten wir ihr nicht helfen.

„Ihr fällt niemand ein, der sie so sehr hasst." Timo warf mir einen dankbaren Blick zu.

„Wusste sie von Melanie Seiffendorn? Ich meine, wusste sie, dass diese die neue Freundin ihres Mannes war?" Ralf zuckte nur mit den Schultern, als ich ihn strafend ansah. „Wir benötigen wirklich alle Informationen, die deine Mutter geben kann", fügte er an Timo gewandt hinzu.

„Sie sagt, sie hat geahnt, dass es da jemanden gab, hätte allerdings keine Ahnung gehabt, um wen es sich bei dieser Person handelte."

Der Junge sackte sichtlich in sich zusammen. Nicht nur, dass es bestimmt für ihn schon sehr schwierig gewesen sein musste, dieses Gespräch mit Ulrike zu führen und dann zu erleben, wie sie ihm immer wieder auswich. Jetzt legten wir auch noch nacheinander unsere Finger in diese Wunde.

„Hast du daran gedacht, den Anwalt zu fragen, ob er sich um diese Sache mit der Abreise nach Amerika kümmern kann?", fragte ich schnell, bevor Ralf oder Karina noch weiter auf diesem Thema herumreiten konnten.

„Ja, er hat bereits eine Anfrage an den zuständigen Beamten gestellt, bisher aber noch keine Antwort bekommen."

„Weißt du was?" Ich gab mich nachdenklich. „Lass Ralf und mir ein bisschen Zeit, damit wir darüber nachdenken können, wie wir weiter vorgehen. Wir müssen das noch einmal ganz in Ruhe durchsprechen."

„Ja, und wir beide machen uns ein paar nette Stunden. Yannick wird sich freuen, dich zu sehen." Karina hüpfte geradezu aus ihrem Sessel. „Du kannst wirklich ein bisschen Abwechslung gebrauchen."

## 23

**Früher**

Es war der erste schöne Frühlingstag im April, die Temperaturen hatten schon am Mittag die zwanzig Grad überschritten – und ich befand mich mit einer heftigen Erkältung auf dem Nachhauseweg. Schon morgens hatte ich mich nur aus Pflichtgefühl zur Arbeit geschleppt, im Laufe des Tages ging es mir immer schlechter, sodass mein Chef mir um halb zwei befahl, umgehend mein Bett aufzusuchen und nicht eher wiederzukommen, bis ich virenfrei sei.

Um diese Zeit bekam ich tatsächlich einen Parkplatz direkt vor dem Haus. Mit letzter Kraft quälte ich mich aus dem Auto und schleppte mich zur Haustür. Schon während ich den Schlüssel ins Schloss steckte, hörte ich das Geschrei. David! Es musste etwas Schlimmes passiert sein!

Meine Finger zitterten dermaßen, dass ich vor unserer Wohnung den Bund auf die Fußmatte fallen ließ, als ich mich wieder aufrichtete, musste ich mich einen Moment am Türrahmen festhalten, ein heftiger Schwindel hatte mich erfasst. „Ulrike?" Nur lautes Gebrüll antwortete mir. Ich hastete in das Kinderzimmer. David saß mit hochrotem, tränenverschmiertem Gesicht in seinem Bettchen, erst nachdem ich direkt vor ihm stand und mich niederbeugte, um ihn hochzunehmen, nahm er mich wahr und stieß ein hohes Wimmern aus.

„Ist ja gut, ich bin da." Während ich beruhigend auf ihn einredete, sah ich in jedes Zimmer, fand Ulrike jedoch nicht. Der Kleine beruhigte sich schnell und schlief vor lauter Erschöpfung ein, das Köpfchen fest gegen meine Schulter gepresst. Jetzt, da die Aufregung nachließ, fühlte ich wieder meine eigene Erschöpfung. Mit letzter Kraft wankte ich zur Couch und ließ mich mit David im Arm darauf fallen. Als Ulrike sich mit besorgtem Gesicht über mich beugte, war ich kaum noch imstande, meine Augen offenzuhalten. Behutsam versuchte sie, mir den Kleinen zu entwinden. „Bist du krank?"

„Später", murmelte ich, selbst dieses eine Wort auszusprechen, war anstrengend. Ich hatte wirklich keine Kraft mehr. Ich werde kurz ausruhen und dann mit ihr sprechen, beschloss ich, denn reden mussten wir unbedingt über das Vorgefallene. Wie oft hatte ich ihr schon gesagt, dass sie das Baby nicht allein lassen durfte – auch nicht für ein paar Minuten. Alles, was sie allein erledigen wollte, konnte sie in der Zeit machen, in der ich auf ihn aufpasste. Man ließ ein so kleines Kind nicht ohne Aufsicht!

Ich schlief bis zum Abend. Ulrike war nachmittags noch einmal mit David einkaufen gegangen und kochte mir eine Hühnersuppe, von der ich nur ein paar Löffel essen konnte, Krankheit und Wut schnürten mir gleichermaßen die Kehle zusammen. Obwohl ich rasende Kopfschmerzen hatte, wollte ich unsere Auseinandersetzung nicht noch weiter verschieben. „Wo warst du?", fragte ich, nachdem ich mich unter einer Decke auf der Couch verkrochen hatte.

„Wir brauchten dringend Milchbrei." Sie sah mich nicht an, während sie antwortete. „Er schlief gerade so schön, ich wollte ihn nicht wecken. Und hätte ich gewartet, bis er aufwachte, hätte er vor lauter Hunger den ganzen Laden zusammengeschrien."

„Er wäre auch mit einem Keks zufrieden gewesen. Oder mit einem Gemüsebrei."

„Hatten wir beides auch nicht mehr." Sie schob angriffslustig die Unterlippe vor. „Ich war nur ein paar Minuten weg."

Ich wusste nicht, was mich mehr aufregte, ihre desolate Haushaltsführung oder der Umstand, dass sie den Kleinen allein gelassen hatte.

„Sein Gebrüll war bis auf die Straße zu hören", sagte ich schließlich.

„Na und? Babys schreien nun mal viel. Selbst wenn ich zu Hause bin, renne ich nicht für jeden Pups zu ihm hin."

Das war der nächste Punkt, über den wir häufig stritten. Ich nahm ihn jedes Mal hoch, wenn er schrie, weil ich der Meinung war, ihm dadurch Sicherheit zu geben, Liebe und Geborgenheit waren wichtig für sein Gedeihen. Ulrike dagegen vertrat die Ansicht, sie würde ihn damit nur verwöhnen. Leider pflichteten sowohl ihre als auch meine

Mutter ihr uneingeschränkt bei, als sie an Weihnachten zum ersten und, wie ich hoffte, letzten Mal aufeinandertrafen. Um uns hätte niemand ein derartiges Theater gemacht wie ich um David, sagten sie fast unisono, und uns hätte diese Behandlung nicht geschadet, wie man sehen könne.

Ich konnte ihre Meinung nicht teilen. David weinte nicht aus Berechnung, sondern vor Hunger, Verlassensangst oder weil er Schmerzen hatte. Es war seine Art, sich zu äußern. Und darauf sollte ich dann nicht eingehen?

Ich besorgte einige Bücher zu diesem Thema, doch Ulrike weigerte sich, sie zu lesen. „Neumodischer Kram", tat sie die Lektüre verächtlich ab. Und nachdem ich nicht locker ließ: „David ist mein Kind, schaff dir ein eigenes an. Mit dem kannst du machen, was du willst."

Nach diesen Worten war ich so entsetzt, dass ich mich wortlos abwandte und jedem weiteren Gesprächsversuch ihrerseits auswich. Wie konnte sie mir das antun? Dabei liebte ich sie wie am ersten Tag. Noch am Abend kam sie zu mir und schmiegte sich an mich. „Du, es tut mir leid, dass ich so explodiert bin. Können wir uns nicht irgendwie einigen? Ich will gar nicht andauernd mit dir streiten, das Leben mit dir ist so toll, lass uns irgendeinen Kompromiss finden, ja?"

Gerührt lehnte ich meinen Kopf an den ihren. Sie hatte recht, wir mussten versuchen, unsere Meinungsverschiedenheit zu klären, es ging nicht an, dass wir bei der ersten Unstimmigkeit gleich kapitulierten. „Du handelst, wie du denkst und ich nach meiner Überzeugung." Ich gab ihr einen langen Kuss. „Wir schaffen das schon."

Trotzdem fiel es mir nach wie vor schwer, nicht aufzuspringen, sobald David anfing zu weinen. Meist schob ich irgendeine Erledigung vor, verließ das Zimmer und sah anschließend nach ihm. Schrie er dann immer noch, nahm ich ihn hoch und murmelte einige tröstende Worte, worauf er sich schnell wieder beruhigte und ich ihn zurück in sein Bettchen legen konnte. Ulrike wusste genau, was ich machte, ignorierte mein Tun jedoch völlig. Mit diesem stillschweigenden Übereinkommen konnte ich leben, den Gedanken daran, wie sie mit

ihm umging, wenn ich arbeitete, schob ich weit von mir. Was hätte es denn auch für einen Sinn gehabt, darüber nachzugrübeln? Wir waren zwei extrem unterschiedliche Charaktere und mussten versuchen, unser gemeinsames Leben für uns beide befriedigend zu gestalten. Dazu gehörten nun mal Kompromisse auf beiden Seiten.
Doch diese Situation heute war anders. Ich konnte um Davids Willen nicht nachgeben. „Es ist gefährlich, ein Baby allein zu lassen", versuchte ich, ihr begreiflich zu machen. „Stell dir mal vor, du bist nicht da, wenn etwas Schlimmes passiert, und kannst deshalb nicht eingreifen."
Sie lachte spöttisch. „Es passiert schon nichts, du stellst dich viel zu sehr an. Stimmte das, was du sagst, müsste mindestens die Hälfte aller Babys sterben. Viel mehr Mütter, als du denkst, handeln so."
„Aber du hast das Jugendamt im Nacken", brachte ich den einzigen Trumpf vor, der sie umstimmen konnte. „Was meinst du, wie deren Mitarbeiter sich dazu stellen?"
Ihre Gesichtszüge erstarrten. „Daran habe ich nicht gedacht", gab sie nach einer Weile zu.
„Die brauchen nur auf die Frau Meyer von nebenan zu treffen, die wird ihnen ungefragt alles erzählen, was sie an uns stört."
Unsere direkte Nachbarin war eine ältere Dame um die siebzig und nicht gerade einfach im Umgang. Ständig hatte sie irgendetwas zu meckern, wir putzten den Flur nicht gründlich genug, fegten viel zu selten vor dem Haus, ließen unseren Kinderwagen zu nah an den Briefkästen stehen, und, und, und. In Wahrheit vermutete ich, hatte sie wohl Verdacht geschöpft, was die Beziehung zwischen Ulrike und mir anging. Jedes Mal, wenn sie uns zusammen traf, beobachtete sie argwöhnisch jede unserer Bewegungen und mehr als einmal war im gleichen Moment, in dem Ulrike mir die Tür öffnete, ihre eigene aufgegangen. Nein, das konnten nicht alles Zufälle sein. Außerdem hatte sie irgendwie mitbekommen, dass das Jugendamt schon zweimal vorstellig geworden war. Ulrikes Ex wollte den Unterhalt nicht zahlen und behauptete, sie würde sich nicht vernünftig um das ge-

meinsame Kind kümmern. Mit diesem Punkt konnte ich jetzt gut argumentieren.

„Wenn Axel erfährt, was du tust, hat er neuen Zündstoff."

„Meine Güte, ich habe ihn ein einziges Mal allein gelassen", wehrte Ulrike ab, aber ich konnte sehen, dass es in ihrem Kopf arbeitete. Axel, der Vater des Kindes, hatte das Jugendamt eingeschaltet und behauptet, Ulrike sei nicht in der Lage, sich adäquat um das gemeinsame Kind zu kümmern. Er hatte völlig aus der Luft gegriffene Behauptungen aufgestellt, die selbst für mich in keinster Weise nachvollziehbar waren, ich vermutete, dass seine Mutter, die von Anfang an nicht mit seiner damaligen Freundin zurechtgekommen war, hinter diesem Manöver steckte. Sie hätte gern das Kind selbst aufgezogen und stachelte nun ihren Sohn auf, gegen Ulrike vorzugehen.

Axel hatte die Vaterschaft direkt nach der Geburt anerkannt und auch begonnen, den festgesetzten Unterhalt zu zahlen. Doch ich hatte ihm gleich nicht getraut, als ich ihn ihm Krankenhaus kennenlernte. Deshalb hatten wir auch, mit Einverständnis der Wohnungsgesellschaft, einen Untermietervertrag aufgesetzt, sodass Ulrike offiziell als Untermieterin eingetragen wurde und dadurch eigene Kosten nachweisen konnte.

Nach drei Monaten hatte Axel die Unterhalszahlungen mit der Begründung eingestellt, sie erlaube ihm nicht, das Kind zu sehen. Nach und nach war er mit immer neuen Behauptungen herausgerückt, die alle nur das eine Ziel hatten, Ulrike als unfähige Mutter hinzustellen. Deswegen hatte sich das Jugendamt eingeschaltet und zwei Mal waren bereits Mitarbeiter vorbeigekommen, um nach dem Rechten zu sehen.

Da sie sich vorher angekündigt hatten, war unsere Wohnung beide Male sauber und aufgeräumt gewesen und an Davids Zustand war natürlich sowieso nichts auszusetzen, dafür sorgte ich schon. Das tägliche Baden war mein Privileg, das ich auch ausnutzte. Und dass er gut genährt war, sah man auf den ersten Blick. Ulrike meinte es in meinen Augen damit eher zu gut. Alles, was er haben wollte, gab sie

ihm. War er wach, hatte er fast ständig etwas Essbares in seiner kleinen Faust. Standen keine Kinderkekse zur Verfügung, tat es eine harte Brotkruste ebenso.
Die Mitarbeiter waren sehr freundlich und versicherten uns, nachdem sie sein Kinderzimmer inspiziert hatten, dass wohl keine weiteren Kontrollen nötig seien und dass der Vater natürlich weiter Unterhalt zahlen müsse. Was sein Besuchsrecht angehe, hätte Ulrike dafür zu sorgen, dass er den Kleinen jedes zweite Wochenende sehen könne, in ihrem Beisein selbstverständlich, da sie immer noch zwischendurch stillte. Axel kam genau einmal, beim nächsten Termin sagte er kurzfristig ab, danach meldete er sich gar nicht mehr.
Trotzdem hatte Ulrike nach diesem Erlebnis große Angst, man könne ihr David wegnehmen. Ich nutzte diesen Umstand dazu, ihr einen Teil der Haushaltspflichten zu übergeben, die ich bisher nach der Arbeit und am Wochenende fast vollständig übernommen hatte.
„Stell dir vor, die kommen doch noch einmal und dann ohne vorherige Anmeldung. Es wäre gut, wenn die dann nichts auszusetzen hätten."
Dieses Argument half auch heute. Ulrike nickte und versprach, David nicht mehr allein zu lassen. Beruhigt lehnte ich mich zurück und schloss die Augen. Ich schlief tief und fest, bis sie mich grob an der Schulter schüttelte. „Gabi, mit David stimmt was nicht. Ich kriege ihn nicht wach."
Trotz meines hämmernden Kopfes sprang ich auf und taumelte ins Kinderzimmer. Der Kleine lag mit hochrotem Gesicht und geschlossenen Augen da und atmete schwer. „Hast du Fieber gemessen?"
„Äh, nein." Ulrike drehte sich um und rannte, das Gewünschte zu holen.
Ich hatte es geahnt, das Thermometer zeigte über vierzig Grad. „Wir fahren sofort ins Krankenhaus!"
Die Ärzte stellten eine Lungenentzündung fest und behielten ihn gleich dort. Ulrike ließ sich mit aufnehmen, mich aber verbannten sie

nach Hause, um meine eigene Erkrankung auszukurieren, bevor ich sie besuchen durfte.

Es wurde die längste Woche meines Lebens. Glücklicherweise stabilisierte sich Davids Zustand gleich am nächsten Tag, doch der Infekt war so stark, dass er zehn Tage lang am Tropf bleiben musste. Ich bekam ebenfalls von meinem Hausarzt Penicillin verschrieben, weil das Fieber nicht weichen wollte, und machte nur langsame Genesungsfortschritte. In dieser einsamen Zeit, nur unterbrochen von dem einen Anruf Ulrikes zur Mittagszeit, wurde mir erst richtig bewusst, wie sehr ich an meiner Familie hing. Ich liebte David mittlerweile mit derselben Inbrunst wie Ulrike. Ein Leben ohne meine beiden konnte ich mir nicht mehr vorstellen.

Ihr schien es ähnlich zu gehen. Nachdem ich so weit wiederhergestellt war, dass ich sie besuchen durfte, drückte sie ein ums andere Mal meine Hand und nutzte jede Gelegenheit, mich unauffällig zu berühren. Ihrem Sohn gegenüber war sie wesentlich weicher und nachgiebiger geworden und kümmerte sich weit liebevoller um ihn, als ich es je für möglich gehalten hatte. Auch David freute sich sichtlich mich zu sehen. Er streckte mir gleich die Ärmchen entgegen und belohnte mich mit einem zahnlosen Lachen, das mein Herz wie ein Sonnenstrahl traf.

Die erste Nacht nach ihrer Heimkehr schliefen wir alle drei eng umschlungen im Bett im Schlafzimmer. Davids freudiges Krähen weckte mich am nächsten Morgen. Ich knubbelte ihn ausgiebig und stand auf, um sein Fläschchen warm zu machen – im Krankenhaus hatte Ulrike endgültig abgestillt. Diese beobachtete mich jetzt mit einem Lächeln. „Weißt du, manchmal benötigt man echt einen Schubs, damit man merkt, wie gut es einem eigentlich geht. Ich liebe dich, ich liebe David so sehr, ein Leben ohne euch beide kann ich mir gar nicht mehr vorstellen."

# 24

**Heute**
Timo und ich hatten beschlossen, uns als Nächstes gemeinsam die Putzfrau und den Buchhalter vorzunehmen. Das heißt, Ralf und ich hatten diese Marschrichtung in unserem gemeinsamen Brainstorming festgelegt und dem Jungen unseren Entschluss mitgeteilt. Seine Aufgabe war es gewesen, Namen und Adressen unser Befragungsobjekte herauszufinden und einen Termin mit ihnen auszumachen, was er auch prompt erledigt hatte.
Heute, am Freitagnachmittag, waren wir mit Frau Beyer, der Putzfrau, verabredet. Im Gegensatz zu Herrn Petzold, dem Buchhalter, hatte sie unserem Besuch sofort zugestimmt. Ab drei sei sie zu Hause, wir könnten ruhig ebenfalls um diese Uhrzeit zu ihr kommen.
Ralf und ich hatten gemeinsam mit Timo zu Mittag gegessen, damit ich anschließend noch mit ihm sein weiteres Vorgehen seine Mutter betreffend ansprechen konnte. „Das ist deine Sache", hatte mein Mann erklärt. „Du hast einen besseren Draht zu ihm als ich."
Es war mir nicht leichtgefallen, aber er hatte recht. Timo musste versuchen, seine Mutter zur Mitarbeit zu bewegen. Ich wusste, wie schwer es war, aus Ulrike ihre Geheimnisse herauszupressen. Dinge, die sie nicht wahrhaben wollte, beschönigte oder verdrängte sie, war sie selbst involviert, baute sie eine regelrechte Mauer um sich herum, die nur schwer zu durchbrechen war.
„Du musst dringend ein weiteres Mal mit deiner Mutter sprechen", begann ich, kaum dass Ralf das Haus verlassen hatte. „Sag ihr, wir schmeißen alles hin, wenn sie nicht endlich mit der Wahrheit rausrückt."
Er nickte unglücklich. „Könnten Sie nicht vielleicht mitkommen?"
„Nein." Ich schüttelte mit entschiedener Miene den Kopf. „Ich habe Ulrike jahrelang nicht gesehen, sie würde eher noch mehr Ausflüchte bringen, wenn ich dabei wäre."

Er wirkte bedrückt, wagte aber keinen Widerspruch. Anscheinend hatte seine Mutter, warum auch immer, Stillschweigen über unsere Beziehung bewahrt. Doch bestimmt nicht, um mich zu schützen. Wahrscheinlich lag es in ihrem eigenen Interesse, unsere Vorgeschichte und unser späteres Treffen für sich zu behalten.
„Ich habe wirklich mein Bestes versucht. Ich spüre ja selbst, dass sie mir nicht die Wahrheit sagt", er fuhr sich in einer verzweifelten Geste durch die Haare. „Ich komme nicht an sie heran."
„Geh mit eurem Rechtsanwalt hin", schlug ich vor. „Sprecht gemeinsam mit ihr. Er muss ihr den Ernst der Lage klarmachen." Ja, das war eine gute Idee. Ich stand auf und holte ihm unser Telefon. „Ruf gleich an!"
„Dienstag." Timo war sichtlich erleichtert, als er mir das Mobilteil zurückgab. „Dienstagvormittag hat er sowieso dort einen Termin. Er meint, bis dahin erhält er auch die ausstehenden Ermittlungsergebnisse, dann können wir besser auf sie einwirken."
„Und wir wissen eventuell ebenfalls mehr." Ich sah auf die Uhr. „Komm, wir müssen los."
Frau Beyer wohnte in einem der südlichen Vororte in einer Wohnblockzeile, die geradezu von Gewerbebetrieben umschlossen war. Keine Chance für uns, einen Parkplatz zu ergattern. Ich kurvte dreimal um den Häuserblock und stelle mich dann ziemlich verkehrswidrig halb schräg in eine winzige Lücke, darauf hoffend, dass sich weder eine Politesse blicken ließ noch einer der anderen beiden Autobesitzer zu dieser Zeit sein Gefährt bewegen wollte. Es war heute wieder ausnehmend stürmisch. Ich hatte keine Lust, kilometerweit durch den peitschenden Regen zu laufen.
Wir waren etwas zu früh dran, deshalb konnten wir im Auto warten, bis sich die prasselnden Regentropfen einen Moment lang zu feinen nadelstichartigen Tröpfchen wandelten, dann stürmten wir los. Trotzdem waren wir ziemlich durchfeuchtet, als wir unter dem kleinen Vordach ankamen. Bevor Timo klingen konnte, summte bereits der Türöffner.

„Kommen Sie rein und geben Sie mir Ihre Jacken", Frau Beyer stand im Hausflur und hielt uns auffordernd die Hand hin. „Ich hänge sie besser ins Bad."
Wir folgen ihr durch die Diele in ein überraschend großes Wohnzimmer. Unsere Gastgeberin räumte hastig einen großen Haufen Bügelwäsche und zwei ineinander verknäuelte Decken von der Couch und bat uns, Platz zu nehmen. „Möchten Sie einen heißen Tee oder Kaffee?"
„Nein, danke", sagte Timo schnell und ich nickte. Der Couchtisch wies eine im Licht der darüber hängenden Lampe deutlich sichtbare Schmierschicht auf, das Laminat unter unseren Füßen war nicht sauberer, auf dem Sideboard am Fenster lagen dicke Staubflocken. Ich schüttelte mich innerlich und sofort hörte ich in Gedanken die Stimme meiner Mutter. „Die meisten Putzfrauen arbeiten so viel, dass für das eigene Zuhause keine Kraft mehr bleibt."
Wie um ihre Ansicht zu bestätigen, ließ sich Frau Beyer stöhnend in den Sessel uns gegenüber fallen. „Ach, endlich sitzen, das tut gut." Sie sah uns nacheinander an. „An Sie kann ich mich noch erinnern", nickte sie in Timos Richtung. „Ihre Mutter hat Sie mitgebracht und Sie waren ungefähr ein halbes Jahr mit im Haus, richtig?"
„Das wissen Sie noch?"
„Ach, ich putze seit zwanzig Jahren für die Bergmanns. Habe geputzt", verbesserte sie sich und ihre Miene wurde finster. „Bis Ihr Stiefvater mich wegen einer Nichtigkeit rausgeschmissen hat." Sie schnaubte heftig. „Das müssen Sie sich mal vorstellen. Als ob mich dem seine Aktivität plötzlich interessieren würde."
„Was war denn der Grund für die Kündigung?", fragte ich, weil Timo stumm blieb.
„Der machte einen riesigen Aufstand, weil ich angeblich auf seinem Schreibtisch rumgeschnüffelt hab." Wieder schnaubte sie. „Will alles piekfein haben, aber meckert dann, wenn ich meine Arbeit mache."
„Das heißt, Sie waren auch für sein Arbeitszimmer zuständig?"

„Aber hallo! Ich hab das gesamte Haus gemacht. Bin ja jeden Vormittag da gewesen. Wäsche waschen und bügeln, einkaufen, aufräumen, kochen, ich hab ja nicht nur geputzt."
„Und was war jetzt der offizielle Grund für die Kündigung?"
Sie kratzte sich am Kopf und musterte mich gründlich. Endlich schien sie beschlossen zu haben, mir zu vertrauen. „Der hatte jede Menge Akten auf seinem Schreibtisch gestapelt. Und wie ich so sauge, bin ich an einen der Stapel gestoßen und der ist runtergekracht. Da waren jede Menge lose Papiere drin und die sind rausgefallen. Und weil die Frau Bergmann noch im Haus war, ist sie auf den Krach hin angelaufen gekommen und hat gesagt, sie kümmert sich drum, ich soll einfach weiter saugen." Frau Beyer zuckte die Achseln. „Das hab ich dann natürlich getan. Am nächsten Morgen hat er auf mich gewartet und mich zur Schnecke gemacht, weil angeblich irgendwas Wichtiges weg sei. Ich wollte ihm noch sagen, dass seine Frau aufgeräumt hat, aber der war so außer Kontrolle und hat so gebrüllt, dass ich gar nicht zu Wort gekommen bin."
„Er hat Sie gekündigt, ohne Sie anzuhören?", fragte Timo nach.
„Nee, irgendwann war ich so sauer, dass ich mich umgedreht habe und gegangen bin." Sie schnaubte angewidert. „Das muss ich mir nicht gefallen lassen von dem. Das habe ich nicht nötig. Ich kenn genug Leute, die mich mit Kusshand nehmen. Ihre Mutter war ja immer nett", wandte sie sich nun direkt an Timo. „Der Senior auch. Mit dem Junior war immer schon schlecht auszukommen. Der hatte immer was zu meckern. Normalerweise war der morgens schon weg, wenn ich kam, den hab ich fast nie gesehen. Es sei denn, er hatte irgendwas an meiner Arbeit auszusetzen. Das machte der immer persönlich. Ich hatte eigentlich schon länger die Faxen dicke, dieser letzte Anschiss war der Tropfen, der das Fass zum Überlaufen brachte. Das war kein netter Mann, Ihr Stiefvater."
„Wie war denn die allgemeine Stimmung im Haus?", wechselte ich das Thema.

„Also er hatte das alleinige Sagen." Sie beugte sich vertraulich vor. „Sein Vater ging ihm aus dem Weg, das war eindeutig zu sehen. Der kam immer erst runter, wenn sein Sohn weg war. Sehr netter Mann, mit dem hab ich mich viel unterhalten. Und der hat sich auch immer bedankt bei mir, dass ich sein Zimmer und seine Wäsche mache und so. Manchmal hat er mich zum Einkaufen geschickt, damit ich ihm was besorge. Das hat er mir immer extra bezahlt." Sie seufzte theatralisch. „Und jetzt liegt er im Sterben, der arme Mann."

„Wie sind Sie mit meiner Mutter ausgekommen?", fragte Timo.

„Ach, ich hab sie kaum gesehen. Sie müssen sich das so vorstellen", mit einem weiteren Seufzer lehnte sie sich zurück und ließ den Kopf schwer gegen die Rückenlehne fallen. „Die waren schon auf dem Sprung, wenn ich kam, die mussten ja noch den Jungen zur Schule bringen. Mittags, wenn Ihre Mutter Feierabend hatte, war ich schon weg. Wir trafen nur aufeinander, wenn sie mal krank war oder irgendeinen besonderen Termin hatte. Aber sie war nett, immer ein freundliches Wort für mich. Nur Zeit zu tratschen hatte sie nie, die war immer in Eile."

Tja, hier würden wir nichts Relevantes mehr erfahren. Obwohl seit zwanzig Jahren in der Familie, hatte Frau Beyer keine tieferen Einblicke in die Strukturen nehmen können. „Von wem sind Sie damals eingestellt worden?"

„Von der ersten Frau Bergmann. Anfangs war ja nicht viel zu tun. Das erste Häuschen hatte nur fünf Zimmer. Da bin ich nur dreimal die Woche hin."

„Aber nach der Trennung haben Sie weiter für ihn gearbeitet."

„Sie konnte mich nicht brauchen und er zahlte gut, das musste man ihm lassen. Ich war ja richtig angestellt, mit Krankenversicherung und so, deshalb konnte ich dann ..." Sie verstummte jäh.

Ich ahnte, was sie nicht hatte aussprechen wollen. Bei den restlichen Putzstellen arbeitete sie schwarz. Dann musste die Kündigung jedoch schon ein großer Einschnitt für sie gewesen sein. Ihr Hauptarbeitgeber war weggefallen. „Wie kommen Sie denn seitdem zurecht?" Ich ließ so viel Teilnahme wie möglich in meiner Stimme mitschwingen, damit sie den wahren Grund für diese Frage nicht entdeckte.

„Ich arbeite jetzt für eine Firma." Sie zuckte die Schultern. „So richtig mit Maschinen zum Saubermachen. Ich muss halt nur um fünf schon anfangen. Das ist nicht gerade angenehm. Aber die zahlen ganz gut."

Ich wechselte einen schnellen Blick mit Timo. Hier waren wir definitiv fertig.

## 25

**Früher**
„Warum willst du erst am Weihnachtstag kommen?", nörgelte meine Mutter. „Wir haben doch bisher immer Heiligabend zusammen gefeiert."
Wir, war übertrieben, meine Schwester hatte sich schon mit Beginn ihres Studiums aus diesem Ritual gelöst. Nur ich war bisher brav jeder ihrer Einladungen gefolgt. Wobei gefolgt nicht ganz richtig war, sie hatte bestimmt, ich hatte gehorcht. Jetzt aber, da David alt genug war, sein erstes Weihnachtsfest bewusst wahrzunehmen, war ich nicht mehr bereit, mich ihrem Diktat zu fügen. „Ich bin erwachsen, Mama", versuchte ich, ihr zu erklären. „Ich feiere mit meinen engsten Freunden. Dafür bin ich am ersten Weihnachtstag von Mittag bis Abend bei euch."
„Den zweiten Feiertag gedenkst du also auch ohne uns zu verbringen?", kam es spitz aus dem Hörer.
Ich hasste diese Gespräche, meine Mutter würde freiwillig nicht einen Zentimeter von ihren Vorstellungen abrücken. „Ich will das Fest in aller Ruhe ausklingen lassen, die nächsten Tage werden anstrengend, ich muss lange arbeiten." Das war nicht mal eine Ausrede. Mein Chef, der mittlerweile einen Narren an mir gefressen hatte, erweiterte meinen Aufgabenbereich ständig, wodurch ich einerseits sehr viel lernte, andererseits aber auch mehr Verantwortung trug. Ich war durch meine gewonnene Eigenständigkeit in letzter Zeit sehr in seiner Achtung gestiegen.
„Dein Vater wird nicht begeistert sein", sie seufzte theatralisch. „Ich weiß gar nicht, wie ich ihm das beibringen soll."
Papa ist froh, wenn er seine Ruhe hat, wäre ich beinahe herausgeplatzt, biss mir jedoch lieber auf die Lippen und sagte stattdessen: „Gönnt euch einen entspannten Heiligabend. Dann müsst ihr euch wenigstens an diesem Tag nicht so abhetzen." Das Geschäft blieb schließlich bis zwei Uhr geöffnet, das war meiner Meinung nach an-

strengend genug. Meine Mutter würde ausreichend damit zu haben, das Essen für uns alle vorzubereiten. Ich würde nicht die einzige sein, die sie beköstigen musste und sie liebte es, diese festlichen Mahlzeiten aufwändig zu gestalten. Normalerweise stand sie schon morgens früh in der Küche, um alles vorzubereiten.

Ihre Verabschiedung fiel ausnehmend kühl aus und ich wusste, dass wir über dieses Thema nicht zum letzten Mal gesprochen hatten. Sie konnte einfach nicht akzeptieren, dass ihre Kinder erwachsen geworden waren und nun ein eigenes Leben führten. In ihren Augen war es unsere Pflicht, ihnen an allen wichtigen Feiertagen Gesellschaft zu leisten. Wir sind eine Familie, pflegte meine Mutter zu sagen. Die sich aber im Endeffekt auf die eigenen Sprösslinge begrenzte, ihre eigenen Eltern und die Mutter meines Vaters, die Witwe war, wurden nur am ersten Weihnachtstag dazu geladen.

Ulrike konnte die ganze Aufregung nicht verstehen. „Wenn ich komme, freut sich meine Mutter, wenn ich wegbleibe, hat sie genug andere, die sie besuchen. Außerdem ist es doch egal, gehe ich eben anschließend hin, du musst eh arbeiten."

„Deine", fühlte ich mich verpflichtet, meine Mutter zu verteidigen, „sieht dich ja auch viel häufiger als mich meine."

„Was zu einem großen Teil an dir liegt." Sie funkelte mich an. „Du hast immer Angst, deine Mutter könnte unser Verhältnis durchschauen."

Nach wie vor war ich der Meinung, dass dieser Tag nie kommen durfte. Ich hatte wahnsinnige Furcht davor, mich zu outen, wie Winfried es nannte. Er zog mich oft genug mit meinen Hemmungen, die Wahrheit offen zu leben, auf. Seitdem David auf der Welt war, schaute er regelmäßig auf einen Sprung vorbei. Dabei war ihm die wahre Beziehung zwischen Ulrike und mir natürlich nicht verborgen geblieben, obwohl wir uns beide Mühe gaben, unsere Gefühle nicht zu deutlich zu zeigen. Na, er hatte eben ein besonderes Auge dafür.

Trotzdem war gerade er mir ein warnendes Beispiel, an meinem Vorsatz festzuhalten. Gut, seine Eltern standen mittlerweile zu ihm und

nahmen seine diversen Freunde herzlich auf. Die meisten seiner Verwandten und Freunde hatten sich jedoch von ihm abgewandt oder er wurde wie ein exotisches Tier behandelt, wie er oft genug berichtet hatte. Sein Bekanntenkreis verlagerte sich nach und nach, bis fast ausschließlich homosexuelle Pärchen übrig blieben.
Auch auf der Arbeit hatte er zu kämpfen. Viele seiner Kollegen verhielten sich ihm gegenüber gehemmt und oft genug wurden hinter seinem Rücken hämische Bemerkungen gemacht oder in seiner Gegenwart Schwulenwitze erzählt.
„Die meisten haben Angst, ich könnte sie anmachen. Die verstehen nicht, dass Heteros mich nicht interessieren."
Meiner Meinung nach waren in der Gesellschaft Schwule immer noch mehr gelitten als Lesben. Wie schwierig würde es also für Ulrike und mich, wenn wir unsere Beziehung offenlegten? Ich erinnerte mich noch gut an eine Klassenkameradin in der Berufsschule, die von ihrem Aussehen und der Art, wie sie sich bewegte und sprach, den Verdacht nahelegte, dass sie eventuell lesbisch sein könnte. Die meisten meiner Mitschüler mieden sie, obwohl keiner genau wusste, ob diese Vermutung zu Recht bestand. Auch sie musste sich versteckte Anspielungen, spöttisches Gerede und so manchen deftigen Spruch anhören. Viel schlimmer wäre für mich persönlich jedoch diese Ausgrenzung gewesen, ich war jemand, der mit seinen Mitmenschen in Harmonie leben wollte. Ich konnte mir nicht vorstellen, jeden Tag diesen Spießrutenlauf auf mich zu nehmen.
Dazu kam, dass mein Chef mich aller Wahrscheinlichkeit nach sofort fallen gelassen hätte. Er war ein Despot, sowohl zu Hause als auch im Betrieb, ein Patriarch alter Schule, ein guter Christ, der jeden Sonntag in die Kirche ging, jemand, der die Regeln aufstellte, an die sich alle halten mussten. Homosexuelle waren für ihn Abartige, ungefähr auf einer Stufe mit Kinderschändern. Kündigen hätte man mich wohl nicht können, ich wäre aber garantiert auf einen
Posten abgeschoben worden, von dem es keine weiteren Aufstiegsmöglichkeiten mehr gegeben hätte.

Obwohl Ulrike oft genug über meine Angst spöttelte, spürte ich, dass sie tief in ihrem Innersten genau die gleichen Ängste quälten wie mich. Natürlich war sie ein ganz anderer Typ, immer bereit, die anderen zu provozieren und lange nicht so abhängig von der Meinung ihrer Mitmenschen wie ich. Trotzdem schreckte sie im Endeffekt ebenso davor zurück, sich zu outen, wie ich. Auch der Reaktion ihrer Familie war sie sich längst nicht so sicher, wie sie immer tat. Selbst ich hatte oft genug mitbekommen, dass ihre Brüder Ausdrücke wie ‚du schwule Sau' oder ‚die alte Lesbe' benutzten. Willkommen wäre sie zumindest von ihrer Mutters Seite her weiterhin gewesen, nur wie dann mit ihr umgegangen würde, das wollte sie lieber nicht erfahren.

Also verhielten wir uns weiterhin unauffällig. Nach außen hin waren wir einfach nur zwei Freundinnen, die sich eine Wohnung teilten und ab und zu etwas zusammen unternahmen. Männerbesuche bekamen wir ja auch. Winfried kam regelmäßig vorbei, teils mit Anhang, teils ohne, und, da man ihm nach außen seine Veranlagung nicht ansah, galt er zumindest hier im Haus und in der Nachbarschaft als mein Freund. Nach einigen schlechten Erfahrungen war er zu der Ansicht gelangt, sein Schwulsein nicht für alle sichtbar nach außen zu tragen, das heißt, er hielt weder Händchen noch deutete in seinem Gebaren sonst etwas daraufhin, dass ihn und seinen Begleiter mehr als eine gute Männerfreundschaft verband.

Vom Aussehen her passten Winfried und ich gut zusammen. Er, groß, dunkelhaarig und muskulös, ich gerade mal eins sechzig, relativ schlank und dunkelblond, meine Nachbarin jedenfalls war der Meinung, ich hätte in ihm den idealen Mann gefunden. Ehrlich gesagt benutzte ich ihn oft genug und stellte ihn bei diversen Veranstaltungen in der Firma oder auch bei meinen Eltern als meinen Partner vor. Es war wesentlich einfacher, wenn alle glaubten, man wäre fest gebunden. In der Firma wurde ich von meinen Kollegen nicht belästigt und automatisch in den Kreis der Frauen aufgenommen, die mich alle um meinen netten Freund beneideten. Winfried hatte eine Art, mit weiblichen Wesen umzugehen, um den ihn manch ein anderer Mann beneidete. Er konnte sich viel besser in sie einfühlen, was sich in den geführten Gesprächen zeigte, er war sehr höflich und zuvorkommend und aus seinem Mund kamen niemals frauenfeindliche Witze.

Für ihn war ich ebenfalls sein Aushängeschild überall dort, wo niemand von seiner Neigung wusste oder bei Festen, auf denen er seinen Lebensgefährten nicht mitbringen konnte. Das hatte sich nach und nach so ergeben, man konnte fast sagen, über David waren wir uns nähergekommen. Und je öfter er vorbeischaute, desto enger wurde unsere Freundschaft. Mittlerweile waren wir wie Bruder und Schwester, wir hatten fast keine Geheimnisse voreinander. Außerdem war er mein Ratgeber, in allem, was mich bewegte. Ulrike interessierte mein Fortkommen in der Firma nicht, sie sog zwar den allgegenwärtigen Klatsch begierig in sich auf, echte Probleme jedoch besprach ich mit Winfried.

Auch wenn wir uns in der Kindererziehung wieder einmal nicht einig waren, wusste ich, dass er mir unvoreingenommene Ratschläge geben würde. Ich hasste es, dass Ulrike nicht in der Lage war, David konsequent zu erziehen. Die Probleme hatten mit dem Krabbelalter begonnen, als er begann, sich überall hochzuziehen, und dauerten seitdem an. Natürlich hatte ich alles, was ihm gefährlich werden konnte, weggeräumt, trotzdem war ich der Meinung, sie müsse ihm Grenzen setzen, was er anfassen dürfe und was nicht. Ihre Einstellung, ihn völlig unbeaufsichtigt agieren zu lassen, trieb mich regelmäßig zur Weißglut.

„Er hört eben nicht auf mich", meinte sie achselzuckend, wenn ich ihr Vorhaltungen machte. „Außerdem, es geht ja nichts kaputt. Was regst du dich so auf?"

Nein, weil alles, was mir wert und teuer war, durch Kindersicherungen geschützt wurde. In seiner Reichweite gab es nur noch alte Bücher, die er regelmäßig aus den Regalen räumte und aus denen er schon diverse Seiten herausgerissen hatte, und unzerbrechliche Dekorationsgegenstände, mit denen er spielte und sie in der gesamten Wohnung verstreute. Selbst den neuen Videorecorder hatte ich gesi-

chert, nachdem es ihm gelungen war, in den alten mehrere seiner kleinen Bauklötze zu quetschen und dieser, nachdem wir sie mühsam entfernt hatten, nicht wieder laufen wollte.
Ulrike hatte nur gelacht. „Ist er nicht clever? Alles Technische interessiert ihn."
„Was macht sie denn den ganzen Tag?", fragte Winfried, während ich mich zum wiederholten Mal bei ihm beschwerte. „Sie hat doch nichts anderes zu tun, als sich um Haushalt und Kind zu kümmern."
„Ich weiß es nicht", erwiderte ich wie schon so oft und seufzte. „Ich erzähle immer dasselbe, kannst du meine Heulerei überhaupt noch ertragen?"
„Dafür sind Freunde schließlich da." Er grinste. „Nein, ehrlich, du solltest dringend ernsthaft mit ihr reden. Ihr habt schließlich Arbeitsteilung. Du sorgst für den Unterhalt, sie übernimmt die häuslichen Pflichten."
„Wenn ich ihr damit komme, sagt sie, dass sie für sich und David bezahlt und sich in dem Rahmen, den sie für nötig hält, am Haushalt beteiligt. Was ja auch stimmt." Ich lachte bitter. „Nur liegen ihre und meine Vorstellungen dabei sehr weit auseinander. Ja, und David wird ihrer Ansicht nach irgendwann von ganz alleine lernen, dass er nicht alles anfassen darf."
„Was äußerst nervig ist, wenn ich an unseren letzten gemeinsamen Einkauf denke."
Er spielte auf ein Erlebnis zwei Wochen zuvor an, als er mit David und mir einkaufen gegangen war. Zuerst hatte er versucht, ihn an der Hand laufen zu lassen, weil der Kleine nicht in den Einkaufswagen wollte. Bis dieser ihn dann hierhin und dorthin zerrte und nach allem, was in seiner Reichweite war, griff. Unsere Versuche, ihn in den Kindersitz zu stopfen, scheiterten an seinem Gebrüll, das solche Ausmaße annahm, dass Winfried mit ihm das Geschäft verließ und draußen wartete. „Dabei ist er bei mir noch wesentlich gefügiger", konnte ich mir nicht verkneifen zu sagen. „Ulrike tanzt er eindeutig auf der Nase herum."

„Was macht sie denn nun den ganzen Tag?", wiederholte er seine Frage.
„Wüsste ich auch gerne." Ich hob die Schultern an und ließ sie wieder fallen. „Sie schläft lange. David ist ja abends nicht ins Bett zu bekommen. Danach frühstücken die beiden in aller Ruhe, anschließend fährt sie entweder zu ihrer Mutter und verbringt mit ihm den Tag bei ihr oder sie setzt sich vor den Fernseher. Der läuft von morgens an. Sie behauptet, sie spiele die meiste Zeit mit ihm, gesehen habe ich davon bisher nichts. Klar, bin ich zu Hause, hängt er ständig an mir und bettelt geradezu um Aufmerksamkeit. Manchmal habe ich den Eindruck, er liebt mich mehr als sie."
„Du kannst viel besser mit ihm umgehen", bestätigte Winfried. „Und was ist mit dem Haushalt?"
Ich verzog das Gesicht. Das war der zweite ständige Streitpunkt. „Ulrike ist der Meinung, meine Arbeit ist im Büro, ihre das Kind. Alles andere hätten wir gemeinsam zu tun. Allerdings habe ich eine andere Auffassung von Ordnung als sie. Sie wirft mir vor, ich sei pingelig."
Winfried konnte nicht anders, er grinste breit. „Immer schön die Schuld auf den anderen schieben." Er hob abwehrend beide Hände. „Spring mir nicht ins Gesicht, ich spreche von deiner Freundin." Er wurde ernst. „Gabi, so kann es auf Dauer nicht weitergehen. Ulrike hat sich ein bequemes Leben eingerichtet und wälzt das meiste auf dich ab, sowohl Haushalt als auch Kindererziehung. Du musst dich durchsetzen – sonst scheitert eure Beziehung an Alltäglichkeiten."
Er hatte Recht, das sah ich ein. Nur machte Ulrike mir es verdammt schwer, zu einer vernünftigen Einigung zu kommen. Sie versprach hoch und heilig, sich zu bessern, und tat es doch nicht. Wäre nicht diese allumfassende Liebe zu ihr und David gewesen, ich hätte sie längst verlassen.

# 26

**Heute**

Herr Petzold wohnte am anderen Ende der Stadt, kein leichtes Unterfangen, an einem Freitagnachmittag die Strecke in kurzer Zeit zu schaffen. Statt mich durch die volle Innenstadt zu quälen, wich ich auf die Umgehungsstraßen aus. Dieser Weg war zwar länger, doch mit Sicherheit der schnellere.

„Viel haben wir von ihr ja nicht erfahren", meinte Timo, der eine ganze Weile nur stumm aus dem Fenster gestarrt hatte.

„So sehe ich das nicht", entgegnete ich, während ich ein weiteres Mal auf die Bremse trat. Der Verkehr hatte immer mehr zugenommen, aber zumindest rollten wir noch. „Immerhin wissen wir nun, warum Frau Beyer gegangen ist."

„Gegangen wurde", korrigierte mich Timo grinsend. „Ich kann mir nicht vorstellen, dass sie diesen Job wirklich freiwillig aufgegeben hat."

Meine Achtung vor ihm stieg. Er hatte sie durchschaut. „Ja, ich denke, dein Stiefvater hat sie gefeuert. Viel interessanter finde ich jedoch die Tatsache, dass deine Mutter Frau Beyer beim Aufräumen geholfen hat und anschließend wichtige Papiere fehlten."

Er schwieg so lange, dass ich ihm einen kurzen Seitenblick zuwarf.

„Ich setze auch diesen Punkt auf meine Liste", sagte er endlich. „Sie vermuten, die Unterlagen haben etwas mit dem Verkauf der Firma zu tun?"

„Vielleicht ist sie dadurch darauf aufmerksam geworden", nickte ich. „Zumindest erhielt sie wohl Einblicke in Dinge, die sie nicht hatte sehen sollen. Warum sie sich allerdings darauf einließ, anschließend die Putzfrauenrolle zu übernehmen und nichts unternahm, ist mir ein Rätsel."

„Ob sie wirklich nichts tat, wissen wir nicht", stellte er richtig. „Meine Mutter ist keine, die den Kopf einzieht und abwartet. Sie wird garantiert irgendetwas unternommen haben."

Eine in Bezug auf Ulrike durchaus zutreffende Aussage. Von Frau Beyer hatten wir erfahren, dass ihre Kündigung kürzer zurücklag als gedacht. Der alte Bergmann hatte sich bereits im Krankenhaus befunden, der Verkauf der Fabrik war zumindest in Helmuts Augen eine beschlossene Sache. „Wie war eigentlich ihr Verhältnis zu ihrem Schwager und ihrem Schwiegervater?" Danach hätte ich schon längst fragen sollen.

„Zu Opa Karl sehr gut. Die beiden waren auf der gleichen Wellenlänge, wenn Sie verstehen, was ich meine. Und außerdem gab es das gemeinsame Interesse an meinem Bruder. Opa Karl war überglücklich, als Maximilian geboren wurde, er liebte es, ihn um sich zu haben. Manchmal hatte ich das Gefühl, meine Mutter verbrachte mehr Zeit mit ihm, als mit ihrem Mann. Mit Onkel Rainer war der Kontakt ziemlich eingeschränkt. Sie sahen sich hauptsächlich auf den üblichen Familienfeiern. Tante Angela und sie haben ab und zu telefoniert, das war es auch schon."

„Dann können wir also davon ausgehen, dass Ulrike eine wichtige Entdeckung sofort ihrem Schwiegervater mitgeteilt hätte", schlussfolgerte ich.

„Jaaa", kam es gedehnt zurück. Ich konnte spüren, dass er mich ansah. „Also war meine Mutter bestimmt nicht so uninformiert, wie sie tat."

Den Rest der Fahrt schwiegen wir, beide mit unseren eigenen Gedanken beschäftigt. Ich verfluchte Ulrike, die, statt endlich mit der Wahrheit herauszurücken, weiter mauerte, um bloß nicht irgendwelche Vorteile, die sie sich ausrechnete, zu verspielen. Hatte sie den Ernst der Lage immer noch nicht begriffen? Es ging schon lange nicht mehr um ihre kleinen Geheimnisse und Intrigen. Wollte sie sich von dem Verdacht befreien, ihren Mann ermordet zu haben, musste sie endlich mit uns zusammenarbeiten.

Herr Petzold wohnte in einem der besseren Vororte, deren Straßen gesäumt waren von Ein- bis allerhöchstens Zweifamilienhäusern, die auf großen Grundstücken mit gepflegten Vorgärten standen.

„Er muss ganz gut verdienen, wenn er sich diese Wohngegend leisten kann", bemerkte ich, während ich vor der schmucken Villa einparkte.
„Er hat unter meinem Großvater angefangen und sich hochgearbeitet", Timo zuckte die Achseln. „Er ist nach den Inhabern der vierte Mann im Betrieb."
Also zumindest kein kleiner Buchhalter. „Wie hast du ihn überredet, mit uns zu sprechen?"
Der Junge grinste spitzbübisch und wirkte plötzlich viel weniger erwachsen. „Ich habe die ‚ach ich armer Sohn- und ach meine arme Mutter-Nummer' abgezogen. Er wäre der einzige, der ihr und mir helfen könnte, habe ich gesagt und ihn geradezu angefleht, mit mir zu sprechen. Nach langem Hin und Her erklärte er sich zu diesem Gespräch bereit. Ob er uns allerdings tatsächlich helfen wird, da bin ich mir nicht so sicher. Er war ziemlich zugeknöpft."
Wir betraten den schmalen Plattenweg und gingen auf das Haus zu. Timo klingelte und ein melodischer Gong ertönte. Wir hörten rasche Schritte, die Tür öffnete sich. Vor uns stand eine ältere, gepflegt wirkende Dame, die uns überrascht musterte. „Sie müssen Ulrikes Sohn sein und Sie sind?", fragend blickte sie mich an.
„Das ist meine Patentante", erklärte Timo rasch. „Sie ist meine einzige Unterstützung bei dieser Geschichte. Ohne sie hätte ich überhaupt keine Chance."
„Gut, folgen Sie mir bitte!" Seine Erklärung schien sie zufriedenzustellen, jedenfalls wich sie zurück und ließ uns eintreten. Dann führte sie uns durch einen schmalen Flur bis zum Ende des Ganges und klopfte leise an die geschlossene Tür.
„Ja bitte?"
„Dein Besuch ist gekommen."
Der Mann, der uns öffnete, musterte mich noch misstrauischer als seine Frau. Timo gab ihm dieselbe Erklärung wie ihr, sie schien ihn jedoch nicht sonderlich zu beeindrucken. Trotzdem winkte er uns herein und schloss hinter uns sofort wieder die Tür. „Nehmen Sie bitte Platz."

Es handelte sich eindeutig um sein Arbeitszimmer. Hohe Regale zogen sich über drei der vier Wände, ein wuchtiger Schreibtisch, penibel aufgeräumt, stand vor dem Fenster, seitlich versetzt dazu eine Sitzgruppe mit bequemen Armstühlen und einem kleinen Tisch, auf dem ein dicker Aktenordner lag. Die Beschriftung seines Rückens konnte ich leider nicht lesen, doch es war zumindest ein vielversprechender Anfang. Anscheinend war Herr Petzold bereit, über die Dinge, die sich in der Firma zugetragen hatten, zu sprechen.
„Tante Gabi hilft mir bei meinen Ermittlungen", begann Timo noch einmal zu erklären. „Ach Quatsch. Sie ist diejenige, die sie leitet, die mir Ideen eingibt, wie ich vorgehen soll, was ich unternehmen kann. Ohne sie wäre ich aufgeschmissen." Er setzte ein angemessen betrübtes Gesicht auf. „Ich liebe meine Mutter. Außerdem weiß ich, dass sie zu so einer Tat niemals fähig wäre. Ich werde nicht eher ruhen, bis ich ihre Unschuld bewiesen habe."
„Ich kenne Ulrike schon sehr lange", sagte ich, während ich mich auf eine Geste von ihm auf den mir zugewiesenen Stuhl setzte. „Sie hat genau wie jeder andere ihre Fehler. Einen Mord traue ich ihr jedoch unter keinen Umständen zu. Es muss jemand anderes gewesen sein, der Helmut Bergmann umbrachte."
„Und den gedenken Sie beide zu finden?" Er war eindeutig amüsiert. „Denken Sie etwa dabei an mich?"
„Nein." Timo war mir zuvorgekommen. „Natürlich nicht. Wir hofften, Sie könnten uns helfen, Fakten zu sammeln, die uns in die richtige Richtung lenken."
„Noch haben wir keinen vernünftigen Überblick gewonnen", setzte ich hinzu. „Das einzige, was wir wissen, ist, dass die Firma unter sehr dubiosen Umständen verkauft wurde. Das ist einer der Punkte, an dem wir ansetzen wollen."
„Einer?", fragte er nach. „Gibt es denn noch andere?"
Erwischt. „Wir stochern mehr oder weniger im Dunkeln", gab ich zu. „Aber ja, ich denke, es gibt noch weitere Richtungen, in die wir ermit-

teln werden. Nur erschien uns diese Ausgangsbasis am interessantesten."

„Was haben Sie denn bisher ausgegraben?"
Irgendwie hatte ich den Eindruck, dass er uns nicht ganz für voll nahm. „Wir wissen, dass Helmut Bergmann die Bücher manipuliert hat, sodass sein Vater und sein Bruder ahnungslos waren, wie es um die Firm wirklich stand", antwortete ich schärfer als beabsichtigt. „Und wir wissen, dass er dabei Hilfe hatte von jemandem aus der Buchhaltung", setzte ich noch hinzu. So, mal sehen, wie er jetzt reagierte.

„Ja, ich war derjenige, der ihm helfen sollte." Wie eine Beichte klang das allerdings nicht. „Der Junior hatte die etwas anmaßende Einstellung, er wäre der alleinige Herrscher und könne jeden dort manipulieren. Mich hielt er für besonders prädestiniert. Ich bin einundsechzig, nicht mehr der Gesündeste und schon viel zu lange im selben Betrieb. Mich hätte niemand mehr genommen. Daher dachte er, ich würde ihm zu Diensten sein, so, wie schon einige andere vor mir."

„Wie? Er hat Ähnliches öfter gemacht?"

„Kleinere Schwindeleien und Betrügereien, die ihm nutzten, fielen bei ihm nicht unter Unrecht." Herr Petzold hob bedeutungsvoll eine Augenbraue. „Er sah sich als bedeutenden Mann, der das Recht hatte, die Gesetze ein bisschen in seinem Sinne zu beugen."

„Meine Mutter hat mir mal erzählt, dass rausgekommen ist, er hätte einen Mitarbeiter zu Unrecht beschuldigt, um ihm fristlos zu kündigen." Timo griff sich an den Kopf. „Das hatte ich völlig vergessen. Opa kümmerte sich darum, der hatte eine ziemliche Wut auf seinen Sohn."

„Der Seniorchef war die Seele des Betriebes", nickte unser Gegenüber. „Er fühlte sich für seine Mitarbeiter verantwortlich. Für ihn gehörten sie mit zur großen Familie und er war der Vater, der über ihr Wohl wachte. Es gab einiges, was ihn an den Machenschaften seines Sohnes störte."

„Und Rainer Bergmann?", fragte ich. „Er war doch ebenfalls Chef."

Herr Petzold lachte. „Nur dem Namen nach. Der hatte keine Ahnung von Geschäftsführung. Der war glücklich, wenn er in seiner Werkstatt arbeiten und neue Kreationen entwerfen konnte. Nein, der blieb auf seinen kleinen Bereich beschränkt und überließ alles andere seinem Bruder."

„Aber wieso hat Opa dann meinem Stiefvater irgendwann einfach alles übergeben und sich zurückgezogen?" Timo schüttelte ungläubig den Kopf.

„Er war alt und krank und wollte sich nicht mehr täglich mit ihm auseinandersetzen. Und er hatte ja mich." Herr Petzold lehnte sich auf seinem Stuhl zurück und verschränkte die Arme vor der Brust.

„Das heißt, Sie waren sein Auge und sein Ohr und haben ihm alles, was passierte, weitergegeben." Langsam verstand ich.

„Ja, ich war sozusagen ein Spion des alten Herrn", nickte Herr Petzold und sah äußerst zufrieden bei seinem Geständnis aus.

# 27

**Früher**
„Gabi, ich habe heute den Ecki getroffen", berichtete mir Ulrike aufgeregt, als ich gegen fünf von der Arbeit nach Hause kam. „Er ist jetzt Manager von der Diskothek an der Elisabethstraße und er hat mich gefragt, ob ich nicht Lust hätte, am Wochenende, also freitags und samstags, dort zu kellnern. Schwarz natürlich", fügte sie mit einem Augenzwinkern hinzu.
„Willst du es denn?" Mich beschlich ein ungutes Gefühl. Das waren die einzigen beiden Abende in der Woche, an denen wir gemeinsam etwas unternehmen konnten, in der Wohnung natürlich, weil David mittlerweile um acht Uhr zu Bett gebracht wurde. Unter der Woche war ich nach meinem Job und der anschließenden Hausarbeit und dem täglichen Spiel mit David viel zu erschöpft, um etwas anderes zu tun, als auf die Couch zu sinken und den Fernseher einzuschalten.
„Mir fällt hier die Decke auf den Kopf", gestand Ulrike und sah mich geradezu flehend an. „Ich muss mal was anderes zu tun haben, als mich immer nur um das Kind zu kümmern."
„Und du meinst, das ist das Richtige?"
„Es muss ja nicht jedes Wochenende sein, vielleicht jedes zweite. Das würde mir auch schon reichen."
„Das musst du selbst entscheiden." Natürlich war es mir nicht recht, aber ich hatte keine guten Argumente, die dagegen sprachen.
„Okay, ich ruf ihn gleich an." Ihre Augen strahlten. „Meine Mutter kann dann auch mal David nehmen, du brauchst dich nicht immer um ihn zu kümmern."
„Ist nicht nötig, ich habe ihn gern um mich." In Wahrheit wollte ich nur nicht, dass diese das Kind allein beaufsichtigte. Da wäre mir selbst meine Mutter lieber gewesen. Bei ihr wusste ich wenigstens, dass sie diese Aufgabe ernst nahm.
Dadurch, dass ich Ulrike oft genug bei den Albrechts abholte, hatte ich mittlerweile einen tiefen Einblick in die Familienverhältnisse er-

halten. Miranda saß im Prinzip den ganzen Tag im Wohnzimmer, wo der Fernseher lief und sie in ihrem Sessel eine Zigarette nach der anderen rauchte. Zwischendurch ging sie in die Küche und kochte einen riesigen Topf Mittagessen, meistens Eintopf. Für die Einkäufe schickte sie eines ihrer Kinder, die auch regelmäßig an der Bude Tabak für sie holen mussten. Es gab eine Spülmaschine, aus der man sich sauberes Geschirr holte, während sich das schmutzige auf der Spüle stapelte. War sie leer, wurde eingeräumt und das Prozedere wiederholte sich. Wäsche wurde meist am Wochenende gewaschen, wenn die Jungen zu Hause waren, die sie dann mit den vollen Wäschekörben in den Waschkeller jagte. Das Aufhängen auf dem Dachboden übernahm sie eigenhändig, allerdings fand sich immer jemand, der ihr den Korb auf den Boden trug. Meist blieb die Kleidung dort bis zum nächsten Wochenende hängen, wer vorher etwas benötigte, ging nach oben und nahm sich das entsprechende Teil von der Leine. Gebügelt wurde sowieso nicht, sie faltete alles vor dem Fernseher, sodass die Stoffe von einem gleichmäßigen Geruch nach Tabak und Essen durchzogen waren. Obwohl das Fenster im Wohnzimmer sowohl im Winter als auch im Sommer ständig gekippt war, roch die Luft abgestanden und muffig.
Wenn wir drei, Ulrike, David und ich nach einem dieser Besuche nach Hause fuhren, strömten wir denselben Geruch aus. Ich hatte mir angewöhnt, dem Kleinen bestimmte Pullover und Hosen herauszulegen, die er ausschließlich bei seiner Oma trug. Nur durfte Ulrike das nicht merken. Komischerweise hing sie sehr an ihrer Mutter und es verging kein Tag, an dem sie nicht wenigstens telefonierten. Kritik an dieser Frau war tabu, egal worum es ging, Ulrike ergriff immer ihre Partei. Dabei konnte ich mir nicht vorstellen, dass sie sich um ihre Kinder früher mehr gekümmert hatte, als jetzt um ihre Enkel. Sie freute sich, diese zu sehen, aber anfangen konnte sie mit ihnen nichts. David zum Beispiel durfte mit allem spielen, was er in die Finger bekam, solange er nicht versuchte, sie miteinzubeziehen. Lautes Gebrüll war erlaubt, die Kleinen tobten um die Erwachsenen herum,

dass man sein eigenes Wort nicht verstand, Streitereien unter ihnen wurden nicht kommentiert, sie blieben in allem sich selbst überlassen. Verletzte sich eines der Kinder, wurde oberflächlich getröstet, man nahm kleinere Wunden und Krankheiten nicht sonderlich wichtig.

„Jetzt weißt du zumindest, dass Ulrike richtige Haushaltsführung nie gelernt hat", kommentierte Winfried, bei dem ich mich wieder einmal ausheulte, meine Schilderungen.

„Ich verstehe nicht, dass sie nicht sieht, wie chaotisch es bei ihrer Mutter abläuft." Ich schüttelte voller Erbitterung den Kopf. „Dass aus denen nichts Richtiges werden kann, ist doch sonnenklar."

Ich hörte mich bestimmt an wie meine eigenen Eltern. Jahrelang hatte ich mich gegen ihre Vorurteile und Stereotypen zur Wehr gesetzt. Mittlerweile musste ich einsehen, dass sie in manchen Dingen damit so falsch nicht lagen. Bei der Familie Albrecht gab es kein Muss, man lebte in den Tag hinein, ohne dass irgendwelche Regeln oder Prinzipien befolgt wurden. Alle Kinder hatten sich in der Schule schwer getan – und regelmäßig den Unterricht geschwänzt, bis die Lehrer mit Repressalien drohten. Dann hatte sich Ulrikes Mutter aufgerafft und den armen Sünder in Grund und Boden geschrien, worauf dieser sich eine Zeit lang fügte. Kurz darauf war dieselbe Geschichte wieder von vorn losgegangen. Es war meiner Ansicht nach ein ständiges Balancieren am Abgrund.

Die älteste Schwester hatte kurz vor Schulende mit sechzehn das erste Kind bekommen. Drei Jahre später war sie mit einem Freund ihres Vaters durchgebrannt, sie lebte jetzt angeblich in den Niederlanden und meldete sich nur noch ab und zu telefonisch. Die zweitälteste war während ihrer Lehre als Verkäuferin das erste Mal schwanger geworden, zog nie mit dem Vater des Kindes zusammen, beendete allerdings ihre Ausbildung ebenso wenig. Mit zwanzig bekam sie das nächste Kind von ihrem jetzigen Mann, den sie sogar heiratete. Ihr drittes wurde ein Jahr später geboren und nun war sie erneut schwanger, obwohl es in der Ehe nicht zum Besten stand. Der Vater,

von Beruf Lastwagenfahrer, kümmerte sich kaum um seine Kinder, sondern zog in seiner Freizeit lieber durch die Kneipen.
Der ältere von Ulrikes Brüdern war zweimal sitzengeblieben und hatte ohne Abschluss die Schule verlassen, eine Lehrstelle fand er nicht. Der jüngere war noch bei einer Schlosserei in der Ausbildung, aber es hatte schon mehrfach Ärger gegeben, weil er sich andauernd krankschreiben ließ. Die kleine Schwester hatte bereits mit zwölf den ersten Freund. Ähnlich wie ihre Geschwister empfand sie die Schule als Ärgernis und nutzte jede Möglichkeit, deren Besuch zu umgehen. Ulrikes Mutter hatte ihr erstes Kind ebenfalls sehr früh bekommen, sie war knapp siebzehn gewesen. Wenn man sie sah, hätte man nie geglaubt, dass sie erst achtundvierzig Jahre alt war.
„Was ist mit dem Vater", hakte Winfried nach. „Hast du in Erfahrung bringen können, was der eigentlich macht?"
„Nein, darüber wird nicht gesprochen. Zurzeit ist er angeblich in Geschäften unterwegs." Ich schüttelte mich unwillkürlich. Mir war Ulrikes Vater äußerst unsympathisch, von ihm ging eindeutig etwas Bedrohliches aus. Dabei war er nicht einmal sonderlich groß, eher klein und kompakt, aber mit einer beachtlichen Muskulatur ausgestattet. Sein Auftreten war sowohl großspurig als auch selbstherrlich, war er anwesend, hatten alle nach seinen Anordnungen zu springen – und das taten sämtliche Familienmitglieder auch, sogar die Mutter. Das war mehr als Respekt, das war pure Angst. „Ich vermute aber, dass er mehrere Male im Gefängnis gesessen hat, dann gab es nämlich immer Geld vom Sozialamt. Sonst hält der Vater die Familie über Wasser, er scheint mit seiner Arbeit, was immer es ist, nicht schlecht zu verdienen."
„Wetten, dass es was Ungesetzliches ist?" Winfried kannte die Albrechts nur aus meinen Erzählungen. Das reiche ihm völlig, hatte er mir schon des Öfteren gesagt, er wolle sie garantiert nicht kennenlernen.
Ich nickte nachdrücklich. „Sehe ich genauso." Bei seinem letzten Besuch hatte er, kaum dass er eingetreten war, ein dickes Bündel

Hundert-Euro-Scheine auf den Tisch geworfen, das die Mutter sofort an sich nahm und wortlos in einer Keksdose verstaute, in der sich die gesamte Barschaft der Familie befand, wie ich wusste. Immer wenn jemand einkaufen gehen musste, wurde ein Schein daraus entnommen. Ein Portemonnaie besaß anscheinend keiner, das Geld wurde lose in der Tasche aufbewahrt, selbst Ulrike hatte sich bisher nicht daran gewöhnt, die Geldbörse, die ich ihr geschenkt hatte, regelmäßig bei sich zu tragen.

„Gabi, im Prinzip musst du zugeben, dass Ulrike sich noch am besten von allen entwickelt hat", meinte Winfried abschließend. „Dein Einfluss wirkt sich auf sie aus, glaube mir. Du kannst nur nicht erwarten, dass sie sich von heute auf morgen ändert. Das dauert seine Zeit."

Ich sollte mich bemühen, Alternativen für sie zu finden, damit sie nicht ständig bei ihrer Familie saß, war sein Vorschlag. Ich zerbrach mir den Kopf, wie ich es anstellen sollte, sie anderweitig zu beschäftigen, denn den Haushalt und das Kochen erledigten wir immer noch gemeinsam am Abend und an den Wochenenden.

„Du hast den ersten Ansatz bereits gefunden", lobte Winfried mich. „Geht sie arbeiten, schläft sie lange, also muss sie zumindest dann ihren Anteil unter der Woche erledigen."

Der nächste Punkt ergab sich von ganz allein. Sobald sich die ersten wärmenden Sonnenstrahlen zeigten, bevölkerte sich die große Rasenfläche, die sich im Inneren des Häuserkarrees befand, mit Kindern jeder Altersklasse. Im Herbst hatte ein Gartenbauunternehmen einen neuen Sandkasten angelegt, drum herum waren sogar drei Schaukeltiere einbetoniert worden.

„Sieh mal, jede Menge Spielkameraden für David", lockte ich Ulrike.

„Ach nee, wir kennen die alle nicht." Meine Freundin stand hinter der Gardine und beäugte skeptisch das bunte Treiben.

„Ja und? Das ergibt sich von ganz allein." Ich verstand ihre Abwehr nicht. Hier direkt vor ihrer Tür fand sich genug Abwechslung, sowohl für sie als auch für den Kleinen.

„Ich mache morgen eher Feierabend", schlug ich meiner Eingebung folgend vor. „Dann können wir zusammen hinausgehen."
Ich erhielt nur ein Schulterzucken zur Antwort, sah mich aber in meinem Verdacht bestätigt, Ulrike traute sich allein nicht zu den anderen. Sie, die sich überall wesentlich forscher gab als ich, die sich sofort einen Verkäufer heranwinkte, wenn sie etwas nicht auf Anhieb fand, die eher fordernd auftrat als bescheiden, hatte Angst davor, von den anderen Müttern nicht anerkannt zu werden. Tief in ihrem Innersten spürte sie sehr wohl den Unterschied zwischen sich und diesen ‚Normalen'. Das war wohl auch der Grund, warum sie so sehr an ihrer Familie hing. Dort wurde sie akzeptiert, woanders hatte sie bisher anscheinend nur schlechte Erfahrungen gemacht.

Mir wurde immer bewusster, wie einsam sie sich in der letzten Zeit vorgekommen sein musste. Mit den Freunden von früher hatte sie keinen Kontakt mehr, mit meinen kam sie nicht zurecht, sie fand sie langweilig und abgehoben. Anfangs hatte ich diese öfter mit nach Hause gebracht, doch Ulrike hatte sich meist schon nach kurzer Zeit mit einer Entschuldigung zurückgezogen. Sie gab ihnen gar nicht die Chance, sie kennenzulernen. Deshalb erstreckten sich deren Gegeneinladungen nicht auf sie, vor allem, da ja keiner von unserem Verhältnis wusste.

Gut, einen riesigen Freundeskreis hatte ich nicht. Neben Winfried traf ich mich ab und zu mit meiner Arbeitskollegin und ungefähr zweimal im Monat mit Angelika, die mittlerweile ebenfalls in einer festen Beziehung lebte. Dazu kamen diverse spontane Kontakte mit Kollegen aus meiner Abteilung. Ulrike dagegen hatte tatsächlich nur ihre Familie, wie ich erst jetzt erkannte. Das musste sich dringend ändern.

Das Wetter hatte sich gehalten, es war ein lauer sonniger Frühlingstag, fast schon zu warm für April. Aber ideal für mein Vorhaben! Ich stellte meine Handtasche auf das Dielenschränkchen und fing David auf, der auf mich zu gerannt kam. „Los, wir gehen spielen!"

Ulrike, die hinter ihrem Sohn aufgetaucht war, musterte mich missmutig. „So willst du raus?"

Ich sah an mir hinunter. Nein, der dunkelblaue Hosenanzug war wohl doch nicht das Richtige für einen Spielplatz. „Ich ziehe mich eben um. Könntest du bitte in der Zwischenzeit Davids Sandspielzeug aus dem Keller holen?"

„Das ist bei meiner Mutter."

„Alles?" Ich musste mich anstrengen, meine Wut zu beherrschen. Warum hatte sie mir gestern nichts davon gesagt? Ich hätte auf dem Rückweg von der Arbeit an einem Geschäft halten können, um ihm wenigstens einen Eimer und eine Schaufel zu kaufen!

„Ich bin ja heute extra nicht zu ihr gefahren, weil du früher kommen wolltest", war die patzige Antwort.

Ich holte tief Luft. „Gut, nehmen wir eben den Ball und das Bobby Car mit nach draußen. Alles Weitere wird sich finden."

Sie folgte mir nur widerstrebend. Zum Glück kannte David keine Scheu. Er lief sofort auf die anderen Kinder zu und setzte sich zu ihnen in den Sandkasten. Sein Auto und sein Ball erregten großes Interesse, wir bekamen im Austausch dafür jede Menge Spielzeug geliehen, sodass alle zufrieden waren.

Ich hatte mich neben den Kleinen auf den Sandkastenrand gesetzt, um ihm die erste Scheu zu nehmen. Schon nach fünf Minuten hatte er mich völlig vergessen, die Sandmühle fesselte ihn dermaßen, dass ich ihn dreimal ansprechen musste, damit er verstand, dass ich mich zu den anderen Müttern auf eine der umstehenden Bänke setzen wollte. „Los, komm!" Ich stupste Ulrike, die auf dem Rasen stehengeblieben war, aufmunternd in die Seite.

„Sind Sie neu hier?" Kaum saßen wir, wandten sich zwei der Mütter uns zu. „Letztes Jahr war David noch zu schüchtern", gab ich zurück. „Er hatte leider bisher kaum Kontakt zu anderen Kindern. Das wollen wir nun dringend ändern." Wieder stieß ich Ulrike in die Seite. „Sie ist seine Mutter."

„Wie alt ist er denn?" Meine Nachbarin lehnte sich interessiert vor.

„Er wird im September zwei. Und welches Kind gehört zu Ihnen?", fragte meine Freundin zurück.
Na also, der Anfang war zumindest gemacht.

## 28

**Heute**

„Er sagt, der Senior war von Anfang an informiert?" Mein Mann ließ sein Messer sinken und sah uns erstaunt an.

Timo und ich waren mitten ins Abendessen geplatzt und hatten sofort begonnen zu berichten. „Ja", nickte ich jetzt. „Und der bat ihn, alles genauso zu machen, wie Helmut es haben wollte."

„Der hat echt seinen Angestellten erpresst?" Karina schüttelte den Kopf. „Warum sind sie da nicht gleich zur Polizei gegangen?"

„Du musst dir das nicht so einfach vorstellen", erklärte ihr Timo. „Mein Stiefvater war nicht so doof, dass er ihm offen drohte. Er ist viel subtiler vorgegangen. Er ließ Bemerkungen fallen, die in diese Richtung gingen, erwähnte die zwei Entlassungen, die er durchgesetzt hatte und ließ den Chef raushängen. Du ahnst dann irgendwann, dass, wenn du nicht tust, was er will, er dich feuert."

„Aufgrund irgendeiner untergeschobenen Tatsache", nickte ich bestätigend. „So hat Helmut es bei diesen anderen Mitarbeitern gemacht."

„Dachte er tatsächlich, er käme damit durch?" Karina war immer noch nicht überzeugt.

„Es passiert nicht häufig, aber auch nicht so selten, wie du denkst." Ralf beugte sich vor und tätschelte ihre Hand. „Chefs wie Herr Bergmann fühlen sich allmächtig. Sie sind wichtige Persönlichkeiten, werden von allen Seiten hofiert, haben viel Geld und Einfluss. Das verändert den Charakter."

„Oder er war schon von vornherein ein mieses Schwein", protestierte Yannick, der bisher schweigend zugehört hatte. „Nicht alle Menschen sind gut."

„Er soll sich schon sehr verändert haben", griff ich in die Diskussion ein. „Je reicher er wurde, desto despotischer gab er sich. Doch genug davon, darum geht es im Moment gar nicht. Tatsache ist, Herr Petzold fälschte die Bücher mit dem Wissen, ja sogar mit der ausdrücklichen Billigung des Seniorchefs. Das heißt, dieser spielte sein eigenes Spiel."

„… mit dem Titel, ‚ich dränge meinen Sohn aus der Firma'", ergänzte mein Mann.

„Nein, Opa wollte nur informiert bleiben", verteidigte Timo dessen Maßnahme, genauso wie Herr Petzold es getan hatte. „Er hatte Angst, dass mein Stiefvater bei seinem Vabanque-Spiel übertrieb. Schon beim ersten Mal sind sie haarscharf an einem Bankrott vorbeigeschlittert."

„Was Helmut allerdings schnell vergaß und sich seitdem als der große Finanzfachmann aufspielte", ergänzte ich. „Er war der Meinung, nur wer risikobereit genug ist, schafft das Unmögliche."

„Außerdem spekulierte er darauf, dass die Familie ihn unterstützen würde, wenn es hart auf hart ginge." Timo verzog das Gesicht. „Durch seinen ersten Coup waren alle reich geworden, ich meine richtig reich, die sind alle Millionäre. Es war also genug Geld vorhanden, um ihn aufzufangen, falls er sich übernahm."

„Du würdest so etwas nie tun." Bewundernd blickte Karina auf meinen Mann. „Nicht bei jedem verändert Geld den Charakter."

Trotz unseres ernsten Themas hätte ich beinahe lauthals losgeprustet. Unsere Tochter war immer schon ein ausgesprochenes Papakind gewesen. Mittlerweile studierte sie ebenfalls Jura, um später einmal gemeinsam mit ihm die Kanzlei zu übernehmen. Für sie war und blieb er immer der Superheld, der, der mühelos seine Behinderung überwunden hatte und ein sinnvolles Leben führte, der ohne Fehl und Tadel war, ein Vorbild für jedermann. Dass Ralf wie jeder von uns seine Schwächen und Fehler hatte, übersah sie dabei großzügig.

Außerdem waren wir zwar relativ wohlhabend, gehörten aber bei weitem nicht zum Kreis der Millionäre. Ihr Vergleich hinkte also gewaltig. Andererseits musste ich ihr in einem wirklich recht geben. Mein Mann hätte niemals gehandelt wie Helmut. Weder ging sein Streben in diese Richtung noch wäre er fähig gewesen, andere derart zu benutzen.

„Helmut spekulierte also darauf, dass die Familie ihn auffangen würde, sollte er scheitern?", fragte der Superheld gerade, ohne auf die Bemerkung seiner Tochter einzugehen.
„Ich denke, er rechnete überhaupt nicht mit einem Misserfolg", übernahm ich wieder. „Er war sich sicher, dass sein Weg der richtige war. Weil er aber wusste, dass sein Vater und sein Bruder nicht mitziehen würden, setzte er eben alles auf eine Karte."
„Leider ging seine Rechnung dann doch nicht auf", fuhr Timo fort. „Er verschuldete den Betrieb dermaßen, dass er hätte Insolvenz anmelden müssen."
„Halt, das ist nicht richtig", korrigierte ich ihn. „Herr Petzold sagt, er war auf dem richtigen Weg. Er hatte seinen Fehler eingesehen und umgeschwenkt. Nur benötigte er eine kräftige Finanzspritze, um das Ruder komplett herumreißen zu können. Er spekulierte darauf, dass sein Bruder und sein Vater ihn mit ihrem Vermögen unterstützen würden, genauso wie er bereit war, sein eigenes Kapital anzugreifen. Doch die beiden wollten nicht mitziehen."
„Das Gespräch fand an dem Tag statt, als Opa seinen Herzinfarkt hatte", ergänzte Timo. „Anscheinend regte der Arme sich dermaßen auf, dass er zusammenbrach."
„Wieso?", wunderte sich Yannick. „Er wusste doch von Anfang an Bescheid."
„Tja, mein Stiefvater rastete wohl ziemlich aus und beschimpfte seinen Vater aufs Übelste. Herr Petzold äußerte sich nicht gerade detailliert, ließ allerdings keinen Zweifel daran, dass es richtig hoch her ging."
„Hätten die beiden ihn tatsächlich in die Pleite rutschen lassen?", fragte Ralf irritiert. „Zumindest dein Onkel wäre davon ebenfalls betroffen gewesen."
„Ja, das ist uns auch ein Rätsel", musste ich zugeben. „Herr Petzold sagt, nachdem der alte Herr ins Krankenhaus gebracht wurde, hatte er keinen Zugang mehr zu Helmut. Dem war natürlich mittlerweile klar geworden, dass dieser ihn verraten haben musste. Wie es danach

weiterging, bleibt reine Spekulation. Vermutlich wandte sich Helmut an Herrn Seiffendorn und der ergriff die Gelegenheit, sich die Firma einzuverleiben."
„Warum das denn?" Karina schüttelte verwirrt den Kopf. „Ich dachte, die standen kurz vor der Pleite."
„Wenn es eine vernünftige Strategie der Umstrukturierung gab, wäre der Betrieb innerhalb kürzester Zeit wieder eine Goldgrube geworden", klärte Ralf sie auf. „Das ist für einen Finanzfachmann also keine humanitäre Handlung, sondern ein gutes Geschäft."
„Trotzdem komme ich immer noch nicht darüber hinweg, dass mein Onkel dabei mitgespielt haben soll." Timo blickte meinen Mann Hilfe suchend an. „Mein Cousin war erst vor Kurzem miteingestiegen. Der sollte neben meinem Stiefvater der zweite Mann werden. Patrick ist von klein auf darauf geprägt worden, Juniorchef zu sein. Er identifiziert sich geradezu mit der Firma. Bei dem dreht sich alles nur da drum. Wie kann er dabei mitgemacht haben?"
„Vielleicht wurde über seinen Kopf hinweg entschieden."
„Nein." Das klang sehr entschieden. „Sie kennen meine Tante nicht. Bei der kamen die Kinder an erster Stelle. Und Onkel Rainer tut, was sie will. Er würde nie gegen die Interessen seine Familie handeln."
„Dann musst du noch einmal mit ihm sprechen", brachte ich das Gespräch zum Abschluss. „Wir können wirklich nur spekulieren."
Ich sah ihm an, dass er diese Option nicht als vielversprechend ansah. Zu diesem Teil seiner Verwandtschaft schien er also tatsächlich keine allzu gute Verbindung zu haben. Glücklicherweise nahm nun Karina die Sache in die Hand. „Komm!", rief sie und nahm seine Hand. „Morgen ist auch noch ein Tag. Lass uns zusammen mit Yannick was unternehmen. Damit du mal auf andere Gedanken kommst", fügte sie augenzwinkernd hinzu.
Folgsam stand Timo auf und trabte neben ihr aus dem Zimmer. Besonders unglücklich war er offensichtlich über diese Wendung nicht. Vielmehr konnte ich an seiner aufsteigenden Röte erkennen, dass er

meine Tochter durchaus schon als weibliches Wesen wahrgenommen hatte und er ihren Reizen gegenüber nicht völlig immun war.

Grinsend schüttete sich Ralf eine weitere Tasse Tee ein. „Das Interesse ist wohl gegenseitig."

„Meinst du nicht, bei ihr handelt es sich eher um Heldenverehrung?", brachte ich meine geheimsten Einwände vor. „Sie sieht, wie er sich abmüht, seiner Mutter zu helfen. Das imponiert ihr sehr."

„Nein, es sind ebenso die Hormone." Augenzwinkernd nahm er einen Schluck. „Timo ist ein gutaussehender Kerl, dazu nett und wohlerzogen und bereit, etwas aus sich zu machen. Wahrscheinlich war die Zeit einfach reif für einen neuen Freund."

Gut, wenn er es so locker sah, konnte ich es bestimmt auch. Immerhin war sie sein Augenstern. Nicht dass er sie Yannick gegenüber bevorzugte. Aber man merkte schon deutliche Unterschiede in seinem Verhalten ihnen gegenüber. Sein Sohn war eher wie ein guter Kumpel für ihn, sie fieberten gemeinsam bei den Fußballspielen im Fernsehen mit und trainierten zusammen im Fitnesscenter. Dass Yannick ein Sportstudium absolvieren wollte, hatte ihm anfangs gar nicht gepasst, doch unterließ er sämtliche Einwände in diese Richtung und unterstützte ihn, wo er nur konnte. Allerdings war unser Sohn eher der Typ, der sich allein durchbiss und nur ungern Hilfe annahm. Er wollte alles aus eigener Kraft schaffen und wir ließen ihn gewähren. Würde es zu Problemen kommen, wären wir beide für ihn da, das wusste er.

Karina dagegen hatte ihren Vater schon als Baby um den Finger wickeln können. Ein Blick aus ihren blauen Augen und er war dahingeschmolzen. Daran hatte sich bis heute nichts geändert. Gott sei Dank erlag ich weder dem Charme meines Sohnes noch dem meiner Tochter – früher so wenig wie heute – mit ein Grund, warum sich meiner Meinung nach beide zu relativ vernünftigen, stabilen Persönlichkeiten entwickelten.

So, Feierabend für heute, den hatten wir uns verdient. „Lass uns rübergehen und einen Film anschauen", schlug ich vor und mein Mann nickte zustimmend.

# 29

**Früher**
Zwei Monate lang ging Ulrike jede zweite Woche arbeiten, freitags von acht bis eins, samstags von acht bis drei. Danach sprang sie für eine Kollegin ein, die Urlaub hatte. Als diese kurz darauf kündigte, übernahm sie zunächst vorläufig deren Schichten, was bedeutete, dass sie nun kein freies Wochenende mehr hatte. „Wieso? Es klappt doch gut!", gab sie sich verwundert, weil ich mit diesem Agreement nicht einverstanden war – sie hatte diesem Ecki zugesagt, ohne vorher mit mir darüber zu sprechen. „Ich will mit dir und David in den Urlaub fahren, dafür ist das Geld gedacht."
Mit meinem Verdienst und ihrem Unterhaltsgeld hätten wir uns das jederzeit leisten können. Wir waren wirklich nicht darauf angewiesen, dass sie mitarbeitete. Andererseits konnte ich froh sein, dass sie sich endlich aufgerafft hatte, überhaupt regelmäßig etwas zu tun. Nur wäre es mir lieber gewesen, sie hätte ihre freie Zeit in ein vernünftiges Projekt gesteckt, zum Beispiel eine schulische Weiterbildung oder meinetwegen auch eine richtige Ausbildung, irgendeine Möglichkeit, David unterzubringen, wäre uns garantiert eingefallen.
Aber nein, sie schien mit der Arbeit in der Diskothek völlig zufrieden zu sein. Und auch damit, dass wir nun kein Wochenende mehr gemeinsam verbringen konnten. „Tagsüber dreht sich eh alles um David. Um die Abende tut es mir schon leid, aber wir haben ja die von sonntags bis donnerstags." Sie stand vor dem großen Spiegel im Schlafzimmer und machte sich gerade zum Ausgehen bereit. Ihre Augen funkelten vor unterdrückter Erregung, man merkte ihr die Freude, aus ihrem Trott herauszukommen, deutlich an. „Es ist für mich echt wichtig, ich habe das Gefühl, erst jetzt wieder richtig zu leben."
Wir waren beide noch jung, ich konnte verstehen, dass sie nicht auf ewig nur Hausfrau und Mutter sein wollte. Außerdem bestand ihr Problem nach wie vor darin, keine gleichgesinnten Freundinnen zu

finden. Zwar ging sie jetzt öfter einmal nachmittags zusammen mit David in den Hof, weiterführende Kontakte ergaben sich daraus leider nicht.
„Zumindest hat sie dadurch viel weniger Zeit, bei ihrer Mutter herumzusitzen", meinte Winfried lakonisch. „Sieh es positiv."
Hätte ich ja gerne, nur fehlten mir die gemeinsam verbrachten Abendstunden am Wochenende zu sehr, als dass ich zu objektiver Betrachtung fähig gewesen wäre. Dass ich tagsüber allein auf David aufpasste, fiel weniger ins Gewicht. Meist nahm ich ihn auf irgendwelche Ausflüge mit, damit Ulrikes Schlaf nicht gestört wurde. War das Wetter gut, gingen wir in einen der vielen Parks in der Umgebung, in denen es auch immer genug Spielmöglichkeiten gab, um den Kleinen zu beschäftigen. Oder wir machten einen Tagesausflug in den Tierpark, was ihn immer wieder aufs Neue begeistern konnte. Bei Regen besuchten wir das örtliche Schwimmbad, das über einen eigenen Kleinkinderbereich verfügte. Und auch bei Winfried und seinem Freund waren wir gern gesehene Gäste. David war vernarrt in dessen zwei Katzen, von denen eine jedes Mal zutraulich angelaufen kam und uns um die Beine strich. Zudem liebten es beide Männer, mit dem Kleinen herumzutollen. Mehr als einmal hätte ich beinahe vor Entsetzen aufgeschrien, so wild ging es dabei zu.
Für David allerdings waren diese Spiele nicht nur genau richtig, sondern meiner Meinung nach auch wichtig, hatte er doch sonst kaum Kontakt zu Männern. Sein Vater ließ sich nie blicken und weder zu Geburtstagen noch an Weihnachten von sich hören. Ulrikes Brüder kümmerten sich grundsätzlich nicht um die Kinder ihrer Schwestern, er hatte weder Kontakt zu dem Opa väterlicherseits noch mütterlicherseits.
Udo, Winfrieds neuer Freund, war der Richtige, wie dieser mir strahlend erklärt hatte. Er war Uhrmacher von Beruf und besaß einen kleinen eigenen Laden. Winfried hatte ihn kennengelernt, als er seine Seiko reinigen lassen wollte, und sich sofort in ihn verliebt. Monatelang war er unter den verschiedensten Vorwänden immer wieder dort

aufgetaucht, zunächst völlig unsicher, ob der Ladenbesitzer überhaupt dieselbe Neigung wie er besaß. Ihn darauf anzusprechen, traute er sich nicht. Stattdessen hatte er versucht, gemeinsame Hobbys zu finden, an denen man anknüpfen konnte. Über das angeblich beide verbindende Interesse an Aquarien war man sich schließlich nähergekommen, wobei Udo bis heute nicht wusste, dass Winfried bis zu dem Zeitpunkt, als er von dessen Steckenpferd erfuhr, keine Ahnung von diesem Thema gehabt und nie eigene Fische besessen hatte.

Aber die beiden waren wirklich ein ideales Paar, ich hatte meinen Freund noch nie so glücklich gesehen. Ihm gelang es sogar, die Familien zusammenzubringen und somit Udo mit seinem Vater auszusöhnen, der jahrelang ein sehr getrübtes Verhältnis zu seinem Sohn gehabt hatte.

„Jetzt fehlt uns nur noch ein eigenes Kind", witzelte Udo bei einem meiner Besuche, nachdem er ausgiebig mit David getobt hatte. Ich sah das Bedauern in seinen Augen, er litt tatsächlich unter dieser Unmöglichkeit.

„Ja, das wäre die Krönung unserer Liebe", pflichtete ihm Winfried bei. „Ihr habt es da einfacher", wandte er sich an mich. „Besonders, wenn ihr euch nicht outet. Ich sehe es doch an dir und Ulrike. Du wirst noch von allen Seiten gelobt, dass du sie unterstützt, sie wird bedauert, dass sie ihr Kind allein aufziehen muss."

„Und was ist, wenn wir uns eines Tages trennen?", gab ich meine innerste Befürchtung preis, den Gedanken, den ich normalerweise ganz, ganz tief in mir vergrub. „Ich liebe den Kleinen wie mein eigenes Kind. Trotzdem habe ich keinerlei Anspruch auf ihn, sollte es dazu kommen."

„Dann hast du zumindest deine Erinnerungen." Udo seufzte tief und beobachtete David, der im Garten damit beschäftigt war, mit einer kleinen Gießkanne die Blumen zu wässern, wobei er hartnäckig immer dieselbe Stelle nässte.

„Ich weiß, was du meinst", Winfried trat hinter mich und zog mich an sich. „Einfach ist es nicht, das hat auch keiner gesagt."

„Gabi, guck mal!" David winkte mir zu und merkte dabei gar nicht, dass die Gießkanne genau auf seine Füße gerichtet war und ihm das Wasser in die Schuhe lief.
Ich eilte nach draußen, doch es war bereits zu spät. Er verzog das Gesicht und hob anklagend einen Fuß. „Ist nicht schlimm." Ich nahm ihn auf den Schoss und streifte ihm die nassen Schuhe und Strümpfe ab. Dann trug ich ihn zurück ins Haus. „Wir verabschieden uns dann mal", ich grinste die beiden an. „Wechselwäsche liegt zwar im Auto, aber die ist nass. Wir waren, bevor wir zu euch gekommen sind, im Park. Dabei ist er leider dem Teich etwas zu nahe gekommen und im Matsch versunken."
„Kleine Kinder, kleine Sorgen, große Kinder, große Sorgen." Udo lachte. „Warte, bis er im Teenageralter ist, dann labst du dich an den Erinnerungen an diese kleinen Unfälle."
Während der Rückfahrt dachte ich über seine Bemerkung nach. Eigentlich war sie ganz anders gemeint gewesen, doch ich versuchte mir vorzustellen, wie dann mein Verhältnis zu David aussehen würde. Hätte ich noch Einfluss auf ihn? Sähe er mich weiterhin als Elternersatz oder stände er mir vielleicht sogar ablehnend gegenüber? Wie würde er überhaupt die Beziehung zwischen mir und seiner Mutter beurteilen?
Bisher waren wir in seiner Gegenwart ziemlich vorsichtig gewesen. Mehr als das, was auch zwischen normalen Freundinnen passierte, hatte er nie mitbekommen. Ulrike war für ihn die Mama und ich die Gabi, er teilte seine Liebe gleichmäßig zwischen uns auf. Ich war wesentlich strenger, aber dafür viel eher bereit, mich mit ihm zu beschäftigen. Ulrike schmuste gerne ausgiebig mit ihm, hatte jedoch selten Lust, mit ihm zu spielen und wenn, dann nur ein paar Minuten lang, danach saß sie unbeteiligt dabei und schaute zu. Eigene Ideen und Fantasien brachte sie nie ein. Unsere Besuche bei Udo und Winfried waren für David eine willkommene Abwechslung, denn ausgelassen toben konnte er nur mit diesen beiden.

Leider mochte Ulrike meinen besten Freund nicht, obwohl sie normalerweise mit Männern viel weniger Probleme hatte als mit Frauen. Aufgrund ihrer besonderen Ausstrahlung lagen die ersteren ihr zu Füßen, während die letzteren sie meist argwöhnisch betrachteten und sehr schnell Anstoß an ihrer etwas vorlauten und provokanten Art nahmen. Deshalb war mein Versuch, sie den vielen Müttern im Hof anzuschließen, wohl gescheitert, dachte ich zumindest in diesem Moment noch.

Da wir eher zu Hause ankamen als ursprünglich geplant, war Ulrike gerade erst aufgestanden und saß beim Frühstück. „Mami!" David stürzte auf sie zu und warf sich auf sie.

„He, nicht so wild." Unwillig schob sie ihn weg. „Ich bin noch gar nicht richtig wach."

„Ich gehe sofort wieder mit ihm nach draußen." Es war früher Nachmittag und ich konnte das laute Geschrei der Kinder im Hof durch die gekippten Fenster hören.

„So war das nicht gemeint." Ulrike verzog unwillig das Gesicht. „Ihr könnt doch auch im Kinderzimmer spielen."

„Dafür ist das Wetter viel zu schön", protestierte ich, hob den wild strampelten David hoch und trug ihn ins Kinderzimmer, um ihm ein Paar frische Strümpfe anzuziehen.

„He, ich hab gestern Klaus mit seiner neuen Perle getroffen." Ulrike war uns gefolgt und lehnte im Türrahmen. „Der ist schwer verliebt, hat die ganze Zeit an ihr geklebt." Sie kicherte. „Das ist so eine kleine Dicke mit einer unmöglichen Frisur. Ich weiß echt nicht, was er an der findet. Die muss wohl besondere Qualitäten im Bett haben."

„Pscht!", zischte ich. Das war kein Gesprächsthema, das wir vor Davids neugierigen Ohren behandeln sollten. Zum Glück war er gerade damit beschäftigt, sich seine Söckchen anzuziehen, es war zu niedlich, wie er versuchte, sie über die widerspenstigen Zehen zu streifen. Nach drei, vier Ansätzen gab er sich geschlagen und hielt mir auffordernd seine Füßchen hin. „Gabi machen."

„Wollt ihr euch nicht lieber zu mir setzen und mir erzählen, was ihr heute unternommen habt?", lockte Ulrike. „Ich habe gestern Streuselkuchen gekauft, den esst ihr beide gerne."
„Nein, rausgehen." David schüttelte entschieden den Kopf.
„Sehe ich genauso. Ruh du dich noch ein bisschen aus. In spätestens einer Stunde sind wir zurück." Ich war ehrlich gesagt gerührt, dass sie uns nicht ziehen lassen wollte, war jedoch willens, ihr noch etwas Freiraum zum Erholen zu geben. Samstags war immer der stressigere Tag von beiden, es würde ihr guttun, noch etwas Zeit für sich zu haben.
Mit Eimerchen, Förmchen und Schaufel bewaffnet machten wir uns auf den Weg zum Sandkasten, in dem sich heute ungefähr zehn Kinder tummelten.
„Kuchen backen!" David ließ sich am Rand nieder und streckte mir auffordern ein Förmchen entgegen.
Gehorsam nahm ich es, füllte es mit Sand und stülpte es auf dem breiten Holzrand der Einfassung um. Er nahm seine Schaufel und patschte darauf, bis es zerfallen war. Ich kannte dieses Spiel schon, je flinker ich neue Sandkuchen buk, umso begeisterter zerstörte er diese. Selbst welche herzustellen, dazu reichten seine Fingerfertigkeiten noch nicht, trotzdem hatte er einen gewaltigen Spaß daran, sie zu zerstören.
Zum Abschluss baute ich ihm eine große Sandburg und grub einen Tunnel, sodass er seine kleinen Autos hindurchfahren lassen konnte. Anschließend setzte ich mich auf die Bank in seiner Nähe, auf der zwei andere Mütter, die ich flüchtig vom Sehen kannte, wachsam ihre Sprösslinge beobachteten. „Hallo", ich nickte ihnen zu und wunderte mich noch darüber, dass sie mich nicht beachteten, sondern in ihrem Gespräch fortfuhren, als lautes Geschrei vom Sandkasten ertönte, ein Wutschrei. David.
Mit einem Satz war ich bei ihm und hielt ihn im letzten Moment davon ab, mit seiner Plastikschaufel auf einen gleichaltrigen Jungen einzuschlagen. „Nein!"

„Kaputt", heulte der Kleine und deutete anklagend auf seine Burg.
„Das ist trotzdem kein Grund zu hauen. Komm, wir bauen eine neue." Ich ließ ihn los, musste allerdings sofort wieder nachfassen, weil er sich augenblicklich auf den Zerstörer stürzen wollte. „Nein!" Ich drehte ihn herum, bis er vor mir stand und ging in die Hocke. „Fändest du das toll, wenn eines der Kinder dich gleich schlagen würde? Das war bestimmt keine Absicht. Er wollte nur mitspielen."
David schob die Unterlippe vor und sah mich trotzig an. „Neue bauen?", fragte er mich dann mit einem verschmitzten Lächeln.
„Ich sehe doch noch Hoffnung für ihn", wurde ich dieses Mal begrüßt, als ich mich wieder auf die Bank setzte.
Verwundert wandte ich mich zu meiner Nachbarin. „Wie meinen Sie das?"
„Na, der Kleine ist mittlerweile ein bekannter Spielplatzschreck geworden. Es verging nicht ein Tag, an dem er nicht wenigstens eines der anderen Kinder schubste, haute, an den Haaren zog oder biss." Sie betrachtete mich mit einem mitleidigen Blick. „Ehrlich gesagt sind wir alle froh, dass sich seine Mutter nicht mehr mit ihm hier blicken lässt."
Ich schluckte, was waren das denn für Anschuldigungen? Nie und nimmer konnte das stimmen. Doch das beifällige Nicken ihrer Nachbarin sagte mir, dass ich einiges von dem, was sich in unserer direkten Nachbarschaft abspielte, verpasst haben musste. Warum hatte Ulrike nicht mit mir darüber gesprochen?

## 30

**Heute**
Das Wochenende verbrachten wir in aller Ruhe. Wir sprachen kein einziges Mal über den Fall. Wider Erwarten hatte mein Mann anscheinend kein Interesse, persönliche Fragen mit mir abzuklären, was mich einerseits erleichterte, mir andererseits aber ein schlechtes Gewissen aufdrückte. Ich wusste, ich musste dringend mit ihm reden, allein meine Feigheit hielt mich davon ab. Dafür versuchte ich, ihm diese Entspannungstage so nett wie möglich zu gestalten, fuhr sogar mit ihm ins Fitnesscenter, in das es mich sonst höchstens alle zwei, drei Monate einmal zog, überließ ihm die Auswahl des Lokals, in dem wir am Samstagabend mit Freunden essen gehen wollten und redete ihm gut zu, als einer seiner Skatbrüder kurzfristig um seinen Besuch bat. Natürlich erregte ich dadurch erst recht seine Aufmerksamkeit. Ich merkte, dass er mir immer dann, wenn er sich unbeobachtet glaubte, einen schnellen Seitenblick zuwarf, zu direkten Fragen von seiner Seite kam es trotzdem nicht. Nächstes Wochenende, nahm ich mir vor, spätestens nächstes Wochenende erzählst du ihm alles.
Bei Karina und Timo hatte es tatsächlich gefunkt. Sonntag waren sie Hand in Hand vor uns getreten und der Junge hatte uns errötend erklärt, sie seien total verliebt ineinander, ob wir damit einverstanden wären, dass sie ein Paar würden?
„Was sollten wir dagegen tun?" Mein Mann hatte ihm wohlwollend zugelächelt. „Würdest du sie aufgeben, wenn wir Nein sagen?"
Timos Röte hatte sich noch vertieft. „Ich möchte eben lieber Ihr Okay."
„Das hast du", sagte ich rasch, „Aber verlass dich nicht zu sehr darauf. Karina ist diejenige, die entscheidet."
Daraufhin hatte sich meine Tochter noch fester an ihn gepresst und mit leuchtenden Augen zu ihm aufgeschaut. „Mich wirst du nicht mehr los."

„Junge Liebe", stöhnte mein Mann, nachdem sie sich in Karinas Zimmer zurückgezogen hatten, und verdrehte in gespielter Qual die Augen.

„Ja, da können wir nicht mehr mitreden", gab ich unbedacht von mir. Er sah mich nachsichtig lächelnd an. „Wir halten es immerhin schon ziemlich lange miteinander aus, findest du nicht? Dahin müssen unsere Kinder erst noch kommen."

„Und die Zuneigung und das Verständnis zueinander finden, das unsere Beziehung so festigt", pflichtete ich ihm bei. Ich hoffte, dass er meine Worte verstand, ohne dass ich in die Tiefe gehen musste. Zu einem klärenden Gespräch war ich nämlich immer noch nicht bereit.

Am Montagmittag, kaum dass ich zu Hause angekommen war, stand Timo wieder vor unserer Tür. „Karina ist noch an der Uni", sagte ich, während ich ihn schon hereinwinkte. „Sie kommt erst in drei Stunden."

„Ich weiß, ich wollte ja auch zu Ihnen."

Jetzt erst bemerkte ich seinen bedrückten Gesichtsausdruck. War schon wieder etwas passiert?

Ich führte Timo in die Küche und drückte ihn auf den nächstbesten Stuhl. Er war so bleich, dass ich dachte, er würde jeden Moment umkippen.

„Patrick ist von der Polizei zu einem Verhör abgeholt worden. Er ist nun schon seit Stunden auf dem Revier", presste er hervor. „Angeblich hat er wegen seines Alibis gelogen. Meinen Sie, er ist der Täter?"

„Dein Cousin?" Das hatte ich nicht erwartet. „Woher weißt du davon?"

„Tante Angie rief mich um neun an, kurz nachdem sie ihn mitgenommen hatten. Sie ist total verzweifelt. Mein Onkel will nichts unternehmen. Sie sollten abwarten, sagt er. Das würde sich schon von selbst klären."

„Was stimmt denn nicht mit seinem Alibi?"

„Er hat behauptet, er wäre bei Opa Karl gewesen. Wenn der aber an dieser geschäftlichen Sitzung teilgenommen hat, wo war dann Pa-

trick?" Timo holte schweratmend Luft. „Es kommt noch besser. Tante Angie hat bei der ersten Befragung ausgesagt, sie hätte ihren Sohn zum Krankenhaus gefahren und ihn dort abgesetzt. Also wollten sie sich aus irgendeinem Grund gegenseitig schützen - oder es war sogar eine geplante Gemeinschaftstat."
Jetzt gingen mit Timo eindeutig die Pferde durch. „Deine Tante weiß nicht, was er tatsächlich gemacht hat?", fragte ich nach.
„Nein, zumindest äußert sie sich mir gegenüber dazu nicht. Ist sie auch gar nicht in der Lage zu, sie heult und kreischt in einer Tour."
Komisch, bisher hatte ich gedacht, er würde diesen Teil seiner Verwandtschaft nicht gerade besonders lieben. Warum war er dann dermaßen tief getroffen? „Für deine Mutter wäre es zumindest eine Option auf baldige Freilassung", stellte ich emotionslos fest.
„Auf Kosten meines Cousins?" Jetzt kreischte er selbst. „Das überlebt der nie."
Langsam wurde es Zeit, dass ich nähere Anhaltspunkte über die Familie erhielt. „Wie meinst du das?"
„Der ist viel zu behütet aufgewachsen, der hat doch überhaupt keine Ahnung vom wirklichen Leben." Timo schüttelte abwehrend den Kopf. „Patrick ist ein Weichei, meint, er hätte die Ahnung gepachtet, dabei kennt er nur das Leben eines Normalbürgers. Er war immer angepasst, das Schlimmste, was der je in seinem Leben gemacht hat, war heimliches Rauchen. Nicht einmal trinken tut der. Wenn der in Untersuchungshaft muss, das überlebt der nicht."
„Deiner Mutter traust du es im Gegensatz zu?" Natürlich war diese Frage gemein, doch hier bot sich mir die Möglichkeit auf Einblicke in ihr und sein Leben, die er bisher verschwiegen hatte.
„Natürlich ist es für sie auch schwer." Er maß mich mit einem entrüsteten Blick. „Nur längst nicht so schwer, wie es für Patrick wäre. Ich weiß nicht, wie ich es Ihnen erklären soll. Wir stammen aus einem ganz anderen Milieu. Unser Leben war nie geradlinig und einfach. Wir haben immer kämpfen müssen."

„Ihr ward oft auf euch allein gestellt", ging ich es etwas behutsamer an. „Das gibt Kraft."
„Wir haben einfach mehr Erfahrung", stellte er richtig. „Ich, zum Beispiel, musste mich andauernd auf völlig neue Lebenssituationen einstellen. Unsere Wohnsituation wechselte häufig, kaum hatte ich Freunde gefunden, zogen wir weiter. Ich war auf sieben verschiedenen Schulen in drei Städten, wir haben jedes Mal ganz von vorn angefangen." Er schnaubte. „Patrick dagegen ist in dem Häuschen, in dem er jetzt noch wohnt, zur Welt gekommen. Er ist dort in der Gegend zur Schule gegangen, hat die Uni hier in der Stadt besucht, ist von seinen Eltern behütet und beschützt worden. Dem ist alles nicht Normale fremd."
„Ich kenne Ulrike ja von früher", bestätigte ich. „Ihr Elternhaus war schon äußerst ungewöhnlich."
Er lachte auf. „Meine Tanten und Onkel leben alle am Rande der Legalität. Gott sei Dank hat sich meine Mutter schon früh von denen getrennt, es gibt seit Jahren keinen Kontakt mehr zu ihnen. Mein Vater", er hielt inne und suchte nach den richtigen Worten. „Mein Vater war herzensgut, kam jedoch ebenfalls aus ziemlich zerrütteten Verhältnissen. Er hatte keine große Bildung, wir lebten damals relativ einfach. Das Höchste für ihn waren die samstäglichen Besuche auf dem Fußballplatz. Ich blieb oft mir selbst überlassen, spielte halt viel draußen mit den anderen Kindern aus der Siedlung. Erst im Laufe der Zeit mit den wechselnden Bekanntschaften meiner Mutter …" Er brach ab und eine tiefe Röte breitete sich auf seinem Gesicht aus.
„Ihr habt euch aus diesem Milieu herausgearbeitet, es hinter euch gelassen", stellte ich richtig. „Das ist doch positiv." War ihm vielleicht gerade erst aufgegangen, dass seine Mutter sich mit jeder neuen Beziehung nach oben gearbeitet hatte? Helmut entsprach so ziemlich dem Gipfel dessen, was man erreichen konnte – zumindest wenn man auf ihre Weise dachte. Er war Millionär gewesen, mit einem Ferienhaus in Südfrankreich und regelmäßigen Urlauben in der Karibik und ähnlichen Zielen, sie hatten sich in nächster Nähe zum Geld-

adel bewegt. Wie es allerdings menschlich dort aussah, konnte ich mir vorstellen. Nach der Anschuldigung gegen Ulrike war nicht ein einziger aus ihrem Kreis für sie da gewesen.

„Meine Mutter hatte ziemliche Ambitionen." Timo wirkte wieder entspannter. „Ich glaube, schuld daran war diese große Liebe, die sie hatte, gleich nachdem sie zu Hause ausgezogen war. Die hätte ihr aufgezeigt, wie schön das Leben sein könnte, hat sie mir mal erzählt. Dem wollte sie nacheifern."

Mein Herz hatte einen Riesenschlag getan, als er diese Worte aussprach. Innerlich zitternd fragte ich: „Wer war sie denn, diese große Liebe?"

„Keine Ahnung."

Mein Herzschlag beruhigte sich wieder.

„Es täte ihr viel zu weh, darüber zu reden, sagt sie. Ich weiß nur, dass sie zusammen ein Kind hatten, einen Jungen. Der starb als Kleinkind und daran ist die Beziehung zerbrochen. Danach war ihr klar, dass sie nie wieder so leben wollte wie zuvor. Es war ein langer Weg, bis sie es geschafft hatte, dahin zu kommen, wo sie zuletzt stand - und mit Sicherheit kein einfacher." Er hielt inne. „Ob sie wirklich glücklich war?", fragte er dann leise.

„Zumindest hat sie bei deiner Erziehung alles richtig gemacht", wich ich einer direkten Antwort aus. Denn glücklich war Ulrike mit diesem Helmut ganz bestimmt nicht gewesen. Ob sie wohl alle ihre Männer nur nach dem Nutzeneffekt ausgesucht hatte, als Sprungbrett zum Erklimmen des Gipfels, der ihr vorschwebte? Und war dabei die Liebe nach und nach nur noch zu einem abstrakten Begriff geworden?

„Danke." Seine Gesichtsfarbe wechselte schon wieder von Weiß nach Rot. „Gegen meine Brüder verliere ich enorm. Die sind echt gut gelungen."

„Na, stell dein Licht nicht unter den Scheffel." Ich grinste ihn an. „Wenn unsere Karina dich erwählt hat, musst du schon etwas ganz Besonderes sein."

Er lachte und nippte endlich an seinem Tee, den ich ihm schon zu Beginn unseres Gespräches hingestellt hatte. Ich prostete ihm zu. „Auf die, die wir lieben."

# 31

**Früher**
„Ich hab keinen Bock mehr." Missmutig warf Ulrike den Kopf in den Nacken. „Die Arbeit ist viel zu schlecht bezahlt für das, was ich machen muss. Ich renne den ganzen Abend hin und her, du glaubst gar nicht, wie mir die Füße wehtun." Statt aufzustehen, reckte und streckte sie sich stöhnend und schloss wieder die Augen.
„Willst du ihn nicht wenigstens anrufen und ihm sagen, du wärest krank?", fragte ich. „Du kannst doch nicht einfach ohne Angaben wegbleiben!"
„Klar kann ich das." Sie hob nicht einmal die Lider. „Was will er den machen? Mich anzeigen? Mich rausschmeißen? Soll er sich halt den nächsten Blöden suchen, der für einen Hungerlohn bei ihm arbeitet."
Ecki, der eigentlich Eckhardt hieß, war ein Freund eines ehemaligen Freundes von ihr. Anfangs war er nicht gerade erpicht darauf gewesen, Ulrike einzustellen, wie sie mir ungefähr einen Monat, nachdem sie in dieser Diskothek angefangen hatte zu arbeiten, beichtete. „Der dachte wohl, ich würde mich gleich wieder vom Acker machen, weil die Arbeit ziemlich anstrengend ist", hatte sie da noch geprahlt. „Nee, nichts da, dem werde ich es zeigen."
Dieser Vorsatz hatte nicht lange gehalten. Schon nach einem halben Jahr begann sie, sich in irgendwelche Krankheiten zu flüchten, kam wegen Kopfschmerzen eher nach Hause, schützte einen Magen-Darm-Infekt vor, um ein Wochenende zu schwänzen, oder gab sogar an, sich um David kümmern zu müssen, weil ihr Babysitter abgesprungen sei. Ich hatte mich schon gewundert, dass Ecki sich diese Ausflüchte so lange hatte gefallen lassen. Immerhin war nun fast ein Jahr vergangen, seitdem sie begonnen hatte, bei ihm zu arbeiten.
„Hat er dich rausgeschmissen?", fragte ich unverblümt.
„Es war echt nicht meine Schuld." Ulrike blinzelte und fuhr sich seufzend über das Gesicht. „Auf dem Tablett standen fünf volle Gläser und der Typ hat mich gerammt, nicht ich ihn. Natürlich habe ich

ihn angemacht, der ist schließlich einfach zurückgesprungen, genau in mich rein. Und hat sich dann noch beschwert, dass er auch eine Dusche abgekriegt hat." Sie sah mich anklagend an. „Es war eine Riesensauerei und ich sollte alles alleine saubermachen. Der Ecki meinte, wenn ich das nicht mache, kann ich sofort gehen und brauche nicht mehr wiederzukommen." Ein Grinsen schlich sich in ihre Züge. „Also habe ich wohl gekündigt."
So war das immer mit Ulrike. Irgendwie waren immer die anderen Schuld statt sie, genau wie bei dieser Geschichte auf dem Spielplatz. Nicht David oder sie eckten an, nein, man hatte sich gegen sie verschworen – ihr Junge wurde zum Sündenbock abgestempelt, weil in dem Gewusel sowieso keiner mitbekam, was wirklich passierte. David setzte sich nur gegen die, die ihn angriffen, zur Wehr, das durfte er doch wohl? Unsere Nachbarin, die über uns wohnte und vor Kurzem eingezogen war, erzählte jedoch eine ganz andere Geschichte. Demnach war meist Ulrikes Sohn derjenige, der rabiat versuchte, den anderen ihr Spielzeug wegzunehmen und der laut schreiend um sich trat, wenn seine Mutter eingriff. Was sie allerdings äußerst selten tat. Normalerweise blieb sie ungerührt auf der Bank sitzen und erklärte, der Junge oder das Mädchen solle sich wehren, David müsse merken, dass diese sich nicht alles gefallen ließen. Dann würde er von ganz allein mit seinem Gehabe aufhören.
Verständlich, dass die beiden im Hof nicht mehr gern gesehen waren. Auch mit den Bewohnern unseres Hauses kam Ulrike nicht zurecht. Sie hielt sich nicht an die Mittagsruhe, vergaß immer wieder den Flur zu wischen und den Keller zu fegen und gab schnippische Antworten, wurde sie darauf angesprochen. Erst vor ein paar Tagen hatte sich die alte Dame neben uns bei mir beklagt, dass David ständig vor die Eingangstür trat, statt zu warten, bis seine Mutter aufschloss. Und die laute Musik, die meine Freundin hörte, wurde selbst von ihr, obwohl sie schwerhörig war, als störend empfunden.
Ich hatte mehr als einmal mit Ulrike darüber geredet. Sie zuckte jedes Mal die Achseln und behauptete, dass alle Bewohner dieses Häuser-

blocks eingebildete Spießer seien, die ihr übelnahmen, dass sie Spaß am Leben hatte. „Eigentlich wollen die sich gern ausleben, trauen sich aber nicht", war ihre Erklärung. „Und das lassen die eben an mir aus."

Anfangs hatte ich diesen Grund tatsächlich in Erwägung gezogen. Meine Freundin war ein sehr offener Mensch, sie sprühte geradezu vor Energie und Lebensfreude. Zudem zog sie die Blicke der Männer magisch auf sich, irgendetwas an ihrer Art, sich zu bewegen, ließ diese aufmerken. Sie waren ihr gegenüber sehr hilfsbereit und es kam oft vor, dass sie versuchten, sie in ein Gespräch zu verwickeln. Kein Wunder, dass sie von deren Ehefrauen schief angesehen wurde.

Zu ihren Geschlechtsgenossinnen dagegen fand Ulrike nur schwer Zugang, mit denen wusste sie nicht, worüber sie reden sollte, und verfiel schnell in einen schnippischen Tonfall, der diese davon abhielt, auf sie zuzugehen und ihre Gesellschaft zu suchen. Während ich oft stehenblieb, um mit den Nachbarinnen zu tratschen, nickte man ihr nur zu und ging weiter.

Auch unser persönliches Verhältnis hatte sich zum Schlechteren gewendet. War ich anfangs noch nachsichtig gewesen, wenn Ulrike wieder einmal stundenlang vor dem Fernseher gesessen hatte und deshalb Haushalt und Kind vernachlässigte, gerieten wir nun immer öfter in Streit. Ich konnte und wollte einfach nicht einsehen, dass sie den ganzen Tag nichts tat und von mir erwartete, dass ich neben meiner Arbeit auch noch alles andere erledigte. Dazu kam, dass ihr das Geld geradezu unter den Händen zerrann. Von ihrem Verdienst aus der Diskothek kaufte sie zahllose Kleinigkeiten von geringem Wert, die nie lange hielten, statt zu kochen, ernährte sie David und sich hauptsächlich von Süßigkeiten und Pommes, jedes Kleidungsstück, das sie sah, musste sie haben. Innerhalb kürzester Zeit war ihr Verdienst aufgebraucht.

Zum Glück hatte ich damals, als wir in die neue Wohnung gezogen waren, darauf bestanden, dass ihr Mietanteil per Dauerauftrag von ihrem Konto abgebucht und gleichzeitig eine gewisse Summe auf

meines überwiesen wurde, um ihre und Davids Unkosten zu decken. Der Unterhalt, den sie für sich und das Kind bezog, war hoch genug, es blieb genügend Geld für ihre eigenen Bedürfnisse übrig – hatte ich zumindest geglaubt. Bis ich das erste Mal von unserem Vermieter auf das Fehlen ihres Anteils angesprochen wurde.
„Ich bin diesen Monat etwas klamm", lautete ihre Antwort. „Kannst du mir den Betrag vorlegen? Du kriegst ihn nächsten Monat wieder."
Ich redete ihr ins Gewissen: „Ulrike, du musst lernen, mit dem auszukommen, was du hast. Der Schuldenberg wächst sonst schneller, als du ihn ausgleichen kannst."
„Ach ja, reich müsste man sein", seufzte sie. „Keinen Gedanken daran verschwenden müssen, ob man sich das oder das noch leisten kann."
„Sind wir aber nicht", sagte ich mit Nachdruck. „Und überhaupt, uns geht es gut, wir haben uns und David und nagen auch nicht gerade am Hungertuch. Diese Kinkerlitzchen, die du ständig anschleppst, auf die können wir gut verzichten."
Prompt war sie beleidigt und nicht bereit, über dieses Problem weiter mit mir zu sprechen. Zumindest riss sie sich zusammen und gab nicht mehr so viel Geld aus, ich hatte mein Ziel erreicht. Dafür jammerte sie bei jeder sich bietenden Gelegenheit, wie schlimm es war, dass sie sich kaum noch etwas leisten könne. Bei diesem Thema stieß sie bei mir auf taube Ohren, ich war gerne bereit, meinen Beitrag an Davids Kleidung und Spielzeug zu leisten, auf alles andere musste sie eben verzichten.
Ein halbes Jahr später hatte sie ihren Überziehungskredit bis zum Limit ausgenutzt und stand wieder vor mir. „Ich sag es dir lieber, bevor du Nachricht vom Vermieter kriegst. Bei mir ist diesen Monat nichts zu holen."
Ich atmete langsam ein und aus, um mich zu beruhigen. „Wie konnte das passieren?"
„Ich weiß auch nicht", sie zuckte mit den Schultern. „Irgendwie kann ich halt nicht mit Geld umgehen."

Wir setzten uns zusammen und arbeiteten einen Zahlungsplan aus, damit sie in absehbarer Zeit wieder zahlungsfähig wäre. Begeistert nahm sie dieses Angebot nicht auf, sie meckerte fortlaufend an meinen Einsparvorschlägen herum und wurde immer missgelaunter. „Du verstehst das einfach nicht. Ihr habt immer genug Geld gehabt. Du musstest nicht andauernd verzichten." Mürrisch wischte sie die Papiere vom Tisch und verließ das Zimmer.

„Das Problem ist, ich liebe sie immer noch", schüttete ich Winfried mein Herz aus. „Sie benimmt sich unmöglich und ich kann ihr nie lange böse sein. Spätestens wenn ..." Ich errötete und ließ den Satz unbeendet.

„Nur Sex alleine reicht nicht." Mein Freund hatte mich sehr wohl verstanden. „Das, was du für Liebe hältst, ist in Wirklichkeit Verliebtheit. Die wahre Liebe, die euch regelrecht zusammenschweißt, dieses Stadium habt ihr noch nicht erreicht."

„So weise Worte heute?", spöttelte ich. Tief im Herzen musste ich ihm jedoch recht geben. Ulrike und ich waren weit davon entfernt, eine Einheit zu bilden. Eher driftete wir immer mehr auseinander. Es verging kein Tag, an dem es nicht zum Streit zwischen uns kam. Oft waren es Kleinigkeiten, über die wir uns nicht einig werden konnten. Dinge, die wir vorher beide großzügig übersehen hatten, regten uns nun auf. Jeder beharrte eigensinnig auf seinem Standpunkt, keiner war bereit nachzugeben. „Sie macht mich oft wahnsinnig wütend." Ich starrte trübsinnig in mein Wasserglas. „Manchmal frage ich mich wirklich, ob wir es schaffen, auf Dauer zusammenzubleiben."

„Ganz ehrlich? Ich habe eher das Gefühl, dass euch nur noch der Kleine zusammenhält", fuhr Winfried auf mein Nicken hin fort. „Ulrike wird sich nie anpassen und du bist nicht der Typ, der auf Dauer mit all ihren Fehlern leben kann. Du solltest dir überlegen, was es ist, dass du nicht bereit bist, an eine Trennung zu denken."

„Sie ist meine Traumfrau", platzte ich ohne zu überlegen heraus. „Und David ist wie mein eigener Sohn. Wie könnte ich ihn jemals gehen lassen?"

„Du hängst an beiden noch viel zu sehr", stellte er fest. „Deshalb wirst du im Moment keine befriedigende Lösung finden. Du wirst es auf dich zukommen lassen müssen."

Seitdem Winfried mit Udo zusammen war, hatte sich seltsamerweise unsere Freundschaft eher vertieft. Sein jetziger Partner war wie eine ideale Ergänzung unseres Teams, seinem Einfluss war es zu verdanken, dass Winfried wesentlich ruhiger und erwachsener geworden war. Selbst meine Mutter sah mittlerweile in ihm den idealen Schwiegersohn. Apropos meine Mutter „Kannst du mich am Sonntagmittag zu meinen Eltern begleiten? Wir sind zum Essen eingeladen."

Winfried verzog das Gesicht. „Könnten wir vielleicht einen Streit vorschieben? Deine Mutter setzt mir immer mehr zu. Ich habe das Gefühl, sie bietet dich mir geradezu auf einem Silbertablett an. Ich komme mir richtig blöd vor, dass ich dir immer noch keinen Heiratsantrag gemacht habe." Er grinste kläglich. „Ich glaube, wir müssen diese Farce langsam beenden."

Also hatte sie, weil es bei mir nicht funktionierte, ihn bedrängt. Seit Monaten lag sie mir in den Ohren, ich solle Ulrike vor die Tür setzen und mein Leben Winfried widmen. Sie war ja von Anfang an entsetzt gewesen, dass ich mich erbarmte und diese Asoziale aufnahm.

„Die wirst du nur mit Mühe wieder los", hatte sie geunkt und mich strafend angesehen. „Das kennt man ja, reicht man denen den kleinen Finger, nehmen sie gleich die ganze Hand."

Weder hatte sie Verständnis für Ulrikes Situation aufgebracht, noch verstehen können, dass wir uns zusammen eine größere Wohnung suchten. Ihre einzige Sorge war, dass ich mich von ihr ausnutzen ließe. Sie war hoch erfreut, als ich ihr kurz darauf Winfried als meinen Freund vorstellte, obwohl er in ihren Augen damals nicht der Richtige zum Heiraten war. Er hatte viel zu moderne Ansichten, trug bevorzugt abgeschabte Jeans und war nur einfacher Handwerker, also nicht der ideale Partner für ihre Tochter. Aber immerhin würde er darauf dringen, dass ich meine unverständliche Zuneigung zu Ulrike und ihrem Sohn überwand und mich von den beiden trennte.

Sie reagierte ziemlich biestig, als ihr Plan nicht aufging und begann, immer öfter bissige Bemerkungen über meine Freundin anzubringen. Dabei kannte sie diese kaum. Meine Eltern hatten mich in der neuen Wohnung nur ein einziges Mal besucht und waren dabei ganz kurz mit Ulrike zusammengetroffen, die sich mit David ins Kinderzimmer zurückgezogen hatte. Anschließend war ich ab und zu, natürlich allein oder eben mit Winfried, zu ihnen eingeladen worden, meine Gegeneinladungen wurden mit teilweise sehr durchsichtigen Entschuldigungen abgesagt. Für meine Mutter war diese junge Frau kein Umgang für ihre Tochter und schon gar nicht für sich selbst.

Da ich nicht gerade den regelmäßigen Kontakt mit ihr und meinem Vater pflegte, störten mich ihre Abneigung und Sticheleien nicht sonderlich, verfestigten allerdings meine Befürchtungen in punkto Coming-out noch mehr. Die Zuneigung und Wertschätzung meiner Eltern hätte ich damit unweigerlich verloren. Und sie würden garantiert dafür sorgen, dass ich im gesamten Verwandtenkreis den Status einer Persona non grata erhielte. Nein, meine Entscheidung, meine Beziehung geheim zu halten, war vollkommen richtig gewesen.

„Du hast recht", sagte ich aus diesen Überlegungen heraus zu Winfried. „Sie kann nicht verstehen, dass wir unsere Freundschaft nicht endlich legalisieren und heiraten. Ich fürchte, deine Alibifunktion ist für mich endgültig vorbei."

## 32

**Heute**
Ralf war gerade nach Hause gekommen und von mir über die neueste Entwicklung informiert worden, da klopfte es leise am Türrahmen. Timo steckte seinen Kopf ins Wohnzimmer. „Mein Cousin möchte mich dringend sprechen. Kann er hierhin kommen?", sagte er laut und hielt demonstrativ sein Handy hoch. Dann verdeckte er die Muschel, kam näher und flüsterte: „Ich hätte Sie gern bei diesem Gespräch dabei."
„Sicher." Ralf war schneller als ich. „Sag ihm aber gleich Bescheid, dass wir uns alle mit ihm unterhalten wollen."
Timo nickte und zog sich mit einem leisen Dank wieder zurück. Mein Mann, der lang ausgestreckt auf der Couch gelegen hatte, zog sich langsam hoch. „Da wird es wohl nichts mit einem ruhigen Abend."
„Du möchtest dabei sein", warf ich ein.
„Klar, denkst du, das lasse ich mir entgehen? Endlich kommt ein bisschen mehr Licht in diese ganze Angelegenheit. Außerdem müssen wir unseren Timo unterstützen, jetzt, wo er quasi zur Familie gehört."
Manchmal wusste ich wirklich nicht, ob Ralf es ernst meinte oder einen Witz machte. „Ich bin ziemlich gespannt auf diesen Patrick", umging ich daher eine Antwort. „Und genauso auf das, was er zu erzählen hat."
„Ich ebenfalls", gab er nun zu. „Anfangs war ich skeptisch. Ich dachte, du stürzt dich in eine Sache, die du nie wirst händeln können. Mittlerweile verstehe ich, warum du dich engagierst. Der arme Kerl ist mit seiner Mission völlig überfordert. Allein wäre er längst nicht so weit vorangekommen."
„Glaubst du, Ulrike ist schuldig?" Diese Frage brannte mir schon länger unter den Nägeln. Ich persönlich war hin- und hergerissen. Einerseits traute ich ihr diese Tat eigentlich nicht zu – zumindest die Ulrike, die ich kannte, hätte sich niemals zu einem Mord hinreißen lassen. Andererseits hatte ich jahrelang keinen Kontakt mehr zu ihr

gehabt. Menschen änderten sich, dass wusste ich nur zu gut. Aber ging diese Veränderung so weit, dass sie in der Lage war, einen Mord zu begehen?
„Es bestehen zumindest berechtigte Zweifel." Mein Mann griff nach der Fernbedienung und schaltete den Fernseher an. „Lass mich bitte die Nachrichten schauen, wir reden nach dem Besuch dieses Cousins weiter."
Der Wetterbericht hatte gerade begonnen, als es an der Tür klingelte. Ich schickte Timo, der zusammen mit Karina schon in der Diele gelauert hatte, Patrick zu öffnen. Dadurch konnte ich einen ungestörten Blick auf den Eintretenden werfen. Mit einem Schwall entschuldigender Worte griff dieser nach Timos Hand und schüttelte sie kräftig. Dann trat er hastig näher, um erst mich und anschließend meine Tochter zu begrüßen. Er wirkte völlig erschöpft, mit blutleeren Lippen und grauer Gesichtsfarbe erinnerte er eher an einen gerade entlassenen Sträfling. „Danke, dass ich heute Abend noch kommen durfte", sagte er artig zu mir.
„Kommen Sie bitte durch ins Wohnzimmer", erwiderte ich. „Timo möchte, dass mein Mann und ich bei diesem Gespräch anwesend sind. Ich nehme an, Sie wissen, dass wir uns gemeinsam mit ihm darum bemühen, die Unschuld seiner Mutter zu beweisen. Ich vermute, Sie können uns einige erhellende Wahrheiten dazu mitteilen."
„Das kommt mir sehr entgegen", nickte er. „Timo, du musst unbedingt mit ihr sprechen. Sie kann bestätigen, dass ich …"
„Lassen Sie uns erst einmal Platz nehmen", unterbrach ich ihn. „Und dann erzählen Sie bitte der Reihe nach."
Ich beobachtete meinen Mann, der sich in der Zwischenzeit wieder in seinen Rollstuhl gesetzt hatte, bei der Begrüßung. Wie würde er auf diesen hilflosen Yuppie reagieren, der völlig aufgelöst und am Ende seiner Kräfte war?
Doch genau wie ich hatte Ralf sich gut unter Kontrolle. Er winkte gelassen ab, als Patrick ihn ebenfalls mit einem Dankesschwall überschütten wollte, orderte bei Karina eine Runde Getränke, wobei er

dem Neuankömmling als erstes einen Brandy für die Nerven in die Hand geben ließ, wartete, bis er den Weinbrand hinuntergekippt hatte, und sagte dann: „Am besten fangen Sie ganz von vorn an zu berichten. Warum hat die Polizei Sie zu diesem Verhör geholt?"
„Weil ich behauptet hatte, ich wäre bei Opa im Krankenhaus gewesen, als der Mord geschah." Patrick leckte sich nervös über die Lippen. „Ich wollte damals nicht zugeben, dass ich ebenfalls vor dem Haus gewartet hatte."
„Du warst da?" Timo fuhr auf. „Was hast du …?"
„Ganz ruhig", ging Ralf dazwischen. „Erzählen Sie bitte weiter", bat er Patrick. „Waren Sie denn bei dieser geschäftlichen Zusammenkunft dabei?"
„Nein, eben nicht. Darum ging es ja gerade." Und dann sprudelte die Geschichte nur so aus ihm heraus. „Das was nicht stimmte, habe ich erst mitbekommen, als Opa den Herzinfarkt hatte. Danach ging es in der Gerüchteküche hoch her. Die Mitarbeiter im Betrieb waren sich alle einig, dass irgendetwas Wichtiges passiert sein musste, obwohl keiner etwas Genaueres wusste. Aber Onkel Helmut hatte danach dermaßen schlechte Laune und war in keinster Weise mehr ansprechbar, alle vermuteten das Schlimmste."
„Hätte das nicht auch eine Reaktion auf die Krankheit seines Vaters sein können?", fragte ich nach.
„Nein, der war nicht gerade ein Gefühlsmensch." Patrick schüttelte den Kopf und erlaubte sich ein kleines Lächeln. „Mein Onkel hielt es für eine Schwäche, auf der Arbeit Gefühle zu zeigen, zumindest irgendwelche menschlichen. Als Chef nahm er seine Angestellten hart ran und duldete keinerlei Entschuldigungen für Fehler, die gemacht wurden. Er war kein netter, verständnisvoller Arbeitgeber, im Gegenteil, er hatte das Sagen und alle mussten spuren. Mir erging es nicht besser. Ich war ja noch relativ neu im Betrieb und hatte nicht viel Ahnung. Das ließ er mich deutlich spüren."
Ich rekapitulierte, was Timo mir erzählt hatte. Sein Cousin musste jetzt ungefähr dreißig sein. Nach seinem Betriebswirtschaftsstudium

war er für drei Jahre in einer kleineren Zuliefererfirma angestellt gewesen, um das Geschäft, wie sein Vater und der Onkel meinten, von der Pike auf zu lernen. Erst danach hatte er eine Anstellung im Familienbetrieb erhalten. Das dürfte also ungefähr ein Jahr zurückliegen. Laut Timo nannte er sich zwar Geschäftsführer, wurde aber von seinem Onkel gegängelt und musste ihm gegenüber ständig Rechenschaft über sein Tun ablegen. Entscheidungsgewalt besaß er keine, Helmut kontrollierte seinen Bereich mit.

„Was vermuten denn Ihre Angestellten?", fragte Ralf in meine Gedanken hinein.

„Na, dass irgendetwas in der Firma schiefgelaufen war. Dieser Streit, den die drei hatten, der war unüberhörbar. Und anschließend die schlechte Laune meines Onkels. Es musste sich um eine richtig große Sache handeln, da waren sich alle einig. Ich habe versucht, über meinen Vater an Antworten zu kommen, der schaltete jedoch auf stur. Es ist einzig und allein eine Geschichte zwischen deinem Opa, deinem Onkel und mir, hat er gesagt. Wir bereinigen das unter Ausschluss der Öffentlichkeit."

„Und deine Mutter?", warf Timo ein. „Konnte die dir nicht weiterhelfen?"

„Die gab vor, nichts zu wissen." Patrick strich sich müde über die Stirn. „Ich weiß, das hört sich alles ziemlich seltsam an. Ich hatte bis dahin immer gedacht, wir könnten zu Hause über alles reden. Es war auch für mich das erste Mal, dass ich außen vor blieb."

„Also war es Ihre Mutter, die Ihnen die Wahrheit mitteilte?", folgerte Ralf.

„Ja, allerdings erst am Tag der Unterschrift. Angeblich hatte mein Vater es ihr selbst erst an diesem Tag gesagt – behauptete sie jedenfalls. Ich denke, sie durfte nicht mit mir darüber sprechen, weil er Angst hatte …" Er biss sich auf die Lippe. „Hätte er mir lieber alles vernünftig erklärt! Ich meine, was sollte diese Geheimniskrämerei? Ich hätte doch mitgespielt!"

„Es sollte kein Außenstehender über den Verkauf der Firma vorab informiert sein." Wieder war es mein Mann, der die richtige Antwort gab.

„Genau. Wobei ich das ehrlich gesagt bis heute nicht verstehe. Auch dieses Theater, das mein Vater danach noch betrieben hat. Der Verkauf wurde erst Wochen, nachdem er abgewickelt war, bekannt gegeben. Und keiner durfte bis dahin davon wissen." Verständnisheischend sah er in unsere kleine Runde, doch bis auf Ralf hatten wir alle viel zu wenig Ahnung, um ihm eine vernünftige Antwort geben zu können.

Dieser hielt sich noch bedeckt. „Gut, Ihre Mutter erzählte Ihnen also, dass die Familie sich versammelt hatte, um den Betrieb zu verkaufen. Wie reagierten Sie?"

„Ich war völlig außer mir. Ich weiß nicht, ob Sie das verstehen, ich fühlte mich irgendwie ausgenutzt, schäbig behandelt. Ich hatte nicht mehr Ahnung von der kommenden Katastrophe gehabt als jeder normale Angestellte. Ich war enttäuscht, sauer, wütend, wie konnten die mich derart behandeln?" Noch jetzt färbte die erlittene Schmach seine Wangen hochrot. „Ich hatte noch einen Tag zuvor meinen direkten Untergebenen vollmundig verkündet, wenn gravierende Änderungen anständen, wüsste ich längst davon. Dann taucht plötzlich meine Mutter im Büro auf und belehrt mich eines Besseren. Wie hätte ich denn dagestanden?"

„Im Büro? Wieso denn im Büro?", fragte ich verblüfft.

„Na, weil ich normalerweise bis fünf arbeite. Sie hat mich auch erst rausgelotst, bevor sie mir die Neuigkeiten mitteilte." Er lachte auf. „Sie hatte wohl Angst, dass ich gleich damit hausieren gehe."

„Was haben Sie stattdessen gemacht?", fragte Ralf.

„Ich bin auf direktem Weg zu Onkel Helmut gefahren. Ich wollte ihn sofort zur Rede stellen."

# 33

**Früher**
Ich war direkt nach der Arbeit in den kleinen Supermarkt gefahren, um die letzten benötigten Dinge für Davids Geburtstagsparty zu kaufen. Wir wollten seinen dritten Geburtstag am nächsten Tag, einem Samstag, zusammen mit Udo, Winfried und Ulrikes Familie feiern, die erste kleine Party ganz allein für unseren Sohn.
An der Kasse gesellte ich mich in die endlose Schlange der Wochenendeinkäufer und verspürte wieder einmal unbändige Wut auf meine Freundin. Warum war sie nicht in der Lage, zumindest diese Kleinigkeiten selbstständig zu erledigen? Die Wohnung sah sicherlich auch wieder chaotisch aus, wir würden den ganzen nächsten Morgen brauchen, damit es einigermaßen sauber und ordentlich wirkte.
Der Mann vor mir begann, seine Waren langsam und umständlich auf das Band zu legen. Ich sah auf die Uhr, schon fast halb sechs. Ich würde gerade noch rechtzeitig zu Hause sein, um David zu baden und ins Bett zu bringen. Seit er keinen Mittagsschlaf mehr machte, war er abends so müde, dass er gegen sieben einschlief. Blieb er länger auf, wurde er quengelig, geradezu unausstehlich, auf dieses Verhalten konnte ich heute gut verzichten. Hoffentlich sorgte Ulrike dafür, dass er früh genug sein Abendessen bekam und blieb nicht wieder so lange mit ihm draußen.
Sein Geburtstag war schon am Dienstag gewesen und er hatte zu seinem Entzücken und gegen meinen Willen ein kleines Fahrrad geschenkt bekommen. Seitdem kannte er nur noch ein Vergnügen, draußen auf dem Bürgersteig auf und ab zu fahren. Durch die Stützräder, die ihn vor dem Umfallen bewahren sollten, bestärkt, hatte er innerhalb kürzester Zeit gelernt, sein Gefährt zu beherrschen und radelte mit einer derartigen Geschwindigkeit über die Wege, dass ich Mühe hatte, neben ihm herzulaufen.
Ulrike machte sich diese Mühe gar nicht erst. Sie blieb weit hinter ihm zurück und schrie laut, wenn er sich zu weit von ihr entfernte.

Wir hatten schon mehrmals einen Streit deswegen gehabt. David war noch zu klein, um Gefahren zu erkennen, zudem kannte er keine Angst. Er sah jede neue Situation als Herausforderung an, die es zu bewältigen galt. Ulrike war stolz auf seine Furchtlosigkeit, ich dagegen hätte mir gewünscht, er ginge etwas vorsichtiger an manches heran.
Ein leichter Schubs in meinem Rücken rief mich in die Gegenwart zurück. Das Band vor mir war frei, ich konnte damit beginnen, meine Einkäufe aufzupacken.
Der alte Mann zählte langsam Geldstück für Geldstück ab, seine Hand, die das Portemonnaie hielt, zitterte. Ungeduldig wartete ich darauf, dass er die Summe endlich zusammenbekam. Die Kassiererin griff nach dem ersten Teil von mir und hielt inne. „Da ist kein Preisschild drauf."
„Leider war es der letzte." Es handelte sich um einen kleinen Kuchen, der mit bunten Herzchen verziert war, David würde ihn lieben. Die Frau erhob sich. „Da muss ich nachgucken."
Ein resignierter Seufzer zog sich durch die gesamte Schlange, aber ich blieb hart und nickte ihr zu. „Ich warte."
Bei den Geburtstagskerzen gab es die nächste Panne. „Was kosten die?", rief sie ihrer Kollegin an der Kasse nebenan zu.
„Keine Ahnung, die habe ich schon urlange nicht mehr verkauft", war die Antwort.
Und wieder stand die Frau auf, um nachzusehen. Ich glaube, die Kunden hinter mir hätten mich am liebsten gelyncht.
„Das macht fünfundzwanzig, achtunddreißig." Ich gab ihr einen Zehner und einen Zwanziger, selbst viel zu ungeduldig, um mich noch länger aufhalten zu wollen.
Während ich meine Einkäufe verstaute, warf ich einen weiteren Blick auf meine Armbanduhr. Na toll, bis ich zu Hause ankam, war es garantiert halb sieben.
Der Feierabendverkehr war zu dieser Stunde längst nicht so schlimm wie erwartet und ich erwischte eine grüne Welle, sodass ich zehn Minuten vor der errechneten Zeit in unsere Straße einbog. Weit kam

ich nicht, ein quergestellter Polizeiwagen versperrte mir die Weiterfahrt, dahinter sah ich einen Rettungswagen mit rotierendem Blaulicht und zwei weitere Fahrzeuge, eines davon als Auto des Notarztes erkennbar.

Ich lenkte den Wagen an den Rand und stellte ihn verkehrswidrig auf dem Bürgersteig ab. Ein völlig absurdes beklemmendes Gefühl hatte sich meiner bemächtigt, mein Herz raste und meine Beine zitterten, als ich aus dem Auto stieg.

„He, Sie können da nicht stehenbleiben!", rief einer der Polizisten und kam auf mich zu.

Aber ich hatte bereits meine Nachbarin entdeckt, die mit einigen weiteren Frauen so nah wie möglich am Geschehen stand, wich ihm aus und rannte auf die Gruppe zu. „Was ist passiert?"

„Der Kleine", stammelte sie und sah mich aus weit aufgerissenen Augen an. „Der ist auf die Straße gekippt, mit dem Fahrrad, und in dem Moment kam der Lieferwagen und er ist ihm direkt vor die Reifen gestürzt. Der konnte gar nichts mehr machen. Das ging alles viel zu schnell."

„Ist er …" Ich musste mich erst räuspern, bevor ich weitersprechen konnte. Meine Kehle hatte sich schmerzhaft zusammengezogen, ich bekam kaum noch Luft. „Ist er schwer verletzt?"

„Gehen sie mal lieber zu dem Krankenwagen und fragen selbst nach", wich sie einer direkten Antwort aus. „Die Mutter ist auch drinnen."

Mein Herz klopfte zum Zerspringen, als ich mich abwandte, um ihrem Rat zu folgen. „Hallo, junge Frau", eine Hand legte sich von hinten auf meine Schulter. „Sie sollen Ihr Auto da wegfahren. Haben Sie nicht gehört, dass ich Sie angesprochen habe?"

Ich riss mich los und wich zurück. „Es ist mein Junge … ich kann nicht … ich muss wissen …" Ich brachte kein weiteres Wort hervor.

„Kommen Sie", er nickte mir verständnisvoll zu. „Ich kläre das für Sie." Fürsorglich stützte er mich, während er mich zu dem Rettungswagen geleitete. Die Türen waren verschlossen, er klopfte laut dagegen, fast umgehend wurde geöffnet und ein Sanitäter steckte seinen Kopf heraus. „Das hier ist die Mutter, sie will zu ihrem Kind", erklärte mein Begleiter.

„Aber die ist doch schon hier." Verständnislos sah der Mann von mir zu dem Polizisten und wieder zurück.

In diesem Moment war mir alles egal. „Wir leben in einer Beziehung zusammen, das ist sozusagen unser gemeinsames Kind. Ich muss einfach zu ihm."

„Na gut, kommen Sie kurz rein." Der Sanitäter öffnete die Tür etwas weiter, sodass ich in den Wagen hineinklettern konnte.

Ein Arzt stand mit dem Rücken zu mir über die Trage gebeugt und versperrte mir die Sicht. Ihm gegenüber an der Wand lehnte leichenblass Ulrike, einen großen Blutfleck mitten auf ihrem Sweatshirt. Sie wandte den Kopf nicht in meine Richtung, sondern blickte weiterhin starr auf das Geschehen vor sich. Ich schob mich neben sie. „Wie schlimm ist es?", fragte ich flüsternd. Von diesem Standpunkt aus konnte ich Davids Gesichtchen sehen. Die Augen waren geschlossen, um den Kopf trug er einen breiten Verband, er rührte sich nicht, als er meine Stimme hörte. Alles in mir drängte danach, mich neben ihn zu knien und ihn zu berühren.

„Wer sind Sie?", fragte der Notarzt und drehte sich zu mir um. Er hatte gerade eine Infusion angelegt und drückte den Beutel nun dem Sanitäter in die Hand.

„Ich bin sozusagen seine zweite Mutter, wir leben zusammen", wiederholte ich.

„Der Kleine hat schwere Kopfverletzungen", er sah mich ernst an. „Ich habe ihn jetzt so weit stabilisiert, dass wir ihn ins Krankenhaus bringen können. Es wäre gut, wenn Sie hinter uns her führen, sie", er deutete auf Ulrike, „steht zu sehr unter Schock, als dass sie uns eine große Hilfe sein kann."

„Selbstverständlich." Ich holte tief Luft. „Wie schlimm ist es?"

„Das wird sich erst bei einer eingehenden Untersuchung zeigen." Ungeduldig wippte er auf den Fußballen. „Wir müssen los."

Die Fahrt zum Krankenhaus war ein einziger Albtraum. Den Rettungswagen hatte ich schon nach wenigen Metern aus dem Auge verloren, da er sich mit Blaulicht und Sirene seinen Weg bahnte. Ich wusste aber, dass das St. Josephs-Hospital sein Ziel war, mitten in der Stadt gelegen. Je näher ich dem Zentrum kam, umso dichter wurde der Verkehr. Ich verwandte all meine Konzentration auf die Straße, meine Finger umklammerten fest das Lenkrad, ich verbot mir jeden Gedanken an David. Du musst heil ankommen, beschwor ich mich vor jeder roten Ampel, es bringt nichts, wenn du jetzt auch noch einen Unfall baust.

Der Parkplatz der Klinik war überfüllt, ich quetschte mich an einem wartenden Auto vorbei und fuhr in die einzige gerade freiwerdende Lücke. Den Protest des Fahrers schnitt ich mit der hingeworfenen Bemerkung „es handelt sich um einen Notfall", ab und rannte auf die Ambulanz zu, wo der Rettungswagen mit weit offenen Türen stand. Der Sanitäter, der mit mir gesprochen hatte, war dabei, den Wagen für den nächsten Einsatz vorzubereiten. „Gehen Sie dort durch", er zeigte auf eine kleinere Tür an der Seite, „und melden Sie sich bei der Schwester. Sie wird Sie in das Untersuchungszimmer führen."

Stattdessen bugsierte diese mich in einen Warteraum und hieß mich neben Ulrike, die zusammengekrümmt auf einem Stuhl kauerte, Platz zu nehmen. „Die Ärzte sind bei dem Kind, wir werden Sie informieren, sobald es Neuigkeiten gibt."

„Wir haben auf dich gewartet." Kaum hatte die Krankenschwester den Raum verlassen, begann Ulrike zu sprechen. „David wollte nicht reingehen. Er hat gesagt, er geht erst, wenn du da bist. Er hat sich losgerissen und ist die Straße runtergefahren." Sie starrte unverwandt auf ihre ineinander verschränkten Hände, die Worte flossen wie ein einziger Strom aus ihr heraus. „Ich bin ihm nachgelaufen und habe gebrüllt, er soll anhalten. Da hat er zurückgeschaut und dabei den Lenker verrissen. Der Reifen ist über den Bordstein raus und das Fahrrad ist umgekippt – direkt vor das Auto." Sie schluchzte auf. „Da war so viel Blut und er hatte die Augen auf und hat mich angeschaut, aber er hat nicht reagiert. Und sein Kopf", das Schluchzen wurde heftiger. „Gabi, der war irgendwie eingedrückt, ganz komisch sah das aus." In einem plötzlichen heftigen Impuls warf sie sich gegen mich, umschlang meinen Hals und drückte ihren Kopf an meinen Hals. „Ich hab solche Angst. Tu irgendwas, bitte." Ein richtiggehender Weinkrampf schüttelte sie.

Ich kam mir völlig hilflos vor. Wir mussten warten, bis die Ärzte ihre Untersuchung und Behandlung abgeschlossen hatten, wir beide konnten ihm nicht helfen. Außerdem hatte mich ihre Schilderung der Ereignisse und besonders die Erwähnung der Kopfverletzung geradezu gelähmt, ich hatte selbst grauenhafte Angst, dass unser David sterben würde.

Zum Glück reagierte einer der anderen Wartenden, die natürlich alle ihren Ausbruch miterlebt hatten. Er stand auf und kam kurze Zeit später mit einem Pfleger zurück, der die immer noch weinende Ulrike behutsam aus dem Raum führte. Ich folgte auf zittrigen Beinen.

„Ich gebe ihr ein leichtes Beruhigungsmittel", erklärte er, nachdem er uns in ein leeres Untersuchungszimmer gebracht hatte. „Sie bleiben am besten bei ihr sitzen. Ich informiere dann den Arzt, wo er Sie findet."

Die Zeit verstrich quälend langsam. Ulrike hatte sich nach der Spritze, die sie sich widerspruchslos geben ließ, beruhigt und dämmerte nun auf der Liege vor sich hin, während ich vor ihr saß und stumm ihre Hand hielt. Jedes Mal, wenn sich Schritte unserer Tür näherten, wurden wir unruhig, sie öffnete die Augen und drückte meine Hand fester, ich bekam Herzrasen und regelrechte Schweißausbrüche. Doch immer ging derjenige an unserem Zimmer vorbei und es herrschte wieder Stille auf dem Gang.

Als dann plötzlich ein Arzt eintrat, zuckten wir beide erschreckt zusammen. Ich sprang auf und Ulrike zog sich halb hoch. „Nein, setzen Sie sich bitte." Mit einer beschwichtigenden Handbewegung drückte er mich zurück auf den Stuhl. „Sie dürfen gleich zu ihm, zuerst möchte ich mit Ihnen sprechen."

Obwohl alles in mir vor Spannung vibrierte, registrierte ich, wie müde und enttäuscht er aussah. Ich glaube, in dem Moment wusste ich bereits, was er uns mitteilen wollte. Trotzdem blieb ein kleiner Rest Hoffnung. Das konnte, das durfte einfach nicht sein. Nicht unser David!
„Es tut mir sehr leid, aber die Kopfverletzung war so schwer, dass wir nichts mehr tun konnten."
Ulrike starrte ihn ungläubig an. „Nein", krächzte sie. „Nein. Nein. Nein. - Sie lügen!", kreischte sie auf und machte Anstalten, von der Liege zu krabbeln. „Ich will sofort zu ihm, ich will ihn sofort sehen!"
„Er ist noch auf dem Untersuchungstisch seinen schweren Verletzungen erlegen." Der Arzt half Ulrike, sich aufzusetzen. „Selbstverständlich dürfen Sie ihn noch einmal sehen."
Ich musste mich an der Stuhllehne hochziehen, meine Beine drohten, mir den Dienst zu versagen. Ulrike hatte recht, es musste sich um einen Irrtum handeln, der Notarzt hatte ihn doch sofort behandelt, ihm einen Verband und eine Infusion angelegt. Schon Minuten später war er hier im Krankenhaus angekommen, wo es Spezialisten gab, die sich um ihn kümmerten. Wie hätte er da sterben können?
Stumm trottete ich hinter den beiden her. Mein Verstand weigerte sich, die Tatsachen anzuerkennen. Dann standen wir nebeneinander vor ihm. Davids Augen waren geschlossen, es sah aus, als schlief er nur. Vorsichtig streckte ich meine Hand aus und berührte seine Wange, streichelte zärtlich mit dem Finger darüber. Und da endlich begriff ich. Wir hatten David für immer verloren.
„Nein!" Ulrikes Schrei hallte von den Wänden wieder. Sie warf sich über ihn und versuchte, seinen kleinen Körper aufzuheben. „Schätzchen, Mama ist da. Wach auf."
Sie mussten sie gewaltsam von ihm wegzerren. Drei Pfleger waren nötig, um die sich verbissen Wehrende aus dem Zimmer zu zerren. Ihre Schreie gellten über den Flur, bis eine zuschlagende Tür sie schließlich dämpften.

„Es tut mir wirklich sehr leid." Der Arzt räusperte sich. „Wir haben alles in unserer Macht Stehende getan, das können Sie mir glauben."
Ich streichelte ein letztes Mal über die schmalen Wangen, über die geschlossenen Lider, über seine Stirn. Dann wandte ich mich ab und verließ den Raum.

## 34

**Heute**
An diesem Abend saßen wir noch lange zusammen. Patricks Neuigkeiten hatten das Bild schon wieder völlig verändert. Die Firma war tatsächlich an Helmuts Todestag verkauft worden.
Nachdem ihn seine Mutter von dem zu erwartenden Abschluss informiert hatte, war Patrick wutentbrannt in sein Auto gestiegen und auf direktem Wege zum Ort des Geschehens gefahren. Er fühlte sich ungerecht behandelt, von seinem Onkel und seinem Vater gleichermaßen gedemütigt. Sie hatten ihn wie ein kleines Kind außen vor stehen lassen und es nicht einmal für nötig gehalten, ihn direkt vor dem Abschluss zu informieren. Wäre nicht seine Mutter entgegen des strikten Verbots seines Vaters zu ihm gekommen, wer wusste schon, wann man ihn eingeweiht hätte.
Deshalb wollte er die beiden noch am selben Abend zur Rede stellen. Er hatte vorgehabt, draußen im Garten zu warten, bis die andere Partei mit ihren Anwälten sich verabschiedet hatte – zu diesem Zeitpunkt war ihm immer noch nicht bekannt, dass es sich bei dem Käufer um Herrn Seiffendorn handelte. Doch bevor er ein passendes Versteck gefunden hatte, die Verhandlungen waren noch im Gange, das hatte er durch das erleuchtete Fenster sehen können, wurde Ulrike auf ihn aufmerksam. Sie winkte ihn herein und bat ihn, ihr nach oben zu folgen. Sie erschien ihm sehr aufgeregt zu sein, als stünde sie unter Hochspannung, sie zerrte ihn geradezu die Treppe hinauf.
Oben beschwor sie ihn, die Dinge ihren Lauf nehmen zu lassen. „Du behältst auf jeden Fall deinen Posten", versprach sie ihm. „Dafür haben dein Vater und Opa Karl gesorgt. Nur Helmut wird nicht mehr weiter in der Firma bleiben, sonst ändert sich nicht viel. Bitte, vertrau mir, vertrau uns. Mach jetzt keinen Aufstand."
Sie hatte noch weitere zehn Minuten auf ihn einreden müssen, bis er bereit war, sein Vorhaben aufzugeben. Sie schlichen wieder nach unten und hörten im selben Moment, wie die Tür vom Arbeitszim-

mer aufging. Geistesgegenwärtig zog Ulrike ihren Neffen in die Küche und legte den Finger auf die Lippen. Die Versammlung begab sich ins Wohnzimmer und die Verabschiedung begann. „Du gehst vorn raus", flüsterte sie ihm zu. „Fahr zu Opa Karl in die Klinik, er wird dir alles erklären."

Dann änderte sie ihren Entschluss jedoch und begleitete ihn zu seinem Auto, das er in der Seitenstraße abgestellt hatte, ja, sie blieb sogar stehen, bis er gedreht und sich in den fließenden Verkehr eingefädelt hatte.

„Sie kann bezeugen, dass ich überhaupt keinen Kontakt zu Onkel Helmut hatte. Ich bin, wie von ihr vorgeschlagen, direkt ins Krankenhaus gefahren und habe auf der Station nach Opa gefragt. Die Schwester sagte mir dann, er wäre spazieren gegangen und säße jetzt wahrscheinlich in dem kleinen Café unten im Eingangsbereich. Natürlich bin ich stattdessen zum Taxistand gegangen, er musste schließlich jeden Moment eintreffen. Ich kam zu spät, er war bereits auf dem Weg nach oben und ist im Fahrstuhl zusammengebrochen. Ich habe nicht mehr mit ihm sprechen können."

Patrick hatte daraufhin seine Mutter informiert, die wiederum seinen Vater. Alle zusammen waren bis in den späten Abend hinein in der Klinik geblieben. „Sie sehen also, ich kann Onkel Helmut gar nicht umgebracht haben", sagte er abschließend. „Ulrike muss nur meine Aussage bestätigen. Die Diskrepanz, dass ich erst so spät wieder auf der Station aufgetaucht bin, hängt damit zusammen, dass ich Opa Karl überall gesucht habe. Ich kam gar nicht auf die Idee, dass wir sozusagen in verschiedenen Fahrstühlen aneinander vorbeigefahren sind. Das habe ich der Polizei schon genau erklärt."

Der arme Junge war nach diesem langen Bericht völlig erschöpft. Timo hatte recht gehabt, Patrick war ein kleines Weichei, den die heutige Erfahrung völlig aus der Bahn geworfen hatte. Von seinem Erscheinungsbild her ganz der erfolgreiche Geschäftsmann, wiesen seine Züge doch deutliche Zeichen seiner eigentlichen Schwäche auf,

ihm fehlte es meiner Meinung nach an Durchsetzungskraft und Entschlossenheit.
Ralf lachte laut über meine Aussage, als wir, endlich allein, noch einmal die neugewonnen Erkenntnisse rekapitulierten.
„Er wirkt viel jünger als seine dreißig Jahre", verteidigte ich mich. „Er redet und gibt sich, als sei er gerade erst den Kinderschuhen entwachsen. Die anderen Beteiligten müssen ihn ähnlich wie ich eingeschätzt haben, sonst wäre er nicht völlig im Regen stehengelassen worden."
„Oder es steckt noch etwas anderes dahinter." Ralf hatte die Stirn nachdenklich in Falten gelegt. „Ulrike zumindest schien voll informiert."
Ja, tatsächlich, daran hatte ich gar nicht gedacht. „Und das heißt?"
„Keine Ahnung", musste mein Mann gestehen. „Trotzdem bin ich gespannt auf das, was Timo von seiner Mutter erfährt. Ich hoffe nur, dass er und sein Anwalt zu ihr durchdringen. Ich weiß wirklich nicht, warum sie nicht von Anfang an die Wahrheit gesagt hat. An den Vorwürfen ihr gegenüber ändert das Geschehene doch nichts. Sie ist und bleibt die Letzte, die ihn lebend gesehen hat."
„Dann werde ich mich langsam mal um weitere Verdächtige kümmern müssen", stellte ich klar. „Obwohl ich außer der neuen Freundin von Helmut niemanden wüsste, der infrage kommt. Und selbst die hatte eigentlich keinen Grund, ihn zu töten. Schließlich lief alles genauso, wie sie es wollte. Er verkaufte den Betrieb an ihren Vater und war damit frei, in ein gemeinsames Leben nach Amerika aufzubrechen."
„Fang bei seinem Bruder an", schlug Ralf vor. „Der kennt vielleicht weitere, denen Helmut arg zugesetzt hat. Nach Patricks Schilderung war er kein knallharter sondern eher ein durchgeknallter Geschäftsmann, der völlig rücksichtslos vorging. Vielleicht hat er bei seiner Fast-Insolvenz andere, kleinere Firmen in diese Spirale mit hineingerissen und diese sind nicht im letzten Moment aufgefangen worden.

Falls Rainer zu wenig Einblicke in die Strukturen hat, weiß er garantiert jemanden, an den ihr euch wenden könnt."
„Hm." Ich bezweifelte, dass dieser überhaupt völlig im Bilde war, was sich zugetragen hatte. Selbst Patrick machte keinen Hehl daraus, dass sein Vater in Geschäftsdingen völlig unerfahren und hilflos war. „Ich bin mir sicher, dass Opa Karl die neuen Verträge ausgehandelt hat. Papa wäre damit überfordert gewesen. Er ist ein genialer Tüftler und Designer, aber etwas weltfremd. Sämtliche Gelddinge regelt meine Mutter. Ich muss sagen, ich wundere mich, dass sie von Opa nicht miteinbezogen wurde. Er wusste ganz genau, wie das bei uns lief."
„Wahrscheinlich hat Helmut dagegen interveniert", mein Mann warf mir unbemerkt von den anderen einen bedeutungsvollen Blick zu. „Das war ausschließlich eine Sache zwischen ihm, seinem Bruder und seinem Vater. Er wollte weder Sie noch Ihre Mutter noch sonst jemanden miteinbezogen wissen."
Ich begann zu verstehen. Patrick und Rainer waren die ganze Zeit über keine vollwertigen Mitglieder im Familienbetrieb gewesen. Der eine hatte nicht die Erfahrung und garantiert auch nicht die Traute, ein sinkendes Schiff wieder auf Kurs zu bringen, der andere keinerlei Geschäftssinn und allerhöchstens sehr verschwommene Ideen, die er hätte einbringen können. Entweder war es also Helmut allein gewesen, der das Ruder herumgerissen hatte – natürlich in seinem Sinne – oder Opa Karl war ihm ein allerletztes Mal helfend zur Seite gesprungen, um zu retten, was noch zu retten war. Und bevor sie diesen Deal nicht abgeschlossen hatten, sollte kein weiterer aus der Familie darüber Bescheid wissen.
Kein weiterer? „Wieso war dann Ulrike informiert?", wunderte ich mich jetzt laut.
Mein Mann, der meinem Gedankengang natürlich nicht hatte folgen können, sah mich erstaunt an. „Waren wir nicht schon ein Thema weiter?"
Ich legte ihm meine Überlegungen dar. „Das ist allein eine Entscheidung von Helmut, vielleicht auch eine zwischen ihm und seinem

Vater. Keiner soll davon wissen. Aber Ulrike wird eingeweiht? Sie, die noch weiter außen vor steht?"

„Genau das habe ich dir vorhin versucht zu erklären." Ralf schüttelte nachsichtig den Kopf über meine Langsamkeit. „Deshalb vermute ich ja, dass wir die vollständige Geschichte immer noch nicht kennen."

„Willst du nicht lieber meinen Part bei den Ermittlungen übernehmen?" Ich lehnte mich verdrossen zurück. „Das ist mir alles zu hoch."

„Nein, du hältst dich gut." Ralf grinste mich an. „Außerdem ist deine Menschenkenntnis viel besser als meine."

„Haha." Ich wusste, er zog mich mit meiner Aussage über Patrick auf.

„Du spürst instinktiv, mit wem du es zu tun hast. Und du achtest mehr auf die inneren Werte als auf das, was jemand darstellt oder darstellen will", fuhr er fort, ohne auf meinen Einwurf einzugehen. „Erinnere dich an deine erste Einschätzung von Timo. Ein Außenseiter in dieser Familie, nur mit dem Opa scheint er bestens auszukommen, besser sogar als mit seiner eigenen Mutter." Er lächelte mich triumphierend an. „Auch damit lagst du richtig. Der alte Bergmann hat an dem Jungen einen Narren gefressen. Er behandelt ihn mehr wie seinen Enkel als seinen leiblichen."

Ja, das war in dem vorangegangenen Gespräch ziemlich deutlich geworden. Patrick hatte ganz offen erklärt, dass es zwischen ihm und seinem Großvater kaum Kontakt gegeben hatte, weder geschäftlich noch privat. „Ich unterstand von Anfang an Herrn Petzold, Onkel Helmut sah ich kaum. Selbst Opa hat sich nie bei mir blicken lassen, wenn er der Firma mal einen Besuch abstattete. Nein, bei den geschäftlichen Konferenzen der drei Inhaber war immer nur Herr Petzold dabei."

Gegenüber diesem Enkel hatte der alte Bergmann sich von Anfang an abweisend verhalten. Es gab keine gemeinsamen Unternehmungen, keine Telefonate, er schien weder am beruflichen Fortkommen Patricks noch an seinem Leben interessiert zu sein.

Angela und Rainer hatten während all der Jahre ebenfalls kaum privaten Kontakt zum Vater gehalten. Man sah sich auf den üblichen Familienfeiern, das war alles. Ja, und dann war der Alte ein paar Jahre nachdem Helmut Ulrike geheiratet hatte, zu diesen in das neue Haus gezogen, der Kontakt zu seiner neuen Schwiegertochter war ja von Anfang an ausnehmend gut gewesen. Einige Zeit später hatte er sich aus der Firma zurückgezogen, bis auf seine Anteile und sein Stimmrecht, wie alle damals dachten. Gut, er war lange Zeit ziemlich krank gewesen, aber trotzdem. War es der Sohn oder die Schwiegertochter, die ihn zu diesem Entschluss bewogen hatten? Langsam wurde auch ich immer gespannter auf Ulrikes morgige Aussage.

## 35

**Früher**
Ulrike hatte einen schweren Zusammenbruch erlitten und musste eine Woche im Krankenhaus bleiben. Ich besuchte sie jeden Tag und kümmerte mich gleichzeitig um die Beerdigung, alles neben meiner Arbeit, denn nach den Augen des herrschenden Gesetzes war ja kein Familienmitglied von mir gestorben, daher stand mir nicht einmal ein freier Tag für die Trauerfeier zu.
In der Firma hatte keiner etwas über unser Verhältnis gewusst, deshalb musste ich mich dort zusammenreißen und so tun, als wäre ich zwar traurig über den Tod des Sohnes meiner Mitbewohnerin, aber ich konnte und durfte niemandem zeigen, dass mein Herz in tausend Splitter zersprungen war. Es tat mir einerseits gut, dass mir nichts anderes übrig blieb, als mich zusammenzureißen, weil ich dadurch nicht in der Trauer versinken konnte, sondern mich zwingen musste, weiterzumachen. Andererseits war es eine riesige Anstrengung, meine wahren Gefühle zu verbergen und nicht zuzulassen, dass sie die Oberhand gewannen.
Auch bei Ulrike musste ich die Starke sein. Sie ließ sich vollkommen gehen und weinte und jammerte ohne Unterlass, trotz der starken Medikamente, die sie bekam. Einen Großteil Schuld daran trug meiner Meinung nach ihre Mutter, die, sobald die Besuchszeit begann, an ihrem Bett erschien und in ihre Klagen einstimmte. Meine aufmunternden Worte prallten in dieser Atmosphäre wirkungslos an Ulrike ab. Ja, es war eher so, dass ich mich in der Nähe der beiden wie das fünfte Rad am Wagen fühlte, die Fremde, die völlig Unbeteiligte an diesem Unglück. Dabei hätte ich dringend ebenfalls jemanden gebraucht, mit dem ich trauern konnte.
Winfried entpuppte sich wieder einmal als Fels in der Brandung. Meist wartete er bereits im Auto vor der Tür unseres Hauses auf mich. Kaum hatten wir die Wohnung betreten, nahm er mich in seine Arme und ich durfte endlich meiner Trauer freien Lauf lassen. Stun-

denlang redeten wir nur über David und ließen ihn vor unseren Augen wieder lebendig werden. Tag für Tag hörte er sich dieselben Geschichten und Anekdoten an, ja, ermunterte mich geradezu, weitere zu erzählen. War ich endlich müde genug, um ins Bett zu gehen, blieb er bei mir sitzen, bis ich einschlief. Er hatte mir sogar angeboten, bei mir zu übernachten, aber das lehnte ich ab. Er tat schon genug für mich.

Meine Mutter war insgeheim wohl hocherfreut über das Unglück, dachte sie doch, es hätte Winfried und mich wieder zusammengebracht. Sie sprach es nie aus, trotzdem war es deutlich aus ihrem Tonfall herauszuhören, solche Leute passten eben nicht genug auf ihre Kinder auf, das war eindeutig ihre Erklärung, wie es zu dem Unfall gekommen war.

Unsere Nachbarn hielten sich mir gegenüber mehr zurück, meist nickten sie mir mit mitfühlender Miene zu, wenn sie mir im Hausflur oder auf der Straße begegneten, die meisten scheuten sich offensichtlich, mich anzusprechen. Eine der wenigen Ausnahmen war die alte Dame, die direkt neben uns wohnte. Gleich am ersten Tag nach den Geschehnissen hatte sie bei mir geklingelt und gefragt, wie es dem Kleinen ginge. Beim Anblick meiner Tränen und meines Kopfschüttelns, zu mehr war ich nicht in der Lage gewesen, hatte sie mich stumm in den Arm genommen. Seitdem stand jeden Abend ein Topf mit selbstgekochtem Essen vor meiner Tür.

Trotzdem bekam ich genügend Gesprächsfetzen durch das offene Fenster mit, als dass ich die vorherrschende Meinung ignorieren konnte. In den Augen der anderen war Ulrike zumindest mitschuldig an dem, was passiert war. Hatte man nicht immer schon gesehen, wie leichtsinnig sie ihre Aufsichtspflicht wahrnahm? Und war es nicht sträflich unvorsichtig, so einem wilden kleinen Kerl, der sowieso nie auf das hörte, was seine Mutter sagte, in dem Alter ein Fahrrad zu schenken und ihm dann auch noch zu erlauben, damit auf dem Bürgersteig in der Nähe von all den vorbeikommenden Autos zu fahren? Kein Wunder also, dass es zu diesem Unglück gekommen war.

Insgeheim musste ich zugeben, dass mir mittlerweile ähnliche Gedanken gekommen waren. Zuerst hatte ich gegen mich selbst Vorwürfe erhoben. Wäre ich nicht unbedingt nach der Arbeit noch einkaufen gegangen und hätte ich nicht darauf bestanden, dass die Kassiererin die Preise ermittelt, sondern auf diese zwei Teile verzichtet, vielleicht wäre ich dann rechtzeitig zu Hause gewesen und der Unfall hätte sich gar nicht ereignet. Ulrike unterstützte unwissentlich noch meine Haltung, indem sie bei jedem meiner Besuche wiederholte, dass David unbedingt hätte auf mich warten wollen. Natürlich sei ihr klar gewesen, dass er völlig übermüdet war, aber was hätte sie denn tun sollen? Er hörte einfach nicht auf sie.

Nach diesen Besuchen fühlte ich mich immer besonders schlecht, vor allem, wenn ich zurück in unsere Wohnung kam und dort all die Dinge sah, die von Davids kurzer Anwesenheit auf dieser Welt erzählten. Ich brachte es einfach nicht über mich, sie einzusammeln und wegzuschließen. Stattdessen quälte ich mich jeden Tag aufs Neue.

Am Samstag, also eine Woche nach dem Unglück, erschienen Winfried und Udo unangemeldet direkt am Morgen. „Wir helfen dir, alles aufzuräumen."

Ulrike war am Vortag entlassen worden, aber ihre Mutter hatte sie mit zu sich genommen, damit sie noch eine Weile Abstand von den Geschehnissen gewinnen konnte und sie jemanden hatte, der tagsüber für sie da war. „Du hast deine Arbeit, ich sitze bloß doof zu Hause rum und alles erinnert mich an David. Das kann ich nicht."

Glaubte sie etwa, mir erginge es anders? Ich litt genauso sehr wie sie, nur musste ich mich vor den anderen zusammenreißen, weil ja keiner mitbekommen durfte, wie eng unser Verhältnis wirklich gewesen war. Und ohne Winfried hätte ich die ersten einsamen Tage in der Wohnung wahrscheinlich nicht überstanden. Es grauste mir geradezu davor heimzukehren.

Udo hatte große Kartons mitgebracht, die er erst einmal in der Diele stapelte. „Gabi, wir sind der Meinung, du solltest all seine Sachen

einpacken und im Keller verstauen. Es wird dir besser gehen, wenn dich nichts mehr ständig an ihn erinnert."
„Nein", abwehrend hob ich die Hände. „Das ist viel zu früh. Das kann ich nicht. Das wäre ja …", als hätte David nie existiert, hatte ich sagen wollen. Sie verlangten von mir, dass ich einen kompletten Schlussstrich zog und alles, was mir von meinem Jungen geblieben war, aus meinem Blickfeld verbannte. Dazu war ich nicht bereit.
„He, wir meinen es nur gut." Winfried ergriff meine Hände, zog mich zur Couch und drückte mich darauf nieder. „Später kannst du in Ruhe überlegen, was du mit seinen Sachen machen willst. Im Moment geht es darum, dass du nicht immer wieder auf Dinge von ihm stößt, die dich noch tiefer in deine Trauer ziehen." Er lächelte und strich mir liebevoll eine störrische Strähne aus der Stirn. „Es ist schlimm genug und du wirst sehr lange brauchen, darüber hinwegzukommen. Mach es dir nicht noch schwerer, als es schon ist."
Udo nickte zustimmend. „Du gehst jetzt in aller Ruhe duschen und lässt uns räumen. Anschließend fahren wir gemeinsam einkaufen und ich koche für uns alle. Okay?"
Ich willigte mit einer stummen Gebärde ein. Mein Verstand sagte mir, dass die beiden es genau richtig angingen, mein Herz dagegen wollte sich von all den Erinnerungsstücken nicht trennen. Deshalb war es wahrscheinlich am besten, nicht selbst mitzuhelfen. Trotzdem weinte ich unter dem heißen Strahl der Brause bittere Tränen. Es war mir, als würde mit dieser Aktion meine letzte dünne Verbindung zu David abreißen.
Das Schlimmste stand mir jedoch noch bevor. Wir hatten die Beerdigung auf den kommenden Freitag gelegt, weil Ulrike viele Verwandte hatte, die aus andern Städten angereist kamen. Von meiner Seite würde nur Winfried an der Trauerfeier teilnehmen.
Ich hatte mir den gesamten Tag freigenommen und er holte mich von Zuhause ab. „Ich wollte, ich könnte mich vor dieser Veranstaltung drücken. Ich hasse diese Art von Abschiednehmen. Ich versuche immer noch, einen Weg zu finden, damit fertigzuwerden, heute

kommt alles wieder hoch." Ich hielt inne und suchte nach Worten, die meine Aversion treffender beschrieben, aber er nickte bereits verständnisvoll. „Ich weiß, was du meinst. Du kannst deinen Gedanken an ihn nicht ausweichen, du musst dich dieser Situation noch einmal voll und ganz stellen. Die Gefühle, die du mühsam verdrängst, kommen mit aller Macht hoch." Er nahm eine Hand vom Lenkrad und drückte meine Hand. „Ich bleibe die ganze Zeit an deiner Seite."
War es für mich schon grauenhaft, wie schlimm musste es erst für Ulrike sein! Von ihrer Familie umringt stand sie vor der kleinen Kapelle und sah mich mit rotgeweinten Augen an. „Gabi!" Mehr brachte sie nicht heraus und umarmte mich weinend.
Ihre Mutter zog sie schließlich weg und hinter sich her in den kleinen Raum, in dem ganz vorn ein kleiner weißer Sarg stand, von einem großen Herz aus roten Rosen halb verdeckt. Ich schluckte und blieb stehen, meine Beine zitterten, ich konnte keinen Schritt vorwärts tun. Winfried führte mich in die letzte Reihe und drückte mich sanft auf einen Stuhl. „Wir bleiben hier hinten."
„Sollte ich nicht … ich meine, müsste ich nicht eigentlich …"
„Sie hat ihre Familie um sich." Er hatte verstanden, worauf ich hinaus wollte. „Sieh selbst. Alle Plätze in ihrer Nähe sind bereits besetzt."
Immer mehr Menschen strömten herein, ich kannte keinen von ihnen. „Hast du gewusst, dass Ulrike derart viele Verwandte hat?", fragte Winfried.
Ich schüttelte nur stumm den Kopf. Mein ganzes Trachten war darauf gerichtet, meinen Blick nicht immer wieder zu dem kleinen Sarg schweifen zu lassen. Wenn ich mir vorstellte, dass sich darin mein kleiner David befand … Meine Kehle zog sich zusammen und ich musste die hervorschießenden Tränen mit Gewalt zurückpressen. Nein, nicht daran denken.
Von der Predigt des Pfarrers bekam ich kein einziges Wort mit. Ich saß starr und steif auf meinem Stuhl, meine Augen auf den Zettel in meiner Hand gerichtet, auf dem die Texte der beiden Lieder standen,

die wir singen wollten. Doch nicht nur mir brach die Stimme, als die Orgel endlich ertönte.

Die Trauergemeinde folgte schweigend dem Sarg, wieder sprach der Pfarrer ein paar Worte, bevor Davids sterbliche Überreste in der ausgehobenen Grube verschwanden. Wie Ulrike und all die anderen trat ich vor und warf eine einzelne Rose auf seine letzte Ruhestätte. Ich umarmte meine Freundin, die mittlerweile links und rechts von ihren Schwestern gestützt wurde, und zog mich mit Winfried zusammen vom Grab zurück. Er legte seinen Arm um mich. „Gehen wir?" Auf mein Nicken hin zog er mich mit sich. „He, Gabi! Warte!" Einer von Ulrikes Brüdern kam hinter uns her gerannt. „Wir gehen gleich alle drüben in den Landsknecht. Kommst du nicht mit?"
Ich schüttelte den Kopf. „Wir beide wollen lieber eine Weile spazieren gehen."
„Wenn du meinst." Er zuckte die Schultern. „Wir sehen uns." Er machte auf dem Absatz kehrt und lief zu der Trauergemeinde zurück, die sich weiterhin um Ulrike drängte.
„Ich fasse es nicht." Winfried stieß pfeifend die Luft aus. „Das gesamte Prozedere der Beerdigung haben sie dir überlassen, die Nachfeier dagegen konnten sie selbst organisieren. Wusstest du davon?"
„Nein, weder Ulrike noch ihre Mutter haben etwas davon erwähnt." Ich atmete tief durch. „Arme Ulrike. Jetzt muss sie sich auch noch da durchquälen." Ich blieb stehen. „Sollte ich nicht doch lieber bei ihr bleiben?"
„Nein", Winfried zog mich weiter. „Es wäre für dich genauso schlimm wie für sie. Außerdem kommst du sowieso nicht an sie heran. Sie ist fest von ihrer Familie umschlossen."
An diese Worte musste ich denken, als Ulrike in der folgenden Woche in unsere gemeinsame Wohnung zurückkehrte. Irgendwie hatte ich das Gefühl, sie sei überhaupt nicht mehr richtig angekommen. Entweder war ständig ein Bruder oder eine Schwester von ihr anwesend oder sie verbrachte den gesamten Tag bis zum späten Abend bei ihrer Mutter und kam nur zum Schlafen nach Hause. Hier wie dort

saß sie die meiste Zeit stumm vor dem Fernseher, unsere Gespräche beschränkten sich auf das Notwendigste, unsere Zärtlichkeiten endeten bei einem flüchtigen Kuss.

Einen ganzen Monat hielt dieser Zustand an, dann, von einem Tag auf den anderen, war Ulrike plötzlich wieder die Alte. „Ich gehe am Samstag in die Disko", teilte sie mir freudestrahlend mit. „Ich muss mal wieder raus. Kommst du auch mit?"

„Nein." Danach stand mir wohl noch lange nicht der Sinn. Mein Zustand hatte sich zwar ebenfalls gebessert, aber ich war einfach noch nicht fähig, mein altes Leben wieder aufzunehmen. Und irgendwie hatte ich auch erwartet, dass es zuerst eine erneute Annäherung zwischen Ulrike und mir geben würde, dass wir versuchten, unsere Beziehung vernünftig wieder aufleben zu lassen, eine neue Basis zu finden.

Wie verschieden unsere Interessen und Ansichten sich mittlerweile gestalteten, konnte ich in den nächsten Wochen zuhauf feststellen. Statt sich eine neue Perspektive zu suchen, immerhin bekam sie keinen Unterhalt mehr gezahlt, vertrödelte Ulrike weiterhin jeden Tag und machte keinerlei Anstalten, daran etwas zu ändern. Das einzige, wozu sie sich aufgerafft hatte, war, einen neuen Antrag auf Arbeitslosenhilfe zu stellen, selbst bemühte sie sich nicht darum, irgendeinen Job zu finden.

Unser Verhältnis war in dieser Zeit geprägt von Streitereien und gegenseitigen Angriffen, immer noch hatten wir nicht wieder zueinander gefunden. Als sie mir dann in einer weiteren heftigen Auseinandersetzung entgegen schrie: „Du bist Schuld an Davis Tod!", platzte mir endgültig der Kragen. „Ich kündige die Wohnung und suche mir ein kleines Appartement. Du kannst es dir überlegen, ob du sie behalten willst. Ich jedenfalls gehe."

## 36

**Heute**
Timo kam zusammen mit Karina herein. „Ich kann nicht warten, bis Ihr Mann kommt", platzte er gleich heraus. „Sie werden nicht glauben, was meine Mutter mir erzählt hat."
„Wollt ihr beiden nicht erst einmal zu Mittag essen?", fragte ich zurück, obwohl mein Herz wild zu klopfen begonnen hatte. Ulrike war doch wohl hoffentlich nicht mit allen Geheimnissen herausgerückt, die sie besaß?
„Nein, äh, ja?" Der Junge blickte auf meine Tochter, die ihn bereits Richtung Küche zog. „Du kannst berichten, während wir essen. Ich bin halb verhungert. Und nein", sagte sie an mich gerichtet. „Er hat mir noch nichts gesagt. Ich habe ihn auch gerade erst an der Bushaltestelle getroffen."
Vorausschauend, wie ich war, hatte ich extra eine Portion für ihn mitgekocht. Ich lud beide Teller großzügig voll und stellte sie vor ihnen auf den Tisch. „Es ist noch heiß. Wir warten noch fünf Minuten auf deine Geschichte. Iss!"
Es sprach für sich, dass Timo gehorchte. Er schaufelte den Nudelauflauf in einer Geschwindigkeit in sich hinein, dass ich nur staunen konnte. „Ah, vielen Dank, das war sehr lecker." Er hatte nicht einmal die angesagten fünf Minuten gebraucht.
„Möchtest du noch eine Portion?"
„Nein." Sein verlangender Blick sagte allerdings das Gegenteil.
„Es ist noch genug für Yannick übrig. Ralf isst heute Abend nur ein Brot, er mag den Auflauf nicht sonderlich."
Ein weiterer Blick auf die noch halb gefüllte Auflaufform, dann schüttelte Timo den Kopf. „Später, vielleicht. Ich muss Ihnen unbedingt zuerst das Wichtigste mitteilen." Er klopfte seine Hemdtaschen ab, sprang auf und eilte in die Diele.
Ich warf Karina einen fragenden Blick zu, doch sie schüttelte nur stumm den Kopf.

„Hier ist es." Triumphierend hielt er ein kleines Diktaphon hoch. „Herr Kühlkes hat das Gespräch aufgenommen und mir das Teil für heute überlassen. Ist das nicht cool?"
„Geht das denn?", wunderte ich mich, während mein Herz wieder wild zu klopfen begann. Jetzt würden alle Wahrheiten, die Ulrike zu berichten hatte, ans Licht kommen. Wollte ich das überhaupt?
„Keine Ahnung. Herr Kühlkes hat es einfach gemacht. Naja, das Diktaphon lag natürlich nicht offen auf dem Tisch", schwächte er seine Aussage ab. „Weder meine Mutter noch sonst jemand weiß davon. Aber das hier ist genial, finden Sie nicht? Jedes Wort bleibt erhalten und man kann immer wieder nachhören, was sie berichtet und wie sie es gesagt hat." Er ließ sich auf seinen Stuhl fallen und drückte den Startknopf. „Achtung, es geht los!"
Zuerst sprach jedoch ausschließlich Timo. Er berichtete seiner Mutter ausführlich, was wir in der Zwischenzeit alles herausgefunden hatten und bat sie immer wieder, endlich ihr Wissen preiszugeben, vor allen Dingen auch, um Patrick zu entlasten, der nun in das Visier der Polizei geraten und mit der Situation völlig überlastet wäre.
„Ja", hörte ich Ulrikes Stimme. „Ich habe ihn zum Auto begleitet und mich vergewissert, dass er abfährt. Er ist garantiert nicht der Täter. Das werde ich auch so aussagen."
„Wusstest du von den Verkaufsabsichten? Und wann hast du davon erfahren?"
Eine kurze Pause entstand. „Das tut für den Fall überhaupt nichts zur Sache", sagte Ulrike dann unwillig. „Alle Beteiligten waren längst weg, als der Mörder kam."
„Trotzdem könnte es wichtig sein", beharrte Timo. „Warum machst du bloß so ein Riesengeheimnis darum?"
„Weil … weil …, ich kann eben nicht darüber reden."
„Was Sie uns erzählen, bleibt, falls es nicht doch relevant für Ihre Verteidigung ist, unter uns", mischte sich Herr Kühlkes in das Gespräch ein. „Ihr Sohn hat recht, Sie müssen ganz offen mit uns sein. Noch lässt sich gar nicht überblicken, was wichtig ist und was nicht."

Sie zierte sich noch geschlagene fünf Minuten, bis sie endlich nachgab. „Karl wird mich vierteilen, wenn er erfährt, dass ich mit euch darüber geredet habe." Sie seufzte laut. „Na gut, er kann mir nicht helfen, vielleicht sogar nie wieder. Also was soll's."
Ihre nächsten Sätze schlugen bei uns - Yannick hatte sich mittlerweile zu uns gesellt - wie eine Bombe ein. Nein, mit dieser Wendung hatten wir alle nicht gerechnet. Seniorchef Karl Bergmann war es, der die Firma an den alten Seiffendorn verkauft hatte – ohne Wissen seiner Söhne.
„Aber wie konnte das passieren?", fragte ich Timo fassungslos, der das Diktaphon gestoppt hatte und mich triumphierend ansah. „Ich dachte, man bräuchte einen Mehrheitsbeschluss dazu."
„Das erklärt sie gleich genauer", er grinste. „Ich war nur gespannt auf Ihre Reaktion."
Statt ihm zu antworten, langte ich an ihm vorbei und drückte auf den Abspielknopf. Sofort erklang wieder Ulrikes Stimme. „Karl war schon lange mächtig sauer auf seinen Sohn. Diese erste Aktion von ihm, die sie alle zu Millionären gemacht hatte, war ihm nie ganz geheuer gewesen. Auch damals hatte sich Helmut über sämtliche Bedenken der Miteigentümer hinweggesetzt und sein Ziel verfolgt - ohne Rücksicht auf Verluste. Für ihn war das Ganze ein Spiel, entweder man gewann oder man verlor. Um zu siegen, musste man eben alles riskieren. Nur so konnte man punkten. Karl sah das anders. Er hatte sich in seiner Rolle als mittelständischer Unternehmer wohlgefühlt, er gierte nicht nach dem ganz großen Gewinn. Das Risiko, dabei alles zu verlieren, war ihm viel zu groß."
Sein großer Fehler sei es gewesen, seinem Sohn nicht von Anfang Grenzen aufzuzeigen, betonte Ulrike. Helmut war von klein auf derjenige, auf den der Alte alle Hoffnung gesetzt hatte. „Rainer war verträumt, in Alltagsdingen schusselig und kam mit seinen Mitmenschen nicht zurecht. Karl brauchte aber einen Firmenerben, der den Betrieb in seinem Sinne weiterführen sollte. Deshalb steckte er all seinen Ehrgeiz in das Ziel, seinen Ältesten in diesen Rahmen zu pressen."

Der Sohn wurde als zukünftiger Erbe erzogen. Es gelang dem Vater, sein Interesse für den Betrieb zu wecken und zu erhalten. Dass er allerdings nach Höherem strebte, übersah Karl oder wollte es nicht sehen. Als Sohn Rainer sich zusätzlich als genialer Erfinder entpuppte, war er rundherum zufrieden. Die Familie würde ihren Weg gemeinschaftlich gehen, alle konnten davon profitieren.
Helmuts gewagter Entschluss, den Betrieb umzumodeln und zu vergrößern, war der erste Wehrmutstropfen für ihn, der zweite ergab sich nach und nach durch die Art, wie dieser sich veränderte. „Er kehrte den allgewaltigen Chef heraus, behandelte die Mitarbeiter von oben herab und wurde auch seinen Angehörigen gegenüber immer extremer." Ulrike lachte. „Naja, du kennst ihn ja, Timo. Du weißt, was ich meine."
„Er war ein Arsch, ein absoluter Despot", verkündete Timo in die kurze, folgende Pause hinein. „Jeder sollte nach seiner Pfeife tanzen, sonst …" Er verstummte, denn seine Mutter hatte angesetzt, ihre Geschichte weiterzuerzählen.
„Damals, als wir uns kennenlernten, setzte Karl alle Hoffnungen auf mich. Die Aussicht, einen Erben zu bekommen, hatte Helmut etwas gemäßigt, ein, zwei Jahre lang hielt er sich tatsächlich zurück, wurde umgänglicher und irgendwie zufriedener. Zumindest hatte er nicht mehr so den Drang, unbedingt an die Spitze vorstoßen zu müssen. Das wirkte sich auch auf seine Stimmung aus. Unsere ersten Ehejahre waren gar nicht mal so schlecht."
Jetzt drückte Timo doch die Pausetaste. „Also ich bin von Anfang an nicht mit ihm klargekommen. Mama sieht das im Rückblick viel zu verklärt. Der Mann war nie normal, weder in seinen Ansichten noch in seinem Gebaren."
„Weiter!", drängte Karina. „Darüber können wir uns nachher unterhalten."
„Leider dauerte dieser Zustand nicht lange an", ertönte wieder Ulrikes Stimme. „Die Familie war ihm nicht genug, er musste sich weiter beweisen. Die Einzelstücke, die Rainer entwarf, hatten Anklang ge-

funden und wurden immer begehrter. So kam Helmut auf die Idee, das Ganze in viel größerem Stil aufzuziehen. Karl war von Anfang an dagegen, Rainer interessierte sich nicht für die geschäftliche Seite, der hatte sowieso keinen Durchblick. Ihm war es nur wichtig, seine Arbeit machen zu können. Durch das geschäftliche Treiben seines Bruders hatte er genug Geld, um bis an sein Lebensende sorgenfrei zu leben. Der interessiert sich nur für seine Kunst", fügte sie erklärend hinzu. „Absatzzahlen, Kosten-Nutzenrechnungen sind für den Fremdworte. Für Rainer ist die Firma wie ein großer Spielplatz, auf dem er sich austoben, sich verwirklichen kann."

Diesen Umstand machte sich Helmut zunutze. Mit der Verlockung auf eigens ihm unterstellte Mitarbeiter, die ihm helfen sollten, seine Visionen umzusetzen, schaffte er es, seinen Bruder zu einer weiteren Umstrukturierung des Betriebes zu überreden, Karl stand auf verlorenem Posten.

„Den trieb damals schon die Angst, dass sein Sohn in seinem Wahn immer größer und bedeutender zu werden, den Betrieb eines Tages zugrunde richten würde", sagte Ulrike. War das heimliche Befriedigung in ihrer Stimme, dass diese Situation tatsächlich eingetreten war? Ich hätte es nicht beschwören können, aber für mich klang sie eindeutig hämisch.

„Als Karl nun überstimmt wurde, nahm er das zum Anlass, sich offiziell aus der Firma zurückzuziehen, seinen Anteil behielt er natürlich und im Geheimen auch die Gesamtaufsicht. Er hatte genug loyale Angestellte, die ihn über alles, was passierte, auf dem Laufenden hielten." Ulrike lachte wieder, dieses Mal spöttisch. „Wir begannen viel Zeit miteinander zu verbringen und stellten schnell fest, dass wir aus dem gleichen Holz geschnitzt waren. Ein einigermaßen erfülltes, bequemes Leben, mehr Ansprüche hatten wir nicht. Karl entdeckte das Gärtnern für sich, der Umgang mit seinem Enkel machte ihm viel Spaß, wir saßen oft zusammen und unterhielten uns über alles nur Mögliche. Das war uns genug."

„Und wie ging es mit Helmut weiter?", brachte Timo sie zurück zum Thema.
„Der zog sein Ding durch." Wieder lachte sie. „Doch er hatte sich verkalkuliert. Die Umstellung klappte nicht so, wie er es sich vorgestellt hatte. Nach und nach rutschte die Firma immer tiefer in die roten Zahlen. Bis ihm nichts anderes übrig blieb, als seinen Vater und seinen Bruder um Hilfe zu bitten. Er hoffte, dass er mit einem großzügigen Zuschuss der beiden das Ruder noch einmal würde herumreißen können. Karl war über die Lage genau informiert. Nur hatte er andere Pläne." Sie verstummte abrupt.
„Er wollte lieber die Firma verkaufen, als sich auf ein neuerliches Abenteuer einlassen?", hörten wir Timo fragen.
„Ja, dem stand es bis ganz oben", erwiderte Ulrike. „Der wollte seinen Sohn richtig fertigmachen, ohne Rücksicht auf Verluste."

## 37

**Früher**
Schon einen Tag später bereute ich meine Entscheidung. Es konnte doch nicht sein, dass unsere Beziehung an dieser Tragödie scheiterte. Hätten wir nicht eher froh sein sollen, uns gegenseitig trösten zu können?
Ulrike hatte meinen Ausbruch widerspruchslos hingenommen. „Du weißt genau, dass ich mir diese Wohnung allein nicht leisten kann", war das einzige, was sie von sich gab. Danach hatte sie angefangen, ihre Besitztümer zusammenzupacken und sich noch am selben Abend von ihrem Bruder abholen lassen. „Ich ziehe erst einmal zu meiner Mutter. Falls du weitere Sachen von mir findest, ruf an, ich schicke dann jemanden, der sie abholt."
Da saß ich nun in meiner Wohnung und war ziemlich erschüttert über diese plötzliche Entwicklung. Wollte ich die Trennung denn wirklich?
Auch nach einer Woche sah ich noch nicht klarer. Einerseits fehlte mir Ulrike sehr, andererseits war es erholsam, den ewigen Auseinandersetzungen ein Ende bereitet zu haben. Ja, ich genoss das Alleinsein, sogar die alltäglichen Pflichten ließen sich leichter an, ich empfand keine Wut mehr darüber, sie auf mich nehmen zu müssen, wie früher, als eigentlich Ulrike dafür zuständig gewesen war und trotzdem immer alles an mir hängenblieb. Das einzige, was mir schwerfiel, war, die Einsamkeit ertragen zu müssen. Nachts niemanden mehr neben mir zu spüren, war am Schlimmsten. Wobei mich Davids Abwesenheit genauso mitnahm. Nur war diese endgültig und damit viel, viel schwerer zu verkraften. Ulrikes Fehlen erschien mir eher wie ein vorübergehender Akt, ich war mir sicher, dass wir uns wieder zusammenraufen würden. Meine Liebe zu ihr war jedenfalls nicht erloschen, wir brauchten beide eine Pause, um uns zu fangen, das war alles.

„Trotzdem werde ich die Wohnung aufgeben und mir etwas Neues suchen", sagte ich zu Winfried, den ich erst eine Woche nach Ulrikes Auszug informierte. Dieses Mal hatte ich keinen Trost gewollt, ich musste zusehen, dass ich meinen Weg allein fand. „Alles darin erinnert mich viel zu sehr an David. Ich ertappe mich immer noch ab und zu dabei, dass ich auf der Parkplatzsuche nach ihm Ausschau halte. Ich kann dort nicht bleiben."
„Ich werde mich umhören", versprach er und dass es sich dabei nicht um leere Worte handelte, bewies er mir schon einige Tage später.
„Ein Kunde von Udo sucht einen neuen Mieter für seine kleine Dachgeschosswohnung. Willst du sie dir ansehen?"
Natürlich wollte ich. Und nachdem ich sie besichtigt hatte, war für mich der Umzug beschlossene Sache. Das Appartement stand leer, ich konnte sofort einziehen. Einen Nachmieter für meine Wohnung fand ich über eine Annonce. Udo und Winfried halfen mir bei der Renovierung und boten mir an, meine Möbel zu schleppen und einen Kleintransporter zu mieten, ich musste nur dafür sorgen, dass alles verpackt wurde.
Ulrike hatte zu der Einrichtung nichts beigetragen außer dem Kinderbett für David. Seinen Kleiderschrank, das große Regal, in dem sich sein Spielzeug gestapelt hatte und das Tischchen mit passendem Stuhl hatte ich gekauft. Das meiste davon war von meinen beiden Freunden bei ihrer Aufräumaktion in den Keller geschleppt worden, genauso wie seine restlichen Besitztümer. Damit musste ich mich nun auseinandersetzen. Ulrike hatte zwar anfangs davon gesprochen, diverse Dinge an ihre Schwester weitergeben zu wollen, doch als sie zum verabredeten Termin nicht erschien und auch in den darauffolgenden Tagen telefonisch nicht erreichbar war, beschloss ich, alles zu verschenken. Ich wollte und konnte mich einfach nicht länger mit diesen Erinnerungsstücken belasten.
Schwierig wurde es nur bei dem Fotoalbum, das wir für ihn angelegt hatten. Mir diese Bilder aus glücklichen Zeiten anzusehen, war so schmerzhaft, dass ich schließlich einfach die Seiten heraustrennte und

abwechselnd auf zwei Stapel legte, einen für mich und einen für Ulrike. Ihren packte ich mit allem, was ich sonst noch von ihr gefunden hatte, in einen Karton, den ich, weil sie sich bis zu meinem endgültigen Auszug nicht mehr gemeldet hatte, am Tag des Umzugs eigenhändig zur Post brachte. Scheinbar legte sie keinerlei Wert auf einen weiteren Kontakt mit mir.
Das erste halbe Jahr danach empfand ich als die schwierigste Zeit meines Lebens. Ich vermisste meine beiden Lieben und haderte mit dem Schicksal, dass mich so hart getroffen hatte. Immer wenn ich Babys oder Kleinkinder sah, musste ich mir die Tränen verbeißen, ich war nicht einmal in der Lage, ein Foto von David aufzustellen. Die Trennung von Ulrike nagte genauso an mir und vor allem, dass sie auf meine wiederholten Bemühungen, mit ihr zu sprechen, nicht reagierte. Meine Gefühle für sie waren durch den Abstand eher noch stärker geworden. Ich hatte gehofft, dass wir nach einer kurzen Beziehungspause unsere Streitigkeiten bereinigen könnten.
„Sie hat dir vorgeworfen, du wärest Schuld an Davids Tod." Voller Unverständnis schüttelte Winfried seinen Kopf. „Sich selbst spricht sie völlig frei, das sollte dir eigentlich zeigen, was sie für ein Mensch ist."
„Sie war geschockt und voller Trauer, ich glaube nicht, dass sie wirklich dieser Ansicht ist", verteidigte ich meine ehemalige Freundin. „Wir beide haben uns damals gegenseitig viele hässliche Dinge an den Kopf geworfen. Ich war nicht besser als sie."
„Hast du vergessen, wie oft du dich bei mir ausgeheult hast?", ließ er nicht locker. „Gabi, ihr passt nicht zusammen. Eure Partnerschaft wäre auch ohne dieses Unglück zerbrochen. Lass es gut sein und suche dir eine neue Freundin. So schwer kann das doch nicht sein."
Nein, daran verschwendete ich keinen weiteren Gedanken. Für eine neue Beziehung war ich gefühlsmäßig noch nicht bereit. Um meine Freizeit sinnvoll zu gestalten, meldete ich mich erneut bei der Volkshochschule an und belegte mehrere Kurse. Gleichzeitig begann ich,

mich wieder häufiger mit meinen Bekannten und Freunden zu treffen. Viel Zeit zum Grübeln blieb mir da nicht mehr.
Und trotzdem, irgendetwas Wichtiges in meinem Leben fehlte, das spürte ich bald immer deutlicher. Genauso wie jeder andere sehnte ich mich nach Nähe und Geborgenheit. Ich wollte nicht länger allein sein. Doch wie sollte ich es anstellen, eine neue Partnerin zu finden?
„Geh in einschlägig bekannte Kneipen", schlug Winfried vor, der mich ebenfalls andauernd bedrängte, aktiv zu werden. Er hatte in Udo seine große Liebe gefunden und war zu einem Verfechter der glückseligen Zweisamkeit avanciert. Ich, seine beste Freundin, musste genauso glücklich werden wie er.
Das Problem war, ich traute mich nicht, dort allein hinzugehen. Schon ohne Begleitung in einem Restaurant zu essen, empfand ich als Spießrutenlauf, ich hatte immer das Gefühl, von allen angestarrt zu werden. In einer Gaststätte allein etwas zu trinken, kam für mich überhaupt nicht infrage, geschweige denn, dass ich mich in einem derartigen Etablissement auf Partnersuche begab. Und was, wenn mich jemand, der mich kannte, eintreten sah?
„Du musst deine Ängste überwinden. Sonst wird es sehr schwierig für dich, eine neue Liebe zu finden", schlug Udo in dieselbe Kerbe. „Ich kann mich gerne für dich umhören, wo sich die nächste Lesbenkneipe befindet."
„Ja, das wäre nett", stimmte ich zu, wusste aber gleichzeitig genau, dass ich es nicht über mich bringen würde, dorthin zu gehen. So sehr darauf angewiesen, eine neue Partnerin zu finden, war ich noch nicht.
„Hast du denn niemanden kennengelernt, der dich anspricht?", fragte mich Winfried einen Monat später. Bisher hatte er das Thema bei unseren Treffen ruhen lassen, er schien zu spüren, dass ich nicht bereit war, seine Vorschläge anzunehmen.
„Nein, das ist es ja gerade", gab ich unumwunden zu. „Ich hatte bisher nicht einmal das Gefühl, dass ich mich für irgendjemanden näher interessieren könnte. Bei Ulrike war das ganz anders. Da hat es sofort gefunkt." Ich war zu diesem Zeitpunkt ziemlich am Boden, ich sehn-

te mich nach einer neuen Liebe, ich wollte nicht länger allein durchs Leben gehen. Die Arbeit, die Freunde, meine Freizeitgestaltung, nichts davon füllte mich wirklich aus.

„Denkst du, du würdest es überhaupt merken, wenn eine Lesbe vor dir stände?"

„Wahrscheinlich nicht. Ich bin nicht sehr gut in so was." Trübsinnig starrte ich in die Tasse Kaffee, die vor mir stand. „Ich weiß nicht einmal, ob ich die richtigen Signale aussende. Ich meine, sehe ich aus, wirke ich wie eine Lesbe?" Noch immer tat ich mich schwer, dieses Wort auszusprechen, also war ich nicht überrascht, dass Winfried verneinend den Kopf schüttelte. Ich bemühte mich seit Jahren, meine Veranlagung zu verstecken und allen, die mit mir zu tun hatten, eine normale junge Frau vorzuspielen. Wie sollte ich mit diesem Gehabe eine Partnerin finden?

Erst nach fast einem allein verbrachten Jahr fand ich den Mut, die Kneipe, die Udo für mich gefunden hatte, zu betreten. Mit wild klopfendem Herzen öffnete ich die Tür und ging hinein. Ohne nach links oder rechts zu blicken, steuerte ich den Tresen an und setzte mich auf einen der Barhocker. „Ein Pils, bitte!" Das kam so leise, dass der Barkeeper nachfragen musste. Dann saß ich mit dem Rücken zum Geschehen da und drehte nervös mein Glas hin und her. Nach fünf Minuten wäre ich am liebsten aufgestanden und wieder verschwunden.

„Hi, kannst du bitte einen rüber rutschen?", ertönte eine Stimme neben mir.

Irritiert wandte ich den Kopf zur Seite. Eine dünne Rothaarige lächelte mich an. „Wir sind zu dritt, hier sind aber nur noch zwei Hocker. Also wärest du so lieb?"

Gehorsam stand ich auf und belegte die nächste Sitzgelegenheit. Dabei wagte ich es zum ersten Mal, meinen Blick durch den Raum wandern zu lassen. Im ersten Moment hätte jeder unwissende Neuankömmling geglaubt, in einer ganz normalen Kneipe gelandet zu sein. Bis auf die Tatsache, dass ausschließlich Frauen anwesend waren. Die meisten saßen sich am Tisch gegenüber und unterhielten sich, aus dem Nachbarzimmer schallte lautes Gelächter herüber. Ich sah zwei größere Gruppen, die angeregt miteinander plauderten. Nur bei aufmerksamer Beobachtung entdeckte man Kleinigkeiten, die erkennen ließen, dass es eben nicht ‚normale' Frauen waren, die hier gemeinsam ihren Abend verbrachten. Die zwei links von mir hielten Händchen und sahen sich jedes Mal, wenn sie miteinander sprachen, tief in die Augen, bei denen in der großen Gruppe saßen die Pärchen dichter beieinander, die große Frau beim Billard zog ihre Partnerin jubelnd an sich und gab ihr einen Kuss auf den Mund, die erste dermaßen offene Geste, die ich sah. Alle anderen verhielten sich eher zurückhaltend, das einzige, was mir noch auffiel war, dass einige der Frauen betont männlich, das hieß in Hose und Hemd und manche Frauen betont weiblich in Rock und Bluse gekleidet waren, wobei die ersteren alle einen Kurzhaarschnitt trugen und bei den zweiten die Haarlänge variierte. Das betraf allerdings nur die Hälfte der Anwesenden, die restlichen waren gekleidet wie ich, Jeans und Bluse, beziehungsweise Sweatshirt, zwar fraulich, aber nicht übertrieben weiblich. Hätte ich sie nicht an diesem Ort gesehen, ich wäre nie auf die Idee gekommen, in ihnen Lesben zu vermuten.

Das war auch das Schöne an der Beziehung zwischen mir und Ulrike gewesen. Wir hatten uns beide feminin gefühlt, es hatte keinerlei eindeutige Zuweisungen zwischen uns gegeben, weder in der Liebe noch in allem anderen. Genau diese Art von Partnerschaft suchte ich nun wieder. Ich …

„He, hast du Lust 'ne Runde Billard mit uns zu spielen?", riss mich meine Tresen-Nachbarin aus meinen Gedanken.

„Ja, gern." Ich folgte ihnen in den separaten Raum, zu dem zweiten, zurzeit unbenutzten Tisch.

„Du und ich gegen die beiden", wies sie mich an.

Ihre Freundinnen waren eindeutig ein Paar und sie anscheinend auf der Suche, wie ich an ihren Blicken und ihrer forschen Herangehensweise bald feststellen konnte. Erst korrigierte sie jedes Mal meine

Haltung, indem sie dicht an mich herantrat und ihre Hände länger als nötig auf den meinen liegen ließ, dann, als ich nicht darauf reagierte, fiel sie mir bei jedem gelungenen Stoß jubelnd um den Hals.

Diese Art der Annäherung war mir viel zu direkt und intensiv. Deshalb schaute ich nach Beendigung des ersten Spieles demonstrativ auf meine Armbanduhr und seufzte schwer. „Schade, meine Freundin schafft es wohl doch nicht mehr. Besser, ich gehe ihr entgegen. Wir können gern ein anderes Mal eine weitere Runde spielen. Hat Spaß gemacht mit euch."

Na, so schnell würde ich mich dort nicht mehr sehen lassen. Das war definitiv nicht das Richtige für mich. Ich selbst hatte viel zu große Hemmungen, jemanden anzusprechen. Die aggressive Anmache, die ich heute erlebt hatte, bewirkte eher, dass ich mich zurückzog, als dass ich darauf einging. Und außerdem war mir die junge Frau mit jeder Minute unsympathischer geworden, auf diesen Typ fuhr ich garantiert nicht ab.

„Nun wirf doch nicht gleich die Flinte ins Korn", kommentierte Winfried meinen Bericht. „Meinst du etwa, du wirst gleich beim ersten Mal deine große Liebe finden?"

„Du musst schon regelmäßige Besuche dort einplanen", pflichtete ihm Udo bei. „Es hat nicht jeder so ein Glück wie wir." Er lächelte seinen Partner zärtlich an. „Selbst bei den meisten Normalen funkt es nicht von jetzt auf gleich."

Ja, sie hatten recht, das sah ich ein, trotzdem wehrte sich alles in mir, einen neuen Versuch zu starten. Und kurz darauf hatte sich meine Suche von selbst erledigt, Ulrike kehrte zu mir zurück.

# 38

**Heute**
„Er wollte den Betrieb für die nachfolgende Generation schützen", drang Ulrikes Stimme aus dem kleinen Aufnahmegerät. Auch mein Sohn sollte eine Zukunft haben."
Der Seniorchef war mithilfe seiner ihm Ergebenen immer auf dem neuesten Stand, was die Entwicklung in der Firma anging. Als er bemerkte, dass Helmut sich verkalkuliert hatte, sah er seine Chance gekommen. Noch bevor sein Sohn die Notwendigkeit sah, eine Familienkonferenz einzuberufen, hatte er bereits seine Fäden gezogen und sich mit seiner Schwiegertochter verbündet.
„Tante Angela?" Timo klang völlig fassungslos. „Ich dachte, die hat mit der Fabrik gar nichts am Hut."
„Für sie ist ihre Familie das Wichtigste." Man konnte direkt hören, wie amüsant Ulrike die ganze Geschichte fand, jetzt, da sie sich endlich durchgerungen hatte, sie zu erzählen. „Karl brauchte nur anzudeuten, dass sie bei Helmuts Spiel alles verlieren könnten, da hatte er sie schon auf seiner Seite. Und was sie sagt, das macht auch Rainer. Sie ist der Chef zu Hause."
„Aber bei einem Verkauf wäre der Betrieb nicht mehr in Familienbesitz gewesen."
Ulrike schnaubte. „Deshalb hat Karl das Ding mit dem Seiffendorn gedreht. Die Verträge wurden so abgefasst, dass der im Namen einer Gruppe die Firma kaufte, als deren Geschäftsführer sozusagen. Seine gleichberechtigten Partner waren dann eben Rainer und Karl, sodass die Familie weiterhin über eine Zweidrittelmehrheit verfügte."
„Woher weißt du das alles?"
„Habe ich dir doch schon gesagt. Ich war Karls Vertraute, nachdem er aus der Firma ausgestiegen war. Das Verhältnis zu deinem Stiefvater verschlechterte sich nach und nach immer mehr, da haben wir beide uns eben immer enger zusammengeschlossen." Sie lachte. „Manchmal kam es mir fast so vor, als sei ich mit dem verheiratet.

Tja, wäre vielleicht tatsächlich besser gewesen. Der ist ein echter Kavalier der alten Schule."
Es dauerte noch eine ganze Weile, bis Ulrike alle Fakten erzählt hatte. Nachdem es Karl gelungen war, Angela Bergmann auf seine Seite zu ziehen, konnte er damit beginnen, seinen Plan umzusetzen. Noch bevor sich Helmut an ihn um Hilfe wandte, hatte er Kontakt zum alten Seiffendorn aufgenommen und mit ihm einen für beide Seiten zufriedenstellenden Vertrag ausgehandelt. Dann wartete er seelenruhig ab, bis sein Sohn die Familienkonferenz einberief. Eigentlich hatte er vorgehabt, bereits auf dieser die Bombe platzen zu lassen. Doch Helmut geriet dermaßen außer sich, als sein Vater und sein Bruder ihm die so dringend benötigte finanzielle Hilfe verweigerten, dass das Gespräch in einen Riesenstreit ausartete, bei dem Karl schließlich den Herzanfall erlitt.
„Es war kein echter Herzinfarkt", sagte Ulrike. „Der hat sich kränker gegeben, als er war, damit er vom Krankenhaus aus in aller Ruhe den anstehenden Verkauf regeln konnte. Der hatte nur keine Lust mehr, sich weiter mit seinem Sohn auseinanderzusetzen. Angela wurde angehalten, in die nächste Stufe zu schalten und er …"
„Moment, Moment", unterbrach sie Timo. „Was meinst du damit?"
„Die hat den Rainer nicht sofort in alles eingeweiht, ist doch wohl klar." Ich konnte Ulrike fast vor mir sehen, wie sie sich mit blitzenden Augen über so viel Unverständnis lustig machte. „Anfangs hat Angela ihn nur dazu gebracht, seinem Bruder alle Hilfe zu verweigern und seinen Vater und sie nach einem besseren Ausweg suchen zu lassen. Dass es den längst gab, musste er ja da noch nicht wissen."
An dieser Stelle hielt Timo noch einmal das Diktaphon an, um uns zu erklären: „Rainer hatte immer ein ganz besonderes Verhältnis zu seinem Bruder. Im Gegensatz zu seinem Vater, von dem er von klein auf nur Verachtung zu spüren bekommen hatte. Opa Karl hielt seinen jüngeren Sohn lange Zeit für einen Spinner, der es in dieser Welt nie zu etwas bringen würde. Und das hat er ihn auch deutlich spüren lassen. Helmut beschützte ihn schon früh gegen alles Böse in der

Welt. Onkel Rainer liebte ihn dafür und auch dafür, dass er in seiner Genialität dafür sorgte, dass er finanziell auf sicheren Beinen stand. Für ihn war es nicht sein Verdienst, dass er zum Millionär geworden war, sondern allein der seines Bruders. Freiwillig hätte er nie gegen ihn revoltiert."

„Aber seine Frau hatte einen noch besseren Stand", vermutete Karina.

„Sie hatte nach der Heirat die Beschützerrolle übernommen, sie war die treibende Kraft, die die Familie zusammenhielt", nickte Timo.

„Und sie konnte damit argumentieren, dass Opa Karls Vorschlag am allermeisten dem gemeinsamen Sohn zugutekam. Onkel Rainer liebt Patrick ebenfalls sehr und ist unheimlich stolz auf ihn. In ihm sieht er eine gelungene Mischung von sich und seinem Bruder. Er würde alles für ihn tun."

Naja, ich hatte Helmut nie richtig kennengelernt, wagte aber trotzdem zu bezweifeln, dass Patrick Manns genug war, dessen Position auszufüllen. Er war meiner Meinung nach charakterlich viel zu weich und schwächlich, um es zu einem Topmanager zu bringen, selbst wenn er beruflich die Voraussetzungen dafür erfüllte, was ich mir allerdings ebenfalls nicht vorstellen konnte. Deshalb war es sehr weitsichtig von Karl Bergmann gedacht, den alten Seiffendorn mit ins Boot zu holen. Der leitete sein Imperium seit Jahren erfolgreich und seine beiden Söhne standen ihm in nichts nach. Mit diesen an der Seite würde der Familienbetrieb sicherlich eine gute Chance haben, zu bestehen.

Timo schaltete das Diktaphon wieder ein. „Wie habt ihr Helmut denn dazu bekommen, einem Verkauf zuzustimmen?", erklang seine Stimme.

„Ihm blieb nichts anderes übrig, wollte er nicht mit Pauken und Trompeten untergehen", erklärte Ulrike. „Er hatte dermaßen Schulden angehäuft, dass er es selbst mit seinem Privatvermögen nicht geschafft hätte, die Firma wieder auf die Beine zu stellen. Immerhin hätte er für eine weitere Umstrukturierung kräftig investieren müssen." Wieder sah ich ihr breites Grinsen direkt vor mir. „Natürlich wusste er nicht, dass Karl die meisten Zulieferer zumindest teilweise befriedigt hatte, sodass eine drohende Insolvenz abgewendet war. Für ihn sah es so aus, als hätte er nur die eine Möglichkeit, er musste verkaufen. Denn bei einem Zusammenbruch der Firma wären ja seine unsauberen Machenschaften aufgedeckt worden. Und wen gab es da Besseren als den zukünftigen Schwiegervater, der bereit war, das Geheimnis, warum es zu diesem Verkauf gekommen war, zu bewahren?"

„War er nicht sauer, dass dieser hinter seinem Rücken diesen Deal mit Opa Karl gemacht hatte?", fragte Timo dazwischen.

„Das wusste er doch nicht. Der alte Seiffendorn trat von sich aus an ihn heran – so sah es jedenfalls für Helmut aus – und unterbreitete ihm diesen Vorschlag. Dann trafen sich die Herren bei uns Zuhause, um die Verträge zu unterschreiben. Bis zuletzt war für Helmut der einzige Knackpunkt, dass sein Bruder und sein Vater ihn zu diesem Schritt gezwungen hatten, dass sie nicht bereit gewesen waren, ihn zu unterstützen."

„Und Onkel Rainer?"

„Der dachte bis zu diesem Tag, es wäre die einzig vernünftige Möglichkeit, sein Vermögen zu retten und vor allem, seinen Posten zu behalten. Für ihn war seine Arbeit das Größte, dort konnte er sich selbst verwirklichen, sich ausleben. Ja, und dann war es ihm natürlich wichtig, dass sein Sohn ebenfalls bei der Firma bleiben konnte."

„Helmut wäre aber definitiv raus gewesen?"

„Klar, der hatte von den Zusatzdeals ja keine Ahnung. Der stellte sich wahrscheinlich vor, der Seiffendorn behält den Rainer als Designer und das war's."

„Hat sein Bruder ihn nicht aufgeklärt?", fragte ich schnell dazwischen.

Timo legte den Finger an die Lippen und deutete auf das kleine Gerät. Einen Moment später hörte ich fast dieselbe Frage von ihm.

„Rainer hat erst am Tag der Entscheidung von allem anderen erfahren", triumphierte Ulrike. „Angela musste ihm ja reinen Wein ein-

schenken, weil all die Einzelheiten besprochen wurden. Ich denke, er war einfach platt, wie gut er abgeschnitten hatte."
„Das heißt, Ihr Mann erfuhr erst bei diesem Treffen, was sein Vater ihm angetan hatte?", ließ sich die ungläubige Stimme des Anwalts vernehmen.
„Er konnte nicht mehr zurück." Tiefe Befriedigung schwang in Ulrikes Stimme mit. Wie sehr musste sie Helmut wohl gehasst haben, dass sie derart begeistert von seiner Vernichtung war? „Er musste die Verträge abschließen, eine andere Option gab es für ihn nicht."
„Und wie passt Patrick da hinein?"
„Ach ja, Patrick." Die Art, wie sie seinen Namen seufzte, ließ tief blicken. Anscheinend war auch sie von ihm nicht sonderlich begeistert. „Wir hatten Angela gebeten, ihn bis ganz zum Schluss nicht zu informieren. Eigentlich sollte er erst nach dem Verkauf erfahren, was sich abgespielt hatte. Blöderweise hielt sich seine Mutter nicht daran, sondern meinte, es ihm noch während der laufenden Verhandlung erzählen zu müssen. Damit er der erste wäre, der Bescheid wusste, sozusagen. Statt sich die ganze Geschichte in aller Ruhe bis zum Ende anzuhören, rannte der Idiot, als er das Wort ‚verkaufen' hörte, sofort los und wollte seinen Onkel zur Rede stellen. Zum Glück rief mich Angela an und ich fing ihn ab." Eine kleine Pause entstand. Ich konnte sie direkt vor mir sehen, wie sie zufrieden lächelte. „Nachdem ich ihn in groben Zügen aufgeklärt hatte, schickte ich ihn zum Krankenhaus. Helmut würde schon sauer genug sein, nachdem er nun erfahren hatte, was gespielt wurde. Da musste ich nicht noch eine Szene vor der versammelten Mannschaft der Anwälte riskieren."
„Das heißt, du bekamst den gesamten Stress ab?"
Geschickt nachgefragt. Timo klang eher mitfühlend als wissbegierig, doch ich wusste, was er dachte: Unter diesen Umständen rückte eine Täterschaft Ulrikes wieder in den Bereich des Möglichen.

# 39

**Früher**
Es war ein sonniger Samstagmorgen. Ich hatte lange geschlafen und dann spontan beschlossen, endlich die verdreckten Fenster zu reinigen, eine Arbeit, die ich normalerweise nur widerwillig erledigte. Als es an der Tür klingelte, hing ich gerade mit verrenktem Arm halb aus der Öffnung, um die schwer erreichbaren Winkel des Rahmens zu putzen. Ohne mich davon stören zu lassen, machte ich weiter. Ich erwartete heute keinen Besuch, es konnte sich nur um den Postboten handeln, der mit Vorliebe am Wochenende bei mir schellte, weil er schnell herausgefunden hatte, dass ich meist zu Hause war und ihm öffnen konnte, da unsere Briefkästen an der Innenwand des Hausflurs hingen. Musste er es heute eben bei den anderen Mietern versuchen.

Es klingelte ein weiteres Mal und dann, weil ich immer noch nicht reagierte, ein drittes Mal. Seufzend stieg ich von meinem Stuhl, öffnete die Wohnungstür und betätigte den Drücker. Aber der Ruf „Post", den ich erwartet hatte, blieb aus. Stattdessen hörte ich, wie leichte Schritte die ausgetretenen Holzstufen heraufkamen. Dann tauchte ein mir nur allzu bekannter schwarzer Lockenkopf auf und mir blieb schier das Herz stehen. Ich hatte nicht erwartet, sie je wiederzusehen.
„Hallo, Gabi." Unsicher blieb Ulrike auf der obersten Treppenstufe stehen.
„Komm rein." Während ich zur Seite trat, begann mein Gehirn auf Hochtouren zu arbeiten. Was brachte sie zu mir? Hatte ich vielleicht doch vergessen, ihr einige persönliche Dinge zurückzugeben? Oder wollte sie noch einmal das Unglück mit mir durchsprechen?
Ohne mich zu berühren, schlüpfte sie an mir vorbei, blieb in der kleinen Diele stehen und sah sich um. „Hübsch hast du es hier."
Ich fand endlich zu normaler Höflichkeit zurück. „Geh bitte geradeaus durch ins Wohnzimmer. Es ist alles etwas eng, aber für mich allein reicht es." Kaum hatte ich die Worte ausgesprochen, hätte ich

mir am liebsten auf die Zunge gebissen. Wie blöd war ich eigentlich? Das konnte leicht missverstanden werden.
Ulrike begab sich, ohne darauf einzugehen, ins Wohnzimmer und steuerte gleich auf die Couch zu, dieselbe, die wir damals zusammen ausgesucht hatten. „Du hast alle Möbel behalten", stellte sie nach einem Rundumblick fest.
„Möchtest du ein Glas Cola?", besann ich mich auf meine Gastgeberpflichten.
Sie lächelte mich an und noch bevor sie den Mund aufmachte, wusste ich, was sie sagen würde. „Ich möchte dich." Sie schluckte. „Gabi, ich liebe dich immer noch. Wollen wir es nicht noch einmal miteinander versuchen?"
Sie blieb gleich über Nacht und am nächsten Tag holten wir ihre spärliche Habe von ihrer Mutter ab. Ich war im siebten Himmel. Wir bekamen eine zweite Chance, dieses Mal würden wir sie besser nutzen.
Winfried und Udo freuten sich über mein neues Glück, aber beide waren skeptisch. „Ihr seid zu verschieden, ihr müsstet jeder eine Menge Zugeständnisse machen, glaubst du wirklich, dass ihr das schafft?"
„Zumindest haben wir beide den festen Willen." Zu diesem Zeitpunkt war ich voller Hoffnung. Wir hatten aus den Fehlern der Vergangenheit gelernt, unsere Liebe die Trennung überdauert, wir wollten beide diesen Neuanfang, es konnte gar nicht schiefgehen.
Anfangs klappte alles wunderbar. Ulrike gab sich Mühe, den Haushalt zu führen und übernahm sogar das Einkaufen, am Wochenende gingen wir spazieren oder ins Kino oder trafen uns mit Udo und Winfried zum gemeinsamen Kochen und Essen. Ich gab meine Kurse an der Volkhochschule auf, die gemütlichen Abende zu zweit waren mir wichtiger. Auch die Kontakte, die ich mir mühsam aufgebaut hatte, ließ ich einschlafen. Ulrike kam mit den meisten meiner Freunde nicht zurecht, beziehungsweise fand sie langweilig und doof. Diese wiederum machten keinen Hehl aus ihrem Gefühl der Überlegenheit

ihr gegenüber und, da ja keiner über unsere Beziehung Bescheid wusste, spöttelten über sie, weil sie bei aktuellen Themen nicht mitreden konnte und ihr ganzes Gehabe verriet, dass sie kaum Bildung hatte. Mich verletzten ihre Bemerkungen, sahen sie denn nicht, dass Ulrike dafür Herzenswärme besaß? Diese bewertete ich weit höher. Bildung konnte man sich erarbeiten, ein weiches, mitfühlendes Herz dagegen war Gold wert.

Was aber, wenn dieses Herz schon bald wieder in einem Dämmerschlaf versank? Es dauerte nicht lange und Ulrike kehrte zu ihren alten Gewohnheiten zurück. Sie schlief bis mittags und setzte sich anschließend vor den Fernseher, das schmutzige Geschirr stapelte sich bis zu meiner Rückkehr in der Spüle, dachte ich nicht daran einzukaufen, blieb der Kühlschrank leer.

„Das ist einfach nur öde", verteidigte sie sich. „Ich habe keinen Bock, Tag für Tag das gleiche zu tun. Es macht viel mehr Spaß, mit dir zusammen abzuwaschen." Sie zwinkerte mir zu. „Außerdem beeile ich mich dann automatisch, weil ich die Zeit danach mit dir genießen will."

Natürlich schmeichelten mir diese Sprüche und ich ließ mich von ihnen besänftigen. Ulrike bei mir zu wissen, ihre Nähe zu spüren, die Liebe in ihren Augen zu sehen, über ein Jahr hatte ich darauf verzichten müssen, ich hatte viel zu viel Angst, sie wieder zu verlieren.

Und es war ja nicht so, dass sie mir nicht in anderer Weise entgegenkam. Obwohl sie langsam das ewige Versteckspiel und Leugnen unserer Beziehung leid war, achtete sie meine Weigerung, mich zu outen, und hielt sich in der Öffentlichkeit an meine Vorgaben, was ihr nicht gerade leicht fiel. Besonders meine Mutter machte ihr das Leben schwer, ihre Missbilligung darüber, dass ich Ulrike erneut aufgenommen hatte, ließ sie bei jedem Anruf, den meine Freundin annahm, in ihren Worten mitklingen. Schließlich kam es so weit, dass Ulrike sich weigerte, ans Telefon zu gehen. „Ich lass mich doch nicht ständig von der beleidigen."

Zu ihrer eigenen Mutter hielt sie zu meiner Überraschung nur sporadisch Kontakt, genauso wie zu ihren Schwestern und Brüdern. „Die sitzen den ganzen Tag nur rum, das ist langweilig." Stattdessen wollte sie plötzlich jede freie Minute mit mir verbringen, wartete nach der Arbeit regelrecht auf mich und war beleidigt, wenn ich nicht pünktlich Feierabend machen konnte. Wollte ich meine Eltern besuchen, was nur selten vorkam, nörgelte sie so lange, bis ich versprach, Zuhause zu bleiben. Selbst die Besuche bei Udo und Winfried wurden immer seltener, weil sie meist keine Lust hatte, sie zu treffen.

Eine eigene Arbeit aufzunehmen oder gar eine Ausbildung anzufangen, dazu war Ulrike nicht bereit. „Du verdienst genug für uns beide – und vielleicht schaffen wir es irgendwann irgendwie wieder eine richtige Familie zu werden." Das war ihr großer Traum, ein eigenes Haus und mindestens zwei Kinder wollte sie haben. Oft lag sie an den Wochenenden morgens mit einem sehnsüchtigen Lächeln neben mir und malte sich dieses Leben in allen Einzelheiten aus. Ich sah unsere Beziehung nüchterner. Zuerst einmal mussten wir versuchen, ein vernünftiges Miteinander zu finden, denn trotz aller Zweisamkeit gerieten wir schon wieder für jede Kleinigkeit in Streit. Ich hasste es, dass sie nie bereit war, einen Fehler zuzugeben und sie beschimpfte mich als kleinkariert und obrigkeitshörig. Zu allem Überfluss hatte ich nämlich herausgefunden, dass Ulrike es nicht lassen konnte, Dinge, die sie unbedingt haben wollte, zu stehlen. Nun war sie das dritte Mal erwischt worden und es drohte eine Gerichtsverhandlung.

Statt ihre Schuld einzugestehen, gab sie sich mürrisch und uneinsichtig und behauptete, das läge nur daran, dass sie immer habe zurückstecken müssen und auch jetzt viel zu wenig eigenes Geld hätte, um sich das, was sie haben wolle, zu kaufen. Von mir bekam sie eine Art Taschengeld, genauso viel, wie ich mir selbst zugestand. Damit konnte sie meiner Meinung nach gut auskommen, hatte sie größere Wünsche, musste sie eben selbst arbeiten gehen.

Die anderen beiden Male, als man sie beim Stehlen erwischte, hatte sie es geschafft, diese Tatsache vor mir zu verbergen und sich von ihrer Mutter Geld geliehen, um die Geldstrafe zu bezahlen. Jetzt jedoch benötigte sie einen Anwalt, der sie vor Gericht verteidigte. Diesem gelang es in mühseliger Kleinarbeit, sie zu einem Eingeständnis ihrer Schuld zu überreden, sodass sie bei der Verhandlung einen zerknirschten und reuigen Eindruck zustande brachte und auf Grund dessen zur Ableistung von Sozialstunden verurteilt wurde.

Mit dieser Arbeit kam ein neuer Umschwung. Ulrike lernte dort zwei junge Frauen kennen und begann, ihre freie Zeit mit diesen zu verbringen. Ich mochte beide auf Anhieb nicht. Sie schienen aus ähnlichen Verhältnissen wie meine Freundin zu stammen, hatten weder eine abgeschlossene Ausbildung noch eine regelmäßige Arbeit und waren ebenfalls beide straffällig geworden. Und genau wie Ulrike sahen sie nichts Unrechtes in dem, was sie getan hatten. Für diese drei war das Leben ein einziges großes Spiel, in dem man versuchte, mit wenig Einsatz möglichst viel für sich herauszuholen.

Der endgültige Bruch kam jedoch dadurch zustande, dass ich beim Einkaufen Ulrikes ältere Schwester traf. „Na, lebt ihr noch zusammen oder hast du endlich die Schnauze voll von ihr?", sprach sie mich an. „Uns geht es gut." Ich wollte mich abwenden, aber sie hielt mich am Ärmel fest. „Hat sie dir erzählt, dass sie dem Hauswirt eine geknallt hat und Mama deshalb beinahe rausgeflogen wäre?"

Sie konnte wohl die Antwort an meinem Gesicht ablesen und nickte kichernd. „Dachte ich mir schon. Und dass sie vorher, ich meine, bevor sie zu dir zurückkam, mit Detlev zusammengelebt hat, weißt du dann sicher auch nicht, oder?"

„Was bist du für eine Schwester", entfuhr es mir. „Hasst du sie so sehr oder warum machst du das?" Ich wandte mich ab und entfernte mich von ihr, leider erreichten mich ihre Worte trotzdem noch. „Sie hat meine Ehe zerstört, warum sollte ich da zu ihr halten?"

Kaum war ich Zuhause angekommen, konnte ich nicht mehr an mich halten. „Ich habe gerade deine Schwester getroffen!", rief ich, noch während ich meinen Mantel ablegte.

„Da bin ich ja mal gespannt, was die dir erzählt hat." Mit spöttischem Blick tauchte Ulrike vor mir auf und griff nach den beiden Einkaufstaschen. „Lass mal sehen, hast du an die Chips gedacht?"
Hinter ihr im Türrahmen tauchten ihre beiden Freundinnen auf und beobachteten neugierig die Szene. „Tut mir leid, ich schmeiße euch jetzt beide raus", sagte ich, ohne große Umstände zu machen. „Ulrike und ich haben etwas Wichtiges miteinander zu besprechen."
„Brauchst du Hilfe?", wandte sich die eine an meine Freundin. Diese lachte auf. „Nein, geht ruhig. Eine kleine Meinungsverschiedenheit unter Mitbewohnern, nichts Schlimmes." Offiziell wussten die beiden nichts von unserer Beziehung, ich hatte allerdings den Eindruck, dass sie längst ahnten, dass wir nicht einfach nur gute Freundinnen waren, die sich eine Wohnung teilten. Oder hatte Ulrike gar ihr Versprechen gebrochen und sie ausführlich informiert? Im Moment traute ich ihr alles zu.
„Die ist total stinkig auf mich, du musst nicht alles glauben, was sie erzählt", sagte sie, kaum dass sich die Tür hinter ihren Freundinnen geschlossen hatte.
„Ja? Welcher Teil stimmt den nicht?", fragte ich, während ich ihr ins Wohnzimmer folgte. „Der mit der Ohrfeige, der, dass du bei deiner Mutter rausgeflogen bist oder der, dass du ihre Ehe zerstört hast?"
„Oh, sie hat ja richtig vom Leder gezogen." Ulrike warf sich auf die Couch und winkte lässig ab. „Die hat sich an Detlev rangeschmissen und ich habe die beiden erwischt. Ist doch wohl klar, dass ich mir das nicht gefallen lasse."
„Also stimmt es, dass du eine neue Beziehung hattest?" Ich war ihr gegenüber in den Sessel gesunken, entschlossen, die ganze Wahrheit zu erfahren und mich nicht mehr mit Andeutungen oder Halbgarem abspeisen zu lassen. Bisher waren wir mit dem, was damals mit David passiert war und was sich nach unserer Trennung zugetragen hatte, äußerst vorsichtig umgegangen. Meine Intention war ganz einfach, ich freute mich dermaßen, dass Ulrike zu mir zurückgekehrt war, dass ich sämtliche Punkte, die zu einem erneuten Beziehungsabbruch

hätten führen können, vorsichtig umschiffte. Ich hatte gedacht, sie würden ähnliche Motive leiten, dies schien jedoch ein Irrtum zu sein.
„Ich konnte schließlich nicht ewig meiner Mutter auf der Tasche liegen." Ulrike hob die Augenbrauen und wirkte ehrlich belustigt. „Du hast gewusst, dass ich Männer und Frauen mag."
„Wie lange ward ihr zusammen?"
„Hm, knappe neun Monate würde ich sagen."
Ich traute meinen Ohren kaum. Während ich noch völlig am Boden zerstört gewesen war, hatte sie bereits in einer neuen Beziehung gelebt. Was war mit David? Hatte sie ihn so schnell vergessen?
„Dann hat meine dämliche Schwester sich auf unserer Party besoffen und angefangen, mit ihm rumzuknutschen", erzählte Ulrike weiter. „Ich war selber nicht mehr nüchtern, der Streit ist eskaliert und Detlev hat uns beide vor die Tür gesetzt. Ausgerechnet einen Tag später, als ich noch so richtig sauer war, ist mir mein Schwager über den Weg gelaufen und hat eine hämische Bemerkung gemacht, dass ich wohl nie von meiner Mutter loskommen würde." Sie zuckte die Schultern. „Ich konnte doch nicht wissen, dass er gleich so extrem reagieren würde. – Außerdem hat er angefangen, dumme Witze über dich und mich zu reißen", setzte sie nach einer Pause hinzu. „Ein richtiger Mann wäre eben etwas anderes als so eine hochgestochene Lesbe und so was."
„Ich dachte, du hättest niemandem die Wahrheit gesagt."
Wieder zuckte sie mit den Schultern. „Es hat sich halt irgendwann so ergeben. Ich konnte sie ja schlecht belügen."
Ich war gleichermaßen entsetzt und enttäuscht von ihr. Wem hatte sie wohl noch alles von unserem besonderen Verhältnis erzählt? Wobei es sich für sie anscheinend nur um eine unbedeutende Affäre gehandelt hatte, sonst wäre sie nicht kurz darauf schon die nächste Beziehung eingegangen. Hatte ich sie blind vor Liebe völlig falsch eingeschätzt?
Mühsam wie eine alte Frau erhob ich mich aus dem Sessel. Mehr Geständnisse konnte ich im Moment nicht verkraften. Ich musste

jetzt allein sein und überlegen, wie es weitergehen sollte. Mein Vertrauen in Ulrike war zutiefst erschüttert.

## 40

**Heute**
„Da ist eine Frau Bergmann für dich auf Leitung zwei". Meine Kollegin Petra sah neugierig zu mir herüber. „Kannst du annehmen oder willst du zurückrufen?"
„Sie soll einen Moment warten." Das war für mich die passende Gelegenheit, mein Gespräch, ohne unfreundlich zu wirken, zu beenden. „Monika, die Arbeit ruft. Ich würde wirklich gern noch ein bisschen länger mit Ihnen plaudern, aber jetzt passt es schlecht. Kann ich Sie ein anderes Mal anrufen. Das nächste Mal dann ohne eine Bitte?", setzte ich nach, denn sie war mir, je näher ich sie kennenlernte, umso sympathischer geworden. Diesen Kontakt würde ich gern beibehalten.
„Gern." Das war keine Floskel, sie hörte sich wirklich erfreut an. „Schade, dass ich Ihnen nicht weiterhelfen kann. Aber wie gesagt, ich habe mit diesem Teil der Familie schon länger nichts mehr zu tun."
Wir wechselten die üblichen Abschiedsworte, dann nahm ich das nächste Telefonat an. „Gabi Weißgerber?"
„Hier ist Angela Bergmann", drang eine nervöse Stimme aus dem Hörer. „Ich wollte Sie fragen, ob es möglich wäre, dass wir beide uns heute treffen? Timo hat mich angerufen, er weiß jetzt Bescheid. Ich würde mich jedoch lieber mit Ihnen allein unterhalten. Ich gehe bestimmt recht in der Annahme, dass Sie ebenfalls informiert sind?"
„Ja, er wollte mich gern bei dem Termin mit Ihnen dabei haben", bestätigte ich.
„Es lässt sich leichter und offener sprechen, wenn er nicht anwesend ist." Sie schluckte. „Ich denke, es ist wichtig, dass wir endlich reinen Tisch machen."
Das sah ich genauso. „Ich kann erst ab ungefähr eins."
„Also um halb zwei bei Danny's?" Das war ein Restaurant hier in der Nähe.

„Einverstanden." Kaum hatte ich ausgesprochen, klickte es in der Leitung. Kopfschüttelnd legte ich den Hörer auf und überlegte, wen ich als nächstes anrufen sollte. Monika war die letzte in einer ganzen Reihe von Freunden und Bekannten gewesen, von denen ich gehofft hatte, sie könnten mir weiterführende Auskünfte zu Melanies Verbleib geben. Es war wie verhext, niemand schien zu wissen, wo sich diese aufhielt.

„Frag mal deinen Schwager!" Petra beuge sich vertraulich vor. „Der ist zurzeit mit dieser Daggi zusammen. Die verkehrt in denselben Kreisen wie die Seiffendorns."

Sie hatte mich offensichtlich belauscht. Ich unterdrückte meinen Ärger und nickte ihr dankend zu. Die restlichen Telefongespräche würde ich im Arbeitszimmer meines Mannes von meinem Handy aus führen. Aber zuerst widmete ich mich der liegengebliebenen Arbeit. Ich musste mich beeilen, damit ich wenigstens einigermaßen pünktlich Feierabend machen konnte, um nicht zu spät zu meinem Termin zu kommen.

Am Tag zuvor hatten wir wieder bis spät in die Nacht hinein zusammengesessen und über die neuen Fakten diskutiert. Ralf und ich waren der Ansicht gewesen, sie wären sehr wohl relevant für unsere weiteren Ermittlungen, Timo hatte es wie seine Mutter anders gesehen. „Es kann nichts mit dem Mord an Helmut zu tun haben. Der einzige, der geschädigt wurde, war er. Opa Karl hat seinen Willen durchgesetzt und die Situation ganz in seinem Sinn bereinigt. Onkel Rainer steht genauso gut da wie zuvor, Patrick hat ebenfalls nur gewonnen. Selbst Melanie wird mit dem Deal zufrieden gewesen sein. Mama hat mir erzählt, dass sie es war, die unbedingt nach Amerika auswandern wollte."

Daran sah man mal wieder, dass die besten Gerüchte nichts taugten. Ich war mir sicher, dass Ulrike uns nun nicht mehr belog, sondern alle Fragen Timos wahrheitsgemäß beantwortet hatte. Immerhin gab sie sogar zu, dass auch sie von diesem Verkauf profitierte. Natürlich hatte sie schon lange Zeit von dem Verhältnis ihres Mannes mit Melanie gewusst. Anfangs war sie nicht sonderlich beunruhigt gewesen, es handelte sich dabei nicht um sein erstes während ihrer Ehe. Irgendwann jedoch hatte sie Anzeichen dafür entdeckt, dass es ihm dieses Mal ernst war und er sie verlassen würde. Daher war sie äußerst erfreut, als ihr Schwiegervater sie zu seiner Komplizin auserkor und mit ihr seinen Plan in aller Ausführlichkeit besprach. Er hatte vorgehabt, seinen Anteil an dem neuen Unternehmen auf seinen Enkel Maximilian zu überschreiben, sodass dieser abgesichert war, egal, was mit der Ehe oder seinem Vater passierte. Sie, Ulrike, sollte gemeinsam mit einem der Rechtsanwälte die Vormundschaft übernehmen. Dafür würde sie jeden Monat eine angemessene Summe erhalten, von der sie gut leben konnte.

„Zum ersten Mal in meinem Leben wäre ich richtig unabhängig gewesen", hatte sie Timo vorgeschwärmt. „Du wirst nie ermessen, was das für mich bedeutet hat."

Ich jedenfalls war in der Lage, sie zu verstehen. Bisher hatte sie sich immer nur auf ihre Wirkung verlassen, ihr Körper und ihre besondere sexuelle Ausstrahlung waren ihr Kapital gewesen. Ich würde einiges darauf verwetten, dass sie nicht ein einziges Mal aus Liebe, sondern immer nur aus Berechnung geheiratet hatte. Endlich frei zu sein, musste für sie eine wahnsinnige Erleichterung bedeuten.

„Die Freundschaft mit Karl war das Beste, was mir seit Langem passiert ist", hatte sie weiter berichtet. „Wir lagen tatsächlich auf einer Wellenlänge. Er war einer der wenigen, die mich so gesehen haben, wie ich bin, der die echte Ulrike liebte und nicht das, was ich nach außen zeige." Sie hatte nervös gelacht. „Ich weiß gar nicht, warum ich dir das alles jetzt erzähle. Du musst mich ja für völlig durchgedreht halten."

„Ich bin froh, dass wir dadurch beweisen können, dass du überhaupt kein Motiv hattest, deinen Mann zu töten", war Timo einer direkten Antwort ausgewichen, was ich durchaus verstehen konnte. Für ihn hatte sich das Bild, das er sich bisher von seiner Mutter gemacht hatte, bestimmt immens verschoben. Wie jeder gute Sohn war er nur zu bereit gewesen, in ihr die Peron zu sehen, die ohne Fehl und Tadel handelte, die ihr Leben positiv gestaltet hatte, die mit dem Erreichten zufrieden und glücklich war.

„Aber wer käme dafür infrage?", hatte Ulrike laut überlegt. „Mir fällt niemand ein, dem ich so was zutrauen würde."

Uns leider auch nicht. Wir standen trotz all unserer Bemühungen wieder am Anfang. Ulrike hatte Timo gesagt, dass sie, nachdem sie Patrick bis zu seinem Auto begleitet hatte, nicht noch einmal ins Haus zurückgegangen war, sondern in ihr Auto stieg und zu ihrer Verabredung fuhr. „Ich wusste, dass Helmut ausrasten würde. Das musste ich mir nicht antun. Ich hatte sogar eine Hotelübernachtung gebucht, weil ich mir dachte, es wäre besser, noch etwas mehr Zeit verstreichen zu lassen, bis ich wieder auf ihn treffe." Sie hatte gekichert. „Für Max war extra dieser Besuch bei seinem Freund arrangiert worden, mein Schwiegervater hatte sich im Krankenhaus in Sicherheit gebracht, warum sollte ich allein den Kopf hinhalten? Nee, sollte der seinen Frust an Melanie auslassen, das war am besten."

„Wieso bist du dann trotzdem zurückgefahren?" Ich hätte Timo für seine Reaktionsschnelligkeit noch im Nachhinein umarmen können.

„Weil Rainer und Angela mich so genervt haben. Sie hatten Helmut weder auf dem Festnetz noch auf seinem Handy erreichen können, nachdem das mit Karl passiert war. Selbst das Krankenhaus ist nicht zu ihm durchgekommen. Da habe ich irgendwann angefangen, mir das Schlimmste auszumalen. Ich meine, stell dir mal vor, der hätte Selbstmord begangen und wäre vielleicht von Max gefunden worden, weil der …" Sie verstummte abrupt.

„Ihm fehlte was für den nächsten Schultag", stellte Timo lapidar fest.

„Ja, sein Sportzeug. Das war mir erst später eingefallen. Er hätte es erst für die fünfte Stunde gebraucht, aber trotzdem, ich war zu unruhig, um es darauf ankommen zu lassen. Ich dachte mir, ich renn rein, guck schnell nach und renn wieder raus, ohne mich auf große Diskussionen einzulassen. Naja, das hatte sich dann ja erledigt."

Alles geklärt und trotzdem nicht weitergekommen, es war zum Verzweifeln!
Es war fast zwölf, als ich die Zeit fand, Timo anzurufen. „Deine Tante will sich gleich mit mir allein treffen", informierte ich ihn. „Sie hat wohl vor, reinen Tisch zu machen. Dabei würdest du offensichtlich stören."
„Opa Karl ist aus dem Koma erwacht", stellte er es richtig. „Sie hat eher Angst, dass wir sämtliche Details von ihm erfahren."
„Wie schön", freute ich mich. „Warst du schon bei ihm?"
„Es steht immer noch nicht fest, ob er durchkommt. Er ist zu schwach zum Reden. Aber ja, ich habe eine Stunde lang an seinem Bett gesessen."
„Mit Melanie komme ich nicht weiter", führte ich ihn zum Thema zurück. Ganz ehrlich? Ich konnte für Karl Bergmann keine große Sympathie aufbringen, zum einen, weil ich ihn bei den seltenen Aufeinandertreffen auf Partys als äußerst arrogant und selbstherrlich erlebt hatte, zum anderen wegen dem, was seinem ältesten Sohn angetan worden war. Eine offene Auseinandersetzung hätte ich durchaus verstehen können, aber dieses hinterfotzige Arrangement schrie für mich zum Himmel So etwas tat man nicht unter Blutsverwandten.
„Niemand aus meinem Freundes- und Bekanntenkreis hat sie nach dem Mord zu Gesicht bekommen. Leider weiß auch keiner, wo sie war, als Helmut getötet wurde. Kannst du nicht über deinen Anwalt versuchen, an die Seiffendorns direkt heranzukommen?"
„Ich kann mir nicht vorstellen, dass sie mit dem reden."
„Einen Versuch ist es wert", beharrte ich. Von meiner eventuellen Quelle wollte ich ihm noch nicht berichten, er sollte sich ruhig ebenfalls ein bisschen anstrengen.
Ralf gegenüber sprach ich Petras Hinweis dann allerdings an. „Kannst du deinen Bruder bitte danach fragen?"
Der lachte amüsiert auf. „Nein, bei diesem Thema bist du die Geeignetere von uns beiden. Thomas hilft dir bestimmt gern. Im Zweifels-

fall schaffst du es wesentlich besser, ihm die Telefonnummer von dieser Daggi zu entlocken. Mach du das lieber selbst."

Gut, die Zeit wurde allerdings knapp. Zuerst würde ich mich jetzt um Angela Bergmann kümmern.

# 41

**Früher**
Dieses Mal verließ mich Ulrike. Als ich am Morgen nach unserem Gespräch erwachte, bemerkte ich gleich, dass ihre Seite des Bettes unberührt war. In der Annahme, sie habe auf der Couch übernachtet - wir hatten am Abend zuvor nur noch das Nötigste miteinander geredet -, vermied ich es, ins Wohnzimmer zu gehen und hielt mich fast zwei Stunden in der Küche auf. Diese Rücksichtnahme war vollkommen überflüssig gewesen, stellte ich anschließend fest. Sie hatte noch in der Nacht, während ich schlief, die Wohnung verlassen, mitsamt ihrem Gepäck. Mitten auf dem Couchtisch lag ein kurzer Brief, in dem sie mir erklärte, dass sie es für besser halte, sich von mir zu trennen. Wir passen einfach nicht zusammen, schrieb sie, da hilft auch alle Liebe nichts.
Das sah ich mittlerweile genauso. Vor allem ihr Verrat schmerzte mich. Sie hatte gewusst, dass ich nie, niemals meine Veranlagung vor anderen eingestehen wollte. Wie hatte sie mir das antun können? Ihre anderen Fehler waren im Vergleich dazu fast unwichtig, zumindest sah ich das in diesem Augenblick so. Erst viel später, als ich wieder in der Lage war, klar zu denken, erkannte ich, wie passend ihre Worte gewesen waren. Die wenigen Gemeinsamkeiten, die wir hatten, konnten all die Unterschiede und die große Kluft, die uns trennte, nicht überbrücken. Für uns hätte es nie eine gemeinsame Zukunft gegeben.
Trotzdem fiel ich in ein tiefes Loch. Als ich einige Tage später erfuhr, dass Winfried an Aids erkrankt war, brach ich zusammen. Gerade erst hatte ich meine Freundin für immer verloren, jetzt drohte auch noch meinem besten Freund der Tod. „Er ist viel zu spät zum Arzt gegangen", informierte mich Udo mit tränenerstickter Stimme. „Jetzt liegt er mit doppelseitiger Lungenentzündung im Krankenhaus. Die Ärzte sagen, er wird es noch einmal schaffen, doch wie es danach weitergeht, wissen wir nicht."

Winfried waren noch eineinhalb Jahre vergönnt. In den letzten Wochen vor seinem Tod verschlechterte sich sein Zustand allerdings derart, dass er völlig auszehrte und viel zu schwach war, das Bett zu verlassen. Bis zuletzt blieb Udo an seiner Seite und pflegte ihn aufopferungsvoll. Auch ich verbrachte jede freie Minute bei ihm, bis er aus dem Koma, in das er zwei Tage zuvor gefallen war, in den Tod hinüberglitt.

Danach klammerten sich Udo und ich regelrecht aneinander, ich zog sogar für eine kurze Zeit zu ihm in sein Haus, bis er sich soweit gefangen hatte, dass er allein weitermachen konnte.

„Wenn ich nicht stockschwul wäre, hätte ich dich längst gebeten, meine Frau zu werden", witzelte er, während wir gemeinsam in der Küche kochten.

Wir hatten diese samstägliche Zusammenkunft wieder aufleben lassen, zumindest für so lange, wie wir nicht willens waren, uns anderen Vergnügungen zuzuwenden. Bei Udo hatte man nach Winfrieds Erkrankung auch einen Aidstest durchgeführt. Er war HIV positiv, allerdings war die Krankheit bei ihm noch nicht ausgebrochen. Natürlich hing dieses Wissen wie ein Damoklesschwert über ihm, aber er war nicht bereit, sein Leben deswegen als beendet zu betrachten.

„Die Ärzte sagen, ein paar Jahre habe ich garantiert noch vor mir, vielleicht sogar mehr. Warum also sollte ich nicht versuchen, sie zu genießen?"

Wieder einmal stellte ich fest, dass er viel stärker war als ich. Jedes Mal, wenn wir uns trafen, beschwor er mich, mir ein neues Glück zu suchen. Er hatte sogar damit begonnen, mir bei jedem Besuch Anzeigen vorzulegen, in denen Frauen nach Partnerinnen suchten. Durch ihn erhielt ich überhaupt erst Kenntnis davon, dass es diese Art von Blättern gab.

„Versuch es wenigstens", drängte er mich. „Mehr als dass ihr euch nicht sympathisch findet, kann schließlich nicht passieren."

Nur um endlich meine Ruhe zu haben, ließ ich mich tatsächlich darauf ein und schrieb auf eine der Annoncen. Nachdem die Frau und

ich einige Briefe gewechselt und dabei festgestellt hatten, dass wir durchaus dieselben Interessen teilten, trafen wir uns in einem Café. Doch der berühmte Funke sprang nicht über, auch nicht bei meinem zweiten, dritten, vierten und fünften Versuch. Dabei traf ich mich schon ausschließlich mit Frauen, die wie ich diese Verbindung geheim halten wollten, was den Kreis der möglichen Partnerinnen gewaltig einengte. Die meisten verlangten, dass wir offen und ehrlich mit unserem Anderssein umgingen, wenige verstanden meine Vorbehalte.
„Vielleicht stehst du gar nicht auf Frauen und Ulrike war die berühmte Ausnahme", meinte Udo, der im Gegensatz zu mir längst wieder in einer Partnerschaft lebte. „Wie steht es denn mit Männern? Gibt es irgendeinen, der dich interessieren könnte?"
„Nein, ganz sicher nicht." Mein Tonfall wies dieses Ansinnen energisch zurück.
„Wie viel Freunde hattest du?", blieb Udo hartnäckig. „Einen einzigen? Und weil es mit ihm schiefgegangen ist, schließt du daraus, dass du nicht heterosexuell bist?"
„Auf jeden Fall werde ich es nicht ein zweites Mal ausprobieren, nur um meine Ansicht zu stützen", gab ich spitz zurück.
„Gabi", er hob kapitulierend die Hände. „Ich will dir doch nur helfen. Natürlich sollst du nichts tun, was dir widerstrebt. Es war als eine Art Denkanstoß gedacht. Ich mag dich und möchte, dass du glücklich wirst. Das Leben, das du im Moment führst, befriedigt dich nicht. Du sehnst dich nach einer Partnerschaft, du bist nicht zum Alleinleben geeignet."
Das wurde mir in den nächsten Jahren selbst immer bewusster. Im Beruf lief alles glänzend, ich war mittlerweile zur Assistentin der Geschäftsleitung aufgestiegen und verdiente mehr Geld, als ich ausgeben konnte. An den Wochenenden verbrachte ich viel Zeit mit meinen Freunden, alles Singles wie ich, die nur zu gern zu gemeinsamen Unternehmungen bereit waren. Montags, dienstags und donnerstags besuchte ich Kurse an der Volkshochschule, wobei ich alles abdeckte, was mich interessierte. In Englisch hatte ich bereits abgeschlossen

und nun mit Italienisch begonnen, dazu belegte ich einen Kommunikationskurs und Yogaübungen für Fortgeschrittene, Möglichkeiten, mich zu beschäftigen, fand ich genug.
Trotzdem war ich nicht richtig glücklich, mir fehlte das Gefühl von Liebe und Geborgenheit, ich wollte gebraucht werden, jemanden an meiner Seite haben, dem ich wichtig war, mit dem mich mehr verband als Freundschaft.
Udo zog mit seinem Partner nach München und ich fühlte mich noch verlassener. Zwar telefonierten wir regelmäßig, aber es war nicht dasselbe. Ich vermisste die gemütlichen Abende in seinem Haus, die einzige Möglichkeit, wo ich wirklich ich selbst hatte sein können. Meine neuen Freunde und meine Familie hatten nach wie vor keine Ahnung, wie es um mich stand.
In meiner Verzweiflung ließ ich mich tatsächlich auf ein sexuelles Abenteuer ein, war danach aber noch unzufriedener. Gut, ich hatte festgestellt, dass ich tatsächlich lesbisch war und Ulrike nicht die einzige, die mich im Bett glücklich machen konnte. Doch leider entpuppte sich diese Frau genau wie ihre zwei Nachfolgerinnen als absolut ungeeignet für eine längere Partnerschaft, es schien mir, als fände ich nur den Typus begehrenswert, der mit allem, was mir wichtig und erstrebenswert war, nicht konform ging. Zudem hatte ich nach wie vor das Problem der Geheimhaltung. Auch wenn mittlerweile viel mehr und offener als noch vor ein paar Jahren mit diesem Thema umgegangen wurde, hörte ich doch aus vielen Äußerungen den Widerwillen, teilweise sogar Abscheu gegen diese Andersartigen heraus. Dem war ich immer noch nicht bereit, mich zu stellen. Lieber zog ich mich zurück und fristete ein Leben in Einsamkeit, als ständig diesen Spießrutenlauf mit seinen Blicken und geflüsterten Bemerkungen auf mich zukommen zu lassen. Und meine Stellung in der Firma, da war ich mir sicher, würde ebenfalls darunter leiden. Gerade auf der Führungsebene waren die Vorurteile besonders ausgeprägt. Man hatte es als Frau sowieso schwerer, anerkannt zu werden – und dann noch mit

diesem Makel? Nein, ich würde meine Veranlagung unter keinen Umständen öffentlich machen.

Kurz nach meinem zweiunddreißigsten Geburtstag erhielt ich eine Einladung von Udo zu einer großen Party. „Gabi, du musst unbedingt kommen. Wenn es dir möglich ist, bitte schon einen Tag früher, also am Freitag. Hans und ich haben etwas sehr Wichtiges mit dir zu besprechen."

Trotz mehrfacher Nachfragen war er nicht bereit, mit näheren Einzelheiten herauszurücken, sondern erging sich in unklaren Andeutungen, die mich nur noch neugieriger machten. Dass ich zu seiner Feier kam, war für mich selbstverständlich. Immer noch sah ich in ihm meinen besten Freund und einzigen Vertrauten. Wir litten beide darunter, dass wir uns kaum sehen konnten.

Der Anlass dieser Feier war Grund genug für mich, mir einen Tag Urlaub zu nehmen. Einen Tag nach unserem Telefonat informierte mich sein Freund Hans über den Anlass dazu. „Es wird eine Abschiedsparty für Udo. Die Erkrankung ist ausgebrochen. Noch geht es ihm gut genug, sich dieses Vergnügen zu gönnen. Er will sein Leben genießen, solange es geht", ein schwerer Seufzer drang durch den Hörer. „In Wirklichkeit hat er wahnsinnige Angst davor, genauso elendig zu enden wie Winfried. Dessen langer Leidensweg steht ihm ständig vor Augen. Er weiß, dass es ein ständiger Kampf wird."

Ich war zutiefst geschockt. Jetzt wusste ich, warum er mich einen Tag eher um sich haben wollte. Er hatte vorgehabt, mir diese Nachricht von Angesicht zu Angesicht beizubringen.

Statt einer tieftraurigen ausgemergelten Gestalt empfing mich ein ernster, aber gesund wirkender Udo, der mich zur Begrüßung ohne große Umstände gleich in eine lange Umarmung zog. „Gabi, ich freue mich, dass du gekommen bist."

„Ich weiß Bescheid." Ich löste mich so weit von ihm, dass ich ihm in die Augen schauen konnte. „Wie geht es dir?"

„Den Umständen entsprechend." Sein Strahlen verschwand und er versteifte sich. „Ich will nicht darüber sprechen. An diesem Wochen-

ende wird das Thema vollständig ausgeklammert, hörst du? Ich möchte eine letzte fröhliche Party feiern, sie soll nicht von Traurigkeit und dem Gedanken ans Abschiednehmen überschattet werden." Dann riss er sich merklich zusammen und gab mir einen leichten Schubs. „Richte dich schnell in deinem Zimmer ein und komm dann runter ins Wohnzimmer. Ich habe viel mit dir zu besprechen."
Das Zimmer war wie das ganze Haus einfach traumhaft. Hans, mittlerweile zweiter Mann hinter dem Firmenchef, hatte sowohl das Geld als auch das Händchen dafür, eine heimelige und ansprechende Atmosphäre zu schaffen. Seit ich vor einem Jahr zum letzten Mal hier gewesen war, hatte es weitere Veränderungen gegeben, er schien unermüdlich darin, seine Vorstellung von gehobener Gemütlichkeit umzusetzen. Doch ich nahm mir nicht die Zeit, genauer hinzusehen, packte nur schnell die wenigen Kleidungsstücke aus, die ich eingepackt hatte, wusch mir im Gästebad die Hände und begab mich hinunter ins Wohnzimmer. Udo wartete bestimmt schon auf mich. Er hatte sich Mühe gegeben, damit ich die Ungeduld nicht bemerkte, die ihn beherrschte, doch es war ihm nicht gelungen, mich zu täuschen. Dafür kannten wir uns viel zu gut.
„Du bist immer noch solo?"
Das war wohl eher eine rhetorische Frage, er wusste ganz genau, dass ich mich sofort bei ihm melden würde, wenn ich meine Traumfrau fand. Daher nickte ich nur.
„Willst du dein restliches Leben allein verbringen?", fragte er weiter.
Ich runzelte unwillig die Stirn. Was sollte diese Gesprächseröffnung? Ich hatte gedacht, wir sprächen über seine Krankheit und all die Dinge, die sich daraus ergaben. Stattdessen machte er meine derzeitige Situation zum Thema, die nun wirklich nicht relevant war angesichts dessen, was auf ihn zukam.
Er schien meine Gedanken zu erraten. „Was mit mir passiert, kann ich nicht beeinflussen, deine Zukunft dagegen schon – wenn du mich lässt."

„Wie meinst du das?" Für mich sprach er immer noch in Rätseln. Hatte er etwa vor, mich mit einer ihm bekannten Lesbe zu verkuppeln? Oder wollte er gar mit mir zusammen nach einer adäquaten Partnerin Ausschau halten? In seinem Zustand?
„Gabi, du bist für mich wie meine eigene Tochter." Er beugte sich vor und sah mich eindringlich an. „Ich kann einfach nicht mitansehen, wie du dein Leben vor die Hunde gehen lässt. Du bist nicht der Typ, der auf Dauer allein bleiben kann. Ich …"
„Diese Diskussion hatten wir bereits mehrfach", unterbrach ich ihn unwillig. „Das, was ich zurzeit habe, ist genau das, was ich will."
„Das ist nur den Umständen geschuldet", widersprach er mir. „Du sehnst dich nach einer beständigen Partnerschaft und am liebsten hättest du auch noch eigene Kinder. Du bist jemand, der mit einer eigenen Familie am glücklichsten ist."
„Schön zu wissen." Ich konnte die Bitterkeit nicht ganz aus meiner Stimme verbannen. Bisher hatte ich gedacht, dass ich diese meine Sehnsucht tief genug in mir vergraben hätte, sodass keiner außer mir davon Kenntnis nehmen konnte.
„Gabi, noch mal, ich will dir helfen." Er blinzelte mir verschwörerisch zu. „Winfried war für mich der absolute Glücksfall, du als Zugabe das Tüpfelchen auf dem i. Durch ihn habe ich gelernt, wie wertvoll eine echte Partnerschaft ist, er hat mich erst zu dem Mann gemacht, der ich bin. Im Gegensatz zu dir wusste ich vorher nicht, was mir entging. Umso dankbarer bin ich für diese Erfahrung mit ihm. Sie hat mich reifer werden lassen, durch ihn habe ich gelernt, was wichtig ist im Leben."
Schön für ihn, und was hatte das mit mir zu tun?
Wieder schien er meine aufrührerischen Gedanken lesen zu können. „Du bist mir sehr ans Herz gewachsen, Gabi. Ich will dich glücklich wissen, bevor ich sterbe. Ich möchte, dass du eine Familie gründest, und dabei werde ich dir helfen. Ja, ich habe sogar schon jemanden ins Auge gefasst, der ausgezeichnet zu dir passen würde."

## 42

**Heute**
Angela Bergmann saß bereits im hinteren Teil des Restaurants an einem etwas abseits gelegenen Tisch, als ich hereinkam. Sie legte die Speisekarte, in der sie geblättert hatte, zur Seite und nickte mir zu. Begeistert von unserem Treffen wirkte sie immer noch nicht. Deshalb verkniff ich mir die Bemerkung, wie es ihrem Schwiegervater gehe, und nahm schweigend ihr gegenüber Platz.
Die Bedienung brachte ein Wasser für sie, ich bestellte ein weiteres für mich, dazu das Hauptgericht des Tages, sie schloss sich mir an.
„Ich denke, ich werde sofort beginnen", verkündete sie und sah mich aus zusammengekniffenen Augen an. „Sie haben bestimmt ebenfalls noch eine Menge anderer Dinge zu erledigen."
Am liebsten hätte sie mich gefressen, das verhehlte sie auch gar nicht. Freiwillig wäre sie dieses Gespräch nie eingegangen. Was musste sie sich bei Timos Anruf geärgert haben, dass wir beide nun Bescheid wussten!
Ich lehnte mich zurück und blieb stumm. Es war an ihr, sich zu erklären.
„Mein Schwiegervater ist ein Despot, ein Familientyrann, der über sein Imperium herrschte." Sie machte eine Pause und erwartete offensichtlich, dass ich mich dazu äußerte.
„Ich habe ihn kaum gekannt", gab ich zur Antwort.
„Hat Ulrike nie mit Ihnen darüber gesprochen?"
Anscheinend war sie von niemandem vernünftig informiert worden.
„Ulrike ist eine Jugendfreundin von mir", stellte ich richtig. „Ich hatte jahrelang keinen Kontakt mehr zu ihr. Ich kannte weder ihren Sohn noch ihre jetzigen Lebensumstände."
Das waren die richtigen Worte, sie taute sichtlich auf. „Karl hat aus kleinsten Anfängen diesen Betrieb geschaffen", fuhr sie wesentlich freundlicher fort. „Bevor seine Söhne eintraten, handelte es sich um eine kleine Fabrik mit ungefähr zwanzig Angestellten. Trotzdem führ-

te er sich auf, als wäre er ein Großunternehmer. Helmut und Rainer bekamen untergeordnete Posten zugewiesen und mussten sich von der Pike auf hocharbeiten. Das war für beide kein Zuckerschlecken. Sie wurden für jede Kleinigkeit kritisiert, er stellte sehr hohe Anforderungen an sie."
„Wie war die finanzielle Lage?"
„Sie waren relativ wohlhabend, aber nicht direkt reich." Sie wandte den Blick ab und griff nach ihrer Handtasche. Ich dachte schon, sie würde aufstehen und fluchtartig das Restaurant verlassen. Doch sie drückte diese nur angespannt gegen die Brust. „Rainer und ich lernten uns kennen, da war ich zwanzig und er zweiundzwanzig", nahm sie einen neuen Anlauf. „Er war ein sehr schüchterner Mann und hatte überhaupt kein Selbstvertrauen. Erst nach und nach kam ich dahinter, dass daran sein Vater die Schuld trug. Er sah nicht die enorme Kreativität, die in seinem Sohn schlummerte, für ihn war er ein Versager, der es ohne seine Hilfe nie schaffen würde, seinen Lebensunterhalt zu verdienen. Für ihn war Helmut der einzige, der als rechtmäßiger Nachfolger infrage kam", fügte sie erklärend hinzu. „Der wurde hofiert und auf seine spätere Stellung vorbereitet."
„Allerdings ebenfalls nicht auf besonders freundliche Art und Weise?", wagte ich einzuwerfen.
„Genau. Karl kannte kein Lob. Für ihn war es selbstverständlich, dass die beiden sich abrackerten und sich von ihm schikanieren ließen. Schließlich würden sie die Firma später einmal erben." Sie schnaubte. „Er bestimmte, sie hatten zu gehorchen."
„Bis der ältere Sohn revoltierte", half ich nach. Wenn sie in diesem Tempo weitererzählte, saßen wir heute Abend noch hier.
„Revoltierte ist zu hoch gegriffen. Er war sehr hartnäckig und hatte viele innovative Ideen, die er einbringen wollte. Nach unzähligen Diskussionen ließ Karl schließlich zu, dass er kleinere Änderungen vornahm, danach, als sich zeigte, dass Helmut richtig lag, stimmte er auch weitreichenderen Vorschlägen zu. Bis es zu dieser ersten, völligen Umstrukturierung kam, dauerte es eine geraume Weile."

„Und Ihr Mann?"
„Begann in dieser Zeit mit seinen künstlerischen Entwürfen." Sie strahlte geradezu auf. „Helmut hatte ein gutes Gespür, was die Kundschaft wollte, Rainer gelang es, diese Vorstellungen umzusetzen. Die Designerstücke fanden von Anfang an guten Anklang."
„Dann änderte Ihr Schwiegervater doch bestimmt seine Meinung über ihn."
„Nein." Ihre Züge verdunkelten sich wieder. „Für ihn war es der geniale Helmut, der, der den richtigen Riecher gehabt hatte, dem alles Lob zustand. Bis zuletzt hat Karl meinen Mann wie ein unzurechnungsfähiges Kind behandelt. Wäre ich nicht gewesen, wer weiß, ob der geplante Verkauf nicht ganz anders vonstattengegangen wäre."
Unser Essen wurde serviert und wir warteten schweigend, bis sich die Bedienung wieder zurückgezogen hatte. Angela nahm einen kleinen Happen zu sich, bevor sie weitersprach. „Mein Schwiegervater versuchte nämlich nicht zum ersten Mal, Rainer auszubooten. Damals, als er feststellte, dass dieser nicht zum Chef taugte, bot er ihm an, ihn auszuzahlen, was ich jedoch verhinderte. Mein Mann verließ sich immer schon darauf, dass ich das Finanzielle regele." Sie hob bedeutungsvoll die Augenbrauen.
Ich tat ihr den Gefallen und nickte ihr beipflichtend zu, während ich mich über meine Portion Hühnerfrikassee hermachte. Bisher tat das Gespräch meinem Hunger keinen Abbruch. Und es schmeckte wirklich ausgezeichnet.
„Das zweite Mal war, kurz bevor diese erste große Umstrukturierung begann." Im Gegensatz zu mir schob Angela ihr Essen nur noch auf dem Teller hin und her. „Aber ich setzte mein Vertrauen in Helmut. Wie sich später zeigte, nicht zu Unrecht."
„Wieso hatte Ihr Schwiegervater die beiden als Teilhaber aufgenommen, wenn er so dagegen war, sie mitbestimmen zu lassen?"
„Weil ihm nichts anderes übrig blieb." Angela stieß ihren Teller zurück und lachte abfällig. „Der hatte die Firma mit dem Geld seiner Frau gegründet. Nach ihrem Tod wurden ihre Söhne Mitinhaber, so,

wie sie es testamentarisch festgelegt hatte. Anfangs besaß jeder genau ein Drittel, erst als Karl sich offiziell aus dem Betrieb zurückzog, wurde das Verhältnis geändert. Ganz aussteigen wollte er nicht, er würde bis zu seinem Tod das Zünglein an der Waage bleiben, hat er immer gesagt."

„Und doch stellte er sich schließlich gegen seinen ältesten Sohn."

Diese Bemerkung reichte aus, sie zornig zu machen. „Was blieb ihm denn anderes übrig?", zischte sie. „Der hätte beinahe die Firma ruiniert. Nur weil er den Hals nicht vollkriegen konnte."

„Das heißt, Ihr Schwager verwandelte sich in ein Ebenbild seines Vaters?"

„Einerseits ja, andererseits nein. Karl war eher übervorsichtig, sehr zögerlich, wenn es um Veränderungen ging. Er stellte keine großen Ansprüche. Schon diese erste Umstellung hatte er mit einem hartnäckigen Magengeschwür bezahlt. Der war nicht aggressiv genug, er hatte viel zu viel Angst, dass das, was er aufgebaut hatte und worauf er sehr stolz war, untergehen könnte. Also in diesem Bereich waren die beiden sich überhaupt nicht ähnlich. Charakterlich dagegen schon, je erfolgreicher Helmut wurde, desto mehr nahm er die Allüren seines Vaters an. Mehr sogar, er fühlte sich als der alleinige Herrscher. Nur ihm war es zu verdanken, dass der Betrieb derart expandiert hatte und uns allen nun die Taschen füllte. Ja, und trotzdem war er nicht zufrieden, wollte immer noch mehr erreichen."

„Wann haben Sie davon erfahren, dass Ihr Schwiegervater beschlossen hatte, einzugreifen?" Vollkommen gesättigt schob ich meinen Teller zurück. Das Angenehme mit dem Nützlichen zu verbinden war gar keine so schlechte Idee gewesen.

„Kurz bevor die von Helmut einberufene Inhaberversammlung stattfand." Angela nickte der Kellnerin zu, ihren fast unberührten Teller ebenfalls abzuräumen, und bestellte einen doppelten Espresso. „Ulrike rief mich an und bat mich, sich mit ihr und Karl bei ihnen zu Hause zu treffen. Sie hätten mir etwas Wichtiges mitzuteilen, etwas so Wichtiges, dass ich niemandem, auch nicht Rainer, erzählen dürfe,

dass wir uns träfen. Sie beschworen mich, meinem Mann zu beeinflussen, sodass er seinem Bruder die Bitte um Unterstützung abschlagen würde. Es käme nichts Gutes dabei heraus, wenn wir Helmut halfen." Sie zuckte die Achseln. „Die beiden klärten mich vollkommen auf, legten mir sämtliche Zahlen vor. Ich konnte mir mein eigenes Bild machen."
„Und das war nicht gerade rosig."
„Genau. Ich jedenfalls hätte niemals Helmuts Vorschlag zugestimmt. Bei Rainer dagegen …" Sie zögerte, gab sich jedoch schließlich einen Ruck. „Sie müssen wissen, die beiden haben ein ganz besonderes Verhältnis zueinander. Der Ältere war gewissermaßen immer der Beschützer des Jüngeren gewesen. Helmut hat sich oft vor ihn gestellt und ihn ermuntert, seinen eigenen Weg zu gehen. Für Rainer ist sein Bruder der große Guru, der es geschafft hat, ihn auf die Sonnenseite des Lebens zu ziehen. Er hätte fast alles für ihn getan."
„So wie ich das verstanden habe, wäre der Weg, den Ihr Schwager gehen wollte, durchaus möglich gewesen", vergewisserte ich mich, ob sie tatsächlich über alle Umstände informiert worden war. „Mit einer gehörigen Geldspritze hätte eine Insolvenz abgewendet und die Firma durch eine weitere Umstrukturierung wieder auf Erfolgskurs geführt werden können."
„Ja, das hat mir Karl ausführlich erklärt. Aber ich war seiner Meinung, man konnte Helmut nicht mehr trauen. Er machte, was er wollte. Er hatte uns alle belogen, um sein Ziel zu erreichen. Wer weiß, was ihm nach dieser glücklichen Rettung als nächstes eingefallen wäre."
„Deshalb sprachen Sie mit Ihrem Mann und weihten ihn ein."
„Einweihen?" Sie warf mir einen verständnislosen Blick zu. „Nein, ich nutzte all meinen Einfluss auf ihn, damit er bei dieser Unterredung hart blieb. Ich konnte Rainer nicht die Wahrheit sagen, der hätte für seinen Bruder auch weiterhin alles getan."

# 43

**Früher**
Winfried war ungefähr in meinem Alter gewesen, Udo fast zwanzig Jahre älter. Deshalb hatte er oft im Spaß behauptet, ich könne seine Tochter sein, als wir uns mit der Zeit immer besser verstanden. Anfangs war er auf die Freundschaft zwischen mir und seinem neuen Partner ziemlich eifersüchtig und hatte nicht verstehen können, was uns verband. Aber er war vom ersten Moment an vernarrt in David, dadurch kamen wir uns näher. Bei meiner Trennung von Ulrike hatte er mich bereits fest in sein Herz geschlossen und es war für ihn selbstverständlich, dass nicht nur Winfried, sondern auch er mich tröstete.
Der Tod unseres gemeinsamen Freundes und die traurige Zeit davor hatten uns noch fester zusammengeschweißt, für mich war er mehr Familie als meine eigenen Eltern. Seit seinem Umzug nach München hatte ich sogar begonnen, ihn jedes Jahr zu Weihnachten zu besuchen. Kam er unverhofft in meine Nähe, sagte ich jeden anderen Termin ab, um ihn zu sehen. Er war für mich Vater und Bruder gleichzeitig.
Trotzdem fand ich den Vorschlag, den er mir nun machte, äußerst befremdlich. „Wie kommst du bloß auf diese Idee? Das wäre …", ich brach den Satz ab und schüttelte den Kopf, mir fehlten schlichtweg die Worte, mein Entsetzen über diesen Vorschlag auszudrücken. „Du hast doch noch nicht mit ihr darüber gesprochen, oder?" Das wäre der Gipfel der Peinlichkeit gewesen. Wie hätte ich dieser Frau morgen dann noch gegenübertreten sollen?
„Nein, ich dachte, ich rede zuerst mit dir." Er konnte seine Enttäuschung nicht verhehlen. „Ich weiß, dass dieser jemand ebenso unglücklich ist wie du. Und genau wie du hat er es aufgegeben, nach einer adäquaten Partnerin zu suchen. Er hätte liebend gern Kinder, du sehnst dich ebenfalls danach. Was wäre vernünftiger, als dass ihr euch zusammentätet und ein gemeinsames Glück fändet?"

Die Türklingel enthob mich einer Antwort. „Gabi, gehst du bitte?" Udo lehnte sich aufseufzend zurück. „Wahrscheinlich hat Hans wieder seinen Schlüssel vergessen."
Auf dem Weg durch die Diele wunderte ich mich noch, dass dieser heute so früh nach Hause kam. Völlig ahnungslos öffnete ich die Tür, einen fröhlichen Spruch auf den Lippen, der mir jedoch im Hals stecken blieb, als ich den fremden Mann im Rollstuhl vor mir sah. Dieser intrigante Kerl! Wie konnte er mir das antun?
Auch mein Gegenüber blickte sichtlich irritiert. „Äh, eigentlich wollte ich zu Udo und Hans. Ist irgendetwas passiert?"
„Nein, kommen Sie rein. Udo ist im Wohnzimmer." Ich trat einen Schritt zur Seite, damit er an mir vorbeirollen konnte. „Ich bin Gabi, eine Freundin von ihm!", rief ich hinter ihm her, während er bereits die halbe Diele durchquert hatte.
Abrupt stoppte er und drehte den Rollstuhl in meine Richtung. „Oh, Entschuldigung, wie unhöflich von mir." Er kam auf mich zu und streckte mir die Hand entgegen. „Mein Name ist Ralf, ich habe Ihren Freund durch Hans kennengelernt. Er meinte, er müsse etwas mit mir besprechen, was er nicht auf der Party tun könne, deshalb bat er mich, heute vorbeizukommen." Er beugte sich etwas vor und flüsterte so, dass ich ihn noch eben verstehen konnte: „Geht es ihm schlechter?"
„Wollt ihr da draußen für euch bleiben oder kommt ihr zu mir ins Wohnzimmer?" Udos Stimme bewahrte mich davor, ihm eine Antwort geben zu müssen.
Voller böser Vorahnungen folgte ich seinem Gast ins Wohnzimmer. War das etwa der ausgewählte Kandidat? Ein Mann? Nein, das würde Udo mir hoffentlich nicht antun! Ich zwang mich zu einem freundlichen Lächeln, als dieser einladend auf den Platz neben sich klopfte, um mir anzuzeigen, dass ich mich dorthin setzen sollte, schüttelte den Kopf und ließ mich wie vorher in dem Sessel ihm gegenüber nieder. So hatte ich den Neuankömmling schräg neben mir und saß nicht direkt in seinem Blickfeld.

„Ralf, ich entschuldige mich schon einmal im Vorfeld für mein überfallartiges Eingreifen", begann Udo und mein Verdacht wurde zur Gewissheit. Ich war kurz davor aufzuspringen und den Raum zu verlassen, das einzige, was mich hielt, war die Tatsache, dass er dann trotzdem weitersprechen würde und Ralf einen völlig falschen Eindruck von mir gewinnen und wahrscheinlich denken würde, ich ginge mit dieser Idee konform.
„Wie ihr beide wisst, bleibt mir nicht mehr viel Zeit", fuhr Udo fort. „Vielleicht will ich etwas erzwingen, dass unmöglich ist, aber euer beider Wohl liegt mir am Herzen. Deshalb seid bitte nicht gleich empört, sondern lasst diese Idee auf euch wirken." Er holte tief Luft. „Ralf, nach vielen Enttäuschungen hast du dich entschieden, Junggeselle zu bleiben, obwohl du unbedingt eigene Kinder wolltest. Gabi, du möchtest eine Familie, traust dich jedoch nicht, diesen Traum zu verwirklichen. Warum schließt ihr beide euch nicht zusammen? Meiner Meinung nach passt ihr von euren Ansichten und eurem Lebensstil hervorragend zusammen. Über alles andere kann man reden." Mit diesen Worten erhob er sich. „Ich lasse euch jetzt allein. Sprecht miteinander, lernt euch kennen." Er war schon fast aus der Tür hinaus. „Und entschuldigt bitte noch einmal meine Einmischung."
Am liebsten hätte ich ebenfalls sofort den Raum verlassen. Andererseits tat mir Ralf leid. Er hatte anscheinend von diesem Überfall genauso wenig Ahnung gehabt wie ich, jedenfalls saß er völlig erstarrt in seinem Rollstuhl und wusste vor Verlegenheit nicht, was er tun sollte.
„Er ist peinlich", platzte ich, ohne nachzudenken, heraus. „Die ganze Situation, in die er uns gebracht hat, ist peinlich. Vergessen Sie seine Worte, tun wir so, als hätte es diese Idee nie gegeben."
„Ein Glas Wasser wäre nicht schlecht." Seine Augen blitzten, zumindest nahm er diese Geschichte, nun, da der erste Schock vorüber war, mit Humor.
Ich sprang auf. „Kommt sofort."

In der Küche kühlte ich meine brennenden Wangen. Leider war ich immer noch nicht aus dem Alter des ständigen Rotwerdens heraus. Udos Rede hatte dafür gesorgt, dass ich geradezu in Flammen stand. Die kleine Atempause schien Ralf ebenfalls gutgetan zu haben. „Ich weiß, dass er Sie liebt", kam er ohne Umschweife zum Thema. „Also denke ich, er wird seine Gründe haben, uns verkuppeln zu wollen. Ich ..."

„Ich bin lesbisch", schnitt ich ihm das Wort ab. Hier half nur brutal offenes Vorgehen. „Normalerweise verstecke ich diese Tatsache. Ich kann und will mich dieser Andersartigkeit nicht vor meinem Umfeld stellen. Das ist das eine Problem. Das andere liegt darin, dass ich anscheinend meine große Liebe bereits gefunden und wieder verloren habe. Ich finde niemanden, der sie ersetzen könnte. Das ist der Grund, warum ich mich entschlossen habe, allein zu bleiben."

„Ich hatte mit neunzehn Jahren meinen Unfall." Ralf blickte hinunter auf seine Beine. „Ich bin auf der Skipiste gestürzt, ein anderer Fahrer direkt hinter mir konnte nicht mehr ausweichen und ist mit Wucht in mich hineingefahren. Seither bin ich von der Hüfte abwärts gelähmt. Das bedeutet, ich habe weder Gefühl noch Kontrolle über alles, was sich darunter befindet, wenn Sie verstehen, was ich meine."

Oh ja, ich verstand nur zu gut. Heißes Mitleid wallte in mir auf. Dagegen nahmen sich meine Probleme winzig aus.

„Ich habe gelernt, damit zu leben. Immerhin bin ich fast vierzig, die Zeit heilt alle Wunden, wie man so schön sagt."

Nein, diese bestimmt nicht. Ich zumindest konnte mir nicht vorstellen, wie es sein musste, schon mit neunzehn Jahren der Fähigkeit beraubt zu sein, sich sexuell zu betätigen. Von dem Faktor des Nie-wieder-Laufen-Könnens einmal ganz abgesehen.

„Meine damalige Freundin verließ mich ziemlich schnell", fuhr er fort. „Ich nahm es ihr nicht einmal übel. Es dauerte ziemlich lange, bis ich mich mit meiner neuen Lage abgefunden hatte, ich war ein richtiger Griesgram in der Zeit. Später fand ich eine neue Partnerin und, als diese Beziehung in die Brüche ging, schon kurz darauf eine

weitere. Doch keine Verbindung war von Dauer. Mittlerweile bin ich zu dem Entschluss gekommen, meine Hoffnung auf eine eigene Familie zu begraben. Wenn ich heirate und Kinder in die Welt setze, dann möchte ich, dass sie in einem stabilen Umfeld aufwachsen, ohne Scheidung oder dem Mitansehen der ständigen Seitensprünge ihrer Mutter."
„Geht das denn? Ich meine, eigene Kinder bekommen?" Ich wurde schon wieder rot. Was dachte ich mir bloß dabei, ihm eine derart intime Frage zu stellen?
„Laut der Ärzte ja." Er hüstelte. „Es gibt gewisse Methoden, die man in meinem Fall anwenden kann."
„Aber wieso …" Ich verstummte. Jetzt wurde ich wirklich zu persönlich.
„Das könnte ich Sie genauso gut fragen." Er klang nicht abweisend, sondern deutlich interessiert. „Bei mir ist es so, dass ich die Erfahrung gemacht habe, dass die Frauen zwar anfangs willens sind, mit all den Einschränkungen, die meine Behinderung mit sich bringt, zu leben, aber es bisher nie über mehrere Jahre funktioniert hat."
„Und irgendwann beschließt man, sich diesem ewigen Auf und Ab der Gefühle nicht mehr zu stellen", nickte ich.
„Ich sehe, wir verstehen uns", grinste er, wurde aber sofort wieder ernst. „So blöde sich das jetzt anhört, Udos Idee ist gar nicht dumm – immer vorausgesetzt, wir beide kämen überhaupt miteinander klar", setzte er schnell hinzu. „Eine eigene Familie wäre das Größte für mich und für Sie, wenn ich das richtig mitbekommen habe, auch."
„Sie meinen, wir sollten uns näher kennenlernen?" Er war mir sympathisch, das schon, und außerdem begann ich plötzlich Gefallen an Udos Idee zu bekommen, vor allem der Gedanke an die Kinder hatte sich in meinem Kopf festgesetzt. „Nun gut, fangen wir erst einmal damit an, dass wir uns duzen."
Trotz aller Einigkeit gingen Ralf und ich die Geschichte langsam und vorsichtig an. Nachdem wir uns auch auf der Party gut verstanden hatten, begann ich, ihn jedes zweite Wochenende zu besuchen. Er

hatte kurz zuvor ein Haus gekauft, das, in dem wir heute noch wohnen, und hatte es behindertengerecht umbauen lassen. Anfangs verbrachten wir viel Zeit damit, es nach unserem Geschmack einzurichten, tatsächlich hatten wir dieselben Vorstellungen von Gemütlichkeit. Auch sonst stellten wir viele Ähnlichkeiten fest, er war derselbe Familienmensch wie ich, wir legten beide Wert auf gutes Benehmen und hatten fast immer dieselbe Meinung in politischen und gesellschaftlichen Dingen. Nur im Bereich unserer Hobbys zeigten sich deutliche Unterschiede. Ralf war an allem Geschichtlichen sehr interessiert und betrieb im Rahmen seiner Möglichkeiten dreimal in der Woche Kraftsport. Ich widmete mich gern kreativen Arbeiten und hatte, seitdem ich ihn besuchte, das Gärtnern für mich entdeckt. Zusammen blieb uns nur das gemeinsame Interesse an endlosen Diskussionen, gern auch in seinem Freundeskreis, der mich zuerst skeptisch betrachtet hatte, mir inzwischen aber offen und freundlich gegenübertrat.

„Habe ich es nicht gesagt? Er ist die Antwort auf all deine Probleme", stellte Udo befriedigt fest.

Er war in dem knappen Jahr, das vergangen war, sichtlich gealtert, immer neue Infektionen machten ihm zu schaffen. Manchmal hatte ich das Gefühl, dass nur noch sein Wille, unsere Hochzeit zu erleben, ihn aufrecht hielt.

Das war mit ein Grund, warum wir unseren gefassten Entschluss zügig in die Tat umsetzten, das und die Tatsache, dass wir mit den gemeinsamen Kindern nicht zu lange warten wollten, ich war mittlerweile dreiunddreißig und Ralf neununddreißig.

Es wurde eine wunderbare Feier. Udo hatte es sich nicht nehmen lassen, meinem Wunsch, dass er mich wie eine eigene Tochter zum Altar führen sollte, zu entsprechen, obwohl meine Eltern davon natürlich nicht begeistert waren. Doch waren sie so zufrieden, mich endlich doch noch unter die Haube gebracht zu haben, dass keine Missstimmung aufkam. Ihr Schwiegersohn gefiel ihnen ausnehmend gut und in dem Wissen, dass sie in meinem weiteren Leben keine bedeutsame Rolle mehr spielen würden, konnte ich mich ihnen gegenüber von meiner besten Seite zeigen. Dass sie die lange Reise nach München mehr als einmal im Jahr auf sich nahmen, war nicht zu erwarten. Ich würde mich ebenfalls rarmachen, mein behinderter Mann sollte nicht auf meine Hilfe verzichten müssen.

Einige Wochen nach unserer Hochzeit nahm Udo sich das Leben. ‚Ich will keinen langsamen Tod auf Raten', schrieb er in seinem Abschiedsbrief an Hans und mich. ‚Ich möchte, dass ihr mich so in Erinnerung behaltet, wie ich gewesen bin und nicht als armseliges Häufchen, das vor sich hinvegetiert, bis die Kraft endgültig versagt.' Er war mit der Gewissheit gestorben, dass sein Plan aufgegangen war, zwei Tage zuvor hatte ich ihm mitgeteilt, dass ich schwanger sei.

Sein kleines Vermögen, das er angesammelt hatte, vermachte er mir. ‚Hans hat genug Geld, meine Sorge gilt dir, Gabi', schrieb er. ‚Ich hoffe und bete, dass du und Ralf für immer und ewig zusammenbleibt. Das Geld soll es dir ermöglichen, deine eigenen Entscheidungen zu treffen, unabhängig von Existenzängsten oder irgendwelchen Zwängen. Sieh es meinetwegen als eiserne Reserve, du weißt, ich meine es nur gut mit dir.'

## 44

**Heute**

„Sie sagt, sie hätte ihn gebeten, seinen Bruder hinzuhalten und abzuwarten, bis sie Genaueres in Erfahrung gebracht hätte", erzählte ich meinem Mann, der glücklicherweise erst jetzt Zeit für seine Mittagspause gefunden hatte und begierig darauf war, alles zu erfahren. „Sie tat so, als hätte sie wahnsinnige Angst davor, alles, was sie sich aufgebaut hatten, zu verlieren, wobei sie ihm das meiste verschwieg und sich einzig und allein auf die zu erwartende Hilfeanforderung Helmuts bezog. Der Schwiegervater habe durch Zufall von der prekären Lage der Firma erfahren und sie im Vorfeld informiert, damit sie gewappnet wären."
„Und Rainer hat ihr geglaubt? Für den muss doch eine Welt eingestürzt sein, dass sein Bruder ihn derart hintergangen hat."
Keine Ahnung, das hatte mich ehrlich gesagt nicht interessiert. Ralf spießte mit Leidensmiene ein weiteres Salatblatt auf. Der bunte Teller einmal in der Woche war Pflicht, sonst hätte er sein Gewicht garantiert nicht halten können. Begeistert war er von diesem Kompromiss allerdings immer noch nicht.
„Jedenfalls versprach er ihr, Helmut keine Zusage zu geben", fuhr ich fort. „Dann kam der Herzanfall seines Vaters dazwischen, das Gespräch wurde unverrichteter Dinge abgebrochen."
„War der nun echt oder gespielt?"
„Laut Angela soll er sich wahnsinnig aufgeregt haben. Also ist der Zusammenbruch wohl nicht gespielt gewesen. Allerdings hat er sich sehr schnell wieder erholt und die gewonnene Zeit genutzt, seine wahre Absicht voranzutreiben. Der Kontakt zu Seiffendorn stand schon, bevor man Angela eingeweiht hatte. Jetzt ging es nur noch darum, Helmut zu dem Verkauf zu treiben. Rainer wurde von seiner Frau derart unter Druck gesetzt, dass er sich nicht traute, seinem Bruder zu helfen. Er wusste jedoch nicht, dass dieser als einziger ganz ausgebootet werden sollte. Das erfuhr er erst an dem Tag, als alle ihre

Unterschriften unter die getroffene Vereinbarung setzen mussten."
Ich warf meinem Mann einen bedeutungsvollen Blick zu.
„Und deshalb wäre er beinahe umgekippt", vermutete der prompt.
„Du sagst es", grinste ich. „Helmut war schließlich derjenige, der ihm befahl, den Vertrag zu unterschreiben. Danach trieb er die gesamte Gesellschaft so schnell wie möglich aus dem Haus und gab auch Rainer keine Gelegenheit mehr, mit ihm zu sprechen. Das sei für ihren Mann das Schlimmste, dass er sich nicht mehr hätte mit seinem Bruder aussprechen können, vermutet Angela. Dazu dann noch der lebensbedrohliche Zustand seines Vaters, er stehe völlig neben sich. Das sei übrigens auch der Grund, warum man Timo nicht von Anfang an richtig über die Umstände informiert hätte, Rainer wäre viel zu aufgewühlt gewesen, um vernünftig mit ihm sprechen zu können."
„Ich weiß nicht, so seltsam ist er mir nie vorgekommen. Klar, ein bisschen eigenbrötlerisch und verträumt, aber im Endeffekt ziemlich normal." Ralf schüttelte verwundert den Kopf. „Allerdings war mir bisher auch nicht bewusst, dass er dermaßen unter der Fuchtel seiner Frau und seines Bruders stand. - Was ist eigentlich mit dem Sohn?"
„Der hatte bisher ebenfalls nicht viel zu melden. Ich glaube, weder Opa Karl noch Onkel Helmut noch seine eigene Mutter hielten ihn für fähig, bei den Großen mitzuspielen. Der wurde tatsächlich bis zuletzt im Unklaren gelassen."
Ralf verspeiste das letzte Salatstück und sah bedauernd auf die Uhr. „Ich würde ja noch gern stundenlang mit dir plaudern. Leider wartet bereits mein nächster Termin. War's das oder gibt es weitere Enthüllungen?"
„Das einzige, worüber sie mich außerdem informierte, bezieht sich auf das Zwischenmenschliche, das hat Zeit bis später."
Er ließ sich nicht locken. „Dann viel Spaß bei deinem Gespräch mit Thomas." Schon halb aus der Tür rief er mir über die Schulter zu: „Ich habe dir eine Viertelstunde bei ihm eingeschoben, die in fünf Minuten beginnt."

Vielen Dank auch. Ich war in keinster Weise auf diese Unterredung vorbereitet. Was sollte ich ihm bloß sagen, wozu ich diese Auskünfte benötigte?

„Dein Mann hat mich bereits in groben Zügen informiert", nahm mir mein Schwager gleich bei meinem Eintritt diese Unsicherheit. Ich atmete erleichtert auf. Trotzdem blieb mir ein gewisses Unbehagen. Ich bevorzugte es normalerweise, mir einen Plan zurechtzulegen, nachdem ich handeln konnte. Spontan improvisierte Gespräche lagen mir nicht.

„Melanie und die Seiffendorns kannst du bei deinen Nachforschungen außen vor lassen", begann Thomas, nachdem ich wie ein Mandant vor seinem Schreibtisch Platz genommen hatte. „Sie hat Helmut Bergmann abgöttisch geliebt, die hätte nackt auf dem Tisch getanzt, wenn der das von ihr verlangt hätte."

„Und wenn er ihr die Schuld an dem Verkauf der Firma gegeben hätte?" So leicht wollte ich mich nicht geschlagen geben.

Er warf mir über den Rand seiner Lesebrille, die auf seiner Nasenspitze thronte, einen genervten Blick zu: „Dann wäre sie heulend zu ihrem Papa gerannt und hätte verlangt, dass der die ganze Sache wieder in Ordnung bringt. Sie ist der Opfertyp, der alles für die große Liebe tut." Er seufzte: „Du hast ein völlig falsches Bild von ihr. Sie hätte alles für Helmut getan, wirklich alles. Sie war bis über beide Ohren verliebt in ihn. Er hatte das Sagen und sie sprang, wenn er nur mit dem Finger schnipste. Es wurde alles so gemacht, wie er es wollte."

„Aber wie passt dieser Umzug nach Amerika da rein?", fragte ich spitz. „Die Idee stammt doch wohl von ihr?"

„Helmut sprang auf den Zug auf, nachdem der Verkauf eingestielt worden war." Thomas lehnte sich gemütlich zurück und verschränkte die Arme hinter dem Kopf. „So hätte er vor seinen Freunden nicht das Gesicht verloren. Das war der ideale Ausweg."

„Gerade deswegen muss er doch total sauer auf sie gewesen sein, nachdem er von dem eigentlichen Deal erfahren hatte", beharrte ich.

„Nicht auf Melanie. Helmut wusste ganz genau, dass sie nicht da mit drinsteckte." Thomas holte tief Luft, als müsse er einem völligen Idioten das Offensichtliche erklären. „Für den alten Seiffendorn war das Ganze ein gutes Geschäft und das nahm er mit, ohne sich um die Konsequenzen zu scheren. Von der Beziehung zwischen Helmut und seiner Tochter war er sowieso nicht begeistert. Ihm ist klar gewesen, dass diese nicht auf Dauer gutgehen würde. Ich denke, er hätte ihre Spinnerei mit der Auswanderung nach Amerika trotzdem unterstützt und dem Paar geholfen, dieses Ziel zu erreichen. Für Helmut wäre das in seinem momentanen Zustand durchaus vorteilhaft gewesen: die Firma gerettet und sein eigener Ruf weiterhin ohne Makel."
„Ob der das direkt nach der erlittenen Schlappe ebenso sah?", konnte ich mir nicht verkneifen, einzuwerfen.
„Das ist völlig uninteressant", ließ Thomas die Bombe platzen. „Melanie hat ein wasserdichtes Alibi. Sie war an jenem Abend mit Daggi zusammen bei einem Wohltätigkeitsdiner."
„Ab fünf Uhr?"
„Nein, aber die beiden hatten sich vorher zu einem Shoppingbummel verabredet und sich deshalb schon um vier getroffen. Anschließend sind sie gemeinsam zu den Seiffendorns gefahren und haben sich dort für das Essen umgezogen." Er zog bedeutungsvoll eine Augenbraue in die Höhe. „Hat euer Anwalt die Alibis nicht nachrecherchiert?"
Ich wusste nicht einmal, dass sie angehalten worden war, eines anzugeben. Vielleicht hatte dieser Herr Kühlkes doch nicht so viel auf dem Kasten, wie Timo dachte. „Und der Seiffendorn und seine Söhne?" Noch war ich nicht bereit, aufzugeben.
„Gabi, ich bitte dich. Weshalb hätten sie ihn umbringen sollen?"
„Ach, weiß ich auch nicht!", fuhr ich auf. „Irgendjemand hat es definitiv getan. Warum auch immer", setzte ich etwas ruhiger nach.
„In dieser Richtung kommst du jedenfalls nicht weiter", stellte er ruhig fest. „Warum habt ihr mich nicht schon viel eher gefragt? Ich

hätte euch gleich sagen können, dass ihr mit diesem Verdacht falsch liegt."
„Weil weder Ralf noch ich von Daggi und ihren Freunden wussten", konterte ich. „Du hältst uns nicht gerade auf dem Laufenden über deine Beziehungen."
Er lachte amüsiert auf. „Ich dachte nicht, dass euch das interessiert. Spätestens zu Weihnachten hättet ihr sie kennengelernt."
Und sie euch, darauf legte er noch weniger Wert. Für ihn waren wir die Spießerfamilie schlechthin, Vater, Mutter und zwei wohlgeratene Kinder. Mein Geheimnis, unser Geheimnis hatten wir ihm bisher nicht offenbart – und so sollte es auch bleiben. Er würde nie verstehen können, dass wir uns mit diesem Agreement ausgesprochen gut fühlten.
„Ich rate euch, schaut auf die Alibis der Familie", holte er mich in die Gegenwart zurück. „Meiner Meinung nach muss es einer von ihnen gewesen sein. Oder wendet euch an die Polizei und teilt denen eure Ermittlungsergebnisse mit. Die werden sich schon darum kümmern."
Er lehnte sich zurück und warf einen Blick auf seine Armbanduhr.
Ich hatte seinen Wink verstanden und erhob mich. „Danke für das Gespräch. Du hast mir sehr geholfen."
„Immer wieder gerne", er grinste mich an. „Dafür ist die Familie schließlich da."
Im Prinzip war Thomas kein schlechter Kerl, das einzige Problem das wir miteinander hatten, war, dass wir in verschiedenen Welten lebten, die nicht zueinander passten. Trotzdem wussten wir, dass wir uns ihm Notfall aufeinander verlassen konnten, das war in der heutigen Zeit schon viel wert.
Ich warf ihm beim Hinausgehen spontan eine Kusshand zu und lachte noch im Gang über sein verblüfftes Gesicht.
„Dein Besuch bei Thomas scheint sehr erfolgreich verlaufen zu sein." Ralf kam mir entgegengerollt. „Haben wir endlich einen Anhaltspunkt?"

Ich schüttelte bedauernd den Kopf und bedeutete ihm, in sein Zimmer zurückzukehren. „Nein", informierte ich ihn, nachdem ich die Tür geschlossen hatte. „Melanie hat ein astreines Alibi und Thomas konnte jede Menge Gründe anbringen, warum die Seiffendorns für diese Tat nicht infrage kommen. Er meint, wir sollen Helmuts Angehörige noch einmal genauer unter die Lupe nehmen."
„Brainstorming heute Abend?", fragte er zurück.
„Nein." Wieder schüttelte ich den Kopf. „Timos Anwalt muss uns die Zeugenaussagen der einzelnen beschaffen, erst dann können wir weitermachen."
„Na, dann werden wir ja unsere Zweisamkeit genießen können."
Da war ich mir nicht so sicher. Es wurde Zeit, ihn endlich umfassend über all das, was ich bisher zurückgehalten hatte, aufzuklären.

## 45

**Einige Wochen zuvor**
Nie hatte ich damit gerechnet, Ulrike wiederzusehen. Doch plötzlich stand sie vor mir und lächelte mich an, mit demselben Blitzen in ihren Augen wie früher. „Gabi, was für eine Überraschung, wie geht es dir?"
Ich hatte gerade das Gebäude verlassen wollen, in dem sich Ralfs Anwaltskanzlei befand, sie war auf dem Weg hinein. „Mensch", ohne weitere Umstände zog sie mich am Ärmel hinaus auf die Straße. „Das ist ein unglaublicher Zufall. Hast du Zeit? Ich muss unbedingt erfahren, wie es dir ergangen ist."
„Ich dachte, du wolltest dort hinein?" Der Schock über das unverhoffte Wiedersehen war so weit abgeklungen, dass ich antworten konnte.
„Ach, nicht so wichtig." Sie ließ meine Jacke los und musterte mich eingehend. „Gut siehst du aus."
Das Kompliment konnte ich aufrichtig zurückgeben. Sie war insgesamt etwas voller geworden, was ihrem Gesicht die Schärfe nahm, die früher wirren schwarzen Locken hatte ein geschickter Frisör in einer eleganten Kurzhaarfrisur gebändigt, ihre Kleidung war geschmackvoll und offensichtlich teuer. Und sie strahlte noch den gleichen unbändigen Charme aus wie früher.
„Hast du Zeit?", wiederholte sie. „Wir müssen uns unbedingt austauschen. Ich will alles über dich wissen. Wohnst du jetzt in München? Ich auch, das ist ja ein Ding. Ups", sie hob die Hand an die Lippen. „Da falle ich doch tatsächlich in alte Gewohnheiten zurück. Was ist nun? Können wir uns irgendwohin setzen?"
Eigentlich hatte ich vorgehabt, geradewegs nach Hause zu fahren. Andererseits lag nichts Dringendes an. Ich nickte. „Wollen wir gemeinsam Mittagessen? Ich kenne ein nettes Lokal hier in der Nähe."
„Erzähl du zuerst", befahl sie, als wir jeder vor einem großen Teller mit Spaghetti saßen.

Folgsam begann ich zu berichten, ich hätte sowieso keinen einzigen Happen hinuntergebracht. Meine Kehle war wie zugeschnürt, mein Herz raste und meine Hände zitterten. Es war, als hätten wir uns erst gestern getrennt. All die Gefühle, von denen ich gedacht hatte, sie wären längst verschwunden, brachen mit Macht hervor.

Trotzdem hielt ich mich an die Version, die wir all unseren Bekannten erzählt hatten. Ralf war mir auf der Abschiedsfeier von Udo begegnet und wir hatten uns sofort zueinander hingezogen gefühlt. Ein knappes Jahr später war ich zu ihm gezogen, wir hatten geheiratet und zwei Kinder bekommen. Nachdem die beiden auf die weiterführende Schule gingen, hatte ich meine Arbeit in seiner Kanzlei wieder aufgenommen, denselben Posten, den ich vor der Geburt unseres Sohnes innegehabt hatte. Ich arbeitete allerdings nur halbtags, um genug Zeit für den Haushalt und unsere beiden Sprösslinge, die noch bei uns wohnten, zu haben.

„Ein Rechtsanwalt." Ulrike nickte anerkennend. „Ich bin mittlerweile mit dem Erben der Bergmann-Werke verheiratet. Bei mir war es jedoch ein langer dorniger Weg." Sie grinste spitzbübisch. „Ich habe echt an mir gearbeitet, findest du nicht?"

„Du hast dich sehr verändert", stimmte ich ihr zu. Sie gab sich kultivierter, sowohl in ihren Bewegungen als auch in ihrer Sprache. Die offensichtlichen Merkmale ihrer Herkunft hatte sie weit hinter sich zurückgelassen – bis auf einige kleinere Eigenarten, die noch ab und zu aufblitzten. Ihrer Ausstrahlung jedoch war die gleiche geblieben. Nicht nur ich warf ihr immer wieder heimliche Blicke zu.

„Ich habe drei Söhne, allerdings von drei verschiedenen Männern." Sie schnitt eine Grimasse. „Wie es aussieht, bin ich nicht in der Lage, es lange bei ein und demselben auszuhalten. Aber du", sie beugte sich vor und ihre Augen funkelten. „Dass du wieder an einen Mann geraten bist! Das hätte ich im Traum nicht gedacht! Wie lange bist du schon verheiratet?"

„Seit zweiundzwanzig Jahren."

„Ich jetzt seit ungefähr neun, kurz vor der Geburt des Kleinen schnappte die Falle zu." Sie kicherte. „Mehr werden es auch nicht."
„Ihr trennt euch?"
„Die Liebe ist weg." Mit einer ungeduldigen Handbewegung strich sie sich eine perfekt fallende Haarsträhne aus der Stirn. „Es gibt nichts, was uns zusammenhält."
Und das Kind, hätte ich beinahe gefragt. Stattdessen nahm ich einen weiteren Bissen von meinen mittlerweile kalt gewordenen Spaghetti, spülte mit einem Schluck Wasser nach und schob den fast unberührten Teller von mir. Mein Magen hatte sich zu einem harten Klumpen zusammengezogen, er würde keine weitere Nahrung akzeptieren.
„Und bei dir?", frage Ulrike neugierig. „Ist es immer noch die große Liebe?"
„Wir führen eine harmonische Beziehung", wich ich einer ehrlichen Antwort aus. Ich weiß nicht, welcher Teufel mich in diesem Moment ritt, ich war einfach unfähig, sie zu belügen, wie ich es mit jedem anderen getan hätte.
„Also doch nicht die ultimative Glückseligkeit", brummte sie und sah mich dann herausfordernd an. „Ich habe dich nie vergessen, Gabi. Kein Mann konnte neben dir bestehen."
„Das ist meistens so mit der ersten Liebe", wehrte ich ab, obwohl mein Herz sein Tempo noch einmal verdoppelte.
„Nein, das zwischen uns war etwas ganz Besonderes", widersprach Ulrike. „Wir, in erster Linie ich, hatten nur nicht die Erfahrung, das zu erkennen. Mit uns hätte es auf Dauer klappen können, wäre ich nicht so blöd gewesen." Sie seufzte. „Deshalb bin ich ehrlich gesagt ziemlich traurig, dass du nicht allein lebst. Ich hätte es gern noch einmal mit dir versucht."
Ich schluckte mehrmals, dabei war mein Mund viel zu trocken, als dass es Sinn gemacht hätte. „Tja, leider …", ich musste meinen Gaumen mit einem Schluck Wasser befeuchten, damit ich weitersprechen konnte. „Leider bin ich gebunden und gedenke es auch zu blei-

ben." Ich winkte nach der Kellnerin. „Du, ich muss los. Ich habe meinen Kindern versprochen, für sie zu kochen."
„Warte." Um mich am Aufstehen zu hindern, legte sie ihre Hand auf meine. Sofort verspürte ich dieses Kribbeln, das sich bei jeder ihrer Berührungen bis zuletzt eingestellt hatte. „Lass uns wenigstens einen neuen Termin ausmachen. Ich will nicht, dass du einfach wieder aus meinem Leben verschwindest."
„Morgen und übermorgen kann ich nicht."
„Dann am Freitagnachmittag, das würde mir auch passen. Treffen wir uns um fünf in dem Café am Marktplatz, okay?"
Den ganzen restlichen Tag stand ich buchstäblich neben mir. Alles, was ich jahrelang verdrängt hatte, kam zurück. Ralf merkte ziemlich schnell, dass ich geistig abwesend war. „Was ist passiert? Bedrückt dich irgendetwas?"
„Nein, es ist nichts. Ich habe ziemlich schlimme Kopfschmerzen, das ist alles." Ich hatte beschlossen, ihm nichts von der Begegnung mit Ulrike zu erzählen. In meinem Kopf herrschte Chaos, meine Gefühle spielten verrückt, was hätte ich ihm sagen sollen? Dass ich meine ehemalige Geliebte wiedergesehen und mich sofort wieder auf das Heftigste in sie verliebt hatte? Nein, zuerst einmal musste ich mir selbst Klarheit verschaffen, ob und was sich dadurch an unserer Beziehung ändern würde.
Der Mittwoch verging, dann der Donnerstag, und noch immer hatte ich keine Ahnung, wie ich mich entscheiden sollte. Ulrike war eindeutig an einem Neuanfang mit mir interessiert, es lag in meiner Hand, es war allein meine Entscheidung, ob es dazu kam.
Kurz bevor ich das Café erreichte, traf es mich wie ein Blitzschlag. Ich war drauf und dran, mein gesamtes Leben mit allem, was mir lieb und teuer war, für diese Frau aufs Spiel zu setzen. War ich denn von allen guten Geistern verlassen? Ich wusste doch, wie es sich die beiden Male zuvor abgespielt hatte. Die rein körperliche Anziehungskraft überdeckte nicht die Unterschiede, die uns trennten und war nicht genug, um auf Dauer miteinander glücklich zu sein. Ralf und

ich dagegen bildeten eine Einheit, bei ihm hatte ich die Geborgenheit gefunden, die ich all die Jahre gesucht hatte. Uns verband zwar keine Sexualität, aber eine in all den Jahren, die wir Freud und Leid miteinander geteilt hatten, gewachsene Liebe, die ich bisher als gegeben hingenommen hatte, ohne ihren wahren Wert zu erkennen. Wir waren gleichberechtigte Partner, dem einen lag das Wohl des anderen am Herzen, mehr als das eigene sogar. Auf ihn konnte ich mich blind verlassen, genauso wie er sich auf mich. Und das hatte ich ohne zu zögern wegwerfen wollen?

Ich schämte mich entsetzlich. Abrupt wechselte ich die Straßenseite und betrat das kleine Eiscafé, das unserem Verabredungsort fast genau gegenüber lag, viel zu aufgewühlt, als dass ich sofort den Heimweg hätte antreten können. Ich versteckte mich an einem der hinteren Tische und bestellte einen doppelten Espresso.

Ulrike kam, kurz nachdem ich Platz genommen hatte. Ich sah, wie sie in dem danebenliegenden Hotel verschwand, nach wenigen Minuten wieder heraustrat und nun direkt auf die Konditorei zuging, in der wir uns verabredet hatten. Wie immer war sie mehrere Minuten zu spät.

Sie zögerte kurz und überprüfte in aller Ruhe die Gäste, bevor sie sich achselzuckend an einem Tisch direkt am Fenster niederließ.

Jetzt saß ich in der Falle. Sie würde mich sofort entdecken, wenn ich meinen Zufluchtsort verließ. Also bestellte ich einen weiteren Espresso, anschließend einen Milchkaffee und schließlich noch einen Bananensplitt, der mir anschließend den ganzen Abend schwer im Magen lag.

Endlich, sie hatte über eine Stunde gewartet, sah ich sie zahlen und das Café verlassen. Kaum war sie im Hotel verschwunden, suchte ich das Weite, bezahlt hatte ich schon vorher. Mein Auto parkte einige Straßen entfernt, ich beeilte mich, es zu erreichen. Erst als ich den Motor anließ, erlaubte ich mir, erleichtert aufzuatmen. Die ganze Zeit über hatte mir die Furcht im Nacken gesessen, Ulrike könne mich noch entdecken und ansprechen. Nicht dass ich an meiner Entscheidung zweifelte, ich wollte ihr nur im Moment nicht begegnen – am liebsten nie wieder in meinem Leben. Der Hass, den ich mir selbst gegenüber empfand, richtete sich genauso gegen sie. Es hätte nicht viel gefehlt und mein Leben wäre verpfuscht gewesen. Das hatte sie billigend in Kauf genommen. Nein, das Thema Ulrike war für mich gestorben, auf ewig.

Ralf erzählte ich von alldem nichts, zum einen, weil ich mich immer noch viel zu sehr schämte, dass ich kurz davor gewesen war, unser gemeinsames Leben wegzuwerfen, zum anderen wollte ich ihn nicht beunruhigen. Ich hatte ihm offen von meiner Beziehung zu Ulrike erzählt, er wusste, wie viel sie mir einst bedeutet hatte. Es wäre nicht richtig gewesen, wenn er auch nur einen flüchtigen Moment des Unbehagens deswegen bekommen hätte.

Die Nachricht von ihrer Festnahme traf mich weniger als die Tatsache, dass sie mich benutzt hatte. Unser Treffen war kein Zufall gewesen, irgendwie hatte sie mich hier in München aufgespürt und gezielt angesprochen. Ich war von ihr auserkoren worden, sie als nächste aufzunehmen. Aus der Zeitung hatte ich erfahren, dass ihre Ehe wirklich kurz vor dem Aus stand, ihr Mann jedoch derjenige war, der sich von ihr trennen wollte. Wahrscheinlich hatte sie niemand anderen gefunden, der sich besser eignete, daher war sie auf mich verfallen.

Nach Alibizeugen wurde nicht gefragt, daher sah ich keinen Anlass, mich bei der Polizei zu melden. Ich hatte zu dem eigentlichen Geschehen rein gar nicht beizutragen. Vielmehr hatte ich bis zuletzt vermutet, Ulrikes Vorstoß sei der Not geschuldet, einen neuen Unterschlupf finden zu müssen.

Dass sie unschuldig war, stand allerdings für mich schon damals fest. Sie war egoistisch, nur auf ihren eigenen Vorteil bedacht, log und betrog. Dass sie jedoch einen Mord beging, hielt ich für ausgeschlossen, selbst nicht in Wut und Verzweiflung. Daher war ich überzeugt, dass sich ihre Unschuld schon bald herausstellen würde.

## 46

**Heute**

„Frau Weißgerber!" Die Türklinke in der Hand sah ich Timo winkend auf mich zu rennen. „Karina hat noch ein Seminar, darf ich hier auf sie warten?", brachte er keuchend hervor, nachdem er mich erreicht hatte.

„Sicher, komm rein." Das traf sich wirklich gut. So konnte ich ihn gleich über all das, was ich erfahren hatte, informieren und einem ungestörten Abend zwischen Ralf und mir stand nichts im Wege.

„Weiter sind wir immer noch nicht." Sichtlich enttäuscht nippte er an seinem Kaffee. „Meinen Sie, das bringt was, wenn wir uns die Alibis vornehmen?"

„Oder du übergibst die ganze Sache der Polizei. Eine andere Alternative sehe ich nicht." Mittlerweile war ich fast der Meinung, dieser Weg wäre der einzig sinnvolle. Es gab keine neuen Spuren, keine Ideen, an denen wir hätten ansetzen können. Wir als Laien waren mit der Situation eindeutig überfordert.

„Nein, dann versuche ich es lieber noch einmal über den Anwalt." Er biss sich auf die Lippe. „Es ist nur so frustrierend, verstehen Sie? Wir haben die tollsten Dinge ausgegraben und nichts davon ist relevant für unsere Ermittlungen. Wir sind mit unserem Bestreben, die Unschuld meiner Mutter zu beweisen, nicht einen Deut weiter gekommen."

Ich konnte seine Frustration verstehen, sah jedoch keine Möglichkeit, ihn aufzumuntern. „Vielleicht macht es Sinn, wenn Herr Kühlkes sich noch einmal an die ermittelnden Beamten wendet", schlug ich vor.

„Ja, vielleicht." Er nahm noch einen Schluck von seinem Kaffee und starrte trübsinnig in die Tasse. Dann gab er sich einen Ruck. „Jedenfalls bin ich froh, dass Sie und Ihr Mann mich derart unterstützen." Er sah mich an und errötete. „Und dass ich Karina an meiner Seite weiß. Ich liebe sie wirklich." Das Rot vertiefte sich noch mehr. „Ich

habe mich gleich, als ich sie das erste Mal sah, zu ihr hingezogen gefühlt. Sie ist ein ganz besonderer Mensch."
„Das bist du auch, Timo. Du stellst das Wohl deiner Mutter über dein eigenes. Das findet man heutzutage kaum noch."
„Ich helfe nur, sie zu entlasten", protestierte er. „Das ist doch wohl selbstverständlich."
Ja, für ihn schon. Ich dagegen wusste, dass derartige Loyalität immer seltener wurde. Aber das würde er mir sowieso nicht glauben.
Eine Weile saßen wir uns schweigend gegenüber, jeder mit seinen eigenen Gedanken beschäftigt. „Wie haben Sie Ihren Mann kennengelernt?", fragte er plötzlich.
„Durch einen gemeinsamen Freund", erwiderte ich. Unsere Kinder kannten ebenfalls nur die offizielle Seite, alles, was darüber hinausging, war eine Sache zwischen Ralf und mir.
„War er damals schon behindert?"
Aha, daher wehte der Wind. „Ja, mein Mann hatte mit neunzehn Jahren einen Unfall, der zu dieser Querschnittslähmung führte. Wir waren beide in den Dreißigern als wir uns das erste Mal sahen."
„Ist das nicht sehr schwierig, eine Beziehung mit dieser Art von Behinderung zu führen? Eine Familie zu gründen? Ich meine, ich finde es schon problematisch, mir vorzustellen, dass ich jetzt jemanden gefunden habe, mit dem ich mein ganzes weiteres Leben verbringen will. Und ich weiß ehrlich gesagt nicht, ob ich das so gut schaffe, wie ich es möchte. Wie kompliziert muss es dann erst für Sie beide gewesen sein?" Er brach ab und zuckte hilflos mit den Schultern.
Ich sah ihm an, dass ihm meine Antwort wirklich wichtig war. „Es kommt auf die Art von Liebe an, die sich daraus entwickelt. Ist die erste Verliebtheit verschwunden, bildet sie die Basis, auf die man alles Weitere aufbaut." Das war viel zu abstrakt, das merkte ich selbst. „Es gehört sehr viel mehr dazu als nur Liebe", versuchte ich, es besser zu erklären. „Zum Beispiel gegenseitiges Verständnis, Toleranz, gegenseitige Rücksichtnahme. Der Wille, an der Beziehung zu arbeiten, sie nicht gleich bei den ersten ernsteren Problemen zu beenden. Sich als

Zweiergespann zu sehen, dass miteinander und nicht gegeneinander kämpft. Sich immer wieder bewusst zu machen, dass der eigene Standpunkt und der des Partners oft unterschiedlich sind und es wichtig ist, einen gemeinsamen zu finden." Ich holte tief Luft. „Ja, das gehört alles für mich dazu."
„Das hört sich für mich ziemlich schwer an. Besonders, wenn man wie ich, bisher keine funktionierende Beziehung erlebt hat." Timo wirkte durchaus nicht erschlagen von meinem Monolog, sondern eher dankbar, dass ich ihm meine Ansicht ausführlich dargelegt hatte. Sonst wäre er auch garantiert nicht so ehrlich gewesen.
„Aber es entschädigt für diese Mühen doppelt und dreifach", konnte ich nur aus tiefstem Herzen erwidern.
„Ja, ich habe schon zu Karina gesagt: eine Ehe, wie deine Eltern sie führen, das ist unser Ziel", nickte er.
Na, wenn der wüsste! Trotzdem war ich insgeheim geschmeichelt. Das Klingeln des Telefons unterbrach unser Gespräch. „Hast du schon Timo erreicht?", klang mir die Stimme meines Mannes entgegen.
„Der sitzt mir direkt gegenüber."
„Prima, sag ihm, wir müssen doch heute Abend reden. Mir sind da so ein paar Gedanken gekommen, die würde ich gern mit euch allen durchsprechen."
Nichts machte mich neugieriger als Andeutungen. „Was ..."
„Nicht jetzt", unterbrach er mich. „Ich habe gleich meinen nächsten Termin. Ich wollte dir nur eben Bescheid geben, dass sich die Richtung geändert hat."
„Keine Ahnung, was er herausgefunden hat", sagte ich eine Minute später an Timo gewandt. „Aber er klang ziemlich enthusiastisch."
„Soll ich trotzdem noch versuchen, Herrn Kühlkes zu erreichen?"
„Nein, ich denke, das kann ruhig bis morgen warten."
„Was kann bis morgen warten?" Ohne dass wir es gehört hatten, war Yannick zurückgekehrt und stand nun in der Küchentür.

„Lass dich von Timo aufklären." Ich nutzte die Gelegenheit, um mich zurückzuziehen. Ich wollte in der verbleibenden Zeit einige Punkte durchdenken, die mir auf dem Magen lagen. Zum ersten natürlich mein angedachtes Gespräch mit Ralf. Eine lückenlose Beichte über das, was sich zwischen Ulrike und mir abgespielt hatte, war in meinen Augen unvermeidbar. Nur - inwieweit sollte ich mich erklären? Würde ich ihn mit der Wahrheit, wie nahe ich am Abgrund gestanden hatte, nicht viel zu sehr treffen? Ich jedenfalls wäre am Boden zerstört, wenn ich mich in seiner Position befunden hätte. Warum also schlafende Hunde wecken? Andererseits, hatte er nicht ein Recht darauf, alles zu erfahren?

Ich kam zu keinem Entschluss, deshalb wandte ich mich lieber dem zweiten Punkt zu. Auch Ulrikes Absichten lagen anders, als ich vermutet hatte. Ich war wohl doch nicht der Notstopfen, als den ich mich gesehen hatte. Was also waren ihre wahren Beweggründe gewesen?

Dank des Deals ihres Schwiegervaters fielen finanzielle Vorteile bei ihren Überlegungen nicht mehr ins Gewicht. Zum ersten Mal in ihrem Leben hatte sie es nicht nötig, ihren weiteren Weg mithilfe von anderen zu planen. Sie konnte tun und lassen, was sie wollte, brauchte auf niemanden mehr Rücksicht zu nehmen, war frei in all ihren Entscheidungen.

Dann hatte sie also tatsächlich nach mir gesucht, um mich wiederzusehen und zu prüfen, ob es eine gemeinsame Zukunft für uns geben konnte. Dass dieses Aufeinandertreffen genau zu diesem Zeitpunkt der Zufall herbeigeführt hatte, nahm ich ihr nicht mehr ab, hatte ich im Prinzip von Anfang an nicht geglaubt. Sie hatte es vorsätzlich herbeigeführt.

Aus einem Impuls heraus griff ich zum Telefon und rief meine Mutter an. „Hör mal, ich habe vor Kurzem eine seltsame Nachricht auf unserem Anrufbeantworter gehabt. Es ging dabei um irgendein geplantes Wiedersehen. Der Name sagt mir nichts, aber die Stimme

kam mir bekannt vor. Hat irgendjemand von meinen früheren Freundinnen bei euch angerufen und nach mir gefragt?"
„Ja, eine ehemalige Schulkameradin von dir, die ein Klassentreffen plante. Das ist bestimmt schon fünf, sechs Wochen her. Ich habe ihr deine Telefonnummer gegeben, was hoffentlich in deinem Sinne war."
Ich tat freudig überrascht und beendete das Gespräch rasch mit dem Hinweis, ich würde diese sofort zurückrufen. Gut, nun wusste ich eindeutig, dass Ulrike nach mir gesucht hatte. Das legte die Vermutung nahe, dass sie genau wie ich keine Ahnung davon gehabt hatte, dass wir in derselben Stadt wohnten und uns fast sogar im selben Kreis bewegten. Was für ein unglaublicher Zufall, dass wir bisher nie aufeinandergetroffen waren!
Aber zurück zu ihren wahren Beweggründen. Sie hatte mich tatsächlich geliebt, mit derselben Stärke und Intensität wie ich sie. Nur war ihr die Bedeutung dessen, was uns verband, zum damaligen Zeitpunkt noch nicht bewusst gewesen. Im Gegensatz zu mir hatte sie erst nach und nach erkannt, wie einzigartig und kostbar diese Beziehung gewesen war – was mich in dem Gefühl bestärkte, dass ihre wechselnden Partnerschaften nur von dem Wunsch herrührten, versorgt zu sein. Kaum hatte sie die Möglichkeit, zu handeln, wie sie es wollte, war in ihr der Wunsch erwacht, mich zu finden und wiederzusehen, um vielleicht an dem anknüpfen zu können, was von unseren Gefühlen übrig war. Ja, wenn ich denn mitgespielt hätte!
Obwohl sich das Bild noch einmal zu ihren Gunsten verschoben hatte - immerhin hatte ich mich eindeutig in ihren Beweggründen getäuscht – war ich mir mittlerweile hundertprozentig sicher, dass ich mich richtig entschieden hatte. Dieses erneute Aufflackern der schon längst überstanden geglaubten Gefühle hatte mich kurzfristig aus der Bahn geworfen, änderte aber nichts an der Tatsache, dass ich die Beziehung zu Ralf viel zu hochhielt, als dass ich sie für einen Neuanfang, selbst mit Ulrike, weggeworfen hätte. Das, was uns beide verband, war eindeutig Liebe, eine andere Art von Liebe als die, die ich

mit ihr erlebt hatte, durch all die Jahre und durch all das, was wir miteinander erlebt und erlitten hatten, viel, viel wertvoller und vor allem beständiger.

Komisch, aber ich hatte in den letzten Jahren überhaupt nicht mehr an sie gedacht. Für mich war unsere Geschichte eine längst vergangene Episode, der ich schon ewig nicht mehr nachtrauerte. Vielleicht auch, weil mich ein Spruch, den ich einige Jahre nach unserer Trennung gelesen hatte und der perfekt auf Ulrike und mich zu passen schien, auf das Offensichtliche gestoßen hatte: Du liebst nicht das, was du siehst, sondern die Vorstellung von dem, was du vermutest, wie es ist oder sein könnte.

Mit Ralf dagegen *war* es nahezu perfekt – auch wenn diese blöden Hormone mich beinahe zu einer nicht wiedergutzumachenden Dummheit verleitet hätten. Nein, sollte ich Ulrike noch einmal gegenüberstehen, würde ich genau wissen, wie ich zu reagieren hatte. Der Traum von einer gemeinsamen Zukunft war für uns vorbei.

## 47

Ralf erschien um sieben und rief uns sofort alle zusammen. „Ich habe eine Liste der einzelnen Aussagen erstellt", verkündete er in die Runde, kaum dass wir alle im Wohnzimmer Platz genommen hatten. „Dabei ist mir einiges aufgefallen. Passt auf!"
Zuerst erfuhren wir jedoch, dass er dadurch, dass einer seiner Mandanten ausgefallen war, ein kleines Zeitfenster erhalten hatte, das er sofort für seine Überlegungen nutzte. „Wir haben bisher nur die Aussagen gesammelt. Eines führte zum anderen, wir kamen zwar immer weiter voran, haben aber nicht ein einziges Mal die Darstellungen jedes einzelnen miteinander verglichen. Das war, glaube ich, ein großer Fehler."
Er holte einen großen, vollgeschriebenen Zettel aus der Tasche, die am Rollstuhl angebracht war. „Als erstes habe ich alle Erklärungen über Helmut und den geplanten Verkauf des Betriebes aufgelistet. Angeblich wussten sowohl Melanie Seiffendorn als auch Silke Kemper und Hermann Schreiber, dass er sich entschlossen hatte, die Firma abzustoßen und nach Amerika auszuwandern. Darüber war selbst Monika, seine Exfrau, informiert."
„Moment", warf Timo ein. „Ich habe total vergessen zu erzählen, dass Herr Kühlkes endlich fündig geworden ist. Melanie und er hatten tatsächlich drei Erster-Klasse-Tickets nach Amerika gebucht. Das Abflugdatum wäre schon zwei Tage nach dem Verkauf gewesen."
„Das bestätigt meine Einschätzung", nickte Ralf. „Er hatte vor, alle Zelte hinter sich abzubrechen. Vorher streute er diese Nachricht großzügig aus. Mir ist aufgefallen, dass Hermann Schreiber sagte, er wisse seit ungefähr eineinhalb Wochen nach Karl Bergmanns Herzanfall davon. Das würde darauf hindeuten, dass Helmut und der alte Seiffendorn sich relativ schnell geeinigt hätten. Ich habe mich anschließend bei Silke Kemper erkundigt, die erfuhr sogar noch später von dieser Verkaufsabsicht." Er grinste. „Da sieht man mal wieder, wie kritisch man die Aussagen jedes einzelnen hinterfragen muss."

„Moment", warf ich ein. „Hermann Schreiber hat auch behauptet, der Senior hätte dem Junior seine Anteile überschrieben, bevor er ins Krankenhaus kam. Das stimmt doch überhaupt nicht!"
„Gut aufgepasst", lobte mich mein Mann.
Wobei ich mich eher ärgerte, dass ich an eine Auflistung unserer Ergebnisse bisher keinen Gedanken verschwendet hatte.
„Ist jedoch für unseren Fall nicht mehr relevant", fuhr Ralf fort. „Ich denke, das war eine Falschinformation von Helmut an seinen Geschäftspartner. Thomas sieht es ähnlich."
„Du hast selbst mit ihm gesprochen?"
„Ja, er musste doch noch Daggi für mich bemühen. Sie würde am besten wissen, wer wann was gesagt hat. Also, Melanie hatte diesen Spleen mit Amerika schon lange. Aktuell wurde es ungefähr ein bis zwei Wochen vor dem endgültigen Verkauf. Da erging sie sich plötzlich in Andeutungen, dass ihr Traum schon bald Wirklichkeit werden könne. Sie hat Daggi unter dem Siegel der Verschwiegenheit anvertraut, dass Helmut die Firma veräußern wolle und das Haus ebenso, ein Anwalt sei bereits eingeschaltet, der sich auch um die Scheidung kümmere."
„Was ist mit dem Sohn?", fragte ich nach. „Sollte der nun mit oder nicht?"
„Anscheinend schon." Ralf zuckte die Achseln. „Immerhin haben sie laut Timo drei Tickets gekauft. Seinen Freunden hatte Helmut ebenfalls von dieser Absicht erzählt, Melanie dieser Daggi hingegen nicht. Vielleicht war sie davon ja nicht gerade begeistert."
„Meinem Stiefvater lag nichts an Maximilian." Timo stieß ein empörtes Schnauben aus. „Der hätte den Kleinen nur benutzt, um meine Mutter zu treffen."
„Tatsache ist jedenfalls, Helmut hatte vorher nicht einen Gedanken daran verschwendet, die Firma zu verkaufen", führte uns mein Mann wieder zum eigentlichen Thema zurück. „Diese Geschichte war nur dazu da, seine Freunde und Bekannten zu blenden, sodass er sein Gesicht behielt. Es muss ihm ziemlich schwergefallen sein, gute Mie-

ne zum bösen Spiel zu machen und ich denke, er war sehr, sehr zornig auf diejenigen, die ihm diese Schmach angetan hatten, dass ihm nun nichts anderes übrig blieb, als die Firma abzustoßen."
„Also zuerst nur auf seinen Vater, weil der sich weigerte, ihn finanziell zu unterstützen, und Rainer ebenfalls dazu angestiftet hatte", dachte ich laut nach. „Dass sein Bruder und dessen Frau ganz tief mit drinsteckten, konnte er ja nicht ahnen."
„Diese Tatsache erfuhr er spätestens am Tag des Verkaufes." Mein Mann sah uns alle der Reihe nach an. „Was denkt ihr, wie er reagiert hat?"
„Er hat getobt vor Wut." Karina stieß den neben ihr sitzenden Timo an. „Glaubst du nicht auch?"
„Er hätte sich niemals vor den Außenstehenden, die dabei waren, eine Blöße gegeben", gab dieser zu bedenken. „Er wird sich eisern beherrscht haben, bis diese gegangen waren. Danach hätte ich allerdings nicht in seiner Nähe sein wollen."
„Das Problem ist nur, dass alle zusammen verschwunden sind", fügte Yannick kopfschüttelnd hinzu. „Es war niemand mehr da, an dem er seine Wut auslassen konnte."
„Vielleicht irren wir genau an diesem Punkt." Mein Mann hob bedeutungsvoll seine Augenbrauen. „Was, wenn doch jemand bei ihm gewesen wäre? Aber lasst uns bitte erst einmal mit meiner Liste weitermachen. Ich habe noch einige Anmerkungen, die ich euch darlegen will. Kommen wir zunächst zu Rainer Bergmann. Der hat uns im Prinzip nur Schwachsinn erzählt. Er wollte unbedingt verhindern, dass Timo die Wahrheit herausbekommt."
„Meine Mutter doch genauso", verteidigte Timo seinen Onkel. „Wahrscheinlich hatte Opa Karl die beiden gebrieft, keine relevanten Fakten weiterzugeben. Er war der eigentliche Macher, das wusste auch Helmut. Wenn, dann wäre er auf ihn stinkendsauer gewesen. Die beiden hatten aber definitiv keinen Kontakt mehr."
„Es müsste jemand gewesen sein, den er gut kannte." Meine Gedanken wanderten in eine ganz andere Richtung. „Erinnere, dich, was

Karina gesagt hat", wandte ich mich an meinen Mann. „Und erinnere dich, wie ich dir die örtlichen Gegebenheiten beschrieben habe. Helmut saß im Sessel mit dem Rücken zu seinem Mörder. Und da es kein Einbrecher gewesen ist, der sich angeschlichen hat, kann es sich nur um jemanden handeln, dem er vertraute."

„Das würde dann eindeutig auf meine Mutter hindeuten." Timo, der bisher relativ entspannt mit Karina im Arm auf der Couch gelümmelt hatte, setzte sich aufrecht hin.

„Nicht, wenn sie, wie sie es angegeben hat, gar nicht mehr in die Wohnung zurückgekehrt ist", belehrte ihn mein Mann ruhig.

Endlich, endlich fiel es mir wie Schuppen von den Augen. „Die alte Dame, diese Nachbarin von gegenüber, sie hat behauptet, sie hätte die ganze Zeit das Haus im Blick gehabt. Wieso hat sie dann nicht gesehen, wie Patrick gekommen ist? Und selbst wenn er hinten über den Garten reingegangen ist, sie hätte ihn und Ulrike bemerken müssen, als sie das Haus durch den Vordereingang verließen."

Alle sahen mich völlig perplex an, nur Ralf seufzte. „Du bist viel schneller darauf gekommen als ich. Ich habe mich noch mit den Aussagen der Putzfrau, des Buchhalters und der von Angela Bergmann herumgequält, bis ich die Erleuchtung hatte. Bravo, Gabi."

„Das heißt, Sie glauben, es ist jemand da gewesen, nachdem meine Mutter weggefahren war?"

„Timo, davon sind wir schließlich die ganze Zeit über ausgegangen", seufzte ich gespielt theatralisch, konnte dabei aber nicht verhehlen, wie erleichtert ich war, dass wir endlich eine echte Spur hatten. „Mir fällt da gerade noch etwas ein. Was für ein Auto fährt deine Mutter?"

„Ein E250-Cabrio."

„Welche Farbe?" Mit angehaltenem Atem wartete ich auf seine Antwort.

„Weiß? Warum, was ist daran so wichtig?" Bei ihm war der Groschen immer noch nicht gefallen.

„Was für einen Wagen hat deine Tante?", half ich ihm auf die Sprünge.

„Genau den glei..." Endlich hatte er die Verbindung gezogen. „Sie meinen, sie ist zu ihm gefahren? Warum sollte sie? Ich meine, das ergibt auch keinen Sinn."

„Es wäre aber eine Möglichkeit", beharrte ich. „Noch ist alles Spekulation, es hängt davon ab, was eure Nachbarin sagt. Nehmen wir mal an, sie war eine Zeit lang abgelenkt und hat weder mitbekommen, dass Patrick mit deiner Mutter zusammen aus dem Haus trat, noch das diese anschließend sofort wegfuhr. Sie schaut irgendwann wieder aus dem Fenster, sieht das gleiche Auto dort stehen und bemerkt kurz darauf eine Frau, die darin einsteigt und wegfährt. Sie wird gedacht haben, sie sieht deine Mutter."

„Ja, die Entfernung von ihrem Küchenfenster zu unserem Eingangsbereich ist ziemlich groß. Sie hätte meine Mutter gar nicht genau erkennen können." Timos Aufregung wuchs, er drückte Karinas Hände so fest, dass diese aufschrie.

„Gabi, du bist genial." Ralf nickte mir anerkennend zu. „Diese Verbindung hatte ich noch gar nicht gezogen."

„Nein, du bist das Genie", gab ich ehrlich zurück. „Deine Idee, alle Aussagen durchzugehen und zu vergleichen, hat zum Durchbruch geführt."

„Ist doch völlig egal." Karina hielt es nicht mehr auf der Couch, sie kam zu mir, fiel mir um den Hals und wiederholte dasselbe Manöver bei Ralf. „Ihr seid die besten Eltern, die man sich vorstellen kann", jubelte sie.

„Bisher ist nichts entschieden", versuchte Ralf, sie zu bremsen. „Vielleicht liegen wir völlig falsch. Wir müssen abwarten, bis Timo mit der Nachbarin gesprochen hat."

„Ich?" Der Junge wirkte von einem Moment zum anderen nicht mehr ganz so enthusiastisch.

„Natürlich du, sie kennt dich." Mein Mann ließ ihn gar nicht weiter zu Wort kommen. „Vorher setzt du dich mit Herrn Kühlkes in Verbindung. Er soll sich bei der Polizei nach den Alibis erkundigen. Angela Bergmann hatte ja anfangs angegeben, sie hätte ihren Sohn zum

Krankenhaus gefahren. Sie werden sie im Zusammenhang mit Patricks Vernehmung erneut befragt haben. Ich bin gespannt, was sie gesagt hat."

„Für mich ist Rainer ebenfalls noch nicht raus. Wir sollten uns nicht zu früh festlegen", warf ich ein. „Er kann genauso gut zu seinem Bruder zurückgekehrt sein."

„Was für ein Auto fährt dein Onkel?", fragte Karina an Timo gewandt sofort.

„Auch einen Mercedes, aber einen Van."

„Damit wäre er aus dem Schneider." Yannick grinste. „Zumindest, wenn deine Vermutung stimmt, Mama."

„Was erst noch bewiesen werden muss. Warten wir ab, was Timo bei der alten Dame erfährt. Morgen sehen wir klarer." Mit diesen Worten hob Ralf unsere Versammlung auf, doch es dauerte noch eine geraume Weile, bis wir endlich das Wohnzimmer für uns hatten. Die jungen Leute waren viel zu aufgedreht, als dass sie das Thema ruhen lassen wollten. Danach hatten wir beide nur noch eines im Sinn, einen letzten Krimi zum Abschalten, bevor wir schlafen gingen. Meine Beichte musste wieder einmal verschoben werden.

## 48

„Mama? Dürfen wir gleich vorbeikommen?" Karinas aufgeregte Stimme drang aus dem Handy. „Und dürfen wir Herrn Kühlkes sagen, dass er zu uns stoßen kann?"
Es war halb zwölf und in der Kanzlei wie immer gut zu tun. Aber irgendwie würden wir uns den nötigen Freiraum schaffen. Ralf und ich hatten eigentlich sogar fest damit gerechnet, dass unsere Tochter, die sich natürlich nicht hatte nehmen lassen, Timo zu begleiten, sich nach dem Gespräch sofort bei uns meldete. Dass die beiden persönlich aufkreuzen wollten, war ein gutes Zeichen. Anscheinend hatten sie tatsächlich etwas Neues erfahren.
Deshalb gab ich ihr grünes Licht und informierte anschließend sofort meinen Mann. Wenn es ihm gelang, den gleich stattfindenden Termin etwas kürzer zu gestalten und ich den nachfolgenden um eine halbe Stunde verschob, blieb uns genug Zeit, in Ruhe mit den dreien zu sprechen.
Sie trafen fast gleichzeitig ein. Ich führte sie in den kleinen Konferenzraum und bat sie, noch einen Moment zu warten, bis Ralf zu uns stoßen konnte. „Dann braucht ihr nicht alles zweimal zu erzählen."
Es dauerte nur knapp fünf Minuten, bis wir vollständig versammelt waren, aber meine Tochter tigerte die ganze Zeit aufgeregt hin und her und auch Timo konnte nicht stillsitzen, sondern rutschte auf seinem Stuhl herum, als säße er in einem Haufen Ameisen. Der einzige, der die Ruhe bewahrte, war Herr Kühlkes. Er hatte eine Akte aus seiner Tasche genommen und blätterte darin, ohne sich von den beiden stören zu lassen.
Ich dagegen atmete auf, als Ralf hereingerollt kam, ich war tatsächlich schon drauf und dran gewesen, mein Versprechen zu brechen und sie aufzufordern, mit ihrem Bericht zu beginnen. „Es kann losgehen", sagte ich, noch bevor mein Mann seinen Platz am Tisch eingenommen hatte. „Am besten fangt ihr beide an, Timo und Karina."

„Ich war gar nicht dabei, ich habe draußen gewartet", protestierte meine Tochter. Schon gestern Abend hatte sie mich gefragt, ob sie mein Auto nehmen dürfe, damit sie mit Timo gemeinsam zu der Nachbarin fahren könne. „Ich lass die Uni morgen sausen, es würde sowieso nichts bringen. Ich wäre viel zu abgelenkt."
Wir hatten ihr dennoch empfohlen, ihn allein hineingehen zu lassen. Die alte Dame würde offener antworten, wenn niemand Fremdes zugegen wäre. Timo hatte bis zuletzt dagegen argumentiert, er schien wie paralysiert von der Erkenntnis, dass es an ihm war, den entscheidenden Beweis zu erbringen.
„Wir können das auch der Polizei überlassen", hatte Ralf schließlich bemerkt, doch unsere zwei waren strikt dagegen gewesen. „Nein, dann rede ich lieber mit ihr", hatte Timo endlich verkündet und fest entschlossen gewirkt, diese Geschichte zu beenden. Anscheinend war er diesem Vorsatz treu geblieben.
„Sie hatten recht", kam er jetzt ohne Umschweife zur Sache. „Frau Missel ist zwischenzeitlich unwohl geworden und sie hat eine ganze Weile auf der Toilette zugebracht. Warum sie das weder der Polizei noch mir gegenüber erwähnte - keine Ahnung. Sie meinte, sie wäre ja nur ungefähr fünf Minuten weg gewesen und außerdem hätte ihre Freundin die ganze Zeit über am Tisch gesessen. Die war jedoch anderweitig beschäftigt, wie sich heute herausstellte. Sie hat die Gelegenheit genutzt und mit ihrem Mann telefoniert und dabei natürlich nicht auf das geachtet, was sich vor dem Fenster abspielte." Er seufzte. „Frau Missel ist nicht gerade begeistert, dass ich sie derart festgenagelt habe."
„Kann sie sich daran erinnern, wie lange es dauerte, bis sie anschließend das Auto vor dem Haus wegfahren sah?", fragte Herr Kühlkes interessiert nach.
„Eine Weile schon, war ihre Antwort. Das hilft uns nicht viel weiter."
„Zumindest wissen wir nun, dass es sich möglicherweise so abgespielt hat, wie wir es vermuten", sah ich ihre Aussage positiver. „Ich finde, das bringt uns ein ganzes Stück weiter."

„Wie steht es mit den Alibis?", wandte sich mein Mann an den Anwalt.
„Herr Rainer Bergmann hat angegeben, er sei nach den Verkaufsverhandlungen direkt nach Hause gefahren. Laut Aussage eines Nachbarn kam er dort um kurz nach fünf an, was ganz genau zu seinen Angaben passt. Frau Angela Bergmann hatte ja zuerst ausgesagt, sie wäre mit ihrem Sohn zum Krankenhaus gefahren und hätte die verbliebene Zeit genutzt, um dort in der Nähe durch die Geschäfte zu bummeln. Nachdem dessen Alibi geplatzt war, behauptete sie, sie sei ihrem Sohn nachgefahren und hätte an der Straßenecke am Haus ihres Schwagers gewartet, bis Patrick zusammen mit Ulrike aufgetaucht sei. Sie wäre ihm dann noch eine Zeit lang gefolgt, um zu überprüfen, ob er, wie mit der Schwägerin vorher abgesprochen, wirklich zum Krankenhaus fahre. Dann habe sie sich ebenfalls auf dem Heimweg gemacht. Ihr Mann bestätigte, dass sie ungefähr um halb sechs eingetroffen sei, sonstige Zeugen gibt es nicht. Kurz darauf wäre der Anruf von Patrick gekommen, dass der Opa einen weiteren schweren Infarkt erlitten habe und sie seien zusammen losgefahren." Herr Kühlkes blickte von seinen Notizen auf. „Das lässt Ihre Möglichkeit weiter offen."
„Wir haben keine eindeutigen Beweise." Karina klang enttäuscht.
„Meint ihr, die Polizei unternimmt überhaupt irgendetwas, wenn wir ihnen mit unseren Vermutungen kommen?"
„Versuchen sollten wir es auf jeden Fall." Der Anwalt wirkte wesentlich optimistischer. „Zumindest werden die Beamten eine weitere Anwohnerbefragung durchführen. Mit etwas Glück hat doch jemand eine entsprechende Beobachtung gemacht, die unseren Verdacht unterstützt."
„Nein, das ist mir zu ungewiss." Timo sprang auf und begann erregt hin und her zu laufen. „Wenn wir Pech haben, hat niemand etwas gesehen und wir stehen wieder am Anfang. Schlimmer noch, verhören sie Tante Angela erneut, ist sie vorgewarnt und danach bestimmt nicht mehr leicht zu knacken. Nein, ich gehe hin und stelle sie zur

Rede. Ich sage ihr einfach auf dem Kopf zu, dass sie die Täterin ist. Ich werde sie so verunsichern und gegen mich aufbringen, dass sie auspackt."

„Das Motiv!", platzte ich heraus. „Wir sollten uns zuallererst darum kümmern, warum sie ihn wohl umgebracht hat. Wenn du sie damit konfrontieren könntest, wäre deine Chance, ihr ein Geständnis abzuringen, größer."

„Ja, was hatte sie für einen Grund?" Mein Mann starrte sinnend vor sich hin. Wir anderen taten es ihm nach, selbst Timo hörte mit seinem sinnlosen Herumgelaufe auf und wippte nachdenklich auf den Fußballen.

„Ich telefoniere mit meiner Mandantin." Herr Kühlkes blickte mich auffordernd an. „Hätten Sie einen Raum, in dem ich eine Weile ungestört sein könnte?"

„Wir überlassen Ihnen diesen hier", erwiderte mein Mann an meiner Stelle und rollte bereits Richtung Tür. „Ich habe in fünf Minuten meinen nächsten Termin, bei dem meine Frau ebenfalls anwesend sein muss. Die Kinder können im Wartezimmer Platz nehmen, wenn sie bleiben wollen."

„Natürlich warten wir", empörte sich Karina, während sie uns auf den Flur hinaus folgte. „Wir werden weiter überlegen, ob uns nicht etwas einfällt, was sie zu einer Aussage bewegt. Es muss doch irgendeinen Punkt geben, an dem wir ansetzen können."

„Aber ihr sprecht mit uns, bevor ihr irgendeine Idee umsetzt", warnte ich sie. „Unbesonnene Hektik schadet mehr, als sie nützt."

Trotz ihres Versprechens nichts zu unternehmen, saß ich bei der folgenden Verhandlung zwischen Ralf und seinem Mandanten wie auf heißen Kohlen. Irgendwie schaffte ich es, sämtliche Vereinbarungen festzuhalten und mich ruhig und gelassen zu geben, bei der nachfolgenden Verabschiedung huschte ich jedoch nach einigen hastig hingeworfenen Worten hinaus und überließ es meinem Mann, den Klienten zur Tür zu bringen.

Karina tigerte bereits im Gang auf und ab. Sie strahlte auf, als sie mich entdeckte, packte mich am Arm und zog mich Richtung Wartezimmer. „Wir haben was. Können wir wieder in den kleinen Konferenzraum gehen?" Sie winkte Timo und dem Anwalt zu, die nebeneinander auf zwei Stühlen gehockt hatten und sofort aufsprangen, nachdem sie uns entdeckten.

Gemeinsam eilten wir an Ralf vorbei, der immer noch mit seinem Mandanten sprach, zurück in das kleine Zimmer. „Mir ist es geglückt, mit Ulrike Bergmann ein längeres Telefonat zu führen", begann Herr Kühlkes umständlich. „Wie sie mir ..."

„Patrick und seine Schwester sind von Helmut", unterbrach ihn Karina rüde. „Rainer weiß nichts davon, da haben wir das Motiv."

„Sie hat ihn mit seinem Bruder betrogen?" Mit allem hätte ich gerechnet, damit jedoch nicht. Und wieso sollte das, was vor so vielen Jahren passiert war, jetzt der Auslöser für den Mord an Helmut gewesen sein?

Ausgerechnet in dem Moment kam Ralf herein und die Erklärungen begannen wieder von vorn. Dieses Mal riss aber Herr Kühlkes die Gesprächsführung an sich und berichtete, was er von Ulrike erfahren hatte. Angela Bergmanns oberstes Ziel war immer schon die Gründung einer eigenen Familie gewesen. Mindestens zwei Kinder sollten es werden, hatten sie und ihr Mann schon kurz nach der Hochzeit beschlossen. Doch Jahr für Jahr verging und sie wurde nicht schwanger. Schließlich ließen sich beide von Spezialisten untersuchen und es stellte sich heraus, dass Rainer zeugungsunfähig war. Angela gelang es, ihm diese Tatsache zu verheimlichen, sie suchte verbissen nach einer Alternative und verfiel schließlich auf ihren Schwager als Samenspender.

„Laut meiner Mandantin muss es sich ungefähr so abgespielt haben", schwächte Herr Kühlkes seine Aussage ab. „Genauere Kenntnisse darüber besitzt sie nicht. Ihre Schwägerin hat nie mit ihr darüber gesprochen."

Nein, Ulrike hatte damals, nachdem die Putzfrau versehentlich an den Papierstapel auf Helmuts Schreibtisch gestoßen war, bei ihren Aufräumarbeiten mehrere handschriftliche Entwürfe für ein neues Testament gefunden. Aus denen ging eindeutig hervor, dass er vor einunddreißig beziehungsweise neunundzwanzig Jahren den Samenspender für Angela gespielt hatte, wie sie es ausdrückte. Rainer und die Kinder hatten nie davon erfahren, auch darauf war er eingegangen, denn sie fand ebenso mehrere angefangene Briefe an Patrick und seine Schwester, in denen er versucht hatte, ihnen zu erklären, warum er und Angela so handelten.
Angeblich wäre für ihren Vater eine Welt zusammengebrochen, wenn er davon gewusst hätte, nur deshalb habe er bis jetzt geschwiegen. Ein einziges Mal sei im Vorfeld die Rede darauf gekommen, als weder Rainer noch Angela gewusst hätten, woran ihre Kinderlosigkeit lag. Er habe sich spontan als Samenspender angeboten, doch für seinen Bruder sei dies nie infrage gekommen. Dieser habe sich dermaßen aufgeregt, dass sie das Thema nie wieder erwähnten. Angela sei es gewesen, die nach dem Ergebnis der Tests auf ihn zukam, entschlossen, es auf einen Versuch ankommen zu lassen – und nach einiger Zeit ein zweites Mal. Sie und Helmut hatten sich darauf geeinigt, diesen Umstand für sich zu behalten, wieso er seine Meinung dann änderte, wusste Ulrike nicht. Sie vermutete, dass es mit dem Aufsetzen seines neuen Testamentes zu tun haben musste, vielleicht hatte er in einem Anfall von Ehrlichkeit auch diese Kinder anerkennen und bedenken wollen.
„Sie glaubt allerdings eher, dass es ihm darum ging, nach seinem Tod Unruhe zu stiften", ergänzte Herr Kühlkes. „Das Verhältnis zu seiner Schwägerin hatte in den letzten Jahren arg gelitten. Dadurch sah er auch seinen Bruder nur noch selten. Sein Einfluss auf diesen war mittlerweile gleich null."
„Und jetzt stellt euch einen Helmut Bergmann vor, der von seinem Vater und seinem Bruder eiskalt ausgebootet wurde", übernahm nun Karina und ihre Stimme überschlug sich fast vor Eifer. „Der im Prin-

zip genau weiß, dass nicht Rainer, sondern Angela in geschäftlichen und privaten Dingen die Hosen anhat. Müsste er nicht einen Riesenhass gegen sie empfunden haben?" Triumphierend sah sie in die Runde.

„Du denkst, er rief sie, direkt nachdem die bei ihm Versammelten das Haus verlassen hatten, an und drohte ihr mit dieser Enthüllung? Und daraufhin ist sie zu ihm geeilt und hat ihn umgebracht?"

Naja, so, wie Ralf es aussprach, hörte es sich sehr an den Haaren herbeigezogen an. Alle hielten einen Moment inne und dachten nach.

„Egal, ich fahre auf der Stelle zu ihr und kläre das!" Timo schlüpfte in seine Jacke und marschierte Richtung Tür.

„Halt!" Ralf versperrte ihm den Weg. „Ich denke, es gibt einen besseren Weg."

## 49

Es dauerte fast vierundzwanzig Stunden, bis wir wieder von Timo hörten. Direkt nach unserem Gespräch war er mit Herrn Kühlkes zusammen zur Polizei gegangen, um mit den im Fall seiner Mutter ermittelnden Beamten zu sprechen. Nach langem Hin und Her hatte er eingesehen, dass er die endgültige Aufklärung ihnen zu überlassen hatte.

Das war hauptsächlich der Verdienst meines Mannes gewesen. „Verlass dich nicht allzu sehr auf diese Theorie", hatte er ihn gewarnt. „Vor allem aber, sei dir nicht zu sicher, dass Angela Bergmann, wenn du sie mit deinen Fakten konfrontierst, zusammenbricht. Wir haben nicht einen Beweis dafür, dass sie die Täterin ist."

Obwohl der Anwalt meinen Mann in seiner Argumentation unterstützte, weigerte sich Timo, auf ihren Vorschlag einzugehen. „Ich drohe ihr damit, dass ich Onkel Rainer über die Sache mit den Kindern aufkläre. Das wird sie zu verhindern suchen."

„Quatsch." Selbst Karina hatte verständnislos über seine Unvernunft den Kopf geschüttelt. „Damit erreichst du gar nichts. Eher macht sie erst recht dicht, du kannst deine Behauptungen nicht beweisen."

„Timo, bitte geh zur Polizei", ich flehte ihn geradezu an. „Ab jetzt sollten Profis übernehmen."

Mit unserer gemeinsamen Argumentation gelang es uns schließlich, ihn zu überzeugen. Herr Kühlkes und er verließen gemeinsam die Kanzlei, um sofort zum zuständigen Revier zu fahren. Eine Stunde später informierte uns der Anwalt darüber, dass die Ermittlungen in diesem Fall wiederaufgenommen seien. „Bevor sie Angela Bergmann zur Vernehmung holen, wollen die Beamten erst noch einmal mit Frau Missel sprechen und die genauen Zeiten in Erfahrung bringen, die für den Mord relevant sind. Eventuell klärt sich schon darüber einiges. Außerdem soll die Nachbarin noch eine Beschreibung der Kleidung abgeben, die die Person, die sie wegfahren sah, trug. Es war genau richtig, dass wir die weitere Aufarbeitung in die Hände der Polizei gelegt haben."

Ich muss gestehen, ich hatte, bis mich mein Mann netterweise aufklärte, nur ungefähr die Hälfte verstanden. Dass mit dem Abgleich der Kleidung war eine geniale Idee, schließlich konnte man davon ausgehen, dass Ulrike und Angela unterschiedlich gekleidet waren. Und von ersterer lag eine genaue Beschreibung durch die Hotel-Rezeptionistin vor. Was es allerdings mit diesem Zeitabgleich auf sich hatte? Das war mir ein Rätsel.

„Dass wir daran nicht gedacht haben!" Kaum war das Telefonat beendet, schlug er sich mit der flachen Hand vor die Stirn. „Profi bleibt eben Profi." Er lachte, als er meinen verständnislosen Blick bemerkte. „Schau, Ulrike hat sich an der Anmeldung dieses Hotels eingetragen, also liegt eine genaue Uhrzeit ihres Eintreffens dort vor. Danach lässt sich ausrechnen, wann sie zu Hause losgefahren ist."

„Und wenn diese Nachbarin nicht auf die Uhr gesehen hat?"

„Gibt es noch das Telefonat ihrer Freundin mit deren Mann. Das lässt sich auch im Nachhinein überprüfen, ist im Prinzip sogar wesentlich besser, da eindeutiger." Ralf reckte triumphierend die Hand in die Höhe. „Ulrikes Unschuld müsste damit bereits geklärt sein."

Endlich hatte ich begriffen. „Wenn also Frau Missel von Anfang an zugegeben hätte, dass sie das gegenüberliegende Haus nicht die ganze Zeit im Blickfeld gehabt hat, wäre der Verdacht gegen Ulrike schnell aus dem Weg geräumt gewesen?"

„Und wenn sie selbst nicht so gemauert hätte und von Anfang an mit der Wahrheit herausgerückt wäre." Ralf zuckte mit den Schultern. „Manchmal hängt es wirklich an Kleinigkeiten."

Na, nur gut, dass wir Timo unterstützend zur Seite gestanden hatten. Zusammen war uns tatsächlich das fast Unmögliche gelungen. Nicht mehr lange und seine Mutter war vollständig rehabilitiert.

Fast genau das gleiche sagte mein Mann abends zu mir, nachdem wir den ganzen Fall noch einmal zusammen mit Karina und Yannick

durchgekaut hatten. „Timo kann froh sein, dass er in dir eine so gute Hilfe gefunden hat. Ohne dich wäre er nie so weit gekommen."
„Du hast mindestens genauso viel getan", verbesserte ich mich und fasste mir endlich ein Herz. „Du, ich muss dir was sagen. Kurz bevor Ulrike wegen dieses Mordes verhaftet wurde, habe ich sie ganz zufällig getroffen. Nein, so zufällig wohl doch nicht. Ich denke, sie hat mich abgepasst." Ich holte tief Luft. „Wir sind zusammen essen gegangen. Dabei hat sie sehr deutlich durchblicken lassen, dass sie an einer Neuauflage unserer Beziehung interessiert wäre. Ich habe ihr ebenfalls sehr deutlich klargemacht, dass das für mich nicht infrage kommt. Trotzdem habe ich mich überreden lassen, sie ein weiteres Mal zu treffen. Ich muss völlig irre gewesen sein. Halt!" Ich hob die Hand, um ihn, der zu einer Antwort angesetzt hatte, zu stoppen. „Ich bin dann tatsächlich zu dieser Verabredung gegangen, habe mich allerdings im letzten Moment entschieden, sie nicht einzuhalten. Ich wollte keine weitere Begegnung mit ihr. Für mich ist diese Beziehung Vergangenheit. Wir beide haben keinerlei Berührungspunkte, wir leben in völlig verschiedenen Welten, so soll es auch bleiben. Normale Freundinnen können wir in meinen Augen niemals werden."
„Ich wusste, dass du sie getroffen hast." Mein Mann lief rot an. „Ich hätte dich auch darauf ansprechen können."
„Woher …"
„Thomas war mit einem seiner Mandanten im selben Restaurant wie ihr. Er wollte von mir wissen, woher du die Bergmanns kennst. Erst nachdem er mir Ulrike beschrieben hat, kam mir die Erleuchtung."
Er hatte damals das Fotoalbum von mir und ihr und David gesehen. Dazu der Name, er musste regelrecht alarmiert gewesen sein. „Warum hast du mir das nicht gleich mitgeteilt?"
„Das könnte ich dich ebenso fragen."
„Ich war ziemlich geschockt", gestand ich. „Plötzlich hatte mich die Vergangenheit, die ich längst hinter mir gelassen glaubte, eingeholt. Ich wusste selbst noch nicht, wie ich mit dieser Situation umgehen sollte. Und ich hatte Angst, dass dich dieses und vor allem das nächs-

te Treffen beunruhigen würden, dass du vermuten könntest, es stecke mehr dahinter, als ich zugäbe."

„Ich habe dich nicht darauf angesprochen, weil ich vermutete, du müsstest erst selbst mit dir ins Reine kommen", stellte er richtig. „Die Entscheidung, was weiter geschehen würde, lag bei dir. Ich wollte dich weder beeinflussen noch drängen."

„Ach, Ralf." Ich eilte an seine Seite. „Und ich habe dich wochenlang auf eine Erklärung warten lassen. Ich bin so ein Feigling."

„Es gehörte auch eine gehörige Portion Starrsinnigkeit von meiner Seite dazu." Er legte besänftigend den Arm um mich. „Mir war ziemlich schnell klar, dass dieses Treffen keine Auswirkung auf unsere Beziehung haben würde. Ich wollte nur nicht derjenige sein, der mit diesem Thema anfing."

„Und ich wollte schon so lange mit dir darüber sprechen. Aber dadurch, dass ich mich von Timo hatte in den Fall hineinziehen lassen, war ich in Sorge, du könntest mein Engagement falsch verstehen." Ich stupste sanft mit meinem Kopf gegen seinen. „Wir sind schon ein selten dämliches Paar."

„Schwamm drüber, Ende gut, alles gut. Obwohl", er lehnte sich zurück und sah mir grinsend in die Augen. „Dank Karina und Timo werden wir Ulrike vielleicht tatsächlich noch in den Familienkreis aufnehmen müssen."

„Aber sicherlich nicht in nächster Zeit", war meine spontane Antwort. „Diese Entwicklung können wir in aller Ruhe abwarten."

Trotzdem interessierte uns natürlich das Ende unseres Falles weiterhin und wir warteten beide gleichermaßen gespannt auf eine Nachricht von Timo. Als er mich am frühen Nachmittag auf meinem Handy anrief, war ich aufgrund der hohen Arbeitsbelastung noch im Büro. So konnte ich sofort in Ralfs Büro hinübergehen und den Lautsprecher am Telefon einschalten, damit dieser mithören konnte.

„Mama wird gleich entlassen", berichtete Timo als erstes. „Ich kann sie in einer halben Stunde abholen und mit nach Hause nehmen. Die Anklage gegen sie wurde fallen gelassen."

„Super", freute ich mich mit ihm. „Was ist mit Angela Bergmann?"
„Sie haben sie gleich heute Morgen zum Verhör geholt. Sie und Ihr Mann hatten recht, es hat eine Weile gedauert, bis sie gestanden hat."
„Also lagen wir richtig?"
„Ja. Sogar das mit dem Motiv stimmt. Nur in einem kleinen Teilaspekt lagen wir daneben. Es war so, dass mein Stiefvater bei der Verabschiedung seinen Bruder beiseite genommen hat und ihm befahl, anschließend noch einmal vorbeizukommen. Sie beide hätten noch ein Hühnchen miteinander zu rupfen. Der sollte jedoch direkt nach dieser Verkaufsverhandlung seine Frau anrufen und sie informieren, was sich ereignet hatte. Als er ihr nun sagte, dass er gleich zurück zu Helmut gehen müsse und ihr von dessen Worten berichtete, befürchtete sie das Schlimmste. Sie kannte die aufbrausende Art ihres Schwagers. Dieser würde in seiner Wut alles tun, um seinen Bruder zu treffen. Daher befahl sie Onkel Rainer, sofort nach Hause zu fahren und dort auf sie zu warten. In ihrer Not schob sie Patrick vor, den sie selbst dorthin beordert hätte und der dringend mit seinem Vater zu sprechen wünsche. Dieser bräuchte seine helfende Hand, um alles zu verstehen. Sie gab zu, bereits mit ihm gesprochen zu haben, hob die seelische Situation, in der sich ihr Ältester befand, allerdings als äußert dramatisch hervor. Sie beschwor ihren Mann geradezu, sie jetzt bloß nicht im Stich zu lassen."
„Woher weißt du das alles?", gab ich die geflüsterte Frage meines Mannes weiter.
„Onkel Rainer hat mich angerufen, nachdem alles geklärt war. Die Polizei hatte ihn ebenfalls zu einem weiteren Verhör bestellt. Er blieb danach auf dem Revier und durfte, nachdem seine Frau endlich gestanden hatte, mit ihr sprechen."
„Weiß er vollständig Bescheid?"
„Ja, sie hat nicht nur die Tat an sich zugegeben, sondern auch die Beweggründe, warum es dazu gekommen ist. Statt ihrem Sohn zu folgen, wie sie es angegeben hatte, ist sie direkt zum Haus gefahren, um Helmut davon abzuhalten, ihr Geheimnis aus Rache preiszuge-

ben. Das Glück war ihr hold. Meine Mutter verließ gerade das Grundstück und sie wartete, bis diese außer Sichtweite war. Reingekommen ist sie mit dem Schlüssel, den sie von Opa hatte. Helmut hörte ihr Eintreten und stand schon in der Diele, als sie die Tür schloss. Er machte ihr sofort eine Riesenszene. Es gelang ihr nicht, ihn zu beruhigen. Er brüllte herum, dass sie sich alle gegen ihn verschworen hätten, selbst sein Bruder wäre ihm in den Rücken gefallen. Deshalb wäre es an der Zeit, diesen endlich aufzuklären, was er ihm zu verdanken habe. Ja, er sei sogar der Auffassung, auch Patrick und seine Schwester sollten die Wahrheit erfahren. Bevor er zusammen mit Melanie das Land verlasse, wolle er mit jedem einzelnen sprechen. Das war sein Todesurteil. Tante Angela gab vor, sich seiner Absicht zu beugen, flehte ihn jedoch an, ihr die Möglichkeit zu geben, zuerst selbst mit ihrem Mann zu sprechen. Mittlerweile hatte sie es geschafft, ihn ins Wohnzimmer zu lotsen und ihn dazu zu bringen, sich hinzusetzen. Er gab tatsächlich nach, sie bedankte sich überschwänglich, stand auf und griff hinter seinem Rücken nach der Skulptur auf der Fensterbank. Handschuhe und Mantel hatte sie nicht abgelegt, daher fanden sich keine Fingerabdrücke. Sie sagt, der Gedanke daran, wie schlimm diese Aussage ihren Mann treffen würde, habe alles andere überschattet und sie ihrer Denkfähigkeit beraubt. Ihr Anwalt will wohl auf vorübergehende Unzurechnungsfähigkeit plädieren."

Tja, wäre Ulrike mit ihrem Wissen über diese familiären Verquickungen eher herausgerückt, hätten wir von Anfang an eine ganz andere Marschrichtung verfolgen können. Obwohl – nein, ich glaube nicht, dass uns diese Fakten weitergeholfen hätten, ohne das Gesamtbild wären wir wahrscheinlich trotzdem nicht schneller zu dem vorliegenden Ergebnis gekommen. „Wie trägt es dein Onkel?", fragte ich.

„Überraschend gut. Er ist natürlich entsetzt über ihre Tat, hält aber weiterhin zu ihr. Ihn träfe eine Mitschuld, hat er zu mir gesagt. Dass seine Frau nach all den Jahren schwanger geworden sei, hätte ihm von Anfang an zu denken gegeben. Doch statt mit ihr zu reden, steckte er den Kopf in den Sand und behielt seine Zweifel für sich, weil er die Wahrheit nicht wissen wollte, aus Angst, mit den Tatsachen nicht fertig zu werden."

Ein Klopfen an der Tür unterbrach unser Gespräch. „Dringendes Telefonat für Sie, Herr Weißgerber."

„Wir sehen uns morgen früh?", fragte Timo, der die Worte meiner Kollegin mitbekommen hatte. „Ich wollte Karina gegen zehn abholen, damit sie meine Mutter kennenlernt."

„Dann kannst du uns den Rest erzählen", verabschiedete sich Ralf. „Bis Morgen."

„Ja, bis Morgen", echote ich. Die restlichen Einzelheiten konnten ruhig warten.

## 50

Natürlich erfuhren wir die uns fehlenden Details doch noch am selben Abend. Timo hatte ausführlich mit Karina telefoniert und ihr alles bis ins Kleinste erzählt. Nun brannte sie darauf, ihr Wissen an uns weiterzugeben.

„Die Polizeibeamten haben sich noch am selben Tag, an dem Timo und Herr Kühlkes bei ihnen waren, mit der Nachbarin Frau Missel und ihrer Freundin in Verbindung gesetzt. Nach dem Zeitabgleich mit deren Handy muss dann schon herausgekommen sein, dass Ulrike unmöglich die Täterin sein kann. Jedenfalls wurde Angela Bergmann gleich am nächsten Morgen zum Verhör abgeholt. Dank unserer Ermittlungen hatten die Beamten genug in der Hand, um sie in Erklärungsnot zu bringen. Trotzdem bin ich erleichtert, dass sie so schnell gestanden hat."

„Wie? Timo deutete an, es wäre nicht so einfach gewesen." Bisher hatte ich gedacht, dass es ein zähes Ringen um die Wahrheit gegeben hätte.

„Naja, so gesehen schon. Zuerst hat sie tatsächlich eisern geschwiegen, selbst als man sie mit Frau Missels Zeugenaussage konfrontierte, die zwar nicht ihr Gesicht, aber sehr wohl ihre Kleidung beschreiben konnte", schwächte Karina ihre Aussage ab. „Umgekippt ist sie erst, nachdem man ihr Onkel Rainers Zeugenaussage vorlas. Der wurde nämlich gleichzeitig mit ihr zum Verhör geholt und ebenfalls vernommen. Dabei hat er seine Aussage revidiert und ..."

„Welche Aussage?" Ich verstand nicht sofort.

„Na, er gab zu, dass sie ihn nach dem Meeting sofort nach Hause geschickt hat!" Karina verdrehte die Augen angesichts meiner Langsamkeit. „Das hatte er bei seiner ersten Aussage verschwiegen, beziehungsweise er wurde da nur gefragt, wann er und sie zu Hause angekommen seien. Tante Angela war so geistesgegenwärtig, direkt nach der Tat, also während der Fahrt nach Hause, bei ihrem Mann anzurufen und zu behaupten, sie wäre ihrem Sohn gefolgt und hätte erst vor dem Krankenhaus gemerkt, dass er zu seinem Opa wollte. Das hatte Onkel Rainer in seiner ersten Aussage auch angegeben, also das mit der Verfolgung des Sohnes."

„Vorher ist nie herausgekommen, dass sie ihn in Bezug auf Patrick angelogen hatte?" Vielleicht war ich heute tatsächlich etwas schwer von Begriff.

„Wahrscheinlich vergatterte sie ihren Sohn, darüber zu schweigen, dass sie ihn direkt ins Krankenhaus zum alten Bergmann schickte", vermutete Ralf. „Sie wird bestimmt eine plausible Erklärung parat gehabt haben. Und hat ihm gegenüber wohl ebenfalls behauptet, dass sie ihm nachfuhr, um sich zu vergewissern, dass er ihren Rat befolgte."

„Trotzdem", beharrte ich. „Rainer muss doch spätestens nach dem ersten geplatzten Alibi erfahren haben, dass seine Frau mit Ulrike abgeklärt hatte, Patrick zu seinem Opa zu schicken, damit der ihn über alles aufklärt."

„Mein Gott!" Karina funkelte mich an. „Du willst wirklich jede Kleinigkeit geklärt wissen!"

Mein Mann reagierte wesentlich geduldiger: „Wahrscheinlich hat er von Ulrikes Aussage nichts erfahren. Die Polizei wird diese garantiert nicht in allen Einzelheiten an die Verdächtigen weitergeben haben. Und seine Frau blieb bei der einmal abgegebenen Erklärung"

Also bei mir und meiner Familie wäre jeder einzelne Punkt auf den Tisch gekommen! „Ist das mit den Gläsern auch geklärt worden?", ging ich zum nächsten Thema über.

„Ja, Frau Bergmann wollte es tatsächlich ihrer Schwägerin in die Schuhe schieben. Nachdem sie Helmut erschlagen hatte, überlegte sie, was sie tun könnte, um von sich abzulenken. Sie entdeckte die beiden Saftgläser in der Küche und drapierte sie so auf dem Couchtisch, dass es aussehen musste, als hätten hier zwei Leute miteinander gestritten. Dass dadurch Ulrike unter Verdacht geraten würde, sei ihr angeblich nicht klar gewesen."

„Das hört sich für mich nicht nach vorübergehender Unzurechnungsfähigkeit an", meldete ich meine Zweifel an. „Das war ein Plan zur Vertuschung einer Straftat."
„Darüber wird das Gericht entscheiden", mein Mann legte mir begütigend die Hand auf den Arm. „Hauptsache, der wahre Täter ist gefasst und Ulrike rehabilitiert."
Karina strahlte ihn an. „Endlich ist diese Geschichte ausgestanden."
Ich verstand, jetzt konnten sie sich ganz auf ihre junge Liebe konzentrieren. Timo hatte schon sein weiteres Vorgehen mit ihr abgesprochen. Er würde für den Rest des Semesters zwischen seinem Studienort in Mannheim und seiner Freundin in München hin und her pendeln und entweder bei uns oder bei Ulrike wohnen. Wobei ich vermutete, dass wir dadurch bald regelmäßig einen Hausgast beherbergen würden. Es war ja auch wesentlich sinnvoller, wenn er bei uns schliefe, da er die meiste Zeit sowieso in Karinas Nähe verbringen wollte. Nach seinem Abschluss gedachte er, sich hier eine Stelle zu suchen, da unsere Tochter noch mehrere Semester Studium vor sich hatte und an ihrer Uni bleiben wollte – und natürlich in unserer Nähe.
„So schnell werdet ihr mich nicht los", hatte sie lachend erklärt, als sie uns von ihren Zukunftsplänen erzählte. „Timo ist bereit, in München einen Neuanfang zu wagen, mit mir an seiner Seite. Besser kann ich es wirklich nicht haben. Außerdem sieht er auf diese Weise seine Mutter und seinen Halbbruder regelmäßig. Und auch seinen Opa Karl."
Der Zustand des alten Bergmanns hatte sich mittlerweile so weit gebessert, dass er auf die normale Station verlegt werden konnte. Sein Verstand war scharf wie eh und je, hatte Timo erleichtert festgestellt, allerdings war und blieb er wohl auf Dauer ans Bett gefesselt. Er würde auf ständige Pflege angewiesen sein.
Ob und inwieweit Ulrike diese übernahm, war bisher nicht abgeklärt. Zuerst einmal sei sie froh, wieder zu Hause zu sein, hatte sie Timo auf seine Frage geantwortet. Nun gelte seinem Halbbruder Max ihre

Hauptsorge. Sie hoffe, dass er diese schlimmen Erlebnisse bald verarbeiten könne.

Nun, Ulrike würde es an Geld, um ihm die beste Behandlung angedeihen zu lassen, nicht mangeln. Dadurch, dass kein Testament aufgetaucht war, erbte sie die Hälfte von Helmuts Vermögen, während ihr Sohn sich den anderen Teil mit seinen neuen Geschwistern teilen musste. Ich war mir fast sicher, dass es doch einen letzten Willen gegeben haben musste, der alle drei Kinder gleichmäßig bedachte. Und Ulrike wäre wahrscheinlich bis auf die vereinbarte Abfindung leer ausgegangen. Ich konnte fast Verständnis für sie aufbringen, dass sie die Möglichkeit beim Schopfe ergriffen und sein Vermächtnis vor dem Eintreffen der Polizei vernichtet hatte. Zumindest vermutete ich, dass es so abgelaufen war. Vorgewarnt durch die Entwürfe, die sie gefunden hatte, machte sie sich direkt nach dem Fund der Leiche auf die Suche. Sein Tod musste ihr wie eine glückliche Schicksalsfügung vorgekommen sein. Dass man sie des Mordes an ihm verdächtigen könnte, auf diese Idee wird sie nicht gekommen sein.

Der Triumph über ihren gelungen Coup hielt dementsprechend nicht lange vor. Entsetzt erkannte sie, dass Helmuts Tod sich für sie in einen Albtraum verwandelte. Nur gut, dass sie in ihrem Sohn Timo einen derart eifrigen Verfechter ihrer Angelegenheiten gefunden hatte.

Für uns war das Thema Bergmann im Großen und Ganzen erledigt. Ralf hatte meine Erklärung über das Treffen mit Ulrike nicht mehr aufgegriffen, wir waren ziemlich schnell in unseren normalen Alltagstrott zurückgefallen, ich allerdings um eine bedeutende Erfahrung reicher. Erst nachdem ich unsere Beziehung auf den Prüfstein gestellt hatte, war mir bewusst geworden, wie viel sie mir mittlerweile bedeutete. Im Laufe der Jahre gerät vieles in Vergessenheit und man nimmt es als selbstverständlich hin, dass man in einer stabilen Partnerschaft lebt. Mir das Gute, das mir tagtäglich wiederfuhr, immer wieder vor Augen zu halten, war von nun an mein erklärtes Ziel. Nie wieder sollte es mir passieren, dass ich das Wertvolle, das ich besaß, nicht achtete.

Dass Ulrike womöglich Bestandteil meines weiteren Lebens blieb – zumindest falls sich die Beziehung zwischen Karina und Timo vertiefte -, damit würde ich lernen umzugehen. Trotzdem hatte ich insgeheim beschlossen, die gemeinsamen Familientreffen auf das Allernötigste zu beschränken. Nicht nur um Ralf zu schonen, sondern auch weil ich mir nicht vorstellen konnte, dass eine rein freundschaftliche Annäherung zwischen uns möglich war. Aber das würde die Zeit mit sich bringen, es gab nichts, worüber ich mir jetzt Gedanken machen musste. Ralf und ich - gemeinsam kamen wir mit allem zurecht.